I0708506

CHARLES DICKENS

CUENTO DE NAVIDAD

****

HISTORIA DE DOS CIUDADES

astria

Libro 1: Cuento de Navidad.
Libro 2: Historia de dos ciudades

©Astria Ediciones 2024
Diseño de portada: Andrea Rodríguez-Lilyana Gálvez
Ilustración de portada: Elisa Esgasa
Supervisión Editorial: Óscar Flores Lopez
Administración: Tesla Rodas y Jéssica Cordero
Levantamiento de texto: Zona Creativa
Presidente: José Azcona Bocock

Primera edición
Tegucigalpa, Honduras-febrero de 2024

ÍNDICE

DOS LIBROS DE DICKENS EN UNA SOLA EDICIÓN

No hay ser más amargado en el mundo que Ebenezer Scrooge. Tacaño, sin empatía por los demás, un cascarrabias permanente. Hasta que recibe una visita inesperada… ¡Del más allá!

Pero Marley no regresa por una casualidad. La suya es una misión: ablandar el corazón de su viejo socio y amigo, sacarlo del cascarrón del egoísmo.

Si la visita de Marley casi lo mata de un infarto, Scrooge quedará paralizado con la llegada de tres seres fantasmagóricos. Ellos son… ¡Alto! Tampoco les contaré toda la historia. No tendría sentido. La idea es que usted se siente y lea la historia de Navidad más famosa de la historia.

Una obra llena de magia, poesía y de personajes únicos. Al puro estilo del inigualable Charles Dickens.

Pero ASTRIA no se queda aquí. Como un regalo para los lectores, hemos preparado esta edición que, además de Un cuento de Navidad, contiene Historia de dos ciudades.

Opacada en alguna medida por Cuento de Navidad, Oliver Twist y David Copperfield, los libros más famosos de Dickens, Historia de dos ciudades es, sin embargo, una obra magistral —y hermosa—, ambientada en la Revolución Francesa.

Dos ciudades: una (Londres) representa el orden, la paz, la vida segura y tranquila, sin muchos sobresaltos. La otra (París), es miedo, angustia, pelea, anarquía…

Y, por supuesto, una París de intriga, sospechas, espionaje, desilusión amorosa…

Al igual que Un cuento de Navidad, no diré más.

Trescientas páginas con dos grandes clásicos lo esperan. ¿Qué historia le gustará más? Solo hay una forma de averiguarlo. Puede comenzar ya…¡Y a disfrutar!

Óscar Flores López/Editor Astria

UN CUENTO
DE NAVIDAD

CAPÍTULO I: EL REGRESO DE MARLEY

Empecemos por decir que Marley había muerto. De ello no cabía la menor duda. Firmaron la partida de su enterramiento el clérigo, el sacristán, el comisario de entierros y el presidente del duelo. También la firmó Scrooge. Y el nombre de Scrooge era prestigioso en la Bolsa, cualquiera que fuese el papel en que pusiera su firma.

El viejo Marley estaba tan muerto como el clavo de una puerta.

¡Bueno! Esto no quiere decir que yo sepa por experiencia propia lo que hay particularmente muerto en el clavo de una puerta; pero puedo inclinarme a considerar un clavo de féretro como la pieza de ferretería más muerta que hay en el comercio. Mas la sabiduría de nuestros antepasados resplandece en los símiles, y mis manos profanas no deben perturbarla, o desaparecería el país. Me permitiré pues, repetir enfáticamente que Marley estaba tan muerto como el clavo de una puerta.

¿Sabía Scrooge que aquél había muerto? Indudablemente. ¿Cómo podía ser de otro modo? Scrooge y él fueron consocios durante no sé cuántos años.

Scrooge fue su único albacea, su único administrador, su único cesionario, su único legatario universal, su único amigo y el único que vistió luto por él. Pero Scrooge no estaba tan terriblemente afligido por el triste suceso que dejara de ser un perfecto negociante, y el mismo día del entierro lo solemnizó con un buen negocio.

La mención del entierro de Marley me hace retroceder al punto de partida.

Es indudable que Marley había muerto. Esto debe ser perfectamente comprendido, si no, nada admirable se puede ver en la historia que voy a referir.

Si no estuviéramos plenamente convencidos de que el padre de Hamlet murió antes de empezar la representación teatral, no habría, en su paseo durante la noche, en medio del vendaval, por las murallas de su ciudad, nada más notable que lo que habría en ver a otro cualquier caballero de mediana edad temerariamente lanzado, después de obscurecer, en un recinto expuesto a los vientos —el cementerio de San Pablo, por ejemplo—, sencillamente para deslumbrar el débil espíritu de su hijo.

Scrooge no borró el nombre del viejo Marley. Permaneció durante muchos años esta inscripción sobre la puerta del almacén: "Scrooge y Marley". La casa de comercio se conocía bajo la razón social "Scrooge y Marley". Algunas veces los clientes modernos llamaban a Scrooge Scrooge y otras veces Marley: pero él atendía por ambos nombres. Todo era lo mismo para él.

¡Oh! Pero Scrooge era atrozmente tacaño, avaro, cruel, desalmado, miserable, codicioso, incorregible, duro y esquinado como el pedernal, pero del cual ningún eslabón había arrancado nunca una chispa generosa; secreto y retraído y solitario como una ostra. El frío de su interior le helaba las viejas facciones, le amorataba la nariz afilada, le arrugaba las mejillas, le entorpecía la marcha, le enrojecía los ojos, le ponía azules los delgados labios; hablaba astutamente y con voz áspera. Fría escarcha cubría su cabeza y sus cejas y su barba de alambre. Siempre llevaba consigo su temperatura bajo cero; helaba su despacho en los días caniculares y no lo templaba ni un grado en Navidad.

El calor y el frío exteriores ejercían poca influencia sobre Scrooge. Ningún calor podía templarle, ninguna temperatura invernal podía enfriarle. Ningún viento era más áspero que él, ninguna nieve más insistente en sus propósitos, ninguna lluvia más impía. El temporal no sabía cómo atacarle. La más mortificante lluvia, y la nieve, y el granizo, y el agua de nieve, podían jactarse de aventajarle en una sola cosa: en que con frecuencia "bajaban" gallardamente, y Scrooge, nunca.

Jamás le detuvo nadie en la calle para decirle alegremente: "Querido Scrooge, ¿cómo están? ¿Cuándo irán a verme?". Ningún mendigo le pedía limosna, ningún niño le preguntaba qué hora era, ningún hombre ni mujer le preguntaron en toda su vida por dónde se iba a tal o cual sitio. Aun los perros de los ciegos parecían conocerle, y cuando le veían acercarse arrastraban a sus amos hacia los portales o hacia las callejuelas, y entonces meneaban la cola como diciendo: "Es mejor ser ciego que tener mal ojo".

¡Pero qué le importaba a Scrooge! Era lo que deseaba: seguir su camino a lo largo de los concurridos senderos de la vida, avisando a toda humana simpatía para conservar la distancia.

Una vez, en uno de los mejores días del año, la víspera de Navidad, el viejo Scrooge se hallaba trabajando en su despacho. Hacía un tiempo frío, crudísimo y nebuloso, y podía oír a la gente que pasaba jadeando arriba y abajo, golpeándose el pecho con las manos y pateando sobre las piedras del pavimento para entrar en calor. Los relojes públicos acababan de dar las tres: pero la obscuridad era casi completa —había sido obscuro todo el día—, y por las ventanas de las casas vecinas se veían brillar las luces como manchas rubias en el aire moreno de la tarde. La bruma se filtraba a través de todas las hendeduras y de los ojos de las cerraduras, y era tan densa por fuera que, aunque la calleja era de las más estrechas, las casas de enfrente se veían como meros fantasmas.

Al ver la sórdida nube extenderse, oscureciéndolo todo, uno podría haber pensado que la Naturaleza se estuviera echando encima y estuviera tramando algo a gran escala.

Scrooge tenía abierta la puerta del despacho para poder vigilar a su dependiente, que en una celda lóbrega y apartada, una especie de cisterna, estaba copiando cartas. Scrooge tenía poquísima lumbre, pero la del dependiente era mucho más escasa: parecía una sola ascua; mas no podía aumentarla, porque Scrooge guardaba la caja del carbón en su cuarto, y si el dependiente hubiera aparecido trayendo carbón en la pala, sin duda que su amo habría considerado necesario despedirle. Así, el dependiente se embozó en la blanca bufanda y trató de calentarse en la llama de la bujía: pero, como no era hombre de gran imaginación: fracasó en el intento.

—¡Felices Pascuas, tío! ¡Dios lo guarde! —gritó una voz alegre.

Era la voz del sobrino de Scrooge, que cayó sobre él con tal precipitación, que fue el primer aviso que tuvo de su aproximación.

—¡Bah! —dijo Scrooge—. ¡Paparruchas!

Este sobrino de Scrooge se hallaba tan arrebatado a causa de la carrera a través de la bruma y de la helada, que estaba todo encendido: tenía la cara como una cereza, sus ojos chispeaban y humeaba su aliento.

—Pero, tío: ¿una paparrucha la Navidad? —dijo el sobrino de Scrooge—.

Seguramente no quisiste decir eso.

—Sí —contestó Scrooge—. ¡Felices Pascuas! ¿Qué derecho tienes tú para estar alegre? ¿Qué razón tienes tú para estar alegre? Eres bastante pobre.

—¡Vamos! —replicó el sobrino alegremente—. ¿Y qué derecho tienes tú vos para estar triste? ¿Qué razón tienes para estar cabizbajo? Eres bastante rico.

No disponiendo Scrooge de mejor respuesta en aquel momento, dijo de nuevo: "¡Bah!". Y a continuación: "¡Paparruchas!".

—No estés enfadado, tío —dijo el sobrino.

—¿Cómo no voy a estarlo —replicó el tío— viviendo en un mundo de locos como éste? ¡Felices Pascuas! ¿Buenas Pascuas te dé Dios! ¿Qué es la Pascua de Navidad sino la época en que hay que pagar cuentas no teniendo dinero; en que te ves un año más viejo y ni una hora más rico: la época en que, hecho el balance de los libros, ves que los artículos mencionados en ellos no te han dejado la menor ganancia después de una docena de meses desaparecidos? Si estuviera en mi mano —dijo Scrooge con indignación—, a todos los idiotas que van con el ¡Felices Pascuas! en los labios los cocería en su propia substancia y los enterraría con una vara de acebo atravesándoles el corazón. ¡Eso es!

—¡Tío! —suplicó el sobrino.

—¡Sobrino! —repuso el tío secamente—. Celebra la Navidad a tu modo y déjame a mí celebrarla al mío.

—¡Celebrar la Navidad! —repitió el sobrino de Scrooge—. Pero si tú no no la celebras.

—Déjame que no la celebre —dijo Scrooge— ¡Mucho bien puede hacerte a ti! ¡Mucho bien te ha hecho siempre!

—Hay muchas cosas que podían haberme hecho muy bien y que no he aprovechado, me atrevo a decir —replicó el sobrino— , entre ellas la Navidad.

Pero estoy seguro de que siempre, al llegar esta época, he pensado en la Navidad, aparte la veneración debida a su nombre sagrado y a su origen, como en una agradable época de cariño, de perdón y de caridad; el único día, en el largo almanaque del año, en que hombres y mujeres parecen estar de acuerdo para abrir sus corazones libremente y para considerar a sus inferiores como verdaderos compañeros de viaje en el camino de la tumba y no otra raza de criaturas con destino diferente.

Así, pues, tío, aunque tal fiesta nunca ha puesto una moneda de oro o de plata en mi bolsillo, creo que me ha hecho bien y que me hará bien, y digo:

¡Bendita sea!

El dependiente, en su mazmorra, aplaudió involuntariamente: pero, notando en el acto que había cometido una inconveniencia, quiso remover el fuego y apagó el último débil residuo para siempre.

—Que oiga yo otra de esas manifestaciones —dijo Scrooge— y les haré celebrar la Navidad echándolos a la calle. Eres de verdad un elocuente orador —añadió, volviéndose hacía su sobrino—. Me admira que no estés en el Parlamento.

—No te enfades, tío. ¡Vamos, ven a comer con nosotros mañana!

Scrooge dijo que le agradaría verle... Sí, lo dijo. Pero completó la idea, y dijo que antes le agradaría verle... en el infierno.

—Pero, ¿por qué? —gritó el sobrino—. ¿Por qué?

—¿Por qué te casaste? —dijo Scrooge.

—Porque me enamoré.

—¡Porque te enamoraste! —gruñó Scrooge, como si aquello fuese la sola cosa del mundo más ridícula que una alegre Navidad—. ¡Buenas tardes!

—Pero, tío, si nunca fuiste a verme antes, ¿por qué hacer de esto una razón para no ir ahora?

—Buenas tardes —dijo Scrooge.

—No necesito nada tuyo: no te pido nada; ¿por qué no podemos ser amigos?

—Buenas tardes —dijo Scrooge.

—Lamento de todo corazón encontrarte tan resuelto. Nunca ha habido el más pequeño disgusto entre nosotros. Pero he insistido en la celebración de la Navidad y llevaré mi buen humor de Navidad hasta lo último. Así, ¡Felices Pascuas, tío!

—Buenas tardes —dijo Scrooge.

—¡Y feliz Año Nuevo!

—Buenas tardes —dijo Scrooge.

Su sobrino salió de la habitación, no obstante, sin pronunciar una palabra de disgusto. Se detuvo en la puerta exterior para desearle felices Pascuas al dependiente, que, aunque tenía frío, era más ardiente que Scrooge, pues le correspondió cordialmente.

—Este es otro que tal —murmuró Scrooge, que le oyó—; un dependiente con quince chelines a la semana, con mujer y con hijos hablando de la alegre Navidad. Es para llevarle a una casa de locos.

Aquel maniático, al despedir al sobrino de Scrooge, introdujo a otros dos visitantes. Eran dos caballeros corpulentos, simpáticos, y estaban en pie, descubiertos, en el despacho de Scrooge.

Tenían en la mano libros y papeles y se inclinaron ante él.

—Scrooge y Marley, supongo —dijo uno de los caballeros,

consultando una lista—: ¿Tengo el honor de hablar al señor Scrooge o al señor Marley?

—El señor Marley murió hace siete años —respondió Scrooge—. Esta misma noche hace siete años que murió.

—No dudamos que su liberalidad estará representada en su socio superviviente —dijo el caballero, presentando sus cartas credenciales.

Era verdad, pues ambos habían sido tal para cual. Al oír la horrible palabra "liberalidad", Scrooge frunció el ceño, meneó la cabeza y devolvió al visitante las cartas credenciales.

—En esta alegre época del año, señor Scrooge dijo el caballero, tomando una pluma—, es más necesario que nunca que hagamos algo en favor de los pobres y de los desamparados, que en estos días sufren de modo atroz. Muchos miles de ellos carecen de lo indispensable; cientos de miles necesitan alivio, señor.

—¿No hay cárceles? —preguntó Scrooge.

—Muchísimas cárceles —dijo el caballero, dejando la pluma.

—¿Y casa de corrección? —interrogó Scrooge. ¿Funcionan todavía?

—Funcionan, sí, todavía —contestó el caballero—. Quisiera poder decir que no funcionan.

—¿El Treadmill y la Ley de Pobreza están, pues, en todo su vigor? — dijo Scrooge.

—Ambos funcionan continuamente, señor.

—¡Oh!, tenía miedo, por lo que decías al principio, de que hubiera ocurrido algo que interrumpiese sus útiles servicios — dijo Scrooge—. Me alegra mucho saberlo.

—Persuadido de que tales instituciones apenas pueden proporcionar cristiana alegría a la mente o bienestar al cuerpo de la multitud —continuó el caballero—, algunos de nosotros nos hemos propuesto reunir fondos para comprar a los pobres algunos alimentos y bebidas y un poco de calefacción. Hemos escogido esta época porque es, sobre todas, aquella en que la Necesidad se siente con más intensidad y la Abundancia se regocija. ¿Con cuánto queréis contribuir?

—¡Con nada! —replicó Scrooge.

—¿Quiere guardar el anónimo?

—Quiero que me dejen en paz —dijo Scrooge—. Puesto que me preguntan lo que quiero, señores, ésa es mi respuesta. Yo no celebro la Navidad, y no puedo contribuir a que se diviertan los vagos; yo no ayudo a sostener los establecimientos de los que me ha hablado... y que cuestan bastante; y quienes estén mal en ellos, que se vayan a otra parte.

—Muchos no pueden, y otros muchos preferirán morir.

—Si prefieren morir —dijo Scrooge—, es lo mejor que pueden hacer y así disminuirá el exceso de población. Además, y ustedes perdonen, no entiendo de eso.

—Pues... debería entender —hizo observar el caballero.

—No es de mi incumbencia —replicó Scrooge—. Un hombre tiene bastante con preocuparse de sus asuntos y no debe mezclarse en los ajenos. Los míos me absorben por completo. ¡Buenas tardes, señores!

Comprendiendo claramente que sería inútil insistir, los dos caballeros se marcharon. Scrooge reanudó su tarea con mayor estimación de sí mismo y más animado de lo que tenía por costumbre.

Entretanto, la bruma y la obscuridad se hicieron tan densas, que las gentes marchaban alumbrándose con antorchas, ofreciéndose a marchar delante de los caballos de los coches para mostrarles el camino. La antigua torre de una iglesia, cuya vieja y estridente campana parecía estar siempre atisbando a Scrooge por una ventana gótica del muro, se hizo invisible, y daba las horas envuelta en las nubes, resonando después con trémulas vibraciones, como si le castañeteasen los dientes a aquella elevadísima cabeza. El frío se hizo intenso. En la calle Mayor, en la esquina de la calleja, algunos obreros se hallaban reparando los mecheros de gas y habían encendido una gran hoguera, a la cual rodeaba un grupo de mendigos y chicuelos, calentándose las manos y guiñando los ojos con delicia ante las llamas. Taponados los sumideros, el agua sobrante se congelaba con rapidez y se convertía en hielo. El resplandor de las tiendas, donde las ramas de acebo cargadas de frutas brillaban con la luz de las ventanas, ponía tonos dorados en las caras de los transeúntes. Las pollerías y los comercios de comestibles estaban deslumbrantes: era un glorioso espectáculo, ante et cual era casi increíble que los prosaicos principios de ajuste y venta tuvieran algo que hacer. El alcalde de la ciudad, en la fortaleza de la poderosa Mansion-House, daba órdenes a sus cincuenta cocineros y reposteros para celebrar la Navidad de una manera digna de la casa de un alcalde, y hasta el sastrecillo, que había sido multado con cinco chelines el lunes anterior por estar borracho y sentirse escandaloso en las calles, preparaba en su guardilla la confección del pudding del día siguiente, mientras su flaca esposa iba con el nene a comprar la carne indispensable.

Más niebla aún y más frío. Frío agudo, penetrante, mordiente. Sí el buen San Dunstan hubiera sólo rasguñado la nariz del espíritu maligno con un tiempo como aquél, en vez de usar sus armas habituales, en verdad que el diablo habría rugido.

El propietario de una naricilla juvenil, roída y mordisqueada por el hambriento frío, como los huesos roídos por los perros, se detuvo ante la puerta de Scrooge para obsequiarle por el ojo de la cerradura con una canción de Navidad; pero no había hecho más que empezar:

"Dios lo bendiga, alegre caballero; que nada pueda nunca hacerlo disgustar...".

Scrooge cogió la regla con tal decisión, que el cantor corrió lleno de miedo, abandonando el ojo de la cerradura a la bruma y a la penetrante helada.

Por fin llegó la hora de cerrar el despacho. De mala gana se alzó Scrooge de su asiento y tácitamente aprobó la actitud del dependiente en su cuchitril, quien inmediatamente apagó su luz y se puso el sombrero.

—Supongo que necesitarás todo el día de mañana —dijo Scrooge.

—Si no hay inconveniente, señor.

—Pues sí hay inconveniente —dijo Scrooge— y no es justo. Si por ello te descontara media corona, pensarías que te perjudicaba. ¿Pero estoy obligado a pagarla?

El dependiente sonrió lánguidamente.

—Sin embargo —dijo Scrooge—, no piensas que me perjudico pagando el sueldo de un día por no trabajar.

El dependiente hizo notar que eso ocurría una sola vez al año.

—¡Una pobre excusa para morder en el bolsillo de uno todos los días veinticinco de diciembre! —dijo Scrooge, abrochándose el gabán hasta la barba—. Pero supongo que es que necesitas todo el día. Ven lo más temprano posible pasado mañana.

El dependiente prometió hacerlo, y Scrooge salió gruñendo. Se cerró el despacho en un instante, y el dependiente, con los largos extremos de su, bufanda blanca colgando hasta más abajo de la cintura (pues no presumía de abrigo), bajó veinte veces un resbaladero en Cornhill, al final de una calleja llena de muchachos, para celebrar la Nochebuena, y luego salió corriendo hacia su casa de Camden-Town, para jugar a la gallina ciega.

Scrooge cenó melancólicamente en su melancólica taberna habitual; y después de leer todos los periódicos, se entretuvo et resto de la noche con los libros comerciales, y se fue a acostar. Ocupaba las habitaciones que habían pertenecido anteriormente a su difunto socio. Eran una serie de cuartos lóbregos en un sombrío edificio al final de una calleja, y en el cual había tan poco movimiento, que no se podía menos de imaginar que había llegado allí corriendo, cuando era una casa de pocos años, mientras jugaba al escondite con las otras casas, y había olvidado el camino para salir. Era ésta entonces bastante vieja y bastante lúgubre; sólo Scrooge vivía en ella, pues los otros cuartos estaban alquilados para oficinas. La calleja era tan obscura, que el mismo Scrooge, que la conocía piedra por piedra, se veía obligado a cruzarla a tientas.

La niebla y la helada se agolpaban de tal modo ante la negra entrada de la casa, que parecía como si el Genio del Invierno se hallase en triste meditación sentado en el umbral.

Hay que advertir que no había absolutamente nada de particular en el llamador de la puerta, salvo que era de gran tamaño: hay que hacer notar también que Scrooge lo había visto, de día y de noche, durante toda su residencia en aquel lugar, y también que Scrooge poseía tan poca cantidad de lo que se llama fantasía como otro cualquier hombre de la ciudad de Londres, aun incluyendo —la frase es algo atrevida— las Corporaciones, los miembros del Concejo municipal y los de los Gremios. Téngase también en cuenta que

Scrooge no había dedicado un solo pensamiento a Marley desde que aquella tarde hizo mención de los siete años transcurridas desde su muerte. Y ahora, que me explique alguien, si puede, cómo sucedió que Scrooge, al meter la llave en la cerradura, vio en el llamador —sin mediar ninguna mágica influencia—, no un llamador, sino la cara de Marley.

La cara de Marley. No era una sombra impenetrable, como los demás objetos de la calleja, pues la rodeaba un medroso fulgor, semejante al que presentaría una langosta en mal estado puesta en un sótano obscuro. No aparecía colérico ni feroz, sino que miraba a Scrooge como Marley acostumbraba: con espectrales anteojos levantados hacía la frente espectral.

Se agitaban curiosamente sus cabellos, como ante un soplo de aire ardoroso, y sus ojos, aunque se hallaban abiertos por completo, estaban absolutamente inmóviles. Todo eso, y su palidez, le hacían horrible: pero este horror parecía ajeno a la cara, fuera de su dominio, más bien que una parte de su propia expresión.

Cuando Scrooge se puso a considerar atentamente aquel fenómeno, ya el llamador era otra vez un llamador.

Decir que no se sintió inquieto o que su sangre no experimentó una terrible sensación, desconocida desde la infancia, sería mentir. Pero llevó la mano a la llave que había abandonado, la hizo girar resueltamente, penetró y encendió una bujía.

Se detuvo con vacilación momentánea, antes de cerrar la puerta, y miró detrás de ella con desconfianza, aguardando casi aterrorizarse a la vista del cabello de Marley pegado en la parte exterior: pero no había nada sobre la puerta, excepto los tornillos y tuercas que sujetaban el llamador, por lo cual exclamó: "¡Bah, bah!", y la cerró de golpe.

Resonó el portazo en toda la casa como un trueno. Encima todas las habitaciones, y debajo todas las cubas en el sótano del vinatero, parecieron poseer estrépito de ecos independientes de la puerta de Scrooge, que no era hombre a quien espantasen los ecos. Sujetó la puerta, cruzó el zaguán y empezó a subir la escalera lentamente, sin embargo, alumbrando un lado y otro conforme subía.

Podéis hablar vagamente de las viejas escaleras de antaño, por las cuales hubiera podido subir fácilmente un coche de seis caballos o el cortejo de una sesión parlamentaria. Pero yo os digo que la escalera de Scrooge era cosa muy diferente: habría de subir por ella un coche fúnebre, y lo haría con toda facilidad.

Había allí suficiente amplitud para ello y aun sobraba espacio; tal es, quizás, la razón por la cual pensó Scrooge ver una comitiva fúnebre en movimiento delante de él en la obscuridad. Media docena de faroles de gas de las calles no habrían iluminado bastante bien el vestíbulo; supondrán, pues, que estaba un tanto obscuro con la manera de alumbrar de Scrooge, que siguió subiendo sin preocuparse por ello. La obscuridad es barata y por eso le agradaba a Scrooge. Pero antes de cerrar la pesada puerta, registró las habitaciones para ver si todo estaba en orden; precisamente deseaba hacerlo, porque persistía en él el recuerdo de aquella cara.

La salita, el dormitorio, el cuarto de trastos, todo estaba normal. Nadie debajo de la mesa, nadie debajo del sofá; un poco de lumbre en la rejilla; la cuchara y la jofaina, listas; y la cacerolita, con un cocimiento (Scrooge tenía un resfriado de cabeza) junto al hogar. Nadie debajo de la cama; nadie en el gabinete; nadie dentro de la bata, que colgaba de la pared en actitud sospechosa.

El cuarto de los trastos, como siempre. El viejo guardafuegos, los zapatos viejos, dos cestas para pescado, el lavabo de tres patas y un atizador.

Enteramente satisfecho, cerró la puerta y echó la llave, dándole dos vueltas, lo cual no era su costumbre. Asegurado así, contra toda sorpresa, se quitó la corbata, se puso la bata, las zapatillas y el gorro de dormir, y se sentó delante del fuego para tomar su cocimiento.

Era en verdad un fuego insignificante: nada para noche tan cruda. Se vio obligado a arrimarse a él todo lo posible, cubriéndolo, para poder extraer la más pequeña sensación de calor de tal puñado de combustible. El hogar era viejo, construido por algún comerciante holandés mucho tiempo antes, y pavimentado con extraños ladrillos holandeses, que representaban escenas de las Escrituras.

Había Caínes y Abeles, hijas de Faraón, reinas de Sabá, mensajeros angélicos descendiendo a través del aire sobre nubes que parecían de plumón, Abrahanes, Baltasares, apóstoles navegando en mantequilleras, cientos de figuras para atraer la atención; no obstante, aquella cara de Marley, muerto siete años antes; llegaba como la vara del antiguo Profeta y hacía desaparecer todo. Si cada uno de los pulidos ladrillos hubiera estado en blanco, con virtud para presentar sobre su superficie alguna figura proveniente de los fragmentados pensamientos de Scrooge, habría aparecido una copia de la cabeza del viejo Marley sobre todos ellos.

—¡Paparruchas! —dijo Scrooge, y empezó a pasear por la habitación.

Después de algunos paseos, volvió a sentarse. Al recostarse en la silla, su mirada fue a tropezar con una campanilla, una campanilla que no se utilizaba, colgada en la habitación y que comunicaba, para algún servicio olvidado, con un cuarto del piso más alto del edificio. Con gran admiración, y con extraño e inexplicable temor, vio que la campanilla empezaba a oscilar. Oscilaba tan suavemente al principio, que apenas producía sonido; pero pronto sonó estrepitosamente y lo mismo hicieron todas las campanillas de la casa.

Ello podría durar medio minuto, un minuto, mas a Scrooge le

pareció una hora. Las campanillas dejaron de sonar como habían empezado: todas a la vez.

A aquel estrépito siguió un ruido rechinante, que venía de la parte más profunda, como si alguien arrastrase una pesada cadena sobre los toneles del sótano del vinatero. Entonces recordó Scrooge haber oído que los espectros que se aparecían en las casas se presentaban arrastrando cadenas.

La puerta del sótano se abrió con estrépito y luego se oyó el ruido con mucha mayor claridad en el piso de abajo: después el viejo oyó que el ruido subía por la escalera: después, que se dirigía derechamente hacia su puerta.

—¡Paparruchas, nada más! —dijo Scrooge—. No quiero pensar en ello.

Sin embargo, cambió de opinión cuando, sin detenerse, el Espectro pasó a través de la pesada puerta y entró en la habitación ante sus ojos. Cuando entró, la moribunda llama dio un salto, como si gritara: "¡Le conozco! ¡Es el espectro de Marley!", y volvió a caer.

La misma cara, exactamente la misma. Marley, con sus cabellos erizados, su chaleco habitual, sus estrechos calzones y sus botas, y con su casaca ribeteada. La cadena que arrastraba la llevaba alrededor de la cintura; era larga y estaba sujeta a él como una cola, y se componía (pues Scrooge la observó muy de cerca) de cajas de caudales, llaves, candados, libros comerciales, documentos y fuertes bolsillos de acero. Su cuerpo era transparente, de modo que Scrooge, observándole y mirando a través de su chaleco, pudo ver los dos botones de la parte posterior de la casaca.

Scrooge había oído decir muchas veces que Marley no tenía entrañas; pero nunca lo había creído hasta entonces.

No, ni aun entonces lo creía. Aunque miraba al Fantasma de parte a parte y le veía en píe delante de él: aunque sentía la escalofriante influencia de sus ojos fríos como la muerte, y comprobaba aún el tejido del pañuelo que le rodeaba la cabeza y la barba, y el cual no había observado antes, sentíase aún incrédulo y luchaba contra sus sentidos.

—¡Cómo! —dijo Scrooge, cáustico y frío como siempre—. ¿Qué quieres de mí?

—¡Mucho! —contestó la voz de Marley, pues tal era, sin duda.

—¿Quién eres?

—Pregúntame quién fui.

—¿Quién fuiste, pues? —dijo Scrooge, alzando la voz.

—En vida fui tu socio, Jacob Marley.

—¿Puedes... puedes sentarte? —preguntó Scrooge, mirándole perplejo.

—Puedo.

—Siéntate, pues.

Scrooge hizo esa pregunta porque no sabía sí un espectro tan transparente se hallaría en condiciones de tomar una silla, y pensó que, en el caso de que le fuera imposible, habría necesidad de una explicación embarazosa. Pero el Espectro tomó asiento enfrente del hogar, como si estuviera habituado a ello.

—¿No crees en mí? —preguntó el Espectro.

—No —contestó Scrooge.

—¿Qué evidencia deseas de mi existencia real, además de la de tus sentidos?

—No lo sé.

—¿Por qué dudas de tus sentidos?

—Porque lo más insignificante —dijo Scrooge— les hace impresión. El más ligero trastorno del estómago les hace fingir. Tal vez eres un trozo de carne que no he digerido, un poco de mostaza, una miga de queso, un pedazo de patata poco cocida. Hay más de guiso que de tumba en ti, quienquiera que seas.

Scrooge no tenía mucha costumbre de hacer chistes, y, según entonces como se sintiera en el corazón, sus bromas tenían que ser chocarreras. Lo cierto es que procuraba mostrar agudeza como medio de distraer su propia atención y ahuyentar su terror, pues la voz del Espectro le trastornaba hasta la médula de los huesos.

Permanecer sentado, con la vista clavada en aquellos ojos vidriosos, en silencio, durante unos instantes, sería estar, según pensaba Scrooge, con el mismo Demonio. Había algo muy espantoso, además, en la atmósfera infernal, propia de él, que rodeaba al Espectro. Scrooge no pudo sentirla por sí mismo, pero no por eso era menos real, pues, aunque el Espectro se hallaba en completa inmovilidad, sus cabellos, los ribetes de su casaca, se agitaban todavía impulsados por el ardiente vapor de un horno.

—¿Ves este mondadientes? —dijo Scrooge, volviendo apresuradamente a la carga, por la razón que acabamos de exponer, y deseando, aunque sólo fuera durante un segundo, apartar de él la pétrea mirada del aparecido.

—Lo veo —replicó el Espectro.

—¡Si no lo miras! —dijo Scrooge.

—Pero lo veo, sin embargo —replicó el Espectro.

—¡Bien! —repuso Scrooge—. No haría yo más que tragármelo, y durante toda mi vida me vería perseguido por una legión de duendes creados por mi fantasía. ¡Paparruchas, digo yo; paparruchas!

Entonces el Espíritu lanzó un grito espantoso y sacudió su cadena con un ruido tan terrible, que Scrooge tuvo que apoyarse en la silla para no caer desmayado. Pero mayor fue su espanto cuando el Fantasma, quitándose la venda que le ceñía la frente, como si notara demasiado calor bajo techado, dejó caer su mandíbula inferior sobre el pecho.

Scrooge cayó de rodillas y se llevó las manos a la cara.

—¡Perdón! —exclamó—. Terrible aparición, ¿por qué me atormentas?

—Hombre apegado al mundo —replicó el Espectro—, ¿crees en mí, o no?

—Creo —contestó Scrooge—. Tengo que creer. Pero, ¿por qué los espíritus vuelven a la tierra y por qué se dirigen a mí?

—A todos los hombres se les exige —replicó el Espectro— que su espíritu se aparezca entre sus conocidos y que viajen de un lado a otro; y si un espíritu no hace tales excursiones en su vida terrenal, es condenado a hacerlas después de la muerte. Es su destino vagar por el mundo —¿oh, miserable de mí? —y no poder participar de lo que ve, aunque de ello participan los demás y es la felicidad de ellos.

El Espectro lanzó otro grito y sacudió la cadena, retorciéndose las manos espectrales.

—Estás encadenado —dijo Scrooge temblando—. Dime por qué.

—Llevo la cadena que forjé en vida —replicó el Espectro—. La hice eslabón a eslabón, metro a metro; la ciño a mi cuerpo por mi libre voluntad y por mi libre voluntad la usaré. ¿Te parece rara?

Scrooge temblaba cada vez más.

—¿O quieres saber —prosiguió el Espectro— el peso y la longitud de la cadena que soportas? Era tan larga y tan pesada como ésta hace siete Nochebuenas. Desde entonces la has aumentado, y es una cadena tremenda.

Scrooge miró al suelo alrededor del Espectro, creyendo encontrarle rodeado por unas cincuenta o sesenta brazas de férreo cable; pero nada pudo ver.

—¡Jacob —le dijo suplicante—, viejo Jacob Marley, háblame más! ¡Háblame para mi consuelo, Jacob!

—No tengo ninguno que dar... —replicó el Espectro—. Eso viene de otras regiones, Scrooge, y por medio de otros ministros, a otra clase de hombres que vos. No puedo decirte todo lo que deseo. Un poquito más de tiempo se me permite solamente. No puedo reposar, no puedo detenerme, no puedo permanecer en ninguna parte. Mi espíritu nunca fue más allá de nuestro despacho..., ¡ay de mí!... En mi vida terrenal nunca mi espíritu vagó más allá de los estrechos límites de nuestra ventanilla para el cambio; ¡y qué fatigosas jornadas me quedan aún!

Scrooge tenía por costumbre: cuando se ponía pensativo, meterse las manos en los bolsillos del pantalón. Considerando lo que el Espectro había dicho, lo hizo así, pero sin levantar los ojos y sin alzarse del suelo.

—Debes haber sido muy calmoso en ese asunto, Jacob —hizo observar Scrooge, en actitud comercial, aunque con humildad y deferencia.

—¡Calmoso! —repitió el Espectro.

—Siete años muerto —murmuró Scrooge—. ¿Y viajando todo ese tiempo?

—Todo —dijo el Espectro—, sin reposo, sin paz. ¡Incesante tortura del remordimiento!

—¿Viajas velozmente?

—En las alas del viento.

—Ya habrás recorrido un gran número de regiones en siete años —dijo Scrooge.

Al oír esto, el Espectro lanzó otro grito, haciendo rechinar .la cadena de modo espantoso en el sepulcral silencio de la noche.

—¡Oh, cautivo, atado y doblemente aherrojado! —gritó el Fantasma—. ¡No saber que han de pasar a la eternidad siglos de incesante labor hecha por criaturas inmortales en la tierra, antes de que el bien de que es susceptible esté desarrollado por completo! ¡No saber que todo espíritu cristiano que obra rectamente en su reducida esfera, sea cual fuere, encontrará su vida mortal demasiado corta para compensar las buenas ocasiones perdidas! ¡No saber que ningún arrepentimiento puede evitar lo pasado! ¡Sin embargo, eso hice yo! ¡Oh, eso hice yo!

—Pero tú siempre fuiste un buen hombre de negocios, Jacob —tartamudeó Scrooge, que empezaba a aplicarse esto a sí mismo.

—¡Negocios! —gritó el Espectro, retorciéndose las manos de nuevo—. El género humano era mi negocio. El bienestar general era mi negocio: la caridad, la misericordia, la paciencia y la benevolencia: todo eso era mi negocio. ¡Mis tratos comerciales no eran sino una gota de agua en el océano de mis negocios!

Sostuvo la cadena a lo largo del brazo, como si fuera la causa de toda su infructuosa pesadumbre, y la volvió a arrojar pesadamente al suelo.

—En esta época del año —dijo el Espectro— sufro lo indecible. ¡Por qué atravesé tantas multitudes con los ojos cerrados, sin elevarlos nunca hacia la bendita estrella que guio a los Magos a la morada del pobre? ¿No había pobres a los cuales me guiara su luz?

Scrooge estaba espantado de oír al Espectro hablar tan continuadamente y empezó a temblar más de lo que quisiera.

—Óyeme —gritó el Espectro—. Mi tiempo va a acabarse.

—Bueno —dijo Scrooge—. Pero no me mortifiques. ¡No hagas floreos, Jacob, te lo suplico!

—Lo que no me explico es que haya podido aparecer ante ti como una sombra que puedes ver, cuando he permanecido invisible a vuestro lado durante días y días.

No era una idea agradable. Scrooge se estremeció y se enjugó el sudor de la frente.

—Eso no es lo que menos me aflige —continuó el Espectro—. He venido esta noche a advertirte que aun puedes tener esperanza de escapar a mi influencia fatal: una esperanza que yo te proporcionaré.

—Siempre fuiste un buen amigo mío —dijo Scrooge—. Gracias.

—Se te aparecerán —continuó el Espectro— tres Espíritus.

El rostro de Scrooge se alargó casi tanto como lo había hecho el del Espectro.

—¿Es ésa la esperanza de que hablas, Jacob? —preguntó con voz temblorosa.

—Esa.

—Yo...; yo preferiría no verlos —dijo Scrooge.

—Sin su vista —replicó el Espectro— no pudes evitar la senda que yo sigo.
Espera al primero mañana, cuando la campana anuncie la una.

—¿No podría recibir a todos de una vez, para terminar antes? — insinuó Scrooge.

—Espera al segundo la noche siguiente a la misma hora. Al tercero, a la otra noche, cuando cese de vibrar la última campanada de las doce. Piensa que no me volverás a ver y cuida, por tu bien, de recordar lo que ha pasado entre nosotros.

Dichas tales palabras, el Espectro tomó su pañuelo de encima de la mesa y se lo ciñó alrededor de la cabeza, como antes. Scrooge lo conoció en el agudo sonido que hicieron los dientes al juntarse las mandíbulas por medio de aquel vendaje. Se aventuró a levantar los ojos y encontró a su visitante sobrenatural mirándole de frente, en actitud erguida, con su cadena alrededor del brazo.

La aparición fue apartándose de Scrooge hacia atrás, y a cada paso que daba, abríase la ventana un poco, de modo que cuando el Espectro llegó a ella estaba de par en par. Hizo señas a Scrooge para que se acercara, y éste obedeció.

Cuando estuvieron a dos pasos uno de otro, el espectro de Marley levantó una mano, advirtiendo a Scrooge que no se acercara más. Scrooge se detuvo.

No tanto por obediencia como por sorpresa y temor, pues, al levantar la mano el Espectro, advirtió ruidos confusos en el aire, incoherentes gemidos de desesperación, lamentos indeciblemente pesarosos y gritos de arrepentimiento.

El Espectro, después de escuchar un momento, se unió al canto fúnebre y salió flotando en la helada y obscura noche.

Scrooge se dirigió a la ventana, pues se moría de curiosidad. Miró afuera.

El aire estaba lleno de fantasmas que vagaban de aquí para allá en continuo movimiento y gemían sin detenerse. Todos llevaban cadenas como la del espectro de Marley: algunos (tal vez gobernantes culpables) estaban encadenados en grupo; ninguno tenía libertad. A muchos los había conocido Scrooge cuando vivían.

Había sido íntimo de un viejo espectro, con chaleco blanco, con una monstruosa caja de hierro sujeta a un tobillo, y que se lamentaba a gritos al verse impotente para socorrer a una infeliz mujer con una criaturita, a la que veía bajo él en el quicio de una puerta. El castigo de todos los fantasmas era, evidentemente, que procuraban con afán aliviar los dolores humanos y habían perdido para siempre la posibilidad de conseguirlo.

Si tales fantasmas se desvanecieron en la niebla, o la niebla los amortajó, no podría decirlo Scrooge. Pero ellos y sus voces sobrenaturales se perdieron juntos, y la noche volvió a ser como cuando llegó a su casa.

Cerró Scrooge la ventana y examinó la puerta por donde había entrado el Espectro. Estaba cerrada con dos vueltas de llave, como él la cerró con sus propias manos, y los cerrojos sin señal de violencia. Intentó decir "¡¡Paparruchas!!", pero se detuvo a la primera sílaba. Y hallándose muy necesitado de reposo, por la emoción que había sufrido, o por las fatigas del día, o por haber entrevisto el Mundo Invisible, o por la abrumadora conversación del Espectro, o por lo avanzado de la hora, se tendió resueltamente en el lecho, sin desnudarse, y al instante se quedó dormido.

CAPÍTULO II: EL ESPECTRO DE LA NAVIDAD PASADA

Cuando Scrooge despertó, había tanta obscuridad que, al mirar desde la cama, apenas podía distinguir la transparente ventana de las opacas paredes del dormitorio. Hallábase haciendo esfuerzos para atravesar la obscuridad con sus ojos de hurón, cuando el reloj de la iglesia vecina dio cuatro campanadas que significaban otros tantos cuartos. Entonces escuchó para saber la hora.

Con gran admiración suya, la pesada campana pasó de seis campanadas a siete, y de siete a ocho y así sucesivamente, hasta doce; y se detuvo. ¡Las doce! Eran más de las dos cuando se acostó. El reloj andaba mal. Algún pedazo de hielo debía haberse introducido en la máquina. ¡Las doce!

Tocó el resorte de su reloj de repetición para rectificar aquella hora equivocada. Su rápida pulsación sonó doce veces, y se detuvo.

—¡Vaya —dijo Scrooge—, no es posible que yo haya dormido un día entero y aun parte de otra noche! A no ser que haya ocurrido algo al sol y que a las doce de la noche sean las doce del día.

Como la idea era alarmante, se arrojó del lecho y a tientas se dirigió a la ventana. Tuvo necesidad de frotar el vidrio con la manga de la bata para quitar la escarcha y conseguir ver algo, aunque pudo ver muy poco. Todo lo que pudo distinguir fue que aún había espesísima niebla, que hacía un frío exagerado y que no se percibía el ruido de la gente yendo y viniendo en continua agitación, como si la noche, ahuyentando al luciente día, se hubiera posesionado del mundo. Esto fue para él gran alivio, porque si todo era noche, ¿qué valor tenían las palabras: "A tres días vista esta primera de cambio, pagarás a Mr. Ebenezer Scrooge o a su orden", etc., puesto que no había días que contar?

Scrooge se acostó de nuevo, y pensó, y pensó, y pensó en ello repetidamente, y no pudo sacar nada en limpio. Cuanto más pensaba, sentíase más perplejo: y cuanto más se esforzaba para no pensar, más pensaba.

El Espectro de Marley le molestaba de modo extraordinario. Cuantas veces intentaba convencerse, después de reflexionar, de que todo era un sueño, su imaginación volvía, como un resorte que se deja de oprimir, a su primera posición, y le presentaba el mismo problema que resolver: ¿era un sueño o no?

Permaneció Scrooge en este estado hasta que la campana dio tres cuartos; y entonces recordó, estremeciéndose, que el Espectro le había anunciado una visita para cuando la campana diese la una. Determinó estar despierto hasta que pasara la hora: y considerando que le era más difícil dormir que alcanzar el cielo, quizás era ésta la más prudente determinación que podía tomar.

Los quince minutos eran tan largos, que más de una vez pensó que se había adormecido sin darse cuenta y por ello no había oído el reloj. Por fin resonó en su atento oído. ¡Tin, tan!

—Y cuarto —dijo Scrooge, contando. ¡Tin, tan!

—Y media —dijo Scrooge. ¡Tin, tan!

—Menos cuarto —dijo Scrooge. ¡Tin, tan!

—¡La hora señalada —dijo Scrooge, triunfalmente— y sin novedad!

Habló antes de que sonase la campana de las horas, lo cual hizo dando una profunda, pesada, hueca, melancólica. La luz inundó el dormitorio al instante y se descorrieron las cortinas del lecho.

Fueron descorridas las cortinas del lecho, les digo, por una mano invisible. No las cortinas que tenía a los pies ni las cortinas que tenía a la espalda, sino las que tenía delante de la cara. Las cortinas del lecho se descorrieron, y Scrooge, sobresaltándose, medio se incorporó y se halló frente a frente del sobrenatural visitante al que daban paso: tan cerca de él como yo lo estoy de ustedes, y yo me encuentro espiritualmente junto a su codo.

Era una figura extraña..., como un niño; aunque, más que un niño, parecía un anciano, visto a través de un medio sobrenatural, que le daba la apariencia de haberse alejado de la vista y disminuido hasta las proporciones de un niño.

Su cabello, que le colgaba alrededor del cuello y por la espalda, era blanco como el de los ancianos: pero la cara no tenía ni una arruga, y la piel era delicadísima.

Los brazos eran muy largos y musculosos, y lo mismo las manos, como si fueran extraordinariamente fuertes. Las piernas y los pies, que eran perfectos, los llevaba desnudos, como los miembros superiores. Vestía una túnica del blanco más puro y le ceñía la cintura una luciente faja de hermoso brillo. Empuñaba una rama fresca de verde acebo y, contrastando singularmente con este emblema del invierno, llevaba el vestido salpicado de flores estivales. Pero lo más extraño de él era que de lo alto de su cabeza brotaba un surtidor de brillante luz clara, que todo lo hacía visible; y para ciertos momentos en que no fuese oportuno hacer uso de él, llevaba un gran apagador en forma de gorro, que entonces tenía bajo el brazo.

Y aun esto no le pareció a Scrooge, al mirarle con creciente curiosidad, su cualidad más extraña, sino que su cinturón brillaba lanzando destellos tan pronto en una parte como en otra, y lo que un instante era luz, se hacía de pronto obscuridad, y así la figura misma fluctuaba en su claridad, siendo ora una cosa con un brazo, ora con una pierna, ora con veinte piernas, ora dos piernas sin cabeza, ora una cabeza sin cuerpo, y de las partes que se desvanecían, ningún perfil podía distinguirse en medio de la densa obscuridad en que se fundían, y después de tal maravilla, volvía a ser él mismo, con toda la claridad anterior.

—¿Eres, señor, el Espíritu cuya venida me han predicho? —preguntó Scrooge.

—Lo soy.

La voz era suave y dulce, pero extraordinariamente baja, como si en vez de estar tan cerca de él, se hallase a gran distancia.

—¿Quién eres, pues?

—Soy el Espectro de la Navidad Pasada.

—¿Pasada hace mucho? —inquirió Scrooge, al observar su estatura de enano.

—No. La que acabas de pasar.

Quizás Scrooge no habría podido decir por qué, si alguien hubiera podido preguntarle, pero sintió un deseo especial de ver al Espíritu con el gorro, y le suplicó que se cubriese.

—¡Cómo! —exclamó el Espectro—. ¿Tan pronto quieres apagar, con manos humanas, la luz que doy? ¿No es bastante que seas uno de aquellos cuyas pasiones hacen este gorro y que me obligan, a través de años y años, sin interrupción, a llevarlo sobre mi frente?

Scrooge negó respetuosamente toda intención de ofender y dijo que no tenía conocimiento de haber, a sabiendas, contribuido a confeccionar el sombrero del Espíritu en ninguna época de su vida. Después se atrevió a preguntar qué asunto le traía.

—Tu bienestar —dijo el Espectro.

Scrooge se mostró muy agradecido, pero no pudo menos de pensar que una noche de continuado reposo habría sido más conducente a aquel fin. El Espíritu debió de oír su pensamiento, porque inmediatamente dijo:

—Reclamas, pues. ¡Prepárate!

Y al hablar extendió su potente mano y le cogió nuevamente por el brazo.

—Levántate y ven conmigo.

Habría sido inútil para Scrooge, hacerle ver que el tiempo y la hora no eran a propósito para pasear a pie; que el lecho estaba caliente y el termómetro marcaba muchos grados bajo cero; que estaba muy ligeramente vestido con las zapatillas, la bata y el gorro de dormir, y que padecía un resfriado. El puño, aunque suave como una mano femenina, no se podía resistir.

Se levantó, pero advirtiendo que el Espíritu se dirigía hacia la ventana, le asió de la vestidura suplicándole:

—Soy mortal y puedo caerme.

—Te tocaré con mi mano aquí —dijo el Espíritu, poniéndosela sobre el corazón— y podré sostenerte.

Al pronunciar tales palabras, pasaron a través del: muro y se encontraron en un amplio camino, con campos a un lado y a otro. La ciudad habíase desvanecido por completo. La obscuridad y la bruma se habían desvanecido con ella, pues hacía un claro y frío día de invierno y el suelo se hallaba cubierto de nieve.

—¡Dios mío! —dijo Scrooge, cruzando las manos y mirando a su alrededor—. En este sitio me crie. Aquí transcurrió mi infancia.

El Espíritu le miró con benevolencia. Su dulce tacto, aunque había sido leve e instantáneo, se hacía sentir todavía en la sensibilidad del anciano. Notaba que mil aromas que flotaban en el aire guardaban relación con mil pensamientos, y esperanzas, y alegrías, y cuidados, por espacio de mucho, mucho tiempo olvidados.

—Te tiemblan los labios —dijo el Espectro—. ¿Y qué es eso que tienes en la mejilla?

Scrooge balbuceó, con inusitado desfallecimiento en la voz, que era un grano, y dijo al Espectro que lo condujese donde quisiera.

—¿Recuerdas el camino? —preguntó el Espíritu.

—¿Recordarlo? —gritó Scrooge, con vehemencia—. Lo recorrería con los ojos cerrados.

—Es extraño que no lo hayas olvidado durante tantos años — hizo observar el Espectro—. Sigamos adelante.

Siguieron a lo largo del camino. Scrooge reconocía las entradas de las casas, los postes, los árboles, hasta el pueblecito, que aparecía a lo lejos, con su puente, su iglesia y su ondulante río. Se veían algunos afelpados caballitos que trotaban montados por muchachos, quienes llamaban a otros chiquillos que iban en tílburis y en carros del país, guiados por agricultores. Todos aquellos muchachos iban muy alegres y se aclamaban mutuamente, hasta que los campos estuvieron tan llenos de armonioso júbilo, que el aire reía al oírlo.

—No son más que sombras de las cosas pasadas—dijo el Espectro—. No se dan cuenta de nosotros.

Los alegres viajeros se acercaban, y conforme fueron llegando, Scrooge los conocía y nombraba a cada uno. ¿Por qué se alegró extraordinariamente al verlos? ¿Por qué sus fríos ojos resplandecieron y su corazón brincó al verlos pasar? ¿Por qué se sintió lleno de alegría cuando los oyó desearse mutuamente felices Pascuas al separarse en los atajos y en los cruces, para marchar a sus respectivas casas? ¿Qué era la Navidad para Scrooge? ¡Nada de Navidad! ¿Qué bien le había hecho a él?

—La escuela no está completamente desierta —dijo el Espectro—. Queda en ella todavía un niño solitario, abandonado por sus amigos.

Scrooge dijo que le conocía. Y sollozó.

Dejaron el camino real, entrando en una conocida calleja, y pronto llegaron a una casa de toscos ladrillos rojos, con una cupulita coronada por una veleta, y de cuyo tejado colgaba una campana. Era una casa amplia, pero venida a menos, pues las espaciosas dependencias se usaban poco, sus paredes estaban húmedas y mohosas, sus ventanas rotas y sus puertas podridas. Las gallinas cloqueaban y se pavoneaban en las cuadras y las cocheras, y los cobertizos se hallaban asolados por las hierbas. Ni había en el interior más huellas de su antiguo estado; pues, al entrar en el sombrío zaguán, y al mirar a través de las francas puertas de muchas habitaciones, se las veía pobremente amuebladas, frías y solitarias. Había en el aire un sabor terroso, una heladora desnudez, que hacía pensar que los que habitaban aquel lugar se levantaban antes de romper el día y no tenían qué comer.

Atravesaron el Espectro y Scrooge la sala y se dirigieron a una puerta de la parte trasera de la casa. Se mostraba abierta ante ellos y descubría una habitación larga; desnuda y melancólica, a cuya desnudez contribuían hileras de bancos y mesas, en una de las cuales se hallaba un niño solitario, leyendo cerca de un poco de lumbre: Scrooge se sentó en un banco y lloró al verse retratado en aquel niño, olvidado, abandonado, como acostumbró a verse en su infancia.

Ni un eco latente en la casa, ni un chillido o un rumor de pelea entre los ratones detrás del entrepaño, ni la caída de una gota de agua de la medio deshelada cañería, ni un suspiro entre las ramas sin hojas de un álamo mustio, ni la ociosa oscilación de la puerta de un almacén vacío, ni un chasquido de la lumbre, que al caer sobre el corazón de Scrooge con suavizadora influencia, dieran libre paso a sus lágrimas.

El Espíritu le tocó en un brazo y señaló hacia su imagen infantil atenta a la lectura. De repente apareció en la ventana, por la parte de afuera, un hombre vestido con traje extranjero, al que se distinguía con admirable exactitud; llevaba un hacha en el cinto y conducía del ronzal un asno cargado de leña.

—¡Sí es Alí Babá! —exclamó Scrooge, extasiado—. ¡Es mi querido Alí Babá!

Sí, sí, le conozco. Una vez, por Navidad, cuando todos abandonaron al solitario niño, él vino por primera vez, exactamente como ahora le vemos.

¡Pobre muchacho! Y Valentín —continuó Scrooge—, y su hermano Orson, ¡ahí van! ¿Y cómo se llama aquel a quien dejaron dormido, casi desnudo, a la puerta de Damasco? ¿No lo ves? Y el paje del Sultán, a quien el Genio hace dar vueltas en el aire. ¡Ahora está cabeza abajó! ¡Muy bien! ¡Dale lo que merece! ¡Me alegro!

¿Qué necesidad tenía de casarse con la princesa?

Verdaderamente, habría producido sorpresa a sus amigos de la City oír a Scrooge dedicar toda la solicitud de su naturaleza a aquellos recuerdos, en una voz de lo más extraordinario, entre risas y gritos, y ver su rostro alegre y animado.

—¡Ahí está el Loro! —gritó—. Verde el cuerpo y la cola amarilla, con una cosa como una lechuga en la parte superior de la cabeza; ahí está. "Pobre Robinsón Crusoe", le decía cuando volvió a su casa, después de navegar alrededor de la isla. "Pobre Robinsón Crusoe, ¿dónde has estado, Robinsón Crusoe?". El hombre creía soñar, pero no soñaba. Era el Loro, ya lo saben. Por ahí va Viernes, corriendo hacía la ensenada para salvar la vida. ¡Hala, hala!

Después, con una rapidez de transición muy extraña en su carácter habitual, dijo lleno de piedad por la imagen de sí mismo: "¡Pobre muchacho!", y volvió a llorar.

—Quisiera... —murmuró, llevándose la mano al bolsillo y mirando a su alrededor, después de enjugarse los ojos con la manga—; pero es demasiado tarde.

—¿De qué se trata? —preguntó el Espíritu.

—De nada —dijo Scrooge—. De nada. Había a mi puerta, la noche última, un muchacho cantando una canción de Navidad, y me agradaría haberle dado alguna cosa: eso es todo.

El Espectro sonrió pensativamente y agitó una mano, al mismo tiempo que decía:

—Veamos otra Navidad.

A estas palabras, la figura infantil de Scrooge creció y la habitación se hizo algo más obscura y más sucia. Se contrajeron los entrepaños, se agrietaron las ventanas, se desprendieron del techo fragmentos de yeso y en su lugar aparecieron las vigas desnudas; pero Scrooge no supo acerca de cómo ocurrió todo esto más de lo que ustedes saben. Solamente supo que todo había ocurrido así, sin violencia, que él se hallaba allí, otra vez solitario, pues todos los demás muchachos se habían marchado a sus casas para celebrar aquellos alegres días de fiesta.

Ahora no estaba leyendo, sino paseando arriba y abajo desesperadamente.

Scrooge miró al Espectro y, moviendo tristemente la cabeza, lanzó una ojeada ansiosa hacia la puerta.

Esta se abrió, y una niña pequeña, mucho más joven que el muchacho, se precipitó dentro y, rodeándole el cuello con los brazos y besándole repetidas veces, se dirigió a él llamándole "hermano querido".

—He venido para llevarte a casa, hermano querido —dijo la niña, palmoteando e inclinándose a fuerza de reír—, ¡Para llevarte a casa, a casa, a casa!

—¿A casa, pequeña? —replicó el muchacho.

—¡Sí! —dijo la niña, rebosando alegría—. A casa, para que estés con nosotros siempre, siempre. Papá es mucho más cariñoso que nunca y nuestra casa se parece al cielo. Me habló tan dulcemente una noche cuando iba a acostarme, que no tuve miedo de pedirle una vez más que te permitiera volver a casa: me dijo que sí y me envió en un coche a buscarte. Tú serás un hombre — dijo la niña, abriendo mucho los ojos— y nunca volverás aquí; por lo pronto, vamos a estar juntos todos los días de Navidad y a pasar las horas más alegres del mundo.

—Eres ya una mujer, pequeña Fanny —exclamó el muchacho.

Palmoteó ella y se echó a reír, tratando de acariciarle la cabeza: pero como era muy pequeña y no alcanzaba, se echó a reír de nuevo y le abrazó; poniéndose en las puntas de los pies. Luego empezó a tirar de él, con afán infantil, hacía la puerta; y él, nada disgustado por ello, la acompañaba.

Una voz terrible gritó en el vestíbulo: "¡Baje el baúl de máster Scrooge!", y apareció el maestro de escuela, que miró ferozmente a Scrooge con mirada de condescendencia, y le atontó al sacudirle por las manos. Luego los llevó a él y a su hermana a una escalofriante habitación que parecía un pozo, donde los mapas colgados de la pared y los globos celestes y terrestres, colocados en las ventanas, parecían cubiertos de cera, a causa del frío. Una vez allí, sacó una garrafa de vino que brillaba extrañamente y un trozo de macizó pastel y repartió estas golosinas entre los pequeños, al mismo tiempo que enviaba a un flaco criado a ofrecer un vaso de "algo" al postillón, quien le respondió que se lo agradecía al caballero, pero que sí era del mismo barril que había bebido antes, prefería no beberlo. Como el baúl de máster Scrooge estaba ya colocado en la parte más alta del coche, los niños se despidieron amablemente del maestro y, subiendo al coche, atravesaron alegremente el jardín: las ágiles ruedas despedían la escarcha y la nieve que llenaban las obscuras hojas de las siemprevivas.

—Siempre fue una criatura delicada, a quien el simple aliento puede marchitar —dijo el Espectro—; pero tenía un gran corazón.

—Sí que lo tenía —gritó Scrooge—. Tienes razón. No se puede negar, Espíritu. ¡Dios me libre!

—Murió siendo mujer —dijo el Espectro— y creo que tuvo hijos.

—Un niño —replicó Scrooge.

—Cierto —dijo el Espectro—. ¡Tu sobrino!

Scrooge parecía intranquilo, y contestó brevemente:

—Sí. Aunque en aquel momento acababan de dejar la escuela tras sí, se hallaban entonces en las concurridas calles de una ciudad, donde fantásticos transeúntes iban y venían, donde fantásticos carros y coches pasaban por el camino y donde había todo el movimiento y todo el tumulto de una ciudad verdadera. Se comprendía perfectamente, por el aspecto de las tiendas, que otra vez era la época de Navidad: pero era de noche y las calles estaban alumbradas.

El Espectro se detuvo a la puerta de Cierto almacén y preguntó a Scrooge si lo conocía.

—¡Conocerlo!—contestó el aludido—. Aquí fui aprendiz.

Entraron. A la vista de un anciano con una peluca de las usadas en el país de Gales, sentado tras un pupitre tan alto que si el caballero hubiera tenido dos pulgadas más de estatura habría tropezado con la cabeza en el techo. Scrooge gritó excitadísimo:

—¡Si es el anciano Fezziwig! ¡Bendito sea Dios! ¡Es Fezziwig, vuelto a la vida!

El anciano Fezziwig dejó la pluma y miró el reloj, que marcaba las siete. Se frotó las manos, se ajustó el amplio chaleco, se echó a reír francamente, recorriéndole la risa todo el cuerpo, y gritó con una voz agradable, suave, y jovial:

—¡Ebenezer! ¡Dick!

La imagen de Scrooge, que ya era un hombre joven; entró alegremente

acompañada por la de otro aprendiz.

—¡Dick Wilkins, no hay duda! —dijo Scrooge al Espectro—. Sí, es él. Me tenía verdadero afecto. ¡Pobre Dick! ¡Cuánto le quería yo!

—¡Vamos, muchachos! —dijo Fezziwig—. No se trabaja más esta noche. Es Nochebuena, Dick. Es Nochebuena. Ebenezer. Cerremos la tienda —gritó el anciano, dando una palmada.

No pueden imaginar cómo lo hicieron aquellos dos muchachos.

Salieron a la calle cargados con las puertas —una, dos tres—, las colocaron en su sitio cuatro, cinco, seis—, pusieron las barras y las sujetaron —siete, ocho, nueve —y volvieron antes de que pudierais contar hasta doce, jadeantes, como caballos de carreras.

—¡A ver! —gritó el anciano, saltando del elevado pupitre, con admirable agilidad—. ¡A retirar todo, muchachos, para dejar libre la habitación! ¡Vamos, Dick! ¡Vamos, Ebenezer! ¡Retirar todo!

Nada había que no quisieran retirar, ni nada que no pudiesen, bajo la mirada del anciano. Todo se hizo en un minuto. Todos los muebles desaparecieron como si fuesen retirados de la vida pública para siempre: se barrió y se regó el piso, se encendieron las lámparas, se amontonó el combustible sobre el fuego, y el almacén se convirtió en un salón de baile cómodo, y caliente, y seco, y brillante, que desearíais ver en una noche de invierno.

Entró un violinista con un cuaderno de música y, encaramándose sobre el alto pupitre, hizo de él una orquesta y empezó a rascar el violín. Entró la señora Fezziwig, toda sonrisas. Entraron las tres señoritas Fezziwig, radiantes y adorables: Entraron los seis jóvenes cuyos corazones sufrían por ellas. Entraron todos los muchachos y muchachas empleados en la casa. Entró la doncella, con su primo el panadero. Entró la cocinera, con el lechero, particular amigo de su hermano. Entró el muchacho de al lado, de quien se sospechaba que su amo no le daba de comer lo suficiente, y que trataba de esconderse de las muchachas, menos de una a quien su ama había ya tirado de las orejas. Entraron todos uno tras otro; unos tímidos; otros atrevidos. Unos graciosos, otros incultos; unos activos, otros torpes; entraron todos, de un modo o de otro, y se formaron veinte parejas, cogidas de la mano y formando un corro. La mitad se adelanta y luego retrocede; éstos se balancean cadenciosamente, aquéllos acompañan el movimiento; después todos empiezan a dar vueltas en redondo varias veces, agrupándose, estrechándose, persiguiéndose unos a otros; la pareja de ancianos nunca está en su sitio; y las parejas jóvenes se apartan rápidamente cuando les han puesto en apuros; en fin, se rompe la cadena y los bailarines se encuentran sin pareja. Después de tan hermoso resultado, el viejo Fezziwig, dando una palmada para suspender el baile, gritó: "Muy bien", y el violinista metió el ardiente rostro en una olla de cerveza, especialmente preparada para ello. Pero cuando reapareció, desdeñando el reposo; instantáneamente empezó a tocar de nuevo, aunque aún no había bailarines, como si el otro violinista hubiera sido llevado a su casa, exhausto, sobre una contraventana, y éste fuera otro músico resuelto a vencerle o a morir.

Cuando el reloj dio las once, se terminó el baile. El señor y la señora de Fezziwig tomaron posiciones cada uno a un lado de la puerta, y dando apretones de manos a todos conforme iban saliendo, les deseaban felices Pascuas. Cuando todos se hubieron retirado, excepto los dos aprendices, hicieron lo mismo con ellos: y las alegres voces se extinguieron y los muchachos quedaron en sus lechos, que estaban debajo de un mostrador en la trastienda.

Durante todo este tiempo Scrooge había obrado como un hombre que no está en su sano juicio. Su corazón y su alma se hallaban en la escena, con su otro él. Lo reconocía todo, lo recordaba todo, gozaba de todo y sufría la más extraña agitación. Hasta el momento en que los brillantes rostros de su imagen y de Dick desaparecieron, no se acordó del Espectro, y entonces se dio cuenta de que estaba con la mirada fija en él, mientras la luz ardía sobre su cabeza con claridad deslumbradora.

—No merece la pena —dijo él Espectro— que estas simples gentes hagan tantas demostraciones de gratitud.

—¿Cómo? —respondió Scrooge.

El Espíritu le indicó que escuchase a los dos aprendices, cuyos corazones se deshacían en alabanza de Fezziwig; y cuando lo hubo hecho, dijo:

—¡Qué! ¿No es verdad? No ha gastado sino algunas libras de tu moneda terrena: tres o cuatro quizás. ¿Es eso tanto como para merecer esa alabanza?

—No es eso —dijo Scrooge, disgustado por la observación y hablando inconscientemente como su otro él, no como quien era en realidad—. No es eso, Espíritu. En su mano está hacernos dichosos o infelices, hacer que nuestra tarea sea leve o abrumadora, que sea un placer o una fatiga. ¿Dices que su poder estriba en palabras y miradas, en cosas tan leves e insignificantes que es imposible contarlas? ¿Y qué? La felicidad que nos proporciona es tan grande como si costase una fortuna.

Sintió la mirada del Espíritu, y se detuvo.

—¿Qué te pasa? —preguntó el Espectro.

—Nada de particular —dijo Scrooge.

—Yo creo que te pasa algo —insistió el Espectro.

—No —dijo Scrooge— No. Que me agradaría poder decir algunas palabras a mí dependiente precisamente ahora. Nada más.

Su imagen antigua apagó las lámparas al expresar él aquel deseo y Scrooge y el Espectro se hallaron de nuevo uno al lado del otro al aire libre.

—Me queda muy poco tiempo —hizo observar el Espíritu—. ¡Apresúrate!

Tal exclamación no iba dirigida a Scrooge ni a nadie que estuviera presente, pero produjo un efecto inmediato. De nuevo Scrooge se contempló a sí mismo. Tenía más edad. Estaba en la primavera de la vida. Su cara no tenía las ásperas y rígidas apariencias de los últimos años: pero empezaba a mostrar las señales de la preocupación y de la avaricia. Había en sus ojos una movilidad ardiente, voraz, inquieta, que mostraba la pasión que había arraigado en él y donde haría sombra el árbol que empezaba a crecer.

No estaba solo, sino sentado junto a una hermosa joven vestida de luto, cuyos ojos se hallaban llenos de lágrimas, que lanzaban destellos a la luz que lanzaba el Espectro de la Navidad Pasada.

—Poco importa —decía ella dulcemente—. Para ti, muy poco. Me ha desplazado otro ídolo; pero si al venir puede alegrarte y consolarte, como yo había procurado hacerlo, no tengo motivo de disgusto.

—¿Qué ídolo os ha desplazado? —preguntó él.

—Un ídolo de oro.

—He ahí la justicia del mundo —dijo Scrooge—. No hay en él nada tan abrumador como la pobreza, y nada se juzga en él con tanta severidad como la persecución de la riqueza.

—Tienes demasiado temor a la opinión del mundo —contestó ella con dulzura—. Todas tus demás esperanzas se han confundido con la esperanza de ponerse a cubierto de su sórdido reproche. Yo he visto desaparecer tus más nobles aspiraciones una por una, hasta que la pasión principal. La ganancia te ha absorbido por completo. ¿No es cierto?

—¿Y qué? —replicó él—. Supongamos que me hubiese hecho tan prudente como todo eso; ¿y qué? Para ti yo he cambiado.

Ella meneó la cabeza.

—¿He cambiado?

—Nuestro compromiso es antiguo. Lo contrajimos cuando ambos éramos pobres y nos sentíamos contentos de serlo, hasta que consiguiéramos aumentar nuestros bienes terrenales por medio de nuestro paciente trabajo. Has cambiado. Cuando tal cosa ocurrió, eras otro hombre.

—Yo era un muchacho —dijo él con impaciencia.

—Tu propia conciencia te dice que no eras lo que eres — replicó ella

— Yo sí. Lo que prometía la felicidad cuando éramos uno en el corazón, es todo tristeza ahora que somos dos. No diré cuántas veces y cuán ardientemente he pensado en ello. Es suficiente que haya pensado en ello y que pueda devolveros la libertad.

—¿He buscado yo alguna vez esa libertad?

—Con palabras, no. Nunca.

—¿Pues con qué?

—Con tu naturaleza cambiada; con tu espíritu transformado; con la diferente atmósfera en que vives; con tus nuevas esperanzas. Con todo lo que hizo mi amor de algún valor a tus ojos. Si nada de eso hubiera existido entre nosotros —dijo la muchacha, mirándole suavemente, pero con firmeza—, dime: ¿eres capaz ahora de solicitarme y de conquistarme? ¡Ah, no!

A pesar suyo, él pareció ceder a la justicia de tal suposición. Pero, haciendo un esfuerzo, dijo:

—No es ése tu pensamiento.

—Me causaría júbilo pensar de otro modo si pudiera —contestó ella—.

¿Dios lo sabe! Para convencerme de una verdad como ésa, yo sé cuán fuerte e irresistible tiene que ser. Pero sí fueras libre hoy, mañana, al otro día, ¿puedo creer que elegirías una muchacha pobre... Tú, que en íntima confianza con ella sólo considerarías la ganancia, o que, eligiéndola, si por un momento eres lo bastante falso para con tus principios al hacerlo así, no sé demasiado que tu pesar y tu arrepentimiento serían la indudable consecuencia? Lo sé, y te dejo en libertad. Con todo el corazón, pues en otro tiempo os amé, aunque el amor que te tenía haya desaparecido.

Intentó él hablar: pero ella, volviéndole la cara, continuó:

—Tal vez, la experiencia de lo pasado me hace suponerlo, esto te produzca aflicción. Dentro de poco, muy poco tiempo, ahuyentarás todo recuerdo de ello, alegremente, como se ahuyenta el recuerdo de un sueño desagradable, del cual surge felizmente la alegría de lo que se encuentra al despertar. ¡Ojalá seas feliz en la vida que has elegido!

Y se marchó.

—¿Espíritu —dijo Scrooge—, no me mostrarás más cosas! Llévame a casa. ¿Por qué gozas torturándome?

—¡Una sombra más! —exclamó el Espectro.

—¡No más! —gritó Scrooge—. ¡No más! No quiero verla. ¡No me muestres más cosas!

Pero el inexorable Espectro le sujetó por ambos brazos y le obligó a presenciar lo que iba a ocurrir inmediatamente.

Se hallaban en otra escena y en otro lugar, no muy amplio ni muy hermoso, pero lleno de comodidad. Cerca de la lumbre propia del invierno estaba sentada una hermosa muchacha, tan parecida a la anterior, que Scrooge creyó que era la misma, hasta que vio que era una hermosa matrona, sentada enfrente de su propia hija. El ruido en la habitación era verdaderamente tumultuoso, pues había allí tantos muchachos que Scrooge, en su estado de agitación mental, no pudo contarlos, y a diferencia del grupo celebrado en el poema, en vez de ser cuarenta niños silenciosos como si sólo hubiera uno, cada uno de ellos hacia tanto ruido como cuarenta. Las consecuencias eran de lo más ruidoso que se puede imaginar, pero nadie se preocupaba de ello; al contrario, la madre y la hija reían de muy buena gana y se divertían muchísimo con ello; y esta última, empezando pronto, a mezclarse en los juegos, fue hecha prisionera por los pequeños bandidos del modo más despiadado. ¡Qué no habría dado yo por ser uno de ellos! Aunque yo nunca habría sido tan grosero, de ninguna manera. Por todo el oro del mundo no habría yo estrujado sus hermosas trenzas, deshaciéndolas; y respecto de su precioso zapatito, no se lo habría quitado violentamente, así Dios me salve, aunque en ello me fuera la vida. En cuanto a medirle la cintura jugando, como aquellos atrevidos, no me hubiera atrevido a hacerlo, temiendo que en castigo me quedase con el brazo doblado para siempre, a fin de que no pudiera reincidir. Y me habría agradado sobremanera haber tocado sus labios; haberle preguntado algo para hacer que los abriese; haber contemplado las pestañas en sus ojos abatidos, sin producirle nunca rubor; haber dejado sueltas las ondas de cabello, del cual una sola pulgada sería un recuerdo inapreciable; en una palabra, me habría agradado, lo confieso, haber tenido el ágil atrevimiento de un niño, y, sin embargo, haber sido lo bastante hombre para apreciar el valor de tal condición.

Pero de pronto se oyó que llamaban a la puerta, e inmediatamente se produjo tal conmoción, que la matrona, con cara sonriente, se dirigió a abrir la puerta en medio de un grupo jubiloso y alegre que saludó ruidosamente al padre, que llegaba a casa precediendo a un hombre cargado de regalos y juguetes de Navidad. Entonces fueron las aclamaciones y la lucha y el ataque contra el portador indefenso; el asalto sirviéndose de las sillas a modo de escalas, para registrarle los bolsillos, despojarle de los paquetes envueltos en papel de estraza, agarrársele a la corbata, colgársele del cuello, darle golpes en la espalda y puntapiés en las piernas con irrefrenable entusiasmo. ¡Las exclamaciones de admiración y delicia con que era recibido el descubrimiento de cada envoltorio! ¡El terrible anuncio de que el más pequeño había sido sorprendido metiéndose en la boca una sartén de muñeca y era más que probable que se había tragado un pavo de juguete pegado en una peana de madera! ¡El inmenso alivio al saber que sólo era una falsa alarma! ¡La alegría, y la gratitud, y el entusiasmo eran igualmente indescriptibles! Poco a poco, los niños con sus emociones salieron del salón y fueron subiendo por una escalera hasta la parte más alta de la casa, donde se acostaron, y renació la calma.

Entonces Scrooge fijó su atención más atentamente que nunca, cuando el amo de la casa, con su hija cariñosamente apoyada en él, se sentó con ella y junto a su madre, al lado del fuego; y cuando pensó que una criatura como aquélla, tan graciosa y tan llena de promesas, podía haberle llamado padre, convirtiendo en alegría el hosco invierno de su vida, se le nublaron los ojos de lágrimas.

—Hermosa mía —dijo el marido, volviéndose hacia su esposa sonriendo—esta tarde he visto a un antiguo amigo tuyo.

—¿A quién?

—A ver si lo aciertas.

—¿Cómo puedo acertarlo? No lo sé —añadió riendo, a la vez que reía él

—El señor Scrooge.

—El mismo. Pasé junto a la ventana de su despacho: y como no estaba cerrado aún y tenía una luz en el interior, no pude menos de verle. He oído que su socio se halla a las puertas de la muerte y ahora él se encuentra solo.

Completamente solo en el mundo, supongo.

—¡Espíritu —dijo Scrooge, con la voz destrozada—, sácame de

este sitio!

—Ya te dije que éstas eran sombras de las cosas que han sido —dijo el Espectro—. Si ellas son lo que son, no tienes por qué censurarme.

—¡Llévame de aquí! —exclamó Scrooge—. ¡No puedo resistirlo!

Se volvió hacia el Espectro, y al ver que le miraba con una cara en la cual aparecían de modo extraordinario fragmentos de todas las caras que le había mostrado, se arrojó sobre él.

—¡Déjame! ¡Llévame a mi casa! ¡No me atormentes más!

En la lucha —si aquello podía llamarse lucha, pues el Espectro, con invisible resistencia por su parte, no se alteró por ninguno de los esfuerzos de su adversario— Scrooge observó que la luz sobre su cabeza brillaba con gran esplendor, y relacionando esto con la influencia que ejercía sobre él, se apoderó del gorro apagador y con un movimiento repentino se lo encasquetó.

El Espíritu se encogió de modo que el apagador cubrió toda su figura; pero aunque Scrooge lo oprimía hacia abajo con toda su fuerza, no podía ocultar la luz, que brotaba de su parte inferior, iluminando esplendorosamente el suelo.

Notó que sus fuerzas se extinguían y que se apoderaba de él una irresistible somnolencia y, además, que se hallaba en su propio dormitorio. Hizo un gran esfuerzo sobre el apagador, con el cual se quebró una mano, y apenas tuvo tiempo de tenderse sobre el lecho, cayendo en un profundo sueño.

CAPÍTULO III: EL ESPECTRO DE
LA NAVIDAD PRESENTE

Despertó al dar un estrepitoso ronquido: e incorporándose en el lecho para coordinar sus pensamientos, no tuvo necesidad de que le advirtiesen que la campana estaba próxima a dar otra vez la una. Vuelto a la realidad, comprendió que era el momento crítico en que debía celebrar una conferencia con el segundo mensajero que se le enviaba por la intervención de Jacob Marley. Pero hallando muy desagradable el escalofrío que experimentaba en el lecho al preguntarse cuál de las cortinas separaría el nuevo espectro, las separaría con sus propias manos y, acostándose de nuevo, se constituyó en avisado centinela de lo que pudiera ocurrir alrededor de la cama, pues deseaba hacer frente al Espíritu en el momento de su aparición, y no ser asaltado por sorpresa y dejarse dominar por la emoción.

Así; pues, hallándose preparado para casi todo lo que pudiera ocurrir; no lo estaba de ninguna manera para el caso de que no ocurriera nada; y, por consiguiente, cuando la campana dio la una y Scrooge no vio aparecer ninguna sombra, fue presa de un violento temblor. Cinco minutos, diez minutos, un cuarto de hora transcurrieron y nada ocurría...

Durante todo este tiempo caían sobre el lecho los rayos de una luz rojiza que lanzó vivos destellos cuando el reloj dio la hora; pero, siendo una sola luz, era más alarmante que una docena de espectros, pues Scrooge se sentía impotente para descifrar cuál fuera su significado; y hubo momentos en que temió que se verificase un interesante caso de combustión espontánea, sin tener el consuelo de saber de qué se trataba. No obstante, al fin empezó a pensar, como nos hubiera ocurrido en semejante caso a vosotros o a mí; al fin, digo, empezó a pensar que el manantial de la misteriosa luz sobrenatural podía hallarse en la habitación inmediata, de donde parecía proceder el resplandor.

Esta idea se apoderó de su pensamiento, y suavemente se deslizó Scrooge con sus zapatillas hacia la puerta.

En el preciso momento en que su mano se posaba en la cerradura, una voz extraña lo llamó por su nombre y le invitó a entrar. Él obedeció.

Era su propia habitación. Acerca de esto no había la menor duda. Pero la estancia había sufrido una sorprendente transformación. Las paredes y el techo se hallaban de tal modo cubiertos de ramas y hojas, que parecía un perfecto boscaje, el cual por todas partes mostraba pequeños frutos que resplandecían.

Las rizadas hojas de acebo, hiedra y muérdago reflejaban la luz, como si se hubieran esparcido multitud de pequeños espejos, y en la chimenea resplandecía una poderosa llamarada, alimentada por una cantidad de combustible desconocida en tiempo de Marley o de Scrooge y desde hacía muchos años y muchos inviernos. Amontonados sobre el suelo, formando una especie de trono, había pavos, gansos, piezas de caza, aves caseras, suculentos trozos de carne, cochinillos, largas salchichas, pasteles, barriles de ostras, encendidas castañas, sonrosadas manzanas, jugosas naranjas, brillantes peras y tazones llenos de ponche, que obscurecían la habitación con su delicioso vapor.

Cómodamente sentado sobre este lecho se hallaba un alegre gigante de glorioso aspecto, que tenía una brillante antorcha de forma parecida al Cuerno de la Abundancia, y que la mantenía en alto para derramar su luz sobre Scrooge cuando éste llegó atisbando alrededor de la puerta.

—¡Entra! —exclamó el Espectro—. ¡Entra y conóceme mejor, hombre!

Scrooge penetró tímidamente e inclinó la cabeza ante el Espíritu. Ya no era el terco Scrooge que había sido, y aunque los ojos del Espíritu eran claros y benévolos, no le agradaba encontrarse con ellos.

—Soy el Espectro de la Navidad Presente —dijo el Espíritu—. ¡Mírame!

Scrooge le miró con todo respeto. Estaba vestido con una sencilla y larga túnica o manto verde, con vueltas de piel blanca. Esta vestidura colgaba sobre su figura con tal negligencia, que se veía el robusto pecho desnudo como si no se cuidara de mostrarlo ni de ocultarlo con ningún artificio. Sus pies, que se veían por debajo de los amplios pliegues de la vestidura, también estaban desnudos, y sobre la cabeza no llevaba otra cosa que una corona de acebo, sembrada de pedacitos de hielo. Sus negros rizos eran abundantes y sueltos, tan agradables como su rostro alegre, su mirada viva, su mano abierta, su armoniosa voz, su desenvoltura y su simpático aspecto. Ceñida a la cintura llevaba una antigua vaina de espada; pero en ella no había arma ninguna y la antigua vaina se hallaba mohosa.

—¿Nunca hasta ahora habías visto nada que se me parezca? —exclamó el Espíritu.

—Nunca— contestó Scrooge.

—¿Nunca habías paseado en compañía de los más jóvenes miembros de mi familia, quiero decir (pues yo soy muy joven) de mis hermanos mayores nacidos en estos últimos años? —prosiguió el Fantasma.

—Me parece que no —dijo Scrooge—. Temo que no. ¿Has tenido muchos hermanos, Espíritu?

—Más de mil ochocientos —dijo el Espectro.

—Una tremenda familia a quien atender —murmuró Scrooge.

El Espectro de la Navidad Presente se levantó.

—Espíritu —dijo Scrooge con sumisión—, llévame a donde quieras. La última noche tuve que salir de casa a la fuerza y aprendí una lección que ahora hace su efecto. Esta noche, si tienes que enseñarme alguna cosa, permíteme que saque provecho de ella.

—¡Toca mi vestido!

Scrooge lo tocó apretándolo con firmeza.

Acebo, muérdago, rojos frutos, hiedra, pavos, gansos, caza, aves, carne, cochinillos, salchichas, ostras, pasteles y ponche, todo se desvaneció instantáneamente. Lo mismo ocurrió con la habitación, el fuego, la rojiza brillantez, la noche, y ellos se hallaron en la mañana de Navidad y en las calles de la ciudad, donde (como el tiempo era crudo) muchas personas producían una especie de música ruda, pero alegre y no desagradable, al arrancar la nieve del pavimento en la parte correspondiente a sus domicilios y de los tejados de las casas, lo que producía una alegría loca en los muchachos al ver cómo se amontonaba cayendo sobre el piso y a veces se deshacía en el aire, produciendo pequeñas tempestades de nieve.

Las fachadas de las casas parecían negras y más negras aún las ventanas, contrastando con la tersa y blanca sábana de nieve que cubría los tejados y con la nieve más sucia que se extendía por el suelo y que había sido hollada en profundos surcos por las pesadas ruedas de carros y camiones; surcos que se cruzaban y se volvían a cruzar unos a otros, cientos de veces, en las bifurcaciones de las calles amplias, y formaban intrincados canales, difíciles de trazar, en el espeso fango amarillo y en el agua llena de hielo.

El cielo estaba sombrío y las calles más estrechas se hallaban ahogadas por la obscura niebla, medio deshelada, medio glacial, cuyas partículas más pesadas descendían en una llovizna de átomos fuliginosos, como si todas las chimeneas de la Gran Bretaña se hubieran incendiado a la vez y estuvieran lanzándose el contenido de sus hogares. Nada de alegre había en el clima de la ciudad, y, sin embargo, se notaba un aire de júbilo que el más diáfano aire estival y el más brillante sol del estío en vano habrían intentado difundir.

En efecto, los que maniobraban con las palas en lo alto de los edificios estaban animosos y llenos de alegría; se llamaban unos a otros desde los parapetos y de vez en cuando se disparaban bromeando una bola de nieve —proyectil mucho más inofensivo que muchas bromas verbales—, riendo cordialmente si daba en el blanco Y no menos cordialmente si fallaba la puntería.

Las tiendas en que se vendían aves estaban todavía entreabiertas y las fruterías radiantes de esplendor. Había grandes, redondas y panzudas cestas de castañas, cuya figura se asemejaba a los chalecos de los ancianos gastrónomos, recostadas en las puertas y tumbadas en la calle con su opulencia apoplética.

Había rojizas, morenas y anchas cebollas de España, brillando en la gordura de su desarrollo, como frailes españoles, y haciendo guiños en sus bazares, con socarronería retozona a las muchachas que pasaban por su lado y mirando humildemente al muérdago que colgaba en lo alto. Había peras y manzanas formando altas pirámides apetitosas: había racimos de uvas, que la benevolencia de los fruteros había colgado de magníficos ganchos para que las bocas de los transeúntes pudieran hacerse agua al pasar; había montones de avellanas, mohosas y obscuras, cuya fragancia hacía recordar antiguos paseos por en medio de bosques y agradables marchas hundiendo los pies hasta los tobillos en hojas marchitas: había naranjas y limones, que en la gran densidad de sus cuerpos jugosos pedían con urgencia ser llevados a casa en bolsas de papel y comidos después del almuerzo, y había pescados de oro y de plata.

¿Pues y las tiendas de comestibles? ¡Oh, las tiendas de comestibles!

Estaban próximas a cerrar, con las puertas entornadas; pero a través de las rendijas daba gusto mirar. No era solamente que los platillos de la balanza produjesen un agradable sonido al caer sobre el mostrador, ni que el bramante se separase del carrete con viveza, ni que las cajas metálicas resonasen arriba y abajo como objetos de prestidigitación, ni que los olores mezclados del té y del café fuesen muy agradables al olfato, ni que las pasas fuesen abundantes y raras, las almendras exageradamente blancas; las tiras de canela largas y rectas, delicadas las otras especias, las frutas confitadas, envueltas en azúcar fundido, capaces de excitar el apetito y dar envidia a los más fríos espectadores. No era tampoco que los higos se mostrasen húmedos y carnosos, ni que las ciruelas francesas enrojeciesen con alguna acritud en sus cajas adornadas, ni que todo excitase el apetito en su aderezo de Navidad, sino que las parroquianas se apresuraban con tal afán en la esperanzada promesa del día, que se empujaban unas a otras a la puerta, haciendo estallar toscamente los cestos de mimbre, y dejaban los portamonedas sobre el mostrador y volvían corriendo a buscarlos, cometiendo cientos de equivocaciones semejantes, con el mejor humor posible; mientras el tendero y sus dependientes se mostraban tan serviciales y tan fogosos, que se comprendía fácilmente que los corazones que latían detrás de los mandiles no se regocijaban sólo por hacer buenas ventas, sino por el júbilo que les producía la Navidad.

Pero pronto las campanas llamaron a las gentes a la iglesia o la capilla, y todos acudieron luciendo por las calles sus mejores vestidos y con la alegría en los rostros, y al mismo tiempo desembocaron por todas las calles, callejuelas y recodos incontables personas que llevaban sus comidas a las tahonas, para ponerlas en el horno. La vista de aquellas pobres gentes de buen humor pareció interesar muchísimo al Espíritu, pues permaneció detrás de Scrooge a la puerta de una tahona, y levantando las tapaderas de las cazuelas, conforme pasaban por su lado los que las llevaban, rociaba las comidas con el incienso de su antorcha, que era verdaderamente extraordinaria, pues una o dos veces que se cruzaron palabras airadas entre algunos portadores de comidas por haberse empujado mutuamente, el Espíritu derramó sobre ellos algunas gotas de líquido procedente de la antorcha, e inmediatamente recobraron su buen humor, pues decían que era una vergüenza disputar el día de Navidad. ¿Y nada más puesto en razón, Señor?

Cesaron de tocar las campanas y los tahoneros cerraron; y, sin embargo, era de admirar cómo desaparecía, por efecto de la confección de aquellas comidas, la mancha de humedad que coronaba todos los hornos, cuyo pavimento echaba humo como si estuvieran asándose hasta sus piedras.

—¿Hay algún aroma peculiar en el líquido de tu antorcha con el que rocías? —preguntó Scrooge.

—Sí. El mío.

—¿Ejerce influencia sobre las comidas en este día? —preguntó Scrooge.

—En todas, sobre todo en las de los pobres.

—¿Por qué sobre todo en las de los pobres? —preguntó Scrooge.

—Porque son los que más lo necesitan.

—Espíritu —dijo Scrooge, después de reflexionar un momento—, me admira que, de todos los seres que viven en este mundo que habitamos, sólo tú desees limitar a estas gentes las ocasiones que se les ofrecen de inocente alegría.

—¿Yo? —gritó el Espíritu.

—Sí, porque los privas de trabajar cada siete días, con frecuencia el único día en que pueden decir verdaderamente que comen. ¿No es cierto? —dijo Scrooge.

—¡Yo! —gritó el Espíritu.

—Procuras que cierren los hornos el Séptimo Día —dijo Scrooge—. Y es la misma cosa.

—¿Yo? —exclamó el Espíritu.

—Perdóname si estoy equivocado. Se hace en tu nombre, o, por lo menos, en nombre de tu familia —dijo Scrooge.

—Hay algunos seres sobre la tierra —replicó el Espíritu— que pretenden conocernos, y que realizan sus acciones de pasión, orgullo, malevolencia, odio, envidia, santurronería y egoísmo en nuestro nombre, y que son tan extraños para nosotros y para todo lo que con nosotros se relaciona, como sí nunca hubieran vivido. Acuérdate de ello y carga la responsabilidad sobre ellos y no sobre nosotros.

Scrooge prometió lo que el Espíritu le pedía, y siguieron adelante, invisibles como habían sido antes, hacia los suburbios de la ciudad. Era una notable cualidad del Espectro (que Scrooge había observado a la puerta del tahonero) que, a pesar de su talla gigantesca, podía amoldarse a cualquier sitio con comodidad, y que, como un ser sobrenatural, se hallaba en cualquier habitación baja de techo tan cómodamente como podía haber estado en un salón de elevadísimas paredes.

Y ya fuese por el placer que el buen Espíritu experimentaba al mostrar este poder suyo, ya por su naturaleza amable, generosa y cordial y su simpatía por los pobres, condujo a Scrooge derechamente a casa del dependiente de éste, pues allá fue, en efecto, llevando a Scrooge adherido a su vestidura. Al llegar al umbral, sonrió el Espíritu y se detuvo para bendecir la morada de Bob Cratchit con las salpicaduras de su antorcha. Bob sólo cobraba quince Bob semanales: cada sábado sólo embolsaba quince ejemplares de su nombre, y, sin embargo, el Espectro de la Navidad Presente no dejó por ello de bendecir su morada, que se componía de cuatro piezas.

Entonces se levantó la señora Cratchit, esposa de Cratchit, vestida pobremente con una bata a la cual había dado ya dos vueltas, pero llena de cintas que no valdrían más de seis peniques, y en aquel momento estaba poniendo la mesa, ayudada por Belinda Cratchit, la segunda de sus hijas, también adornada con cintas, mientras master Pedro Cratchit hundía un tenedor en una cacerola de patatas, llegándole a la boca las puntas de un monstruoso cuello planchado (que pertenecía a Bob y que se lo había cedido a su hijo y heredero para celebrar la festividad del día), gozoso al hallarse tan elegantemente adornado y orgulloso de poder mostrar su figura en los jardines de moda. De pronto entraron llorando dos Cratchit más pequeños: varón y hembra, diciendo a gritos que desde la puerta de la tahona habían sentido el olor del ganso y habían conocido que era el suyo; y pensando en la comida, estos pequeños Cratchit se pusieron a bailar alrededor de la mesa y exaltaron hasta los cielos a master Pedro Cratchit, mientras él (sin orgullo, aunque faltaba poco para que le ahogase el cuello) soplaba la lumbre hasta que las patatas estuvieron cocidas y en disposición de ser apartadas y peladas.

—¿Dónde estará tu padre? —dijo la señora Cratchit—. ¿Y tu hermano Tiny Tim? ¿Y Marta, que el año pasado, el día de Navidad, estaba aquí hace ya media hora?

—¡Aquí está Mazta, mamá! —dijo una muchacha, entrando al mismo tiempo que hablaba.

—¡Aquí está Marta, mamá! —gritaron los dos Cratchit pequeños—. ¡Viva!
¡Tenemos un ganso, Marta!

—Pero, hija mía, ¿cuánto has tardado? —dijo la señora Cratchit, besándola una docena de veces y quitándole et velo y el sombrero con sus propias manos, solícitamente.

—He tenido que terminar una labor para poder tener libre la mañana, mamá — replicó la muchacha.

—Bueno; es que nunca creí que vinieses tan tarde. Acércate a la lumbre, hija mía, y caliéntate. ¡Dios te bendiga!

—¡No, no! ¡Ya viene papá! —gritaron los dos pequeños Cratchit, que danzaban de un lado para otro—. ¡Escóndete, Marta, escóndete!

Se escondió Marta y entró Bob, el padre, con la bufanda colgándole lo menos tres pies por la parte anterior, y su traje muy usado, pero limpio y zurcido, de modo que presentaba un aspecto muy favorable. Traía sobre los hombros a Tiny Tim. ¡Pobre Tiny Tim! Tenía que llevar una pequeña muleta y los miembros sostenidos por un aparato metálico.

—¿Dónde está Marta? —gritó Bob Cratchit, mirando a su alrededor.

—No ha venido —dijo la señora Cratchit.

—¡No ha venido! —dijo Bob, con una repentina desilusión en su entusiasmo, pues había sido el caballo de Tim al recorrer todo el camino desde la iglesia y había llegado a casa dando saltos—. ¡No haber venido, siendo el día de Navidad!

A Marta no le agradó ver a su padre desilusionado a causa de una broma, y salió prematuramente de detrás de la puerta, echándose en sus brazos, mientras los dos pequeños Cratchit empujaron a Tiny Tim y le llevaron a la cocina, para que oyese cantar el pudding en la cacerola.

—¿Y cómo se ha portado Tiny Tim? —preguntó la señora Cratchit, después de burlarse de la credulidad de Bob y cuando éste hubo estrechado a su hija contra su corazón.

—Muy bien —dijo Bob—, muy bien. Se ha hecho algo pensativo y se le ocurren las más extrañas cosas que ha oído. Al venir a casa me decía que quería que la gente le viese en la iglesia, porque él era un inválido, y sería muy agradable para todos recordar el día de Navidad al que había hecho andar a los cojos y había dado vista a los ciegos.

La voz de Bob era temblorosa al decir eso y tembló más cuando dijo que Tiny Tim crecía en fuerza y vigor.

Se oyó su activa muleta sobre el pavimento, y antes de que se oyera una palabra más, reapareció Tiny Tim escoltado por su hermano y su hermana, que le llevaron a su taburete junto a la lumbre. Mientras Bob, remangándose los puños —¡Pobrecillo!, como si fuese posible estropearlos más—, confeccionaba una mixtura con ginebra y limón y la agitaba una y otra vez, colocándola después en el antehogar para que cociese a fuego lento, máster Pedro y los dos ubicuos Cratchit pequeños fueron en busca del ganso, con el cual aparecieron en seguida en solemne procesión:

Tal bullicio se produjo entonces, que se creyera al ganso la más rara de todas las aves, un fenómeno con plumas, ante el cual fuese cosa corriente un cisne negro, y en verdad que en aquella casa era ciertamente extraordinario. La señora Cratchit calentó la salsa (ya preparada en una cacerolita) ; master Pedro mojó las patatas con vigor increíble; la señorita Belinda endulzó la salsa de manzanas; Marta quitó el polvo a la vajilla; Bob sentó a Tiny Tim a su lado en una esquina de la mesa; los dos pequeños Cratchit pusieron sillas para todos, sin olvidarse de ellos mismos, y montando la guardia en sus puestos, se metieron la cuchara en la boca, para no gritar pidiendo el ganso antes de que llegara el momento de servirlo. Por fin se pusieron los platos, y se dijo una oración, a la que siguió una pausa, durante la cual no se oía respirar, cuando la señora Cratchit, examinando el trinchante, se disponía a hundirlo en la pechuga; pero cuando lo hizo y salió del interior del ganso un borbotón de relleno, un murmullo de placer se alzó alrededor de la mesa, y hasta Tiny Tim, animado por los pequeños Cratchit, golpeó en la mesa con el mango de su cuchillo y gritó débilmente:

—¡Viva!

Nunca se vio ganso como aquél. Bob dijo que jamás creyó que pudiera existir un manjar tan delicioso. Su blandura y su aroma, su tamaño y su baratura fueron los temas de la admiración general; y añadiéndole la salsa de manzanas y las patatas deshechas, constituyó comida suficiente para toda la familia; en efecto, como la señora Cratchit dijo (al observar que había quedado un huesecillo en el plato), no habían podido comérselo todo. Sin embargo, todos quedaron satisfechos, particularmente los Cratchit más pequeños, que tenían salsa hasta en las cejas. La señorita Belinda cambió los platos y la señora Cratchit salió del comedor muy nerviosa porque no quería que la viesen ir en busca del pudding.

Entonces los comensales supusieron toda clase de horrores: que no estuviera todavía bastante hecho; que se rompiera al llevarlo a la mesa; que alguien hubiera escalado la pared del patio y lo hubiera robado, mientras estaban entusiasmados con el ganso... Ante esta suposición los dos pequeños Cratchit se pusieron pálidos.

¡Atención! ¡Una gran cantidad de vapor! El pastel estaba ya fuera del molde. Un olor a tela mojada. Era el paño que lo envolvía. Un olor apetitoso, que hacía recordar al fondista, al pastelero de la casa de al lado y a la planchadora. ¡Era el pudding! Al medio minuto entró la señora Cratchit con el rostro encendido, —pero sonriendo orgullosamente— con el pudding, que parecía una bala de cañón, duro y macizo, lanzando las llamas que producía la vigésima parte de media copa de aguardiente inflamado, y embellecido con una rama del árbol de Navidad clavada en la cúspide.

¡Oh, admirable pudding! Bob Catchit dijo con toda seriedad que lo estimaba como el éxito más grande conseguido por la señora Cratchit desde que se casaron. La señora Cratchit dijo que no podía calcular lo que pesaba el pudding, y confesó que había tenido sus dudas acerca de la cantidad de harina. Todos tuvieron algo que decir respecto de él, pero ninguno dijo (ni lo pensó siquiera) que era un pudding pequeño para una familia tan numerosa. Ello habría sido una gran herejía. Los Cratchit se hubieran ruborizado de insinuar semejante cosa.

Por fin se terminó la comida, se alzó el mantel, se limpió el hogar y se encendió fuego; y después de beber en el jarro el ponche confeccionado por Bob, y que se consideró excelente, se pusieron sobre la mesa manzanas y naranjas y una pala llena de castañas sobre la lumbre. Después, toda la familia Cratchit se colocó alrededor del hogar, formando lo que Bob llamaba un círculo, queriendo decir semicírculo; y cerca de él se colocó toda la cristalería: dos vasos y una flanera sin mango.

No obstante, tales vasijas servían para beber el caliente ponche, tan bien como habrían servido copas de oro, y Bob lo sirvió con los ojos resplandecientes, mientras las castañas sobre la lumbre crujían y estallaban ruidosamente.

Entonces Bob brindó:

—¡Felices Pascuas para todos nosotros, hijos míos, y que Dios nos bendiga!

Lo cual repitió toda la familia.

—¡Que Dios nos bendiga! —dijo Tiny Tim, el último de todos.

Estaba sentado, arrimadito a su padre, en su taburete. Bob puso la débil manecita del niño en la suya, con todo cariño, deseando retenerle junto a sí, como temiendo que se lo pudiesen arrebatar.

—Espíritu —dijo Scrooge, con un interés que nunca había sentido hasta entonces—. Decidme si Tiny Tim vivirá.

—Veo un asiento vacante —replicó el Espectro en la esquina del pobre hogar y una muleta sin dueño, cuidadosamente preservada. Si tales sombras permanecen inalteradas por el futuro, el niño morirá.

—¡No, no! —dijo Scrooge—. ¡Oh, no, Espíritu amable! Decid que se evitará esa muerte.

—Si tales sombras permanecen inalteradas por el futuro, ningún otro de mi raza —replicó el Espectro le encontrará aquí. ¿Y qué? Si él muere, hará bien, porque así disminuirá el exceso de población.

Scrooge bajó la cabeza al oír sus propias palabras, repetidas por el Espíritu, y se sintió abrumado por el arrepentimiento y el pesar.

—Hombre —dijo el Espectro—, si sois hombre de corazón y no de piedra, prescindid de esa malvada hipocresía hasta que hayáis descubierto cuál es el exceso y dónde está. ¿Vais a decir cuáles hombres deben vivir y cuáles hombres deben morir? Quizás a los ojos de Dios vos sois más indigno y menos merecedor de vivir que millones de niños como el de ese pobre hombre. ¡Oh, Dios? ¡Oír al insecto sobre la hoja decidir acerca de la vida de sus hermanos hambrientos!

Scrooge se inclinó ante la reprensión del Espíritu y, tembloroso, bajó la vista hacia el suelo. Pero la levantó rápidamente al oír pronunciar su nombré.

—¡El señor Scrooge! —dijo Bob—. ¡Brindemos por el señor Scrooge, que nos ha procurado esta fiesta! —En verdad que nos ha procurado esta fiesta— exclamó la señora Cratchit, sofocada—. Quisiera tenerle delante para que la celebrase, y estoy segura de que se le iba a abrir el apetito.

—¡Querida —dijo Bob—, los niños! Es el día de Navidad.

—Es preciso, en efecto, que sea el día de Navidad —dijo ella—, para beber a la salud de un hombre tan odioso, tan avaro, tan duro, tan insensible, como el señor Scrooge. Ya le conoces, Roberto. Nadie le conoce mejor que tú, pobrecillo.

—Querida —fue la dulce respuesta de Bob—. Es el día de Navidad.

—Beberé a su salud por ti y por ser el día que es —dijo entonces la señora Cratchit—, no por él. ¡Qué viva muchos años! ¡Que tenga Felices Pascuas y Feliz Año Nuevo! ¡El vivirá muy alegre y muy feliz, sin duda alguna!

Los niños brindaron también. Fue de todo lo que hicieron lo único que no tuvo cordialidad. Tiny Tim brindó el último de todos, pero sin poner la menor atención. Scrooge era el ogro de la familia. La sola mención de su nombre arrojó sobre los reunidos una sombra obscura, que no se disipó sino después de cinco minutos.

Pasada aquella impresión, estuvieron diez veces más alegres que antes, al sentirse aliviados del maleficio causado por el nombre de Scrooge. Bob Cratchit les contó que tenía en perspectiva una colocación para máster Pedro, que podría proporcionarle, si la conseguía, cinco chelines y seis peniques semanales. Los dos pequeños Cratchit rieron atrozmente ante la idea de ver a Pedro hecho un hombre de negocios, y el mismo Pedro miró pensativamente al fuego, sacando la cabeza entre las dos puntas del cuello, como si reflexionara sobre la notable investidura de que gozaría cuando llegase a percibir aquel enorme ingreso.

Marta, que era una pobre aprendiza en un taller de modista, les contó la clase de labor que tenía que hacer y cómo algunos días trabajaba muchas horas seguidas.

Dijo que al día siguiente pensaba levantarse tarde de la cama, pues era un día festivo que iba a pasar en casa. Contó que hacía pocos días había visto a una condesa con un lord y que el lord era casi tan alto como Pedro, y éste, al oírlo, se alzó tanto el cuello, que, si hubierais estado presentes, no habríais podido verle la cabeza. Durante: todo este tiempo no cesaron de comer castañas y beber ponche, y de aquí a poco escucharon una canción referente a un niño perdido que caminaba por la nieve, cantada por Tiny Tim, que tenía una quejumbrosa vocecita, y la cantó muy bien, ciertamente.

Nada había de aristocrático en aquella familia. Sus individuos no eran hermosos, no estaban bien vestidos, sus zapatos se hallaban muy lejos de ser impermeables, sus ropas eran escasas, y Pedro conocería muy probablemente el interior de las prenderías. Pero eran dichosos, agradables, se querían mutuamente y estaban contentos con su suerte; y cuando ya se desvanecían ante Scrooge, pareciendo más felices a los brillantes destellos da la antorcha del Espíritu al partir, Scrooge los miró atentamente, sobre todo a Tiny Tim, de quien no apartó la mirada hasta el último instante.

Mientras tanto, había anochecido y nevaba copiosamente; y conforme Scrooge y el Espíritu recorrían las calles, la claridad de la lumbre en las cocinas, en los comedores y en toda clase de habitaciones era admirable. Aquí, el temblor de la llama mostraba los preparativos de una gran comida familiar, con fuentes que trasladaban de una parte a otra junto a la lumbre, y espesas cortinas rojas, prontas a caer para ahuyentar el frío y la obscuridad. Allá, todos los niños de la casa salían corriendo sobre la nieve al encuentro de sus hermanas casadas, de sus hermanos, de sus primos; de sus tíos, de sus tías, para ser los primeros en saludarles. En otra parte, se veían en la ventana las sombras de los comensales reunidos; y más allá, un grupo de hermosas muchachas, todas con caperuzas y con botas de abrigo y charlando todas a la vez, marchaban alegremente a alguna casa cercana. ¡Infeliz del soltero (las astutas hechiceras bien lo sabían) que entonces las hubiera visto entrar, con la tez encendida por el frío! Si hubierais juzgado por el número de personas que iban a reunirse con sus amigos, habríais pensado que no quedaba nadie en las casas para recibirlas cuando llegasen, aunque ocurría lo contrario: en todas las casas se esperaban visitas y se preparaba el combustible en la chimenea. ¡Cuán satisfecho estaba el Espectro! ¡Cómo desnudaba la amplitud de su pecho y abría su espaciosa mano, derramando con generosidad su luciente y sana alegría sobre todo cuanto se hallaba a su alcance! El mismo farolero, que corría delante de él salpicando las sombrías calles con puntos de luz, y que iba vestido como para pasar la noche en alguna parte, se echó a reír a carcajadas cuando pasó el Espíritu por su lado, aunque fácilmente se adivinaba que el farolero ignoraba que su compañero del momento era la Navidad en persona.

De pronto, sin una palabra de advertencia por parte del Espectro, se hallaron en una fría y desierta región pantanosa, en la que había derrumbadas monstruosas masas de piedra, como si fuera un cementerio de gigantes: el agua derramaba por dondequiera, es decir, se habría derramado, a no ser por la escarcha que la aprisionaba, y nada había crecido sino el moho, la retama y una áspera hierba. En la concavidad del Oeste, el sol poniente había dejado una ardiente franja roja que fulguró sobre aquella desolación durante un momento, como un ojo sombrío que, tras el párpado, fuese bajando, bajando, bajando, hasta perderse en las densas tinieblas de la obscura noche.

—¿Qué sitio es éste? —preguntó Scrooge.

—Un sitio donde viven los mineros, que trabajan en las entrañas de la tierra —contestó el Espíritu—. Pero me conocen. ¡Mirad!

Brillaba una luz en la ventana de una choza y rápidamente se dirigieron hacia ella. Pasando a través de la pared de piedra y barro, hallaron una alegre reunión alrededor de un fuego resplandeciente, un hombre muy viejo y su mujer, con sus hijos y los hijos de sus hijos y parientes de otra generación más, todos con alegres adornos en su atavío de fiesta. El anciano, con una voz que rara vez se distinguía entre los rugidos del viento sobre la desolada región, entonaba una canción de Navidad, que ya era una vieja canción cuando él era un muchacho, y de vez en cuando todos los demás se le unían al coro. Cuando ellos levantaban sus voces, el anciano hacía lo mismo y sentíase con nuevo vigor, y cuando ellos se detenían en el canto, el vigor del anciano decaía de nuevo.

El Espíritu no se detuvo allí, sino que dejó a Scrooge que se agarrase a su vestidura y, cruzando sobre la región pantanosa, se dirigió... ¿adónde? ¿No sería al mar? Pues, sí, al mar. Horrorizado, Scrooge vio que se acababa la tierra y contempló una espantosa serie de rocas detrás de ellos, y ensordeció sus oídos el fragor del agua, que rodaba y rugía y se encrespaba entre medrosas cavernas abiertas por ella y furiosamente trataba de socavar la tierra.

Edificado sobre un lúgubre arrecife de las escarpadas rocas, próximamente a una legua de la orilla, y sobre el cual se lanzaban las aguas irritadas durante todo el año, se erguía un faro solitario. Grandes cantidades de algas colgaban hasta su base, y pájaros de las tormentas —nacidos del viento, se puede suponer, como las algas nacen del agua— subían y bajaban en torno de él como las olas que ellos rozaban con las alas.

Pero aun allí, dos hombres que cuidaban del faro habían encendido una hoguera que, a través de la tronera abierta en el espeso muro de piedra, lanzaba un rayo de luz resplandeciente sobre el mar terrible. Los dos hombres, estrechándose las callosas manos por encima de la tosca mesa a la cual se hallaban sentados, se deseaban mutuamente Felices Pascuas al beber su jarro de ponche, y uno de ellos, el más viejo, que tenía la cara curtida y destrozada por los temporales como pudiera estarlo el mascarón de proa de un barco viejo, rompió en una robusta canción, semejante al cantar del viento.

De nuevo siguió adelante el Espectro, por encima del negro y agitado mar
—adelante, adelante—, hasta que, hallándose muy lejos, según dijo a Scrooge, de todas las orillas, descendieron sobre un buque. Se colocaron tan pronto junto al timonel, que estaba en su puesto, tan pronto junto al vigía en la proa, o junto a los oficiales de guardia, obscuras y fantásticas figuras en sus varias posiciones; pero todos ellos tarareaban una canción de Navidad o tenían un pensamiento propio de Navidad, o hablaban en voz baja a su compañero de algún día de Navidad ya pasado, con recuerdos del hogar referentes a él. Y todos cuantos se hallaban a bordo, despiertos o dormidos, buenos o malos, habían tenido para los demás una palabra más cariñosa aquel día que otro cualquiera del año, y habían tratado extensamente de aquella festividad, y habían recordado a las personas queridas a través de la distancia y habían sabido que ellas tenían un placer en recordarlos.

Se sorprendió grandemente Scrooge mientras escuchaba el bramido del viento y pensaba qué solemnidad tiene su movimiento a través de la aislada obscuridad sobre un ignorado abismo, cuyas honduras son secretos tan profundos como la muerte; se sorprendió grandemente Scrooge cuando, reflexionando así, oyó una estruendosa carcajada. Pero se sorprendió mucho más al reconocer que aquella risa era de su sobrino, y al encontrarse en una habitación clara, seca y luminosa, con el Espíritu sonriendo a su lado y mirando a su propio sobrino con aprobadora afabilidad.

—¡Ja, ja! —rio el sobrino de Scrooge—. ¡Ja, ja, ja!

Si por una inverosímil probabilidad sucediera que conocieseis un hombre de risa más sana que et sobrino de Scrooge, me agradaría mucho conocerle. Presentadme a él y cultivaré su amistad.

Es cosa admirable, demostradora del exacto mecanismo de las cosas, que así como hay contagio en la enfermedad y en la tristeza, no hay nada en el mundo tan irresistiblemente contagioso como la risa y el buen humor. Cuando el sobrino de Scrooge se echó a reír de esta manera, sujetándose las caderas, dando vueltas a la cabeza y haciendo muecas, con las más extravagantes contorsiones, la sobrina de Scrooge, sobrina política, se echó a reír tan cordialmente como él. Y los amigos que se hallaban con ellos también rieron ruidosamente.

—¡Ja, ja! ¡Ja, ja, ja!

—¡Dijo que la Navidad era una paparrucha, como tengo que morirme! —gritó el sobrino de Scrooge—. ¡Y lo creía!

—¡Qué vergüenza para él! —dijo la sobrina de Scrooge, indignada.

Era muy linda, extraordinariamente linda, de cara agradable y cándida, de sazonada boquita, que parecía hecha para ser besada, como lo era, sin duda; con toda clase de hermosos hoyuelos en la barbilla, que se mezclaban unos con otros cuando se reía, y con los dos ojos más esplendorosos que jamás habéis visto en una cabecita humana. Era enteramente lo que habrían llamado provocativa, pero intachable. ¡Oh, perfectamente intachable!

—Es un individuo cómico —dijo el sobrino de Scrooge—; eso es verdad, y no tan agradable como debiera ser. Sin embargo, sus defectos llevan el castigo de ellos mismos, y yo no tengo nada que decir contra él.

—Sé que es muy rico, Fred —insinuó la sobrina de Scrooge—. Al menos siempre me has dicho que lo era.

—¿Y qué, amada mía? —dijo el sobrino—. Su riqueza es inútil para él. No hace nada bueno con ella. No se procura comodidades con ella. No ha tenido la satisfacción de pensar —¡ja, ja, ja!— que va a beneficiarnos con ella.

—Me falta la paciencia con él —indicó la sobrina de Scrooge. Las hermanas de la sobrina de Scrooge y todas las demás señoras expresaron la misma opinión.

—¡Oh! —dijo el sobrino de Scrooge—. Yo lo siento por él. No puedo irritarme contra él, aunque quiera. ¿Quién sufre con sus genialidades? Siempre él. Se le ha metido en la cabeza no complacernos y no quiere venir a comer con nosotros. ¿Cuál es la consecuencia? Es verdad que perder una mala comida no es perder mucho.

—Pues yo creo que ha perdido una buena comida —interrumpió la sobrina de Scrooge. Todos los demás dijeron lo mismo, y se les debía considerar como jueces competentes, porque en aquel momento acababan de comerla; los postres estaban ya sobre la mesa, y todos se habían reunido alrededor de la lumbre.

—¿Bueno! Me alegra mucho oírlo —dijo el sobrino de Scrooge—, porque no tengo mucha confianza en estas jóvenes amas de casa. ¿Qué opinas, Topper?

Topper tenía francamente fijos los ojos en una de las hermanas de la sobrina de Scrooge, y contestó que un soltero era un infeliz paria que no tenía derecho a emitir su opinión respecto del asunto; y en seguida la hermana de la sobrina de Scrooge — la regordeta, con el camisolín de encaje, no la de las rosas— se ruborizó.

—Continúa, Fred —dijo la sobrina de Scrooge, palmoteando—. Ese nunca termina lo que empieza a decir. ¡Es un muchacho ridículo!

El sobrino de Scrooge soltó otra carcajada, y como era imposible evitar el contagio, aunque la hermana regordeta trató con dificultad de hacerlo, oliendo vinagre aromático, el ejemplo de él fue seguido unánimemente.

—Solamente iba a decir —continuó el sobrino de Scrooge— que la consecuencia de disgustarse con nosotros y no divertirse con nosotros es, según creo, que pierde algunos momentos agradables que no le habrían perjudicado.

Estoy seguro de que pierde más agradables compañeros que los que puede encontrar en sus propios pensamientos, en su viejísimo despacho o en sus polvorientas habitaciones. Me propongo darle igual ocasión todos los años, le agrade o no le agrade, porque le compadezco. Que se burle de la Navidad hasta que se muera; pero no puede menos de pensar mejor de ella, le desafío, si se encuentra conmigo de buen humor, año tras año, diciéndole: "Tío Scrooge, ¿cómo estáis?". Si sólo eso le hace dejar a su pobre dependiente cincuenta libras, ya es algo; y creo que ayer le conmoví.

Al oír que había conmovido a Scrooge, rieron los demás. Pero como Fred tenía corazón sencillo y no se preocupaba mucho del motivo de la risa con tal de ver alegres a los demás, el sobrino de Scrooge les animó a divertirse, haciendo circular la botella alegremente.

Después del té hubo un poco de música, pues formaban una familia de músicos, y os aseguro que eran entendidos, especialmente Topper, que hizo sonar el bajo como los buenos, sin que se le hincharan las venas de la frente ni se le pusiera roja la cara. La sobrina de Scrooge tocó bien el arpa, y entre otras piezas tocó un aria sencilla (una nonada; aprenderíais a tararearla en dos minutos), que había sido la canción favorita de la niña, que sacó Scrooge de la escuela, como recordó el Espectro de la Navidad Pasada. Cuando sonó aquella música, todas las cosas que el Espectro le había mostrado se agolparon a la imaginación de Scrooge; se enterneció más y más, y pensó que si hubiera escuchado aquello con frecuencia años antes, podía haber cultivado la bondad de la vida con sus propias manos para su felicidad, sin recurrir a la azada del sepulturero que enterró a Jacob Marley.

Pero no dedicaron toda la noche a la música. Al poco rato jugaron a las prendas, pues es bueno sentirse niños algunas veces, y nunca mejor que en Navidad, cuando su mismo poderoso fundador era un niño. ¿Basta? Luego se jugó a la gallina ciega, y, sin duda, alguien parecía no ver. Y tan pronto creo que Topper estaba realmente ciego, como creo que tenía ojos hasta en las botas. Mi opinión es que había acuerdo entre él y el sobrino de Scrooge, y que el Espectro de la Navidad Presente lo sabía. Su proceder respecto a la hermana regordeta, la del camisolín de encaje, era un ultraje a la credulidad de la naturaleza humana.

Dando puntapiés a los utensilios del hogar, tropezando con las sillas, chocando contra el piano, metiendo la cabeza entre los cortinones, adondequiera que fuese ella, siempre ocurría lo mismo. Siempre sabía dónde estaba la hermana regordeta. Nunca cogía a otra cualquiera. Si os hubierais puesto delante de él (como hicieron algunos de ellos) con intención, habría fingido que iba a apoderarse de vosotros, lo cual habría sido una afrenta para vuestra comprensión, e instantáneamente se habría ladeado en dirección de la hermana regordeta. A menudo gritaba ella que eso no estaba bien, y realmente no lo estaba. Pero cuando por fin la cogió; cuando, a pesar de todos los crujidos de la seda y de los rápidos revoloteos de ella para huir, consiguió alcanzarla en un rincón donde no tenía escape, entonces su conducta fue verdaderamente execrable. Porque, con el pretexto de no conocerla, juzgó necesario tocar su cofia y además asegurarse de su identidad oprimiendo cierto anillo que tenía en un dedo y cierta cadena que le rodeaba el cuello; ¡todo eso era vil, monstruoso! Sin duda ella le dijo su opinión respecto de ello, pues cuando le correspondió a otro ser el ciego, ambos se hallaban contándose sus confidencias detrás de un cortinón.

La sobrina de Scrooge no tomaba parte en el juego de la gallina ciega; permanecía sentada en una butaca con un taburete a los pies en un cómodo rincón de la estancia, donde el Espectro y Scrooge estaban en pie detrás de ella; pero participaba en el juego de prendas, y era de admirar particularmente en el juego de ¿cómo os gusta?, combinación amorosa con todas las letras del alfabeto, y la misma habilidad demostró en el de ¿cómo, dónde y cuándo?, y, con gran alegría interior del sobrino de Scrooge, derrotaba completamente a todas sus hermanas, aunque éstas no eran tontas, como hubiera podido deciros Topper. Habría allí veinte personas, jóvenes y viejos; pero todos jugaban, y lo mismo hizo Scrooge, quien, olvidando enteramente (tanto se interesaba por aquella escena) que su voz no sonaba en los oídos de nadie, decía en alta voz las palabras que había que adivinar, y muy a menudo acertaba, pues la aguja más afilada, la mejor Whitechapel, con la garantía de no cortar el hilo, no era más aguda que Scrooge, aunque le conviniera aparecer obtuso ante el mundo.

Al Espectro le agradaba verle de tan buen humor, y le miró con tal benevolencia, que Scrooge le suplicó, como lo hubiera hecho un niño, que se quedase allí, hasta que se fuesen los convidados. Pero el Espíritu le dijo que no era posible.

—He aquí un nuevo juego —dijo Scrooge—. ¡Media hora, Espíritu, sólo media hora!

Era un juego llamado sí y no, en el cual el sobrino de Scrooge debía pensar una cosa y los demás adivinar lo que pensaba, contestando a sus preguntas solamente sí o no, según el caso. El vivo juego de preguntas a que estaba expuesto le hizo decir que pensaba en un animal, en un animal viviente, más bien un animal desagradable, un animal salvaje, un animal que unas veces rugía y gruñía y otras veces hablaba, que vivía en Londres y se paseaba por las calles, que no se enseñaba por dinero, que nadie le conducía, que no vivía en una casa de fieras, que nunca se llevaba al matadero, y que no era un caballo, ni un asno, ni una vaca, ni un toro, ni un tigre, ni un perro, ni un cerdo, ni un gato, ni un oso. A cada nueva pregunta que se le dirigía, el sobrino soltaba una nueva carcajada, y llegó a tal extremo su júbilo, que se vio obligado a dejar el sofá y echarse en el suelo. Al fin, la hermana regordeta, presa también de una risa loca, exclamó:

—¡He dado con ello! ¡Ya sé lo que es, Fred! ¡Ya sé lo que es!

—¿Qué es? —preguntó Fred.

—¡Es tu tío Scro-o-o-ge!

Eso era, efectivamente. La admiración fue el sentimiento general, aunque algunos hicieron notar que la respuesta a la pregunta "¿Es un oso?" debió ser "Sí", tanto más cuanto que una respuesta negativa bastó para apartar sus pensamientos de Scrooge, suponiendo que se hubiera dirigido a él desde luego.

—Ha contribuido en gran manera a divertirnos —dijo Fred— y seríamos ingratos si no bebiéramos a su salud. Y puesto que todos tenemos en la mano un vaso de ponche con vino, yo digo: ¡Por el tío Scrooge!

—¡Bien! ¿Por el tío Scrooge! —exclamaron todos.

—¡Felices Pascuas y feliz Año Nuevo al viejo, sea lo que fuere! —dijo el sobrino de Scrooge—. No aceptaría él tal felicitación saliendo de mis labios, pero que la reciba, sin embargo. ¡Por el tío Scrooge!

El tío Scrooge habíase dejado poco a poco conquistar de tal modo por el júbilo general, y sentía tan ligero su corazón, que hubiera correspondido al brindis de la reunión, aunque ésta no podía advertir su presencia, dándole las gracias en un discurso que nadie habría oído, si el Espectro le hubiera dado tiempo. Pero toda la escena desapareció con el sonido de la última palabra pronunciada por su sobrino, y Scrooge y el Espíritu continuaron su viaje.

Vieron muchos países, fueron muy lejos y visitaron muchos hogares, y siempre con feliz resultado. El Espíritu se colocaba junto al lecho de los enfermos; y ellos se sentían dichosos: si visitaba a los que se hallaban en país extranjero, se creían en su patria; si a los que luchaban contra la suerte, se sentían resignados y llenos de esperanza; si se acercaba a los pobres, se imaginaban ricos. En las casas de caridad, en los hospitales, en las cárceles, en todos los refugios de la miseria, donde el hombre, orgulloso de su efímera autoridad, no había podido prohibir la entrada y cerrar la puerta, al Espíritu dejaba su bendición e instruía a Scrooge en sus preceptos.

Fue una larga noche, si es que todo aquello sucedió en una sola noche; pero Scrooge dudó de ello, porque le parecía que se habían condensado varias Navidades en el espacio de tiempo que pasaron juntos. Era extraño, sin embargo, que mientras Scrooge no experimentaba modificación en su forma exterior, el Espectro se hacía más viejo, visiblemente más viejo. Scrooge había advertido tal cambio, pero nunca dijo nada, hasta que al salir de una reunión infantil donde se celebraban los Reyes, mirando al Espíritu cuando se hallaban solos, notó que sus cabellos eran grises.

—¡Es tan corta la vida de los Espíritus? —preguntó Scrooge.

—Mi vida sobre este globo es muy corta —replicó el Espectro—. Esta noche termina.

—¡Esta noche! —gritó Scrooge.

—Esta noche, a las doce. ¡Escucha! La hora se acerca.

En aquel momento las campanas daban las once y tres cuartos.

—Perdóname sí soy indiscreto al hacer tal pregunta —dijo Scrooge, mirando atentamente la túnica del Espíritu—, pero veo algo extraño, que no os pertenece saliendo por debajo de vuestro vestido. ¿Es un pie o una garra?

—Pudiera ser una garra, a juzgar por la carne que hay encima —contestó con tristeza el Espíritu—. ¡Mirad!

De los pliegues de su túnica hizo salir dos niños miserables, abyectos, espantosos, horribles, repugnantes, que cayeron de rodillas a sus pies y se agarraron a su vestidura.

—¡Oh, hombre! ¡Mira, mira, mira a tus pies! exclamó el Espectro.

Eran un niño y una niña, amarillos, flacos, cubiertos de harapos, ceñudos, feroces, pero postrados, sin embargo, en su abyección. Cuando una graciosa juventud habría debido llenar sus mejillas y extender sobre su tez los más frescos colores, una mano marchita y desecada, como la del tiempo, las había arrugado, enflaquecido y decolorado. Donde los ángeles habrían debido reinar, los demonios se ocultaban para lanzar miradas amenazadoras. Ningún cambio, ninguna degradación, ninguna perversión de la humanidad, en ningún grado, a través de todos los misterios de la admirable creación, ha producido, ni con mucho, monstruos tan horribles y. espantosos.

Scrooge retrocedió, pálido de terror. Teniendo en cuenta quien se los mostraba, intentó decir que eran niños hermosos; pero las palabras se detuvieron en su garganta antes que contribuir a una mentira de tan enorme magnitud.

—Espíritu, ¿son hijos tuyos? —Scrooge no pudo decir más.

—Son los hijos de los hombres —contestó el Espíritu, mirándolos—. Y se acogen a mí para reclamar contra sus padres. Este niño es la Ignorancia. Esta niña es la Miseria. Cuídense de ambos y de toda su descendencia, pero sobre todo del niño, pues en su frente veo escrita la sentencia, hasta que lo escrito sea borrado. ¡Niégalo! —soltó el grito el Espíritu, extendiendo una mano hacia la ciudad—. ¡Calumnia a los que te lo dicen! Eso favorecerá tus designios abominables. ¡Pero el fin llegará!

—¿No tienen ningún refugio ni recurso? —exclamó Scrooge.

—¿No hay cárceles? —dijo el Espíritu, devolviéndole por última vez sus propias palabras—. ¿No hay casas de corrección?

La campana dio las doce.

Scrooge miró a su alrededor en busca del Espectro, y ya no le vio. Cuando la última campanada dejó de vibrar, recordó la predicción del viejo Jacob Marley, y, alzando los ojos, vio un fantasma de aspecto solemne, vestido con una túnica con capucha y que iba hacia él deslizándose sobre la tierra como se desliza la bruma.

CAPÍTULO IV: EL MSITERIOSO TERCER ESPECTRO

El Fantasma se aproximaba con paso lento, grave y silencioso. Cuando llegó a Scrooge, éste dobló la rodilla, pues el Espíritu parecía esparcir a su alrededor, en el aire que atravesaba, tristeza y misterio.

Le envolvía una vestidura negra, que le ocultaba la cabeza, la cara y todo el cuerpo, dejando solamente visible una de sus manos extendida. Pero, además de esto, hubiera sido difícil distinguir su figura en medio de la noche y hacerla destacar de la completa obscuridad que la rodeaba.

Reconoció Scrooge que el Espectro era alto y majestuoso cuando le vio a su lado, y entonces sintió que su misteriosa presencia le llenaba de un temor solemne. No supo nada más, porque el Espíritu ni hablaba ni se movía.

—¿Estoy en presencia del Espectro de la Navidad venidera? — dijo Scrooge.

El Espíritu no respondió, pero continuó con la mano extendida.

—Vas a mostrarme las sombras de las cosas que no han sucedido, pero que sucederán en el tiempo venidero —continuó Scrooge—, ¿no es así, Espíritu?

La parte superior de la vestidura se contrajo un instante en sus pliegues, como si el Espíritu hubiera inclinado la cabeza. Fue la sola respuesta que recibió.

Aunque habituado ya al trato de los espectros, Scrooge experimentó tal miedo ante la sombra silenciosa, que le temblaron las piernas y apenas podía sostenerse en pie cuando se disponía a seguirle. El Espíritu se detuvo un momento observando su estado, como si quisiera darle tiempo para reponerse.

Pero ello fue peor para Scrooge. Se estremeció con un vago terror al pensar que tras aquella sombría mortaja estaban los ojos del Fantasma intensamente fijos en él, y que, a pesar de todos sus esfuerzos, sólo podía ver una mano espectral y una gran masa negra.

—¡Espectro del futuro —exclamó—, te tengo más miedo que a ninguno de los espectros que he visto! Pero como sé que vuestro propósito es procurar mi bien y como espero ser un hombre diferente de lo que he sido, estoy dispuesto a acompañaros con el corazón agradecido. ¿No deseas hablarme?

Silencio. La mano seguía extendida hacia adelante.

—¡Guíame! —dijo Scrooge—. ¡Guíame! La noche avanza rápidamente, y sé que es un precioso tiempo para mí. ¡Guíame, Espíritu!

El Fantasma se alejó igual que había llegado. Scrooge le siguió en la sombra de su vestidura, que según pensó, le levantaba y le llevaba con ella.

Apenas pareció que entraron en la ciudad, pues más bien se creería que ésta surgió alrededor de ellos, circundándolos con su propio movimiento. Sin embargo, se hallaban en el corazón de la ciudad, en la Bolsa, entre los negociantes, que marchaban apresuradamente de aquí para allá, haciendo sonar las monedas en el bolsillo, conversando en grupos, mirando sus relojes, jugando pensativamente con sus áureos dijes, etcétera, como Scrooge les había visto con frecuencia.

El Espíritu se detuvo frente a un pequeño grupo de negociantes.

Observando Scrooge que su mano indicaba aquella dirección, se adelantó para escuchar lo que hablaban.

—No —decía un hombre grueso y alto, de barbilla monstruosa—; no sé más acerca de ello; sólo sé que ha muerto.

—¿Cuándo ha muerto? —inquirió otro.

—Creo que anoche.

—¡Cómo! ¿Pues qué le ha ocurrido?— preguntó un tercero, tomando una gran porción de tabaco de una enorme tabaquera—. Yo creí que no iba a morir nunca.

—Sólo Dios lo sabe —dijo el primero bostezando.

—¿Qué ha hecho de su dinero? —preguntó un caballero de faz rubicunda con una excrecencia que le colgaba de la punta de la nariz y que ondulaba como las carúnculas de un pavo.

—No lo he oído decir —dijo el hombre de la enorme barbilla bostezando de nuevo—. Quizá se lo haya dejado a su sociedad. A mí no me lo ha dejada, es todo lo que sé.

Esta broma fue acogida con una carcajada general.

—Es probable que sean modestísimas las exequias —dijo el mismo interlocutor—, pues, por mi vida, no conozco a nadie que asista a ellas. ¿Vamos a ir nosotros sin invitación?

—No tengo inconveniente, si hay merienda —observó el caballero de la excrecencia en la nariz—, pero si voy tienen que darme de comer.

Otra carcajada.

—Bueno; después de todo, yo soy el más desinteresado de todos vosotros —dijo el que habló primeramente—, pues nunca gasto guantes negros ni meriendo; pero estoy dispuesto a ir si alguno viene conmigo. Cuando pienso en ello, no estoy completamente seguro de no haber sido su mejor amigo, pues acostumbrábamos detenernos a hablar siempre que nos encontrábamos.

¡Adiós, señores!

Los que hablaban y los que escuchaban se dispersaron, mezclándose con otros grupos. Scrooge los conocía, y miró al Espíritu en busca de una explicación.

El Fantasma se deslizó en una calle. Su dedo señalaba a dos individuos que se encontraron. Scrooge escuchó de nuevo, pensando que allí se hallaría la explicación.

También a aquellos hombres los conocía perfectamente. Eran dos negociantes riquísimos y muy importantes. Siempre se había ufanado de ser muy estimado por ellos, desde el punto de vista de los negocios, se entiende, estrictamente desde el punto de vista de los negocios.

—¿Cómo estás? —dijo uno.

—¿Cómo estás? —replicó el otro.

—Bien —dijo el primero—. Al fin el viejo tiene lo suyo, ¿eh?

—Eso he oído —contestó el otro—. Hace frío, ¿verdad?

—Lo propio de la época de Navidad. Supongo que no eres patinador.

—No, no. Tengo otra cosa en que pensar. ¿Buenos días!

Ni una palabra más. Tales fueron su encuentro, su conversación y su despedida.

Al principio estuvo Scrooge a punto de sorprenderse de que el Espíritu diese importancia a conversaciones tan triviales en apariencia; pero, íntimamente convencido de que debían tener un significado oculto, se puso a reflexionar cuál podría ser. Apenas se les podía suponer alguna relación con la muerte de Jacob, su viejo consocio, pues ésta pertenecía al pasado, y el punto de partida de este Espectro era el porvenir. Ni podía pensar en otro inmediatamente relacionado con él a quien se le pudiera aplicar. Pero como, sin duda, a quienquiera que se le aplicaren, encerraban una lección secreta dirigida a su provecho, resolvió tener en cuenta cuidadosamente toda palabra que oyera y toda cosa que viese, y especialmente observar su propia imagen cuando apareciera, pues tenía la esperanza de que la conducta de su futuro ser le daría la clave que necesitaba para hacerle fácil la solución del enigma.

Miró a todos lados en aquel lugar buscando su propia imagen; pero otro hombre ocupaba su rincón habitual, y aunque el reloj señalaba la hora en que él acostumbraba estar allí, no vio a nadie que se le pareciese entre la multitud que se oprimía bajo el porche.

Ello le sorprendió poco, sin embargo, pues había resuelto cambiar de vida:
y pensaba y esperaba que su ausencia era una prueba de que sus nacientes resoluciones empezaban a ponerse en práctica.

Inmóvil, sombrío, el Fantasma permanecía a su lado con la mano extendida. Cuando Scrooge salió de su ensimismamiento, se imaginó, por el movimiento de la mano y su situación respecto a él, que los ojos invisibles estaban mirándole fijamente, y le recorrió un escalofrío.

Dejaron el teatro de los negocios y se dirigieron a una parte obscura de la ciudad, donde Scrooge no había entrado nunca, aunque conocía su situación y su mala fama. Los caminos eran sucios y estrechos; las tiendas y las casas, miserables; los habitantes, medio desnudos, borrachos, mal calzados, horrorosos. Callejuelas y pasadizos sombríos, como otras tantas alcantarillas, vomitaban sus olores repugnantes, sus inmundicias y sus habitantes en aquel laberinto de calles; y toda aquella parte respiraba crimen, suciedad y miseria.

En el fondo de aquella guarida infame había una tienda bajísima de techo, bajo el tejado de un sobradillo, donde se compraban hierros, trapos viejos, botellas, huesos y restos de comidas. En el interior, y sobre el suelo, se amontonaban llaves enmohecidas, clavos, cadenas, goznes, limas, platillos de balanza, pesos y toda clase de hierros inútiles. Misterios que a pocas personas hubiera agradado investigar se ocultaban bajo aquellos montones de harapos repugnantes, aquella grasa corrompida y aquellos sepulcros de huesos. Sentado en medio de sus mercancías, junto a un brasero de ladrillos viejos, un bribón de cabellos blanqueados por sus setenta años, defendido del viento exterior con una cortina fétida compuesta de pedazos de trapo de todos colores y clases colgados de un bramante, fumaba su pipa saboreando la voluptuosidad de su apacible retiro.

Scrooge y el fantasma llegaron ante aquel hombre en el momento en que una mujer cargada con un enorme envoltorio se deslizaba en la tienda. Apenas había entrado, cuando otra mujer, cargada de igual modo, entró a continuación; seguida de cerca por un hombre vestido de negro desvaído, cuya sorpresa no fue menor a la vista de las dos mujeres que la que ellas experimentaron al reconocerse una a otra. Después de un momento de muda estupefacción, de la que había participado el hombre de la pipa, soltaron los tres una carcajada.

—¿Que la jornalera pase primeramente? —exclamó la que había entrado al principio—. La segunda será la planchadora y el tercero el hombre de la funeraria. Mira, viejo Joe, qué casualidad. ¡Cualquiera diría que nos habíamos citado aquí los tres!

—No pudiste haber elegido mejor sitio —dijo el viejo quitándose la pipa de la boca—. Entra a la sala. Hace mucho tiempo que tenéis aquí la entrada libre, y los otros dos tampoco son personas extrañas. Espera a que cierre la puerta de la tienda. ¡Ah, cómo cruje! No creo que haya aquí hierros más mohosos que sus goznes, así como tampoco hay aquí, estoy seguro, huesos más viejos que los míos. ¡Ja, ja!

Todos nosotros estamos en armonía con nuestra profesión y de acuerdo. Entrad a la sala, entrad a la sala.

La sala era el espacio separado de la tienda por la cortina de harapos. El viejo removió la lumbre con un pedazo de hierro procedente de una barandilla, y después de reavivar la humosa lámpara (pues era de noche) con el tubo de la pipa, se volvió a poner ésta en la boca.

Mientras lo hizo, la mujer que ya había hablado arrojó el envoltorio al suelo y se sentó en un taburete en actitud descarada, poniéndose los codos sobre las rodillas y lanzando a los otros dos una mirada de desafío.

—Y bien, ¿Qué? ¿Qué hay, señora Dilber? —dijo la mujer—. Cada uno tiene derecho a pensar en sí mismo. ¡Él siempre lo hizo así!

—Es verdad, efectivamente —dijo la planchadora—. Más que él, nadie.

—¿Por qué, pues, ponéis esa cara, como si tuvierais miedo, mujer? Supongo que los lobos no se muerden unos a otros.

—¿Claro que no! —dijeron a la vez, la señora Dilber y el viejo—. Debemos esperar que sea así.

—Entonces, muy bien —exclamó la mujer—. Eso basta. ¿A quién se perjudica con insignificancias como éstas? No será el muerto, me figuro.

—¡Claro que no! —dijo la señora Dilber riendo.

—Si necesitaba conservarlas después de morir, el viejo avaro — continuó la mujer—, ¿por qué no ha hecho en vida lo que todo el mundo? No tenía más que haberse proporcionado quien le cuidara cuando la muerte se lo llevó, en vez de permanecer aislado de todos al exhalar el último suspiro.

—Nunca se dijo mayor verdad —repuso la señora Dilber—. Tiene lo que merece.

—Yo desearía que le ocurriera algo más —replicó la mujer—; y otra cosa habría sido, podéis creerme, si me hubiera sido posible poner las manos en cosa de más valor. Abre ese envoltorio, Joe, y dime cuánto vale. Habla con franqueza. No tengo miedo de ser la primera, ni me importa que lo vean. Antes de encontrarnos aquí, ya sabíamos bien, me figuro, que estábamos haciendo nuestro negocio. No hay nada malo en ello. Abre el envoltorio, Joe.

Pero la galantería de sus amigos no lo permitió, y el hombre del traje negro desvaído, rompiendo el fuego, mostró su botín. No era considerable: un sello o dos, un lapicero, dos botones de manga, un alfiler de poco valor, y nada más.

Todas esas cosas fueron examinadas separadamente y avaluadas por el viejo, que escribió con tiza en la pared las cantidades que estaba dispuesto a dar por cada una, haciendo la suma cuando vio que no había ningún otro objeto.

—Esta es tu cuenta —dijo—, y no daría un penique más, aunque me quemaran a fuego lento por no darlo. ¿Quién sigue?

Seguía la señora Dilber. Sábanas y toallas, servilletas, un traje usado, dos antiguas cucharillas de plata, unas pinzas para azúcar y algunas botas. Su cuenta le fue hecha igualmente en la pared.

—Siempre doy demasiado a las señoras. Es una de mis flaquezas, y de ese modo me arruino —dijo el viejo—. Aquí está tu cuenta. Si me pides un penique más, o discutes la cantidad, puedo arrepentirme de mi esplendidez y rebajar media corona.

—Y ahora deshace mi envoltorio, Joe —dijo la primera mujer.

Joe se puso de rodillas para abrirlo con más facilidad, y después de deshacer un gran número de nudos; sacó una pesada pieza de tela obscura.

—¿Cómo llamas a esto? —dijo—. Cortinas de alcoba.

—¿Ah! —respondió la mujer riendo e inclinándose sobre sus brazos cruzados—. ¡Cortinas de alcoba!

—No es posible que las hayáis quitado, con anillas y todo, estando todavía sobre el lecho —dijo el viejo.

—Pues sí —replicó la mujer—. ¿Por qué no?

—Has nacido para hacer fortuna —dijo el viejo— y seguramente la harás.

—En verdad te aseguro, Joe —replicó la mujer tranquilamente— , que cuando tenga a mi alcance alguna cosa, no retiraré de ella la mano por consideración a un hombre como ése. Ahora, no dejes caer el aceite sobre las mantas.

—¿Las mantas de él? —preguntó Joe.

—¿De quién crees que iban a ser? —replicó la mujer—. Me atrevo a decir que no se enfriará por no tenerlas.

—Me figuro que no habrá muerto de enfermedad contagiosa, ¿eh? —dijo el viejo suspendiendo la tarea y alzando los ojos.

—No tengas miedo —replicó la mujer—. No me agradaba su compañía hasta el punto de estar a su lado por tales pequeñeces, si hubiera habido el menor peligro. ¡Ah! Puedes mirar esa camisa hasta que te duelan los ojos, y no verés en ella ni un agujero ni un zurcido. Esa es la mejor que tenía y es una buena camisa. A no ser por mí, la habrían derrochado.

—¿A qué llamas derrochar una camisa? —preguntó Joe.

—Quiero decir que, seguramente, le habrían amortajado con ella —replicó la mujer, riendo—. Alguien fue lo bastante imbécil para hacerlo, pero yo se la quité otra vez. Sí la tela de algodón no sirve para tal objeto, no sirve para nada.

Es a propósito para cubrir un cuerpo. No puede estar más feo de ese modo que con esta camisa.

Scrooge escuchaba este diálogo con horror. Conforme se hallaban los interlocutores agrupados en torno de su presa, a la escasa luz de la lámpara del viejo: le producían una sensación de odio y de disgusto, que no habría sido mayor aunque hubiera visto obscenos demonios regateando el precio del propio cadáver.

—¡Ja, ja! —rio la misma mujer cuando Joe, sacando un talego de franela lleno de dinero, contó en el suelo la cantidad que correspondía a cada uno—. No termina mal, ¿ves? Durante su vida ahuyentó a todos de su lado para proporcionarnos ganancias después de muerto. ¡Ja, ja, ja!

—¿Espíritu? —dijo Scrooge, estremeciéndose de pies a cabeza—. Ya veo, ya veo. El caso de ese desgraciado puede ser el mío. A eso conduce una vida como la mía. ¡Dios misericordioso! ¿Qué es esto?

Retrocedió lleno de terror, pues la escena había cambiado y Scrooge casi tocaba un lecho: un lecho desnudo, sin cortinas, sobre el cual, cubierto por un trapo, yacía algo que, aunque mudo, se revelaba con terrible lenguaje.

El cuarto estaba muy obscuro, demasiado obscuro para poder observarle con alguita exactitud, aunque Scrooge, obediente a un impulso secreto, miraba a todos lados, ansioso por saber qué clase de habitación era aquélla. Una luz pálida, que llegaba del exterior, caía directamente sobre el lecho, en el cual yacía el cuerpo de aquel hombre despojado, robado, abandonado por todo el mundo, sin nadie que le velara y sin nadie que llorara por él.

Scrooge miró hacia el Fantasma, cuya rígida mano indicaba la cabeza del muerto. El paño qué la cubría hallábase puesto con tal descuido, que el más ligero movimiento, el de un dedo, habría descubierto la cara. Pensó Scrooge en ello, veía cuán fácil era hacerlo y sentía el deseo de hacerlo: pero tan poco poder tenía para quitar aquel velo como para arrojar de su lado al Espectro.

—¡Oh, fría, fría, rígida, espantosa muerte! ¡Levanta aquí tu altar y vístelo con todos los terrores de que dispones, pues estás en tu dominio! Pero cuando es una cabeza amada, respetada y honrada, no puedes hacer favorable a tus terribles designios un solo cabello ni hacer odiosa una de sus facciones. No es que la mano pierda su pesantez y no caiga al abandonarla; no es que el corazón y el pulso dejen de estar inmóviles: pero la mano fue abierta, generosa y leal; el corazón, bravo, ferviente y tierno; y el pulso, de un hombre. ¡Golpea, muerte, golpea! ¡Y mira las buenas acciones que brotan de la herida y caen en el mundo como simiente de vida inmortal!

Ninguna voz pronunció tales palabras en los oídos de Scrooge, pero las oyó al mirar el lecho. Y pensó: "Si este hombre pudiera revivir, ¿cuáles serían sus pensamientos primitivos? ¿La avaricia, la dureza de corazón, la preocupación del dinero? ¿Tales cosas le han conducido, verdaderamente, a buen fin? Yace en esta casa desierta y sombría, donde no hay un hombre, una mujer o un niño que diga: ′fue cariñoso para mí en esto o en aquello, y en recuerdo de una palabra amable seré cariñoso para él′. Un gato arañaba la puerta, y bajo la piedra del hogar se oía un ruido de ratas que roían. ¿Qué iban a buscar en aquel cuarto fúnebre y por qué estaban tan inquietas y turbulentas?".

Scrooge no se atrevió a pensar en ello.

—¡Espíritu —dijo—, da miedo estar aquí! Al abandonar este lugar no olvidaré sus enseñanzas, te lo aseguro. ¡Vámonos!

El Espectro seguía mostrándole la cabeza del cadáver con su dedo inmóvil.

—Te comprendo —replicó Scrooge—, y lo haría si pudiera. Pero me es imposible, Espíritu, me es imposible.

El Espectro pareció mirarle de nuevo.

—Sí hay en la ciudad alguien a quien emocione la muerte de ese hombre —dijo Scrooge, agonizante—, muéstrame esa persona, Espíritu, te lo suplico.

El Fantasma extendió un momento su sombría vestidura ante él, como un ala; después, volviendo a plegarla, le mostró una habitación alumbrada por la luz del día, donde estaba una madre con sus hijos.

Aguardaba a alguien con ansiosa inquietud, pues iba de un lado a otro por la habitación, se estremecía al menor ruido, miraba por la ventana, consultaba el reloj, trataba, pero inútilmente, de manejar la aguja, y no podía aguantar las voces de los niños en sus juegos. Al fin se oyó en la puerta el golpe esperado tanto tiempo; se precipitó a la puerta y se encontró con su marido, cuyo rostro estaba ajado y abatido por la preocupación, aunque era joven. En aquel momento mostraba una expresión notable: un placer triste que le causaba vergüenza y que se esforzaba en reprimir.

Se sentó para comer el almuerzo preparado para él junto al fuego, y cuando ella le preguntó débilmente qué noticias había (lo que no hizo sino después de un largo silencio), pareció cohibido de responder.

—¿Son buenas o malas? —dijo para ayudarle.

—Malas —respondió.

—¿Estamos completamente arruinados?

—No. Aún hay esperanzas, Carolina.

—Si se conmueve —dijo ella asombrada—, si tal milagro se realizara, no se habrían perdido las esperanzas.

—Ya no puede conmoverse —dijo el marido—, porque ha muerto.

Era aquella mujer una dulce y paciente criatura, a juzgar por su rostro; pero su alma se llenó de gratitud al oír aquello, y así lo expresó juntando las manos.

Un momento después pedía perdón a Dios y se mostraba afligida: pero el primer movimiento salió del corazón.

—Lo que me dijo aquella mujer medio ebria, de quien te hablé anoche, cuando intenté verle para obtener un plazo de una semana, y lo que creí un pretexto para no recibirme, es la pura verdad; no sólo estaba muy enfermo, sino agonizando.

—¿Y a quién se transmitirá nuestra deuda?

—No lo sé. Pero antes de ese tiempo tendremos ya el dinero: y aunque no lo tuviéramos, sería tener muy mala suerte encontrar en su sucesor un acreedor tan implacable como él. ¡Esta noche podemos dormir tranquilos, Carolina!

Sí. Sus corazones se sentían aliviados de un gran peso. Las caras de los niños, agrupados a su alrededor para oír lo que tan mal comprendían, brillaban más: la muerte de aquel hombre llevaba un poco de dicha a aquel hogar. La única emoción que el Espectro pudo mostrar a Scrooge con motivo de aquel suceso fue una emoción de placer.

—Espíritu, permíteme ver alguna ternura relacionada con la muerte —dijo Scrooge—: si no, la sombría habitación que abandonamos hace poco estará siempre en mi recuerdo.

El Fantasma le condujo a través de varias calles que le eran familiares: a medida que marchaban. Scrooge miraba a todas partes en busca de su propia imagen, pero en ningún sitio conseguía verla. Entraron en casa del pobre Bob Cratchit, la habitación que habían visitado anteriormente, y hallaron a la madre y a los niños sentados alrededor de la lumbre.

Tranquilos. Muy tranquilos. Los ruidosos Cratchit pequeños se hallaban en un rincón, quietos como estatuas, sentados y con la mirada fija en Pedro, que tenía un libro abierto delante de él. La madre y sus hijas se ocupaban en coser.

Toda la familia estaba muy tranquila.

"Y tomó a un niño y le puso en medio de ellos". ¿Dónde había oído Scrooge aquellas palabras? No las había soñado. El niño debía de haberlas leído en voz alta cuando él y el Espíritu cruzaban el umbral. ¿Por qué no seguía la lectura? La madre dejó su labor sobre la mesa y se cubrió la cara con las manos.

—El color de esta tela me hace daño en los ojos —dijo—. ¿El color? ¡Ah, pobre Tiny Tim!

—Ahora están mejor —dijo la mujer de Cratchit—. La luz artificial les perjudica, y por nada del mundo quisiera que cuando venga vuestro padre vea que tengo los ojos malos. Ya no debe tardar, a la hora que es.

—Ya ha pasado la hora —contestó Pedro cerrando el libro—. Pero creo que hace unas cuantas noches anda algo más despacio que de costumbre, madre.

Volvieron a quedar en silencio. Al fin dijo la madre con voz firme y alegre, que una sola vez se debilitó:

—Yo le he visto un día andar de prisa, muy de prisa, con... con Tiny Tim sobre los hombros.

—¡Y yo también! —gritó Pedro—. ¡Muchas veces?

—¡Y yo también! —exclamó otro, y luego, todos.

—Pero Tiny Tim era muy ligero de llevar —continuó la madre volviendo a su labor —y su padre le quería tanto, que no le molestaba, no le molestaba. Pero ya oigo a tu padre en la puerta.

Corrió a su encuentro, y el pequeño Bob entró con su bufanda —bien la necesitaba el pobre—. Su té se hallaba preparado junto a la lumbre y todos se precipitaron a servírselo. Entonces los dos Cratchit pequeños saltaron sobre sus rodillas y cada uno de ellos puso su carita en una de las mejillas del padre, como diciendo: "No pienses en ello, padre; no te apenes".

Bob se mostró muy alegre con ellos y tuvo para todos una palabra amable: miró la labor que había sobre la mesa y elogió la destreza y habilidad de la señora Cratchit y las niñas.

—Eso se terminará mucho antes del domingo —dijo.

—¡Domingo! ¿Has ido hoy allá, Roberto? —preguntó su mujer.

—Sí, querida —respondió Bob—. Me hubiera gustado que hubieses podido venir. Te hubiera agradado ver qué verde está aquel sitio. Pero ya le veréis a menudo. Le he prometido que iré a pasear allí un domingo.

—¡Pequeñito, nene mío! —gritó Bob—. ¡Pequeñito mío!

Estalló de pronto. No pudo remediarlo. Para qua pudiera remediarlo, habría sido preciso que no se sintiese tan cerca de su hijo.

Dejó la habitación y subió a la del piso de arriba, profusamente iluminada y adornada como en Navidad. Había una silla colocada junto a la cama del niño y se veían indicios de que alguien la había ocupado recientemente. El pobre Bob se sentó en ella y, cuando se repuso algo y se tranquilizó, besó aquella carita.

Se sintió resignado por lo sucedido y bajó de nuevo completamente feliz.

La familia rodeó la lumbre y empezó a charlar: las muchachas y la madre siguieron su labor. Bob les contó la extraordinaria benevolencia del sobrino de Scrooge, a quien apenas había visto una vez, y que al encontrarle aquel día en la calle, y viéndole un poco... "un poco abatido, ¿sabes?", dijo Bob, se enteró de lo que le había sucedido para estar tan triste.

—En vista de lo cual —continuó Bob—, ya que es el caballero más afable que se puede encontrar, se lo conté. "Estoy sinceramente apenado por lo que me cuenta, señor. Cratchit", dijo, "por ti y por tu excelente mujer". Y a propósito, no sé cómo ha podido saber eso.

—¿Saber qué?

—Que eras una excelente mujer —contestó Bob.

—Eso lo sabe todo el mundo —dijo Pedro.

—¡Muy bien dicho, hijo mío! —exclamó Bob—. Espero que todo el mundo lo sepa. "Sinceramente apenado", dijo, "por tu excelente mujer. Sí puedo servirles en algo", continuó, dándome su tarjeta, "éste es mi domicilio. Les ruego que vayan a verme".

Bueno, pues, me ha encantado —exclamó Bob—, no por lo que está dispuesto a hacer en nuestro favor, sino por su benevolencia.

Parecía que en realidad había conocido a nuestro Tiny Tim y se lamentaba con nosotros.

—Estoy segura de que tiene buen corazón —dijo la señora Cratchit.

—Más segura estarías de ello, querida —contestó Bob—, si le hubieras visto y le hubieras hablado. No, no me sorprendería nada, fíjate en lo que digo, que proporcionase a Pedro un empleo mejor.

—Oye esto, Pedro —dijo la señora Cratchit, —¡Y entonces —gritó una de las muchachas— Pedro buscará compañía y se establecerá por su cuenta!

—¡Vete a paseo! —replicó Pedro haciendo una mueca.

—Eso puede ser y puede no ser —dijo Bob—, aunque hay mucho tiempo por delante, hijo mío. Pero, de cualquier modo y en cualquier época que nos separemos unos de otros, tengo la seguridad de que ninguno de nosotros olvidará al pobre Tiny Tim, ¿verdad?, ninguno olvidará esta primera separación.

—¿Nunca! —gritaron todos.

—Y yo sé —dijo Bob—, yo sé, hijos míos, que cuando recordemos cuán paciente y cuán dulce fue, aun siendo pequeño, pequeñito, no armaremos pendencias unos con otros, porque al hacerlo olvidaríamos al pobre Tiny Tim.

—¡No, padre; nunca! —volvieron a gritar todos.

—Soy muy feliz —dijo el pequeño Bob—. ¡Soy muy feliz!

La señora Cratchit le besó, sus hijas le besaron, los dos Cratchit pequeños le besaron, y Pedro y él se dieron un apretón de manos. ¡Espíritu de Tiny Tim: tu esencia infantil provenía de Dios!

—Espectro —dijo Scrooge—, algo me dice que la hora de nuestra separación se acerca. Lo sé, pero no sé cómo se verificará. Decidme: ¿quién era aquel hombre que hemos visto yacer en su lecho de muerte?

El Espectro de la Navidad Futura le transportó, como antes —aunque en una época diferente, según pensó: verdaderamente, sus últimas visiones aparecían embrolladas, excepto la seguridad de que pertenecían al porvenir—, a los lugares en que se reunían los hombres de negocios, pero sin mostrarle su otro él. En verdad, el Espíritu no se detuvo para nada, sino que siguió adelante como para alcanzar el objetivo deseado, hasta que Scrooge le suplicó que se detuviera un momento.

—Esta callejuela que atravesamos ahora —dijo Scrooge— es el lugar donde desde hace mucho tiempo yo establecí el centro de mis ocupaciones. Veo la casa. Permíteme contemplar lo que será en los días venideros.

El Espíritu se detuvo: su mano señalaba otro sitio.

—¡La casa está allá abajo! —exclamó Scrooge—. ¿Por qué me señalas hacia otra parte?

El inexorable dedo no experimentó ningún cambio. Scrooge corrió a la ventana de su despacho y miró al interior. Seguía siendo un despacho, pero no el suyo. Los muebles no eran los mismos y la persona sentada en la butaca no era él. El Fantasma señalaba como anteriormente.

Scrooge volvió a unírsele, y sin comprender por qué no estaba él allí ni dónde habría ido, siguió al Espíritu hasta llegar a una verja de hierro. Antes de entrar se detuvo para mirar a su alrededor.

Un cementerio. Bajo la tierra yacían allí los infelices cuyo nombre iba a saber. Era un digno lugar, rodeado de casas, invadido por la hiedra y las plantas silvestres, antes muerte que vida de la vegetación, demasiado lleno de sepulturas, abonado hasta la exageración. ¡Un digno lugar!

El Espíritu, de pie en medio de las tumbas, indicó una. Scrooge avanzó hacia ella temblando. El Fantasma era exactamente como había sido hasta entonces, pero Scrooge tuvo miedo al notar un ligero cambio en su figura solemne.

—Antes de acercarme más a esa piedra que me enseñas —le dijo—, respóndeme a una pregunta: ¿Es todo eso la imagen de lo que será, o solamente la imagen de lo que puede ser?

El Espectro siguió señalando a la tumba junto a la cual se hallaba.

—Las resoluciones de los hombres simbolizan ciertos objetivos que, si perseveran, pueden alcanzar —dijo Scrooge—; pero si se apartan de ellas, los objetivos cambian. ¿Ocurre lo mismo con las cosas que me muestras?

El Espíritu continuó inmóvil como siempre. Scrooge se arrastró hacia él, temblando al acercarse, y siguiendo la dirección del dedo, leyó sobre la piedra de la abandonada sepultura su propio nombre: Ebenezer Scrooge.

—¿Soy yo el hombre que yacía sobre el lecho? —exclamó cayendo de rodillas.

El dedo se dirigió de la tumba a él y de él a la tumba.

—¡No, Espíritu! ¡Oh, no, no! El dedo seguía allí.

—¡Espíritu —gritó agarrándose a su vestidura—, escúchame! Yo no soy ya el hombre que era; no seré ya el hombre que habría sido a no ser por tu intervención. ¿Por qué me muestras todo eso, si he perdido toda esperanza?

Por primera vez la mano pareció moverse.

—Buen Espíritu —continuó, prosternado ante él, con la frente pegada sobre en la tierra—, tú intercederás por mí y me compadecerás. Asegúrame que puedo cambiar esas imágenes que me has mostrado, cambiando de vida.

La benévola mano tembló.

—Honraré la Navidad en mi corazón y procuraré guardarla todo el año.

Viviré en el pasado, en el presente y en el porvenir. Los espíritus de los tres no se apartarán de mí. No olvidaré sus lecciones. ¡Oh, decidme que puedo borrar lo escrito en esa piedra!

En su angustia asió la mano espectral, que intentó desasirse, pero su petición le daba fuerza, y la retuvo. El Espíritu, más fuerte aún, le rechazó.

Juntando las manos en una última súplica a fin de que cambiase su destino, Scrooge advirtió una alteración en la túnica con capucha del Fantasma, que se contrajo, se derrumbó y quedó convertido en una columna de cama.

CAPÍTULO V: EL NUEVO EBENEZER SCROOGE

¡Sí! Y la columna de cama era suya: La cama era la suya, el cuarto era el suyo, y, lo mejor y más venturoso de todo, ¡el tiempo venidero era suyo, para poder enmendarse!

—Viviré en el pasado, en el presente y en el porvenir —repitió Scrooge, saltando de la cama—. Los Espíritus de los tres no se apartarán de mí. ¡Oh, Jacob Marley! ¡Benditos sean el cielo y la fiesta de Navidad: ¡Lo digo de rodillas, Jacob, de rodillas!

Se encontraba tan animado y tan encendido por buenas intenciones, que su voz desfallecida apenas respondía al llamamiento de su espíritu. Había sollozado con violencia en su lucha con el Espíritu y su cara estaba mojada de lágrimas.

—¡No se las han llevado —exclamó Scrooge, estrechando en sus brazos una de las cortinas de la alcoba—, no se las han llevado, ni tampoco las anillas! Están aquí. Yo estoy aquí. Las imágenes de las cosas que podían haber ocurrido pueden desvanecerse. Y se desvanecerán, lo sé.

Sus manos se ocupaban continuamente en palpar sus vestidos; los volvía del revés, ponía lo de arriba abajo y lo de abajo arriba, los desgarraba, los dejaba caer, haciéndoles cómplices de toda clase de extravagancias.

—¡No sé lo que hago! —exclamó Scrooge riendo y llorando a la vez y haciendo de sí mismo con sus medias una copia perfecta de Laocoonte—. Estoy ligero como una pluma, dichoso como un ángel, alegre como un escolar, aturdido como un borracho. ¡Felices Pascuas a todos! ¡Feliz Año Nuevo a todo el mundo! ¡Hurra! ¡Viva!

Había ido a la sala dando brincos, y allí estaba entonces sin aliento.

—¡Aquí está la cacerola con el cocimiento! —gritó Scrooge entusiasmándose de nuevo y danzando alrededor de la chimenea—. ¡Esa es la puerta por donde entró el Espectro de Jacob Marley! ¡Ese es el rincón donde se sentó el Espectro de la Navidad Presente! ¡Ésa es la ventana por donde vi los Espíritus errantes! ¡Todo está en su sitio, todo es verdad, todo ha sucedido!

¡Ja, ja, ja!

Realmente, para un hombre que no la había practicado por espacio de muchos años, era una risa espléndida, la risa más magnífica, el padre de una larga, larga progenie de risas brillantes.

—No sé a cuánto estamos —dijo Scrooge—. No sé cuánto tiempo he estado entre los Espíritus. No sé nada. Soy como un niño. No me importa. Me es igual. Quisiera ser un niño. ¡Hurra! ¡Viva!

Le interrumpieron sus transportes de alegría las campanas de las iglesias, con los más sonoros repiques que oyó jamás. ¡Tin, tan! ¡Tin, tan! ¡Tin, tan!

¡Oh, magnífico, magnífico!

Corriendo a la ventana, la abrió y asomó la cabeza. Nada de bruma, nada de niebla; un frío claro, luminoso, jovial; un frío que al soplar hace bailar la sangre en las venas; un sol de oro, un cielo divino; un aire fresco y suave, campanas alegres. ¡Oh, magnifico, magnífico!

—¿Qué día es hoy? —gritó Scrooge, dirigiéndose a un muchacho endomingado, que quizá se había detenido para mirarle.

—¿Eh? —replicó el muchacho lleno de admiración.

—¿Qué día es hoy, hermoso? —dijo Scrooge.

—¿Hoy? —repuso el muchacho—. ¡Toma, pues, el día de Navidad!

—¡El día de Navidad! —se dijo Scrooge—. ¡No ha pasado todavía! Los Espíritus lo han hecho todo en una noche. Pueden hacer todo lo que quieren. Pueden, no hay duda. Pueden, no hay duda. ¡Hola, hermoso!

—¡Hola! —contestó el muchacho.

—¿Sabes dónde está la pollería, en la esquina de la segunda calle? —inquirió Scrooge.

—¡Claro que sí!

—¡Eres un muchacho listo! —dijo Scrooge—. ¡Un muchacho notable! ¿Sabes si han vendido el hermoso pavo que tenían colgado ayer? No el pequeño, el grande.

—¿Cuál? ¿Uno que era tan gordo como yo? —replicó el muchacho.

—¡Qué chico tan ocurrente? —dijo Scrooge—. Da gusto hablar contigo. ¿Sí, hermoso?

—Todavía está colgado —repuso el muchacho.

—¿Sí? —dijo Scrooge—. Ve a comprarlo.

—¡Qué bromista! —exclamó el muchacho.

—No, no —dijo Scrooge—. Hablo en serio. Ve a comprarlo y di que lo traigan aquí, que yo les diré dónde tienen que llevarlo. Vuelve con el mozo y te daré un chelín. Si vienes con él antes de cinco minutos, te daré media corona.

El muchacho salió como una bala. Habría necesitado una mano muy firme en el gatillo el que pudiera lanzar una bala con la mitad de la velocidad.

—Voy a enviárselo a Bob Cratchit —murmuró Scrooge, frotándose las manos y soltando la risa—. No sabrá quién se lo envía. Tiene dos veces el cuerpo de Tiny Tim. ¡Joe Miller no ha gastado nunca una broma como ésta de enviar el pavo a Bob!

Al escribir las señas no estaba muy firme la mano; pero, de cualquier modo, las escribió Scrooge y bajó la escalera para abrir la puerta de la calle en cuanto llegase el mozo de la pollería. Hallándose allí aguardando su llegada, el llamador atrajo su mirada.

—¡Le amaré toda mi vida! —exclamó Scrooge, acariciándole con la mano con cariño—. Apenas le miré antes. ¡Qué honrada expresión tiene en la cara! ¡Es un llamador admirable!... Aquí está el pavo. ¡Viva! ¡Hola! ¿Cómo estás? ¡Felices Pascuas!

¡Era un pavo! Seguramente no había podido aquel volátil sostenerse sobre las patas. Se las habría roto en un minuto como si fueran barras de lacre.

—¡Qué! No es posible llevarlo a cuestas hasta Camden-Town —dijo Scrooge—. Tienes que tomar un coche.

La risa con que dijo aquello, y la risa con que pagó el pavo, y la risa con que pagó el coche, y la risa con que dio la propina al muchacho, únicamente fueron sobrepasadas por la risa con que se sentó de nuevo en su butaca, ya sin aliento, y siguió riendo hasta llorar.

No le fue fácil afeitarse, porque su mano seguía muy temblorosa, y el afeitarse requiere tranquilidad, aun cuando no bailéis mientras os entregáis a tal ocupación. Pero si se hubiera cortado la punta de la nariz se habría puesto un trozo de tafetán inglés en la herida y se habría quedado tan satisfecho.

Se vistió con sus mejores ropas y se lanzó a las calles.

La multitud se precipitaba en aquel momento, como la vio yendo con el Espectro de la Navidad Presente, y al marchar con las manos en la espalda, Scrooge miraba a todo el mundo con una sonrisa de placer. Parecía tan irresistiblemente amable, en una palabra, que tres o cuatro muchachos de buen humor dijeron: "¡Buenos días, señor! ¡Felices Pascuas, señor!". Y Scrooge dijo más tarde muchas veces que, de todos los sonidos agradables que oyó en su vida, aquellos fueron los más dulces para sus oídos.

No había andado mucho, cuando vio que se dirigía hacia él el corpulento caballero que había ido a su despacho el día anterior, diciendo: "¿Scrooge y Marley, si no me equivoco?": Un dolor agudo le atravesó el corazón al pensar de qué modo le miraría el anciano caballero cuando se encontraran; pero vio el camino que se presentaba recto ante él, y lo tomó.

—Querido señor —dijo Scrooge, apresurando el paso y tomando al anciano caballero las dos manos—. ¿Cómo se encuentra? Espero que ayer habrá sido un buen día para usted. Es una acción que me honra. ¡Felices Pascuas, señor!

—¿El señor Scrooge?

—Sí —dijo éste—, tal es mi nombre, y temo que no le sea agradable.

Permítame que le pida perdón. ¿Y tendría la bondad?... (Aquí Scrooge le cuchicheó al oído.)

—¡Bendito sea Dios! —gritó el caballero, como si le faltara el aliento—. Querido señor Scrooge, ¿habla usted en serio?

—Sí no lo toma a mal —dijo Scrooge—. Nada menos que eso. En ello están incluidas muchas deudas atrasadas, se lo aseguro. ¿Me haría ese favor?

—Querido señor —dijo el otro, estrechándole las manos—. No sé cómo alabar tal muni...

—Le ruego que no diga usted nada —interrumpió Scrooge—. Vaya a verme. —¿Iría a verme?

—¡Iré! —exclamó el anciano caballero. Y se veía claramente que pensaba hacerlo.

—Gracias —dijo Scrooge—. Se lo lo agradezco mucho. Le doy mil gracias.—¡Adiós!

Estuvo en la iglesia, recorrió las calles y contempló a la gente que iba presurosa de un lado a otro, dio a los niños palmaditas en la cabeza, interrogó a los mendigos, miró curiosamente las cocinas de las casas y luego miró hacia las ventanas, y notó que todo le producía placer. Nunca imaginó que un paseo
—una cosa insignificante— pudiera hacerle tan feliz. Por la tarde dirigió sus pasos a casa de su sobrino.

Pasó ante la puerta una docena de veces antes de atreverse a subir y llamar a la puerta. Por fin se lanzó y llamó:

—¿Está en tu casa, querida? —preguntó Scrooge a la muchacha—. ¿Guapa chica, en verdad?

—Sí, señor.

—¿Dónde está, preciosa? —dijo Scrooge.

—En el comedor, señor; está con la señora. Hágame el favor de subir conmigo.

—Gracias. El señor me conoce —repuso Scrooge, con la mano puesta ya en el picaporte del comedor—. Voy a entrar, hija mía.

Abrió suavemente y metió la cabeza ladeada por la puerta entreabierta. El matrimonio hallábase examinando la mesa (puesta como para una comida de gala), pues los jóvenes amos de casa, siempre se cuidan de tales pormenores y les agrada ver que todo está como es debido.

—¿Fred? —dijo Scrooge.

¿Cielos? ¡Cómo se estremeció su sobrina política! Scrooge olvidó por el momento que la había visto sentada en un rincón, con los pies en el taburete: si no, no se habría atrevido a entrar de ningún modo.

—¡Dios me valga! —gritó Fred—. ¿Quién es?

—Soy yo. Tu tío Scrooge. He venido a comer. ¿Me permites entrar, Fred?

—¡Permitirle entrar!

Por poco no le arranca un brazo para introducirle en el comedor. A los cinco minutos se hallaba como en su casa. No era posible más cordialidad. La sobrina imitó a su marido. Y lo mismo hizo Topper cuando llegó. Y lo mismo la hermana regordeta cuando llegó. Y lo mismo todos los demás cuando llegaron.

¡Admirable reunión, admirables entretenimientos, admirable unanimidad, ad-mi-ra-ble dicha!

Pero Scrooge acudió temprano a su despacho a la mañana siguiente. ¡Oh, muy temprano! ¡Si él pudiera llegar el primero y sorprender a Cratchit cuando llegara tarde! ¡Aquello era lo único que le preocupaba!

¡Y lo consiguió, vaya sí lo consiguió! El reloj dio las nueve. Bob no llegaba.

Las nueve y cuarto. Bob no llegaba. Bob se retrasaba ya dieciocho minutos y medio. Scrooge se sentó, dejando su puerta de par en par, a fin de verle cuando entrase en su mazmorra. Habíase quitado Bob el sombrero antes de abrir la puerta y también la bufanda. En un instante se instaló en su taburete y se puso a escribir rápidamente, como si quisiera lograr que fuesen las nueve de la mañana.

—¿Hola! —gruñó Scrooge, imitando cuanto pudo su voz de antaño—.
¿Qué significa que vengás a esta hora?

—Lo siento mucho, señor —dijo Bob—. Ya sé que vengo tarde.

—¡Tarde! —repitió Scrooge—. Sí. Creo que vienes tarde. Acércate un poco, hazme el favor.

—Es solamente una vez al año, señor —dijo Bob tímidamente, saliendo de la mazmorra—. Esto no se repetirá. Ayer estuve un poco de broma, señor.

—Pues tengo que decirles, amigo mío —dijo Scrooge—, que no estoy dispuesto a que esto continúe de tal modo. Por consiguiente —añadió, saltando de su taburete y dando a Bob tal empellón en la cintura que le hizo retroceder dando traspiés a su cuchitril— ¡por consiguiente, voy a aumentarles el sueldo!

Bob tembló y se dirigió adonde estaba la regla, sobre su mesa. Tuvo una momentánea intención de golpear a Scrooge con ella, sujetarle los brazos, pedir auxilio a los que pasaban por la calleja, para ponerle una camisa de fuerza.

—¡Felices Pascuas, Bob! —dijo Scrooge, con una vehemencia que no admitía duda y abrazándole al mismo tiempo—. Tantas más felices Pascuas les deseo, Bob, querido muchacho…

Voy a aumentarles el sueldo y a esforzarme por ayudarles a sostener a tu familia: y esta misma tarde discutiremos nuestros asuntos ante un tazón de ponche humeante, Bob. ¡Enciendan las dos lumbres: ve a comprar otro cubo para el carbón antes de poner un punto sobre una i, Bob Cratchit!

Scrooge hizo más de lo que había dicho. Hizo todo e infinitamente más: y respecto de Tiny Tim, que no murió, fue para él un segundo padre. Se hizo tan buen amigo, tan buen maestro y tan buen hombre, como el mejor ciudadano de una ciudad, de una población o de una aldea del bueno y viejo mundo. Algunos se rieron al verle cambiado; pero él les dejó reír y no se preocupó, pues era lo bastante juicioso para saber que nunca sucedió nada bueno en este planeta que no empezara por hacer reír a algunos: y comprendiendo que aquéllos estaban ciegos, pensó que tanto vale que arruguen los ojos a fuerza de reír, como que la enfermedad se manifiesta en forma menos atractiva. Su propio corazón reía, y con eso tenía bastante.

No volvió a tener trato con los aparecidos, pero en adelante tuvo mucho más con los amigos y con la familia, y siempre se dijo que, si algún hombre poseía la sabiduría de celebrar respetuosamente la fiesta de Navidad, ese hombre era Scrooge.

¡Ojalá se diga con verdad lo mismo de nosotros, de todos nosotros! Y también, como hacía notar Tiny Tim, ¡Dios nos bendiga a todos!

FIN

HISTORIA DE DOS CIUDADES

LIBRO PRIMER

CAPÍTULO I: LA ÉPOCA

Era el mejor de los tiempos, era el peor de los tiempos, la edad de la sabiduría, y también de la locura; la época de las creencias y de la incredulidad; la era de la luz y de las tinieblas; la primavera de la esperanza y el invierno de la desesperación. Todo lo poseíamos, pero no teníamos nada; caminábamos en derechura al cielo y nos extraviábamos por el camino opuesto. En una palabra, aquella época era tan parecida a la actual, que nuestras más notables autoridades insisten en que, tanto en lo que se refiere al bien como al mal, sólo es aceptable la comparación en grado superlativo.

En el trono de Inglaterra había un rey de mandíbula muy desarrollada y una reina de cara corriente; en el trono de Francia había un rey también de gran quijada y una reina de hermoso rostro. En ambos países era más claro que el cristal para los señores del Estado, que las cosas, en general, estaban aseguradas para siempre. Era el año de Nuestro Señor, mil setecientos setenta y cinco. En período tan favorecido como aquel, habían sido concedidas a Inglaterra las revelaciones espirituales. Recientemente la señora Southcott había cumplido el vigésimo quinto aniversario de su aparición sublime en el mundo, que fue anunciada con la antelación debida por un guardia de corps, pronosticando que se hacían preparativos para tragarse a Londres y a Westminster.

Incluso el fantasma de la Callejuela del Gallo había sido definitivamente desterrado, después de rondar por el mundo por espacio de doce años y de revelar sus mensajes a los mortales de la misma forma que los espíritus del año anterior, que acusaron una pobreza extraordinaria de originalidad al revelar los suyos. Los únicos mensajes de orden terrenal que recibieron la corona y el pueblo ingleses, procedían de un congreso de súbditos británicos residentes en América, mensajes que, por raro que parezca, han resultado de mayor importancia para la raza humana que cuantos se recibieran por la mediación de cualquiera de los duendes de la Callejuela del Gallo.

Francia, menos favorecida en asuntos de orden espiritual que su hermana, la del escudo y del tridente, rodaba con extraordinaria suavidad pendiente abajo, fabricando papel moneda y gastándoselo. Bajo la dirección de sus pastores cristianos, se entretenía, además, con distracciones tan humanitarias como sentenciar a un joven a que se le cortaran las manos, se le arrancara la lengua con tenazas y lo quemaran vivo, por el horrendo delito de no haberse arrodillado en el fango un día lluvioso, para rendir el debido acatamiento a una procesión de frailes que pasó ante su vista, aunque a la distancia de cincuenta o sesenta metros. Es muy probable que cuando aquel infeliz fue llevado al suplicio, el leñador Destino hubiera marcado ya, en los bosques de Francia y de Noruega, los añosos árboles que la sierra había de convertir en tablas para construir aquella plataforma movible, provista de su cesta y de su cuchilla, que tan terrible fama había de alcanzar en la Historia. Es también, muy posible que en los rústicos cobertizos de algunos labradores de las tierras inmediatas a París, estuvieran aquel día, resguardadas del mal tiempo, groseras carretas llenas de fango, husmeadas por los cerdos y sirviendo de percha a las aves de corral, que el labriego Muerte había elegido ya para que fueran las carretas de la Revolución. Bien es verdad que si el Leñador y el Labriego trabajaban incesantemente, su labor era silenciosa y ningún oído humano percibía sus quedos pasos, tanto más cuanto que abrigar el temor de que aquellos estuvieran despiertos, habría equivalido a confesarse ateo y traidor.

Apenas si había en Inglaterra un átomo de orden y de protección que justificara la jactancia nacional. La misma capital era, por las noches, teatro de robos a mano armada y de osados crímenes. Públicamente se avisaba a las familias que no salieran de la ciudad sin llevar antes sus mobiliarios a los guardamuebles, únicos sitios donde estaban seguros.

El que por la noche ejercía de bandolero, actuaba de día de honrado mercader en la City, y si alguna vez era reconocido por uno de los comerciantes a quienes asaltaba en su carácter de capitán, le disparaba atrevidamente un tiro en la cabeza para huir luego; la diligencia correo fue atacada por siete bandoleros, de los cuales mató tres el guarda, que luego, a su vez, murió a manos de los otros cuatro, a consecuencia de haber fallado sus municiones, y así la diligencia pudo ser robada tranquilamente; el magnífico alcalde mayor de Londres fue atracado en Turnham Green por un bandido que despojó al ilustre prócer a las barbas de su numerosa escolta. En las cárceles de Londres se libraban fieras batallas entre los presos y sus carceleros y la majestad de la Ley los arcabuceaba convenientemente.

Los ladrones arrebataban las cruces de diamantes de los cuellos de los nobles señores en los mismos salones de la Corte; los mosqueteros penetraron en San Gil en busca de géneros de contrabando, pero la multitud hizo fuego contra los soldados, los cuales replicaron del mismo modo contra el populacho, sin que a nadie se le ocurriese pensar que semejante suceso no era uno de los más corrientes y triviales. A todo esto el verdugo estaba siempre ocupadísimo, aunque sin ninguna utilidad. Tan pronto dejaba colgados grandes racimos de criminales, como ahorcaba el sábado a un ladrón que el jueves anterior fue sorprendido al entrar en casa de un vecino, o bien quemaba en Newgate docenas de personas o, a la mañana siguiente, centenares de folletos en la puerta de Westminter—Hall; y que mataba hoy a un asesino atroz y mañana a un desgraciado ratero que quitó seis peniques al hijo de un agricultor.

Todas estas cosas y otras mil por el estilo ocurrían en el bendito año de mil setecientos setenta y cinco. Rodeados por ellas, mientras el Leñador y el Labriego proseguían su lenta labor, los dos personajes de grandes quijadas y las dos mujeres, una hermosa y la otra insignificante, vivían complacidos y llevaban a punta de lanza sus divinos derechos. Así el año mil setecientos setenta y cinco conducía a sus grandezas y a las miríadas de insignificantes seres, entre los cuales se hallan los que han de figurar en esta crónica, a lo largo de los caminos que se abrían ante sus pasos.

CAPÍTULO II: LA DILIGENCIA

El camino que recorría el primero de los personajes de esta historia, la noche de un viernes de noviembre, era el de Dover. El viajero seguía a la diligencia mientras ésta avanzaba lentamente por la pendiente de la colina Shooter.

El viajero subía caminando entre el barro, tocando a la caja desvencijada del carruaje, igual como hacían sus compañeros de viaje, no por deseo de hacer ejercicio, sino porque la pendiente, los arneses y el fango, así como la diligencia, eran tan pesados, que los pobres caballos se habían parado ya tres veces, y una de ellas atravesaron el coche en el camino con el sedicioso propósito de volverse a Blackheath. Las riendas y el látigo, el cochero y el guarda, combinándose, dieron lectura al artículo de las ordenanzas que asegura que nunca, en ningún caso, tendrán razón los animales, y gracias a eso el tiro volvió al cumplimiento de su deber.

Con las cabezas bajas y las colas trémulas procuraban abrirse paso por el espeso barro del camino, tropezando y dando tumbos de vez en cuando. Y cuando el mayoral les daba algún descanso, el caballo delantero sacudía violentamente la cabeza como si quisiera negar la posibilidad de que el vehículo pudiese nunca alcanzar lo alto de la colina.

Cubrían las hondonadas y se deslizaban pegadas a la tierra nubes de vapores acuosos, semejantes a espíritus malignos que buscan descanso y no lo encuentran. La niebla era pegajosa y muy fría y avanzaba por el aire formando rizos y ondulaciones, que se perseguían y alcanzaban, como las olas de un mar agitado. Era lo bastante densa para encerrar en estrecho círculo la luz que derramaban los faroles del carruaje, hasta impedir que se viesen los chorros de vapor que despedían los caballos por las narices.

Dos pasajeros, además del que se ha mencionado, subían trabajosamente la pendiente, al lado de la diligencia. Los tres llevaban subidos los cuellos de sus abrigos y usaban botas altas. Ninguno de ellos hubiera podido decir cómo eran sus compañeros de viaje, tan cuidadosamente recataban todas sus facciones y su carácter a los ojos del cuerpo y a los del alma de sus compañeros. Por aquellos tiempos los viajeros se mostraban difícilmente comunicativos con sus compañeros, pues cualquiera de éstos pudiera resultar un bandolero o un cómplice de los bandidos. En cuanto a éstos, abundaban extraordinariamente en tabernas o posadas, donde se podían hallar numerosos soldados a sueldo del capitán, y entre ellos figuraban desde el mismo posadero hasta el último mozo de cuadra. En esto precisamente iba pensando el guarda de la diligencia la noche de aquel viernes del mes de noviembre de mil setecientos setenta y cinco, mientras penosamente subía el vehículo la pendiente de Shooter, y él iba sentado en la banqueta posterior que le estaba reservada y en tanto que daba vigorosas patadas sobre las tablas, para impedir que sus pies se transformaran en bloques de hielo. Llevaba la mano puesta en un cofre en que había un arcabuz cargado, y un montón de seis o siete pistolas de arzón sobre una capa inferior de sables.

En este viaje de la diligencia de Dover ocurría como en todos los que hacía, es decir, que el guarda sospechaba de los viajeros, éstos recelaban uno de otro y del guarda, y unos a otros se miraban con desconfianza. En cuanto al cochero, solamente estaba seguro de sus caballos; pero aun con respecto a éstos habría jurado, por los dos Testamentos, que las caballerías no eran aptas para aquel viaje.

—¡Arre! —gritaba el cochero.— ¡Arriba! ¡Un esfuerzo más y llegarán arriba! ¡Oye, José!

—¿Qué quieres? —contestó el guarda.

—¿Qué hora es?

—Por lo menos, las once y diez.

—¡Demonio! —exclamó el cochero.— Y todavía no hemos llegado a lo alto de esa maldita colina. ¡Arre! ¡Arre! ¡Perezosos!

El caballo delantero, que recibió un latigazo del cochero, dio un salto y emprendió la marcha arrastrando a sus tres compañeros. La diligencia continuó avanzando seguida por los viajeros, que procuraban no separarse de ella y que se detenían cuando el vehículo lo hacía, pues si alguno de ellos hubiese propuesto a un compañero avanzar un poco entre la niebla y la obscuridad, se habría expuesto a recibir un tiro como salteador de caminos.

El último esfuerzo llevó el coche a lo alto de la colina, y allí se detuvieron los tres caballos para recobrar el aliento, en tanto que el guarda bajó con objeto de calzar la rueda para el descenso y abrir la puerta del coche para que los viajeros montasen.

—¡José! —dijo el cochero desde su asiento.

—¿Qué quieres, Tomás?

Los dos se quedaron escuchando.

—Me parece que se acerca un caballo al trote.

—Pues yo creo que viene al galope —replicó el guarda encaramándose a su sitio—. ¡Caballeros, favor al rey!

Y después de hacer este llamamiento, cogió su arcabuz y se puso a la defensiva. El pasajero a quien se refiere esta historia estaba con el pie en el estribo, a punto de subir, y los dos viajeros restantes se hallaban tras él y en disposición de seguirle. Pero se quedó con el pie en el estribo y, por consiguiente, sus compañeros tuvieron que continuar como estaban. Todos miraron al cochero y al guarda y prestaron oído.

En cuanto al cochero y al guarda miraron hacia atrás y hasta el mismo caballo delantero enderezó las orejas y miró en la misma dirección.

El silencio resultante de la parada de la diligencia, añadido al de la noche, se hizo impresionante. ¡La respiración jadeante de los caballos hacía retemblar el coche, y los corazones de los viajeros latían con tal fuerza, que tal vez se les habría podido oír.

Por fin resonó en lo alto de la colina el furioso galopar de un caballo.

—¡Alto! —gritó el guarda.— ¡Alto, o disparo!

Inmediatamente el jinete refrenó el paso de su cabalgadura y a poco se oyó la voz de un hombre que preguntaba:

—¿Es ésta la diligencia de Dover?

—¡Nada les importa! —contestó el guarda.— ¿Quién eres tú?

—¿Es ésta la diligencia de Dover?

—¿Para qué quieres saberlo?

—Si lo es, debo hablar con uno de los pasajeros.

—¿Cuál?

—El señor Jarvis Lorry.

El pasajero que ya hemos descrito manifestó que éste era su nombre, y el guarda, el cochero y los otros dos pasajeros le miraron con la mayor desconfianza.

—¡Quédense donde están! —exclamó el guarda entre la niebla— porque si me equivoco nadie sería capaz de reparar el error en toda vuestra vida. Caballero que se hace llamar Lorry, conteste con la verdad.

—¿Qué ocurre?— preguntó el pasajero con insegura voz—. ¿Quién me llama? ¿Eres Jeremías?

—No me gusta la voz de Jeremías, si éste es Jeremías gruñó el guarda para sí.

—Sí, señor Lorry.

—¿Qué ocurre?

—Un despacho que os mandan desde allí T. y Compañía.

—Conozco a este mensajero, guarda —dijo el señor Lorry bajando al camino, a lo que los otros viajeros no pusieron el más pequeño inconveniente, pues se apresuraron a entrar en el coche y cerrar la puerta—. Puede acercarse, no hay peligro alguno.

—Así lo creo, pero no estoy seguro —murmuró el guarda—. ¡Eh, el jinete!

—¿Qué pasa? —exclamó el interpelado con voz más bronca que antes.

—Puedes acercarte al paso. Y procura no llevar la mano a las pistoleras porque me equivoco con la mayor rapidez y mis errores toman la forma de plomo. Avanza despacio para que te veamos.

Lentamente aparecieron las figuras del jinete y del caballo y fueron a situarse junto a la diligencia, donde estaba el viajero. Se detuvo el jinete y con los ojos fijos en el guarda entregó al pasajero un papel plegado. Fatigados estaban el jinete y su caballo y ambos cubiertos de barro, desde los cascos del último al sombrero del primero.

—Guarda —exclamó el viajero.

—¿Qué deseas? —preguntó el guarda dispuesto a disparar a la menor señal de peligro.

—No hay nada que temer. Pertenezco al Banco Tellson. Seguramente conoces el Banco Tellson, de Londres. Voy a París en viaje de negocios. Toma esta corona para beber. ¿Puedo leer esto?

—Hazlo rápidamente.

Abrió el pliego y lo leyó a la luz del farol de la diligencia, primero para sí y luego en voz alta: "Espera en Dover a la señorita."

—Ya ves que no es largo, guarda —dijo—. Jeremías, di que mi respuesta es: "Resucitado".

—¡Vaya una extraña respuesta! —exclamó Jeremías sobresaltado.

—Lleva esta respuesta y por ella sabrán que he recibido el mensaje. Buen viaje, ¡adiós!

Diciendo estas palabras, el viajero abrió la portezuela y entró en el vehículo, sin ser ayudado por los dos que ya estaban en él, quienes se habían ocupado en esconder sus relojes y su dinero en las botas y fingían, en aquel momento, estar dormidos.

El coche prosiguió la marcha, envuelto en más espesa bruma al iniciar el descenso.

El guarda volvió a guardar en la caja el arcabuz, no sin mirar a las pistolas que colgaban de su cinturón y luego examinó una caja que estaba debajo de su asiento, en la que había algunas herramientas, un par de antorchas y una caja con pedernal y yesca, para encender los faroles del carruaje, cosa que tenía que hacer varias veces de noche, cuando los apagaba el viento, y que lograba, si estaba de suerte, en cosa de cinco minutos.

—¡Tomás! —exclamó el guarda llamando al cochero.

—¿Qué quieres, José?

—¿Oíste el mensaje?

—Sí.

—¿Qué te parece?

—Nada, José.

—Pues es una coincidencia —murmuró el guarda— porque a mí me ocurre lo mismo.

Jeremías, ya solo en la niebla y en la obscuridad, echó pie a tierra, no solamente para descansar su caballo, sino que, también, para limpiarse el barro del rostro y secarse un poco el sombrero. Y cuando ya dejó de oír el ruido de las ruedas de la diligencia, emprendió el descenso de la colina.

—Después de galopar desde Temple Bar, amiga —dijo a la yegua, no me fiaré de tus patas hasta que estemos en terreno llano. "Resucitado". Resulta un mensaje muy raro. Y eso no lo entiende Jeremías. Y, amigo Jeremías, si se pusiera de moda resucitar, tal vez te vieras en un serio compromiso.

CAPÍTULO III: LAS SOMBRAS DE LA NOCHE

Es un hecho maravilloso y digno de reflexionar sobre él, que cada uno de los seres humanos es un profundo secreto para los demás. A veces, cuando entro de noche en una ciudad, no puedo menos de pensar que cada una de aquellas casas envueltas en la sombra guarda su propio secreto; que cada una de las habitaciones de cada una de ellas encierra, también, su secreto; que cada corazón que late en los centenares de millares de pechos que allí hay, es, en ciertas cosas, un secreto para el corazón que más cerca de él late.

Y así, por lo que a este particular se refiere, tanto el mensajero que regresaba a caballo, como los tres viajeros encerrados en el estrecho recinto de una diligencia, eran cada uno de ellos un profundo misterio para los demás, tan completo como si separadamente hubiesen viajado en su propio coche y una comarca entera estuviese entre uno y otro.

El mensajero tomó el camino de regreso al trote, deteniéndose con la mayor frecuencia en las tabernas que hallaba en su camino, para echar un trago, pero sin hablar con nadie y conservando el sombrero calado hasta los ojos, que eran negros, muy juntos y de siniestra expresión. Aparecían debajo de un sombrero que, más que tal, semejaba una escupidera triangular y sobre un tabardo que empezaba en la barbilla y terminaba en las rodillas del individuo.

—¡No, Jeremías, no! —murmuraba el mensajero fija la mente en el mismo tema —eso no puede convenirte. Tú, Jeremías, eres un honrado menestral, y de ninguna manera convendría eso a tu negocio. "Resucitado." ¡Que me maten si no estaba borracho al decirme eso!

Tan preocupado le traía el mensaje, que varias veces se quitó el sombrero para rascarse la cabeza, la cual, a excepción de la coronilla, que tenía calva, estaba cubierta de pelos gruesos y ásperos que le caían casi hasta la altura de la nariz.

Mientras regresaba al trote para transmitir el mensaje al vigilante nocturno de la Banca Tellson, en Temple Bar, quien había de pasarlo a sus superiores, las sombras de la noche tomaban tales formas que le recordaban constantemente el mensaje, al paso que para la yegua constituían motivos de inquietud, y sin duda alguna debía de tenerlos a cada paso, porque se manifestaba bastante intranquila. Mientras tanto, para los viajeros que iban en la diligencia que corría dando tumbos, aquellas sombras tomaban las formas que sus semicerrados ojos y confusos pensamientos les prestaban.

Parecía que el Banco Tellson se hubiera trasladado a la diligencia. El pasajero que al establecimiento pertenecía, con el brazo pasado por una de las correas, gracias a lo cual evitaba salir disparado contra su vecino cuando el coche daba uno de sus saltos, cabeceaba en su sitio con los ojos medio cerrados. Creía ver que las ventanillas del coche, el farol que los alumbraba débilmente y el bulto que hacía el otro pasajero, eran el mismo Banco y que en aquellos momentos él mismo realizaba numerosos negocios.

El ruido de los arneses era el tintineo de las monedas, y pagaba más letras en cinco minutos, de lo que el Banco Tellson, a pesar de sus relaciones nacionales y extranjeras, había pagado nunca en tres veces en el mismo tiempo. Luego, ante el adormilado pasajero se abrieron los sótanos del Banco, sus valiosos almacenes, sus secretos, de los que conocía una buena parte, y él circulaba por allí con sus llaves y alumbrándose con una vela, viendo que todo estaba tranquilo, seguro y sólido como lo dejara.

Pero aunque el Banco estaba siempre con él y aunque también le acompañaba el coche, de un modo confuso, como bajo los efectos de un medicamento opiado, había en su mente otras ideas que no cesaron durante toda la noche. Su viaje tenía por objeto sacar a alguien de la tumba.

Pero lo que no indicaban las sombras de la noche era cuál de los rostros que se le presentaban pertenecía a la persona enterrada. Todas, sin embargo, eran las faces de un hombre de unos cuarenta y cinco años, y diferían principalmente por las pasiones que expresaban y por su estado de demarcación y de lividez. El orgullo, el desdén, el reto, la obstinación, la sumisión y el dolor se sucedían unos a otros y también, sucesivamente, se presentaban rostros demacrados, de pómulos hundidos, y de color cadavérico. Pero todos los rostros eran de un tipo semejante y todas las cabezas estaban prematuramente canas. Un centenar de veces el pasajero medio adormecido preguntaba a aquel espectro:

—¿Cuánto tiempo hace que te enterraron?

—Casi dieciocho años —contestaba invariablemente el espectro.

—¿Habías perdido la esperanza de ser desenterrado?

—Ya hace mucho tiempo.

—¿Sabes que vas a volver a la vida?

—Así me dicen.

—¿Te interesa vivir?

—No puedo decirlo.

—¿Querrás que te la presente? ¿Quieres venir conmigo a verla?

Las respuestas a esta pregunta eran varias y contradictorias. A veces la contestación era: "¡Espera! Me moriría si la viera tan pronto". Otras salía la respuesta de entre un torrente de lágrimas, para decir: "¡Llévame junto a ella!" Otras se quedaba el espectro admirado y maravillado y luego exclamaba: "No la conozco. No te entiendo."

Y después de estos discursos imaginarios, el viajero, en su fantasía, cavaba la tierra sin descanso, ya con la azada, con una llave o con sus manos, a fin de desenterrar a aquel desgraciado. Por fin lo lograba, y con el pelo y el rostro sucios de tierra se caía de pronto. Entonces, al tocar el suelo se sobresaltaba y, despertando, bajaba la ventanilla para sentir en su mejilla la realidad de la bruma y de la lluvia.

Pero aun entonces, con los ojos abiertos y fijos en el movedizo rastro de luz que en el camino iba dejando el farol del vehículo, veía cómo las sombras del exterior tenían el mismo aspecto que las del interior del coche. Veía nuevamente la casa de banca en Temple Bar, los negocios realizados en el día anterior, las cámaras en que se guardaban los valores, el mensajero que le mandaron. Y entre todas aquellas sombras surgía la cara espectral y se acercaba a él de nuevo.

—¿Cuánto tiempo hace que te enterraron?

—Casi dieciocho años.

—Supongo que querrás vivir.

—No lo sé.

Y cavaba, cavaba, cavaba, hasta que el impaciente movimiento de uno de los pasajeros le indicó que cerrara la ventanilla. Entonces, con el brazo pasado por la correa se fijó en las formas de aquellos dos dormidos, hasta que su mente perdió la facultad de fijarse en ellos y de nuevo fantaseó acerca del Banco y de la tumba.

—¿Cuánto tiempo hace que te enterraron?

—Casi dieciocho años.

—¿Habías perdido la esperanza de ser desenterrado?

—Hace mucho tiempo.

Las palabras estaban aún en su oído, tan claras como las más claras que oyera en su vida, cuando el cansado viajero se despertó a la realidad del día, y vio que se habían alejado ya las sombras de la noche.

Bajó la ventanilla y miró al exterior, al sol naciente. Había un surco y un arado abandonado la noche anterior al desuncir los caballos; más allá vio un bosquecillo, en el cual había aún muchas hojas amarillentas y rojizas. Y aunque la tierra estaba húmeda y fría, el cielo era claro, el sol nacía brillante, plácido y hermoso.

—¡Dieciocho años! —exclamó el pasajero mirando al sol. — ¡Dios mío! ¡Estar enterrado en vida durante dieciocho años!

CAPÍTULO IV: LA PREPARACIÓN

Cuando la diligencia hubo llegado felizmente a Dover, a media mañana, el mayordomo del Hotel del Rey Jorge abrió la portezuela del coche, como tenía por costumbre. Lo hizo con la mayor ceremonia, porque un viaje en diligencia desde Londres, en invierno, era una hazaña digna de loa para el que la emprendiera.

Pero en aquellos momentos no había más que un solo viajero a quien felicitar, porque los dos restantes se habían apeado en sus respectivos destinos. El interior de la diligencia, con su paja húmeda y sucia, su olor desagradable y su obscuridad, parecía más bien una perrera de gran tamaño. Y el señor Lorry, el pasajero, sacudiéndose la paja que llenaba su traje, su sombrero y sus botas llenas de barro, parecía más bien un perro de gran tamaño.

—¿Habrá mañana barco para Calais, mayordomo?

—Sí, señor, si continúa el buen tiempo y no arrecia el viento. La marca sube a las dos de la tarde. ¿Quiere cama el señor?

—No pienso acostarme hasta la noche, pero deseo una habitación y un barbero.

—¿Y el almuerzo a continuación, señor? Perfectamente. Por aquí, señor. ¡La Concordia para este caballero! ¡El equipaje de este caballero y agua caliente a la Concordia! ¡Que vayan a quitar las botas del caballero a la Concordia! Allí encontrará el señor un buen fuego. ¡Que vaya en seguida un barbero a la Concordia!

El dormitorio llamado "La Concordia" se destinaba habitualmente al viajero de la diligencia y ofrecía la particularidad de que, al entrar, siempre parecía el mismo personaje, pues todos iban envueltos de pies a cabeza de igual manera; en cambio, a la salida era incontable la variedad de los personajes que se veían. Por consiguiente otro criado, dos mozos, varias muchachas y la dueña se habían estacionado al paso, del viajero, entre la Concordia y el café, cuando apareció un caballero de unos sesenta años, vestido con un traje pardo en excelente uso y luciendo unos puños cuadrados, muy grandes y enormes carteras sobre los bolsillos, y que se dirigía a almorzar.

Aquella mañana el café no tenía otro ocupante que el caballero vestido de color pardo. Se le puso la mesa junto al fuego; al sentarse quedó iluminado por el resplandor de las llamas y se quedó tan inmóvil como si quisiera que le hiciesen un retrato.

Se quedó mirando tranquilamente a su alrededor, en tanto que resonaba en su bolsillo un enorme reloj. Tenía las piernas bien formadas y parecía envanecerse de ello, porque las medias se ajustaban perfectamente a ellas y eran de excelente punto. En cuanto a los zapatos y a las hebillas, aunque de forma corriente, eran de buena calidad. Ajustada a la cabeza llevaba una peluca rizada, que, más que de pelo, parecía de seda o de cristal hilado. Su camisa, aunque no tan buena como las medias, era tan blanca como la cresta de las olas que rompían en la cercana playa. El rostro, habitualmente tranquilo,

y apacible, se animaba con un par de brillantes ojos, que sin duda dieron mucho que hacer a su propietario en años juveniles para contenerlos y darles la expresión serena y tranquila propia de los que pertenecían a la Banca Tellson. Tenía sano color en las mejillas, y su rostro, aunque reservado, expresaba cierta ansiedad.

Y como los que se sientan ante el pintor para que les haga el retrato, el señor Lorry acabó por dormirse. Le despertó la llegada del almuerzo y dijo al criado que le servía:

—Deseo que preparen habitación para una señorita que llegará hoy. Preguntará por el señor Jarvis Lorry, o, tal vez, solamente por un caballero del Banco Tellson. Cuando llegue, hazme el favor de avisarme.

—Perfectamente, señor. ¿Del Banco Tellson, de Londres, señor?

—Sí.

—Muy bien, señor. Tenemos el honor de alojar a los caballeros del Banco Tellson en sus viajes de ida y vuelta de Londres a París. Se viaja mucho, en el Banco Tellson, señor.

—Sí. Somos una casa francesa y también inglesa.

—Es verdad. Pero vos, señor, no viajáis mucho.

—En estos últimos años, no. Han pasado ya quince años desde que estuve en Francia por última vez.

—¿De veras? Entonces no estaba yo aquí todavía. El Hotel estaba en otras manos entonces.

— Así lo creo.

—En cambio, me atrevería a apostar que una casa como el Banco Tellson ha venido prosperando, no ya desde hace quince años sino, tal vez, desde hace cincuenta.

—Podrías decir ciento cincuenta sin alejarse de la verdad.

—¿De veras?

Y abriendo a la vez la boca y los ojos, al retirarse de la mesa, el criado se quedó contemplando al huésped mientras comía y bebía.

Cuando el señor Lorry hubo terminado su almuerzo, se dirigió a la playa para dar un paseo. La pequeña e irregular ciudad de Dover quedaba oculta de la playa y parecía esconder su cabeza en los acantilados calizos, como avestruz marina. La playa parecía un desierto lleno de piedras y escollos en que la mar hacía lo que le venía en gana, y lo que le venía en gana era destruir, pues rugía y bramaba por doquier. Algunas personas, muy pocas, estaban entregadas a la pesca en la playa, pero en cambio, por las noches, eran numerosos los que frecuentaban aquel lugar, mirando con ansiedad al mar, especialmente cuando subía la marca. Y algunos comerciantes, que apenas realizaban operaciones, ganaban, de pronto, enormes fortunas, y lo más notable era que nadie, en la vecindad, podía soportar siquiera a un farolero.

A medida que avanzaba la tarde y empezaban las sombras, se

cubría el cielo de nubes y las ideas del señor Lorry parecían obscurecerse también. Cuando ya fue de noche y se sentó nuevamente ante el fuego, en espera de la cena, su imaginación cavaba, cavaba sin cesar, mientras, distraídamente, miraba los carbones encendidos.

Una botella de clarete a la hora de la cena no perjudica ningún cavador, y cuando ya el señor Lorry se disponía beber el último vaso, resonó en el exterior un ruido de ruedas que avanzaba por la calle para entrar, por fin, en el patio de la casa.

—Debe de ser la señorita —se dijo dejando sobre la mesa el vaso que iba a llevar a sus labios.

Pocos minutos después, llegó el camarero a anunciarle que la señorita Manette acababa de llegar de Londres y que, con el mayor gusto, vería al caballero de la casa Tellson.

El caballero se bebió el vaso de vino, y después de ajustarse la peluca siguió al camarero, a la habitación de la señorita Manette. Esta era sombría y tétrica, pues sus paredes estaban tapizadas de color muy obscuro, tono que también tenían los muebles.

Las tinieblas de la estancia eran tan densas que, al principio, el señor Lorry no creyó que allí estuviera la señorita a quien debía ver, hasta que la divisó ante él, junto al fuego y débilmente alumbrada por dos velas. La joven parecía no tener más de diecisiete años, tenía el rostro muy lindo, los cabellos dorados, unos hermosos ojos azules y la frente despejada e inteligente. Y cuando el caballero fijó sus ojos en ella, pareció recordar a la niñita a quien llevara en sus brazos muchos años antes, en un viaje a través de aquel mismo Canal. Pero la imagen mental que acudiera a su memoria se desvaneció en seguida y el caballero se inclinó ante la señorita.

—Tenga la bondad de sentarse, caballero —exclamó ella con voz armoniosa y de ligero acento extranjero.

—Le beso la mano, señorita —exclamó el señor Lorry haciendo nueva reverencia y sentándose en el lugar que le indicaran.

—Ayer, caballero, recibí una carta del Banco, informándome de que se había sabido... o descubierto...

—La palabra es lo de menos, señorita.

—Algo acerca de los escasos bienes que dejó mi padre... al que nunca conocí...

—¡Hace tantos años que murió!...

El señor Lorry se revolvió inquieto en la silla.

—Y que hace necesario mi viaje a París, donde había de ponerme en relación con un caballero del Banco, enviado allí con este objeto.

—Soy yo mismo.

La joven le hizo una reverencia y el caballero se inclinó a su vez.

—Contesté al Banco, caballero, que si se consideraba necesario mi viaje a Francia, toda vez que soy huérfana y no tengo quien me acompañe, por lo menos, deseaba estar bajo la protección de este caballero. Según supe, él había salido ya de Londres, pero creo que le mandaron un mensajero para rogarle que me esperase.

—Me considero feliz de haber sido honrado con el encargo y más me complacerá llevarlo a cabo.

—Le doy las gracias, caballero —contestó la joven.— Le estoy muy agradecida. Me anunciaron en el Banco que el caballero me explicaría todos los detalles del asunto y que debo prepararme para oír noticias sorprendentes. Desde luego he hecho todo lo posible para prepararme y le aseguro que siento deseos de saber de qué se trata.

—Naturalmente —contestó el señor Lorry—. Yo...

Después de ligera pausa añadió, ajustándose mejor la peluca:

—Es muy difícil empezar.

Y se quedó silencioso en tanto que la joven arrugaba la frente.

—¿No nos habremos visto antes, caballero? —preguntó la joven.

—¿Lo cree así? —exclamó sonriendo el señor Lorry.

Ella permaneció silenciosa, sin contestar y el caballero añadió:

—En su patria de adopción, señorita, supongo que deseará que la trate como si fuese inglesa.

—Como usted guste, caballero.

—Señorita Manette, yo soy hombre de negocios y con respecto a usted he de llevar a cabo un negocio. Cuando oigáis de mis labios lo que voy a decir, tenga la bondad de no ver en mi otra cosa que una máquina que habla, porque, en realidad, no seré otra cosa. Con su permiso, pues, voy a contarle ahora, señorita, la historia de uno de nuestros clientes.

—¿Una historia?

—Sí, señorita, de uno de nuestros clientes. En nuestros negocios bancarios llamamos clientes a todas nuestras relaciones. Se trataba de un caballero francés; un hombre de ciencia, de grandes dotes intelectuales. Un doctor.

—¿De Beauvais?

—Sí, señorita, precisamente de Beauvais. Como el doctor Manette, su padre, este caballero era de Beauvais. Y, también como el señor Manette, su padre, el caballero en cuestión era muy conocido en París. Tuve el honor de conocerlo allí. Nuestras relaciones eran puramente comerciales, aunque de carácter confidencial. En aquel tiempo estaba yo en nuestra casa francesa, y de ello hace... ¡oh, por lo menos, veinte años!

—¿En aquel tiempo? ¿Puedo preguntar qué tiempo era?

—Hablo, señorita, de veinte años atrás. Se casó con una dama inglesa... y yo era uno de sus fideicomisarios. Sus asuntos, como los de muchos otros caballeros franceses, estaban por completo en manos del Banco Tellson. De la misma manera soy y he sido fideicomisario de veintenas de nuestros clientes. Estas son relaciones de negocios, señorita; no hay en ellas amistad alguna, interés particular, ni nada que se parezca a sentimiento. En el curso de mi vida comercial, he pasado de uno a otro, de la misma manera como durante el día paso de un cliente a otro; en una palabra, no tengo sentimientos. Soy una máquina y nada más. Y continuando mi relación...

—Pero, caballero, me está refiriendo la historia de mi padre, y ahora se me ocurre que cuando murió mi madre, que solamente sobrevivió a mi padre dos años, usted fue quien me llevó a Inglaterra. Estoy casi segura de ello.

El señor Lorry tomó la manecita que avanzaba hacia él y respetuosamente la llevó a los labios. Luego, tras de arrellanarse en su silla, añadió:

—Sí, señorita, fui yo. Y eso la convencerá de que realmente no tengo sentimientos y que todas mis relaciones con los clientes son puramente de negocios. Desde entonces habéis sido la pupila del Banco Tellson y yo no he procurado siquiera verla de nuevo, ocupado como estaba en otros asuntos. ¡Sentimentalismos! No, no tengo tiempo para ello, pues me paso la vida ocupado en mover inmensas sumas de dinero.

El señor Lorry volvió a alisarse la peluca, por más que no era necesario, y continuó:

—Así, pues, señorita, lo que acabo de referir es la historia de vuestro padre. Pero ahora vienen las diferencias. Si su padre no hubiese muerto cuando murió... ¡No se asuste!

En efecto, la joven se había sobresaltado.

—Le ruego —prosiguió el señor Lorry —que modere su agitación. Aquí no se trata más que de negocios. Como iba diciendo...

Pero la mirada de la joven lo descompuso de tal manera, que, tartamudeando, prosiguió:

—Como iba diciendo... Si el señor Manette no hubiese muerto, y si en vez de morir, hubiese desaparecido silenciosa y misteriosamente; si no hubiera sido muy difícil adivinar a qué temible lugar había ido a parar; sí no hubiese existido algún compatriota suyo tan temible que resultara peligroso hablar aún en voz baja de vuestro padre, es decir, sin correr el peligro de verse encerrado para siempre más en alguna olvidada prisión; si su esposa hubiera implorado del mismo rey, de la reina, de la corte y hasta de las mismas autoridades eclesiásticas, que le dieran noticias del desaparecido, aunque siempre en vano... entonces la historia de vuestro padre habría sido la misma de ese infortunado caballero, el doctor de Beauvais.

—¡Continúe, caballero, se lo ruego!

—Voy a proseguir, pero ¿no le faltará valor?

—Cualquier cosa es preferible a la incertidumbre en que me ha dejado.

—Se trata solamente de un negocio... de un negocio que hay que llevar a cabo. Ahora bien; si la esposa del doctor, aunque era una dama de gran valor y muy animosa, sufrió tanto por esta causa antes de que naciera su hijo...

—No fue un hijo, caballero, sino una niña.

—Bien, una niña. Esto no altera el negocio. Así, pues, señorita, la pobre dama sufrió tanto antes de nacer su hija, que se resolvió ahorrarle la herencia del dolor que ella había sufrido, y le hizo creer que su padre había muerto. ¡No, no se arrodille! ¿Por qué se arrodilla?

—Para suplicarle que me diga la verdad. ¡Oh, caballero, compadézcase de mí y dígame la verdad!

—Ya lo haré... pero esto no es más que un negocio. Me turba y no podré seguir. Si, por ejemplo, me dice cuánto suman nueve veces nueve peniques o los chelines que hay en veinte guineas, me dejará más tranquilo.

Sin contestar a esta pregunta, la joven hizo un esfuerzo por dominarse, y advirtiéndolo su interlocutor, exclamó:

—Bien, perfectamente. Recobre el ánimo. Se trata solamente de un negocio y de un buen negocio. Señorita Manette, su madre tomó la resolución que he indicado, y cuando murió, con el corazón destrozado por el dolor, y sin haber dejado ni un momento de hacer indagaciones con respecto a vuestro padre, os dejó a los dos años de edad en camino de crecer hermosa, feliz y sin penas, y libre de la obscura nube que habría representado para vos la incertidumbre de no saber si vuestro padre continuaba encerrado en un calabozo y seguía sufriendo las torturas de estar enterrado en vida.

Miró compasivo a los dorados cabellos de la joven, como si hubiese temido verlos con algunas hebras de plata.

—Ya sabee que sus padres no tenían gran fortuna —añadió— y que cuanto poseían fue debidamente asegurado en favor de vuestra madre y de usted misma. No sé han hecho nuevos descubrimientos de dinero, pero...

Se detuvo sin valor para continuar y después de ligera pausa, añadió:

—Pero él, en cambio, ha sido encontrado. Vive. Muy cambiado, probablemente, y convertido en una ruina, pero debemos tener esperanzas de algo mejor. Lo esencial es que vive. Su padre ha sido llevado a la casa de un antiguo criado en París, y allí vamos a dirigirnos. Yo para identificarle, si me es posible; y usted para devolverlo a la vida, al amor, al deber, al descanso y al bienestar.

La joven se estremeció, y luego en voz baja exclamó:

—¡Voy a ver a su espectro! ¡Será su espectro, pero no él! El señor Lorry acarició las manos de la joven y dijo:

—Tranquilícese, señorita. Ahora ya conoce todo lo bueno y todo lo malo. Vamos al encuentro del desdichado caballero, y después de un feliz viaje por mar y por tierra, se encontrará a su lado.

La joven, en el mismo tono de voz, exclamó:

—Yo he sido feliz y he gozado de libertad y nunca me ha perseguido su fantasma.

—He de decirle algo más —prosiguió el señor Lorry, tratando de fijar la atención de la joven.— Cuando le encontraron llevaba otro nombre, pues el suyo o se olvidó o alguien tuvo interés en que permaneciera ignorado. No hay por qué tratar ahora de averiguarlo, ni tampoco hay razón para indagar el porqué durante tantos años estuvo preso, ya porque se olvidaran de él o porque quisieran tenerlo encerrado hasta su muerte. Estas indagaciones serían peligrosas. Es mejor no hablar de nada de eso, por lo menos mientras estemos en

Francia. Yo mismo, aunque soy súbdito inglés y empleado en el Banco Tellson, con toda la importancia que en Francia tiene la casa, evito hablar del asunto y no llevo conmigo ni un papel que a ello se refiera. Todos los poderes que me acreditan para resolver este asunto, se comprenden tan sólo en una palabra: "Resucitado", lo cual no significa nada. Pero, ¿qué es eso? La pobrecilla, no me oye siquiera. ¡Señorita Manette!

La joven estaba inmóvil y silenciosa, privada de sentido, con los ojos abiertos y fijos en él, como si fuese una estatua. El caballero no se atrevió a tocarla, temiendo hacerle daño, pero se apresuró a gritar pidiendo socorro.

Apareció una mujer de aspecto bravío y el señor Lorry observó que era roja de cabeza a pies, pues rojo era su gorro, rojos sus cabellos y su rostro y rojo su vestido.

Entró corriendo en la estancia, precediendo a los criados de la posada y sin pensarlo gran cosa dio un empujón al caballero, mandándolo a la pared más cercana.

—¡Eso no es una mujer! —pensó el señor Lorry. — Más bien parece un hombre.

—¿Qué hacé ahí mirando? —exclamó aquella mujer dirigiéndose a las criadas—. ¿Por qué no van en busca de lo necesario en vez de quedarme mirándome así? ¡Traigan en seguida sales, agua fría y vinagre! Y en cuanto a usted —añadió dirigiéndose al señor Lorry:— ¿No podría decirle todo eso sin asustarla? ¡Mire cómo la ha dejado! ¡Pálida como una muerta y sin sentido! ¿A eso llama usted ser banquero?

El señor Lorry no supo qué contestar y se quedó humildemente junto a la pared, sin atreverse casi a mirar, y la mujer tomó los remedios que habían traído los criados, ordenándoles luego que se marcharan si no querían que les dijese algo desagradable.

—Espero que pronto recobrará el sentido —observó el señor Lorry.

—No por lo que usted haya hecho —contestó la mujer.— ¡Pobrecilla mía!

—Espero —añadió el señor Lorry después de nueva pausa y con la misma humildad— que acompañará a la señorita Manette en su viaje a Francia.

—¡Es un tonto! —exclamó la mujer—. ¿Creee que si la Providencia hubiese dispuesto que había de viajar por mar, me habría hecho nacer en una isla?

Y como esto era de difícil contestación, el señor Jarvis Lorry se retiró para meditar.

CAPÍTULO V: LA TABERNA

Una gran barrica de vino se cayó en la calle y se rompió. Ocurrió el accidente al descargarla de un carro; rodó el barril y al tropezar con el suelo se le soltaron los cercos y se desparramó el vino, en tanto que las duelas quedaban frente a una taberna, como enorme nuez rota.

Cuanta gente había por allí suspendió su trabajo o su pereza para ir a beberse el vino derramado. Las piedras irregulares y salientes de la calle, destinadas, al parecer, a lisiar a cuantos se acercaran a ellas, fueron la causa de que se formasen varios pequeños estanques, cada uno de los cuales se vio rodeado por algunos individuos que, arrodillados y con el hueco de sus manos, recogían y se bebían el líquido. Otros lo recogían con vasijas de barro y hasta empapando los pañuelos que las mujeres llevaban en la cabeza, para retorcerlos luego incluso sobre la abierta boca de los niños, y los que no pudieron coger el precioso líquido, se entretenían en lamer las duelas cubiertas interiormente de heces. Y tanto fue el afán de todos para que, no se escapara una sola gota del líquido y tanto barro tragaron al mismo tiempo que ingerían el vino, que la calle quedó limpísima, como si por allí hubieran pasado los barrenderos, si por milagro hubieran aparecido estos personajes desconocidos en aquella época.

Mientras duró el vino hubo la mayor alegría en la calle, pero en cuanto no quedó una gota cesaron, como por ensalmo, las manifestaciones de júbilo. Todos volvieron a sus ocupaciones y los cadavéricos rostros que salieran de las obscuras cuevas desaparecieron nuevamente en ellas.

Como el vino derramado era rojo, tiñó el suelo de la estrecha calleja del barrio de San Antonio, de París. Había manchado también muchas manos y muchos rostros, y los que se entretuvieron en lamer las duelas, quedaron con manchas rojas en torno de la boca, como tigres ahítos de carne, y hasta hubo un bromista que con los dedos bañados en barro rojizo, escribió en la pared la palabra: "Sangre".

Día llegaría en que este vino fuera también derramado por las calles y cuyo color rojo manchara asimismo a muchos de los que allí estaban.

Nuevamente la calle volvió a su estado habitual, de que saliera un momento, y quedó triste, fría, sucia, llena de enfermedades y de miseria, de ignorancia y de hambre. En todas partes se veían pobres individuos envejecidos, debilitados y hambrientos. Los niños tenían caras de viejo y hablaban con gravedad. El Hambre reinaba en el barrio como dueña y señora y sus manifestaciones se advertían por doquier. Las calles eran tortuosas y estrechas, amén de sucias como muladares y las casas de que se componían estaban habitadas por gente sumida en la más negra miseria. Mas aun a pesar de todo, no faltaban ojos brillantes, labios contraídos y frentes arrugadas. En las mismas tiendas se advertía también la necesidad general, pues en las carnicerías se veían tan sólo piltrafas de carne y en las panaderías panes pequeños y groseros. Los concurrentes a las tabernas bebían sus minúsculos vasos de vino o de cerveza y se hablaban confidencialmente. Nada estaba allí representado en estado floreciente, a excepción de las armerías y las tiendas en que se vendían herramientas. Los instrumentos o armas de acero eran brillantes, estaban afilados y en abundancia. La calle de piso desigual carecía de aceras y estaba llena de baches. Los faroles, a grandes intervalos, colgaban de cuerdas que atravesaban de un lado a otro de la calle y por las noches apenas bastaban para disipar las sombras.

La taberna ante la cual se rompió el barril estaba en un rincón de la calle y tenía mejor aspecto que los demás establecimientos. El tabernero contempló la lucha por beberse el vino derramado, sin importársele gran cosa, porque como el estropicio fue causado por los que descargaban el vino, de su cuenta corría proporcionarle otro barril.

De pronto sus ojos sorprendieron al bromista que escribía en la pared con los dedos y se acercó airado a él, borrando con las manos la terrible palabra que el otro trazara.

El tabernero era un hombre de aspecto marcial, de cuello de toro y de unos treinta años. Debía de ser de ardiente temperamento, porque a pesar de que el día era muy frío llevaba la chaqueta colgada del hombro y las mangas de la camisa arremangadas hasta el codo. La cabeza estaba cubierta solamente por su cabello negro y rizado. Por lo demás era moreno, tenía buenos ojos y la mirada decidida. Parecía de buen humor, pero de carácter implacable, resuelto y de firme voluntad.

La señora Defarge, su esposa, estaba sentada en la tienda, detrás del mostrador, cuando aquél entró. Era una mujer corpulenta, de la misma edad que su marido, con ojos observadores que no parecían fijarse en nada, de manos grandes, adornadas por sortijas, rostro de facciones enérgicas y expresión de perfecta compostura. Parecía muy friolera y estaba envuelta en pieles, incluso la cabeza, aunque dejando al descubierto los pendientes. Tenía delante su labor de calceta, pero la había dejado a un lado para limpiarse los dientes con una astillita. Así ocupada, la señora Defarge no dijo nada al entrar su marido, sino que se limitó a toser ligeramente, y esto unido a un leve movimiento de sus cejas, indicó a su esposo la conveniencia de vigilar a sus clientes, pues entre ellos encontraría a alguno que había entrado mientras él estaba en la calle.

En efecto, el tabernero descubrió muy pronto a un caballero de alguna edad, acompañado de una señorita, que estaban sentados en un rincón. Otros clientes estaban allí jugando, y mientras el tabernero pasaba por detrás del mostrador observó que el caballero decía refiriéndose a él:

—Este es nuestro hombre.

Diciéndose que no los conocía, el tabernero se detuvo para hablar con los tres parroquianos que bebían junto al mostrador.

—¿Cómo va, Jaime? —preguntó uno al tabernero.— ¿Ya se han bebido todo el vino derramado?

—Hasta la última gota, Jaime —contestó el señor Defarge.

En cuanto hubieron hecho el intercambio de su nombre, la señora Defarge tosió de nuevo y arqueó nuevamente las cejas.

—Pocas veces —observó el segundo de los tres, dirigiéndose al señor Defarge— tienen ocasión esas bestias de probar el gusto del vino ni otra cosa que no sea el pan negro y la muerte. ¿No es así, Jaime?

—Tienes razón, Jaime —replicó el señor Defarge.

Después de este segundo intercambio del nombre de pila, la señora Defarge tosió otra vez y nuevamente arqueó las cejas. El último de los tres dejó el vaso vacío y se limpió los labios, diciendo:

—Esos pobres animales tienen siempre en la boca otro sabor muy amargo y una vida muy dura, Jaime. ¿No digo bien?

—Tienes razón, Jaime —contestó el señor Defarge.

En aquel momento, después de este tercer intercambio del nombre de pila, la señora Defarge dejó el mondadientes, arqueó las cejas y se revolvió en su asiento.

—Es verdad —murmuró su marido—. Señores... mi mujer.

Los tres parroquianos se descubrieron ante la señora Defarge y le hicieron una reverencia, a la que ella contestó inclinando la cabeza y examinándolos rápidamente.

Luego miró indiferentemente hacia la taberna y reanudó su labor de calceta.

—Señores —dijo su marido que la había observado con la mayor atención:

—La habitación amueblada que deseabais ver está en el quinto piso. La escalera parte del patio, a la izquierda... Pero ahora recuerdo que uno de ustedes ya la conoce y puede guiar a los demás. Adiós, señores.

Ellos pagaron el vino que habían bebido y salieron, y mientras el tabernero observaba a su mujer, el caballero de alguna edad avanzaba desde su rincón y manifestaba deseos de hablar a solas con el tabernero.

—Con el mayor gusto, señor —contestó Defarge llevándolo hacia la puerta.

La conferencia fue muy corta, pero de efectos decisivos. Casi a la primera palabra el tabernero se sobresaltó y manifestó la mayor atención. No había transcurrido un minuto cuando hizo una señal afirmativa y salió a la calle. Entonces el caballero llamó a la joven con la mano y los dos salieron también. La señora Defarge seguía haciendo calceta y no vio nada.

El señor Jarvis Lorry y la señorita Manette salieron así de la taberna y alcanzaron al tabernero ante la escalera a la que mandó a los tres parroquianos. En la obscura entrada de la negra escalera el tabernero hincó una rodilla y llevó a sus labios la mano de la hija de su antiguo amo. Era una delicadeza, pero realizada de manera que nada tenía de delicada. En pocos segundos sufrió una gran transformación, pues en su rostro ya no había expresión alguna de buen humor ni de franqueza, sino de reserva, de cólera y de hombre peligroso.

—Está bastante alto —dijo secamente al señor Lorry.

—¿Está solo? —murmuró éste.

—¿Quién quieren que esté con él? —exclamó el tabernero.

—¿Está siempre solo?

—Sí.

—¿Por su deseo?

—Por su necesidad. Tal como estaba cuando le vi y me preguntaron si quería tenerlo en mi casa. Así está ahora.

—¿Está muy cambiado?

—¡Cambiado!

El tabernero dio un puñetazo en la pared y profirió una blasfemia, lo cual fue más elocuente para el señor Lorry que una respuesta clara.

Penoso sería subir la escalera de una casa vieja de París en nuestros tiempos, pero entonces lo era todavía más. En cada uno de los rellanos había un montón de basura depositado por los vecinos, y aquella masa en descomposición viciaba de tal manera el ambiente que apenas se podía respirar. El señor Lorry tuvo que detenerse dos veces junto a unas ventanas provistas de rejas que daban salida al mefítico ambiente; mas, por fin, llegaron a lo alto y el tabernero que los precedía sacó una llave del bolsillo.

—¿Está encerrado con llave? —Preguntó el señor Lorry.

—Sí —contestó Defarge secamente.

—¿Crees necesario tener tan recluido a ese pobre caballero?

—Considero necesario abrir con llave.

—¿Por qué?

—Porque ha vivido tanto tiempo encerrado, que asustaría de muerte si esta puerta quedara abierta.

—¿Es posible?

—Así es.

Tal diálogo, tuvo lugar en voz tan baja, que ni una de las palabras llegó a oídos de la joven que estaba temblorosa de emoción y su rostro expresaba tal terror que el señor Lorry creyó necesario dirigirle algunas palabras para darle ánimo.

—¡Valor, querida señorita, valor! Lo peor habrá pasado dentro de un momento. Una vez hayamos pasado esta puerta. Luego empezará todo el bien que le llevará y toda la dicha que ofrecerá al desgraciado. Nuestro buen amigo Defarge nos ayudará. Vamos.

Al doblar una de las vueltas de la escalera hallaron a tres hombres que estaban ante una puerta y mirando por el ojo de la llave. Al oír los pasos de los que subían volvieron la cabeza y mostraron ser los tres parroquianos del mismo nombre que habían estado bebiendo en la taberna.

—Me olvidé de ellos con la sorpresa de su visita —explicó el señor Defarge.

— Déjennos, amigos. Tenemos que hacer.

Los tres emprendieron el descenso y desaparecieron.

No había ya otra puerta y el tabernero se disponía a abrirla, cuando el señor Lorry le preguntó:

—¿Han hecho al señor Manette objeto de exhibición?

—Lo dejo ver, según habrá observado, pero tan sólo a unos cuantos escogidos.

—¿Crees que está bien?

—Sí, lo creo.

—¿Quiénes son esos pocos? ¿Cómo los eliges?

—Escojo a los que son hombres verdaderos y se llaman como yo, Jaime. Por otra parte usted no es inglés y no me entendería.

Miró luego por un agujero de la pared y levantando la cabeza, llamó dos o tres veces en la puerta, sin otro objeto aparente que el de hacer ruido. Con la misma intención metió la llave ruidosamente en la cerradura y, por fin, abrió. Antes de entrar dijo algo y le contestó una voz débil desde el interior. Entonces el tabernero hizo seña a sus compañeros para que entraran y el señor Lorry cogió el brazo de la joven, pues observó que le faltaban las fuerzas.

—Entren conmigo —dijo.— Todo eso no es más que... cuestión de negocio.

—Estoy asustada —contestó ella temblando.

—¿De qué?

—Quiero decir de él. De mi padre.

Apurado por el estado de la joven y por las señas que le hacía el tabernero, el señor Lorry levantó a su compañera y en brazos la hizo entrar en la habitación. Defarge quitó la llave, cerró por dentro, todo eso con tanto ruido como le fue posible, y, finalmente, echó a andar despacio hasta llegar a la ventana junto a la cual se detuvo.

El lugar, evidentemente destinado a leñera, era muy obscuro, pues solamente había una ventanilla en el techo y estaba medio cerrada. Era, pues, difícil avanzar a la escasa luz reinante, pero allí, sin embargo y de espalda a la puerta, estaba un hombre de blancos cabellos, sentado en una banqueta muy baja, muy atareado en hacer zapatos.

CAPÍTULO VI: EL ZAPATERO

—Buenos días —exclamó el señor Defarge mirando al hombre de cabellos blancos que tenía la cabeza inclinada sobre su trabajo.

El interpelado levantó la cabeza y en voz baja, como distante, contestó a la salutación:

—Buenos días.

—Siempre trabajando, ¿eh?

Después de largo silencio, la blanca cabeza se levantó de nuevo y dijo:

—Sí, estoy trabajando.

Y aquella vez, antes de inclinar de nuevo la cabeza, el anciano miró al tabernero con sus trastornados ojos.

La debilidad de la voz causaba compasión y temor a un tiempo. No era la debilidad resultante de la pérdida de fuerzas, sino que, indudablemente, se debía en gran parte al encierro y a la falta de uso. Era como débil eco de un sonido muy antiguo.

Hubo una pausa y luego el tabernero dijo:

—Deseo abrir un poco la ventana para que entre más luz. ¿Podrás resistirla?

El zapatero interrumpió su labor y preguntó:

—¿Qué decís?

—Que si podrás resistir un poco más de luz.

—Tendré que resistirla si la dejas entrar.

El tabernero abrió la ventana y el rayo de luz que entró dejó ver al viejo zapatero que tenía sobre las rodillas un zapato a medio terminar. Sobre la banqueta y en el suelo estaban sus herramientas. Tenía la barba blanca, mal cortada, la cara chupada y los ojos muy brillantes. Llevaba la camisa abierta por el pecho, dejando al descubierto su piel blanca y flácida. Y tanto él como los andrajos que vestía, a causa del largo encierro habían adquirido el color amarillento del pergamino.

Puso una mano ante los ojos para resguardarlos de la luz y entonces se vio que los huesos de aquélla se transparentaban. No miraba al tabernero, sino que apenas dirigía los ojos a uno y otro lado, como si hubiese perdido el hábito, de asociar el espacio con el sonido.

—¿Irás a terminar hoy este par de zapatos? —preguntó Defarge al tiempo que hacía señas al señor Lorry para que se acercara.

—¿Qué dices?

—Si vas a terminar hoy este par de zapatos.

Esta pregunta le recordó su labor y se inclinó nuevamente sobre ella. Mientras tanto avanzó el señor Lorry llevando de la mano a la joven, y cuando ya hacia cosa de un minuto que estaban al lado de Defarge, el zapatero levantó la vista. No dio muestras de sorpresa al ver a otra persona, sino que se llevó la mano a los labios y luego reanudó el trabajo.

—Tienes una visita —le dijo Defarge.

—¿Qué dices?

—Que hay una visita. Mira, este caballero es muy inteligente en calzado. Muéstrale el zapato que estás haciendo. Toma —dijo a Lorry dándole el zapato—. Ahora —añadió dirigiéndose al zapatero— dile a este señor qué clase de calzado es éste y el nombre del que lo hace.

Hubo una larga pausa y luego el pobre hombre dijo:

—He olvidado ya lo que me decías. Repeítelo...

—¿Podrías describir este calzado?

—Es un zapato de señora. A la moda, aunque nunca he visto la moda.

—¿Y el nombre del zapatero?

—¿Preguntas mi nombre? —exclamó después de largo silencio.

—Precisamente.

—Ciento cinco, Torre del Norte.

—¿Nada más?

—Ciento cinco, Torre del Norte.

Y dando un suspiro se absorbió nuevamente en su trabajo.

—¿Eres zapatero de oficio? —le preguntó el señor Lorry.

El interpelado miró a Defarge, como invitándole a contestar, mas en vista de que no lo hacía, lo hizo él diciendo:

—No, no es mi oficio. He aprendido aquí. Lo aprendí yo solo. Pedí permiso...

Hizo una pausa como si no estuviera resuelto a continuar y luego añadió:

—Pedí permiso para aprender yo solo. Lo conseguí al cabo, después de muchas dificultades y desde entonces hago zapatos.

Y mientras tendía la mano en espera de que le devolvieran su labor, el señor Lorry le preguntó, mirándolo con fijeza:

—¿No se acuerda de mí, señor Manette?

El zapato cayó al suelo, en tanto que el pobre zapatero miraba al que le preguntaba.

—¿No recuerdas tampoco a este hombre, señor Manette? —preguntó el señor Lorry, apoyando la mano en el brazo de Defarge.

—Míralo bien. Mírame también. ¿No vuelven a vuestra memoria las imágenes de los que fueron su antiguo banquero y vuestro criado, ni recuerda a sus vuestros antiguos negocios, señor Manette?

El cautivo de tantos años miró fijamente al señor Lorry a Defarge y sus ojos dejaron asomar algunos destellos de la antigua inteligencia, pero quedaron pronto nublados.

Y eso ocurrió nuevamente cuando los ojos del desgraciado se fijaron en el hermoso rostro de la joven que, deslizándose junto a la pared avanzaba tendiéndole las manos, en su deseo de estrechar contra su pecho aquella cabeza de espectro.

Pero nuevamente quedó apagado el destello de inteligencia. Dando un suspiro, el zapatero reanudó su labor.

—¿Lo habrá reconocido, caballero? —preguntó Defarge en voz baja.

—Sí, por un momento. Al principio no lo creí posible, mas luego, por un instante, he reconocido perfectamente el rostro que tan familiar me fue. Pero retirémonos un poco.

La joven, mientras tanto, se había acercado más a su padre y se situó a su lado, en tanto que él estaba absorto en su labor. Por fin, tuvo necesidad de cambiar de herramienta y al hacerlo sus ojos se fijaron en el extremo de la falda de su hija.

Entonces levantó los ojos y vio su rostro. Los dos hombres se sobresaltaron, temiendo que el desgraciado pudiera herirla con su cuchilla, pero la joven les hizo seña de que permanecieran quietos y ellos la obedecieron.

Se quedó mirándola, asustado, y pareció como si sus labios quisieran articular algunas palabras, aunque permanecieron mudos. Luego, tras unos momentos en que su respiración fue jadeante por la emoción que sentía, exclamó:

—¿Qué es esto?

La joven llevó sus propias manos a los labios, y seguidamente cruzó los brazos sobre el pecho, como si en él se apoyara la querida cabeza del anciano.

—¿No eres la hija del carcelero? —preguntó él.

—No —contestó la joven dando un suspiro.

—¿Quién eres, pues?

Sin atreverse a contestar, la joven se sentó en la banqueta, al lado de su padre, el cual retrocedió, pero ella le puso la mano sobre el brazo. Extraña conmoción se apoderó de él, y dejando a un lado la cuchilla se quedó mirando a la aparición. El dorado cabello de la joven, peinado en largos tirabuzones, caía sobre su esbelto cuello y el anciano, adelantando despacio la mano, tocó suavemente las doradas hebras, pero se apagó la luz que por un momento acababa de brillar en su inteligencia, y dando un suspiro, volvió a engolfarse en su labor.

Mas no por mucho tiempo. La joven le puso la mano sobre el hombro y él, después de dudar de que, en efecto, la aparición fuese real, dejó a un lado la labor, se llevó la mano al cuello y sacó un cordón ennegrecido, del que pendía una vieja bolsita de paño.

La abrió con el mayor cuidado, sobre la rodilla, y entonces se vio que contenía algunos cabellos; solamente dos o tres hebras doradas, que en más de una ocasión rodeara a sus dedos.

Tomó nuevamente los cabellos de la joven y murmuró:

—¿Cómo es posible? Son los mismos. ¿Cuándo ocurrió? ¿Cómo?

En su frente se advertía la concentración de sus ideas.

De pronto, tomó la cabeza de la niña, la volvió a la luz y la miró con la mayor atención.

—Aquella noche en que me llamaron, ella apoyó la cabeza en mi hombro... Tenía miedo de que saliera, aunque yo no temía nada... y cuando me encerraron en la Torre del Norte, me encontraron esto escondido en la manga. ¿Me dejas que lo conserve? No puede ayudarme a facilitar la fuga de mi cuerpo, pero permitirá que mi espíritu pueda marcharse. Les dije estas mismas palabras, me acuerdo perfectamente.

Estas palabras las formó varias veces en sus labios antes de poder pronunciarlas, mas cuando las emitió lo hizo de un modo coherente, aunque despacio.

—¿Cómo puede ser eso? ¿Eres tú?

Nuevamente se alarmaron los espectadores de aquella escena, pues él se había vuelto hacia la joven con extraordinaria rapidez. Pero la niña estaba tranquilamente sentada y en voz baja les dijo:

—Les ruego, señores, que no se acerquen y que no se muevan siquiera.

—¿Qué voz es ésta? —exclamó el anciano.

Al pronunciar estas palabras la soltó y se mesó los blancos cabellos, pero tranquilizándose luego, guardó su bolsita, aunque sin dejar de mirar a la joven.

—No, no, —dijo, —eres demasiado joven y bonita. No puede ser. Mira cómo está el prisionero. Estas no son las manos que ella conocía, ni la voz que estaba acostumbrada a oír. No, no. Ella era, y él también...

antes de los larguísimos años pasados en la Torre del Norte... hace ya de eso mucho, muchísimo tiempo. ¿Cómo te llamas, ángel mío?

La joven se dejó caer de rodillas ante su padre, con las manos plegadas sobre el pecho.

—Oh, señor, ya conocerá cuál es mi nombre, y sabrá quiénes fueron mi madre y mi padre, así como su triste, tristísima historia. Pero ahora no puedo decírselo. Lo que le ruego ahora, es que me toque con sus manos y me bendiga. Béseme, béseme.

La blanca cabeza del anciano se puso en contacto con los dorados cabellos de la joven, que parecían prestarle nueva vida, como si sobre él brillase la luz de la libertad.

—Si escuchas en mi voz, y no sé si será así, aunque lo espero, si oyes en mi voz algún parecido con la que en un tiempo fue dulce armonía en sus oídos, llora, llora por ella. Si al tocar mis cabellos algo te recuerda una adorada cabeza que un día reposó en su pecho cuando eras joven y libre, llora, llora por ella. Si cuando, te nombre el hogar que nos espera, y en el cual me esforzaré en hacerte feliz, con mi amor y mis cuidados, te recuerdo un hogar que quedó desolado mientras tu pobre corazón lo echaba de menos, llora, llora también por él.

Y rodeando el cuello del anciano con los brazos, lo meció sobre su pecho, como si fuese un niño.

—Si te digo, querido mío, que ya ha terminado tu agonía y que he venido para llevarte conmigo a Inglaterra, para gozar de la paz y de la tranquilidad, y eso te hace recordar que tu vida se malogró cuando tan útil pudiera haber sido, y que tu patria, Francia, fue tan cruel para ti, llora también, llora. Y si cuando te diga mi nombre y el de mi padre, que aun vive, y el de mi madre, que murió ya, sabrás que habré de caer de rodillas ante mi querido padre para pedirle perdón, por haber dejado de procurar su libertad y por no haber llorado por él noche y día, porque el amor de mi pobre madre alejo de mí esta tortura, llora también por ello, llora por mí y por ella. Buenos señores, demos gracias a Dios, pues siento que sus lágrimas corren por mi rostro y sus sollozos tiemblan sobre mi corazón. ¡Miren! ¡Gracias, Dios mío!

El pobre anciano se había refugiado en los brazos de la joven y apoyaba la cabeza en su pecho. Y aquella escena era tan conmovedora que los dos testigos se cubrieron los rostros con las manos.

Cuando reinó nuevamente la tranquilidad en aquel lóbrego lugar, los dos hombres se acercaron para levantar al padre y a la hija, pues, insensiblemente, se habían deslizado al suelo.

—Si fuera posible —dijo la joven— que, sin molestarlo, se pudiera disponer todo para salir cuanto antes de París...

—¿Crees que estará en condiciones de soportar el viaje? —preguntó el señor Lorry.

—Más que de continuar en esta ciudad tan funesta para él.

—Es verdad —intervino Defarge, que se había arrodillado para oír y ver mejor—. Más que para quedarse. El señor Manette estará siempre mejor lejos de Francia. ¿Quieren que vaya a alquilar un carruaje y caballos de posta?

—Esto es ya un negocio —contestó el señor Lorry recobrando en el acto sus maneras metódicas,— y si ha de terminarse un negocio es mejor que yo me ocupe en ello.

—Entonces hagan el favor de dejarnos solos —rogó la señorita Manette.— Ya ven qué tranquilo se ha quedado; no teman dejarme a solas con él. Cierren la puerta al salir, para que no nos interrumpan, y, sin duda alguna, lo encontrarán tranquilo al volver.

Poco acertada parecía a los dos hombres esta proposición, y por lo menos quería quedarse uno de ellos, pero como, además, había que arreglar los papeles necesarios y el tiempo urgía, se repartieron las gestiones necesarias y salieron apresuradamente.

Mientras las sombras se acentuaban, la joven permaneció al lado de su padre, sin dejar de mirarlo. Ambos permanecían quietos y, por fin, se filtró un rayo de luz por un agujero de la pared.

El señor Lorry y Defarge lo habían preparado todo para el viaje y consigo llevaban, además de algunas prendas de abrigo, pan, carne, vino y café caliente. Defarge dejó las provisiones sobre la banqueta de zapatero, así como la lámpara que llevaba y ayudado por el señor Lorry levantó al cautivo.

Nadie habría sido capaz de darse cuenta, por la expresión de su rostro, de las misteriosas ideas de su mente. Era imposible comprender si se había dado cuenta de lo sucedido o del hecho de que ya estaba libre. Probaron de hablarle, mas el desgraciado parecía estar tan confuso y respondía con tanta lentitud, que creyeron mejor no molestarle con nuevas observaciones. A veces se cogía la cabeza entre las manos, pero siempre parecía experimentar placer al oír la voz de su hija, hacia la cual se volvía invariablemente cuantas veces hablaba.

Con la obediencia peculiar de los que están acostumbrados a

someterse a la fuerza, comió, bebió y se abrigó con las prendas que le dieron. Con agrado se dejó llevar por su hija, que lo cogió del brazo y hasta tomó entré las suyas las manos de la joven. Entonces empezaron a bajar la escalera; Defarge iba delante con la lámpara y el señor Lorry iba detrás. Pocos escalones habían bajado cuando la joven se detuvo y le preguntó:

—¿Te acuerdas, padre mío, de haber venido aquí?.

—No, no me acuerdo —contestó.— Hace de eso demasiado tiempo.

No tenía memoria de haber sido sacado de su prisión para llevarlo a aquella casa.

Los que lo acompañaban le oyeron murmurar: "Ciento cinco, Torre del Norte", y observaron que miraba a su alrededor, como si buscara los muros de piedra de la fortaleza. Al llegar al patio, instintivamente aminoró el paso, como si esperase cruzar el puente levadizo, pero como no lo viera y en su lugar encontrase un carruaje que lo esperaba en la calle, cogió la mano de su hija e inclinó la cabeza.

Reinaba el mayor silencio en la calle y en ella no vieron a nadie más que a la señora Defarge que, reclinada en la jamba de la puerta, seguía haciendo calceta y no vio nada.

El prisionero entró en el coche con su hija, pero, inmediatamente, rogó que le entregasen sus herramientas de zapatero y el calzado a medio terminar. La señora Defarge, que oyó su ruego, se apresuró a complacerlo; poco después regresó trayendo lo pedido y volvió a enfrascarse en su labor de calceta, pero, aparentemente, sin haber visto nada.

—¡A la Barrera! —exclamó Defarge entrando en el coche. El postillón hizo restallar el látigo y el vehículo se puso en marcha.

Por fin los detuvieron unos soldados, provistos de linternas, y uno de ellos exclamó:

—Sus papeles, caballeros.

—Aquí están, señor oficial —contestó Defarge bajando y llevándose aparte al militar.— Estos son los papeles de este caballero que va en el coche, el del cabello blanco. Me han sido consignados, con su persona, por... —bajó la voz antes de terminar la frase y el oficial, después de dirigir una mirada al pasajero en cuestión, contestó:

—Perfectamente. Adelante.

—Adiós —exclamó Defarge.

El coche reanudó la marcha y se aventuró en las negras sombras de la noche. Y durante el frío y obscuro intervalo hasta la madrugada, resonaban en los oídos del señor Jarvis Lorry, que se sentaba enfrente del desenterrado, las mismas palabras:

—Espero que le gustará volver a la vida.

Y la contestación era la misma de siempre.

—No puedo decirlo.

LIBRO SEGUNDO

CAPÍTULO I: CINCO AÑOS DESPUÉS

El Banco Tellson era un lugar de viejísimo aspecto en el año mil setecientos ochenta. El local era muy pequeño, obscuro, feo e incómodo. Todo respiraba antigüedad, pero los socios de la casa estaban orgullosos de la pequeñez del local, de la obscuridad reinante, de su fealdad y hasta de su incomodidad. Y no solamente estaban orgullosos, sino que, muchas veces, hacían gala de todos estos inconvenientes, convencidos de que si la casa no los tuviera, seria menos respetable. Tellson no necesitaba grandes habitaciones, ni abundante luz, ni mayor embellecimiento. Otras casas de banca podían tener necesidad de tales ventajas, pero, a Dios gracias, a Tellson no le hacían ninguna falta.

Cualquiera de los socios habría sido capaz de desheredar a su propio hijo que le propusiera la atrevida idea de reconstruir el establecimiento. Y así había sido como Tellson fue el triunfo de toda incomodidad. Después de abrir una puerta que se obstinaba en permanecer cerrada, aparecían dos escalones y el visitante se encontraba en una tiendecita provista de dos mesas, en donde los empleados más viejos examinaban minuciosamente el cheque que se les presentaba y la legitimidad de la firma, a la luz de las ventanitas, siempre cubiertas de barro por la parte exterior y provistas de rejas, que contribuían a impedir el paso de la luz escasa que consentía la proximidad y la sombra del Tribunal del Temple. Si los negocios del visitante le obligaban a entrevistarse con "La Casa", se le conducía a una especie de mazmorra situada en la parte posterior, en donde sentía tentaciones de emprender serias reflexiones acerca de la vida, hasta que la misma Casa se presentaba con las manos en los bolsillos, sin que el visitante fuese capaz de divisarla en los primeros momentos.

El dinero entraba y salía de cajones medio comidos por la polilla y hasta los mismos billetes salían penetrados de un olor especial, producido por la humedad, como sí estuvieran a punto de descomponerse y de convertirse nuevamente en trapos. Las alhajas se guardaban en lugares que más bien merecían el nombre de letrinas, y en pocos días perdían su brillo característico. Los valores y los papeles de familia se guardaban en una especie de cocina, donde nunca se guisó nada, y al salir de allí parecían sentir todavía el horror de haber estado encerrados en tal lugar, desde el cual podían divisar las cabezas expuestas en el Tribunal del Temple, con una ferocidad digna de los abisinios o de los aschantis.

En aquella época era cosa muy corriente la sentencia de muerte. La muerte es un remedio de la Naturaleza para todas las cosas y la Ley no tenía razón para ser distinta.

Por eso se condenaba a muerte al falsificador, al poseedor de un billete falso, al que estafaba cuarenta chelines y seis peniques, al que robaba un caballo y al que acuñaba un chelín falso; en realidad las tres cuartas partes de los delincuentes eran condenados a muerte, lo cual tenía la ventaja de simplificar considerablemente los procedimientos legales.

El Banco Tellson también había contribuido, como otras casas de negocios, a la muerte de muchos de sus semejantes, y no hay duda de que si las cabezas que hizo caer estuvieran aún expuestas en el Tribunal del Temple, en vez de haber sido enterradas, habrían sido bastantes para interceptar la poca luz que recibía la casa de banca.

En los más obscuros rincones, los viejos empleados del Banco Tellson trabajaban en los negocios de la casa, En la calle y nunca dentro, a no ser que se llamara especialmente, estaba siempre un hombre que, a la vez, hacía de mozo y de mensajero.

Nunca estaba ausente durante las horas de oficina, a no ser que se le mandara a un recado, y aun en tales casos quedaba representado por su hijo, feo engendro de doce años, que era su vivo retrato. El apodo de este mozo era el de Roedor y como nombre de pila tenía el de Jeremías.

La escena ocurría en la vivienda particular del señor Roedor, a las seis y media de la mañana de un ventoso día de marzo. Las habitaciones de la vivienda eran dos, contando como una un pequeño retrete separado, de la otra por una vidriera, y aunque era muy temprano, la estancia había sido perfectamente barrida y limpiada y las vasijas dispuestas ya para el desayuno aparecían sobre un blanco mantel. El señor Roedor estaba durmiendo todavía; pero, por fin, empezó a surgir de la cama hasta que sus acerados pelos parecieron a punto de convertir la sábana en tiras, y al mirar al exterior exclamó exasperado:

—¡Demonio! ¿No ha vuelto otra vez?

Una mujer muy limpia y aseada, que estaba arrodillada en el rincón, se levantó apresuradamente, demostrando así que la exclamación del señor Roedor se refería a ella.

—¿Qué haces? —exclamó el señor Roedor buscando a tientas una bota para tirársela por la cabeza. —¿Ya estás otra vez con lo mismo?

Y habiendo encontrado lo que buscaba, tiró a la mujer una bota llena de barro. Y hemos de llamar la atención acerca de la particularidad de que aun cuando el señor Roedor regresaba, por las tardes, del Banco con las botas limpias, por la mañana las tenía siempre llenas de barro.

—¿Se puede saber lo que estabas haciendo?

—Estaba rezando mis oraciones —contestó la pobre mujer.

—¿Conque rezando, eh? ¿Se puede saber qué te propones pasando el tiempo de rodillas y rezando contra mí?

—No rezaba contra ti, sino por ti.

—No es verdad, y, por otra parte, no quiero consentírtelo. Mira, hijo, aquí tienes a tu madre rezando contra la prosperidad de tu padre. ¡A fe que tienes suerte, hijo mío, de que tu religiosa madre se pase el día entero rezando para que no puedas llevarte a la boca tu pan de cada día!

El joven Roedor, que iba en mangas de camisa, miró a su madre muy disgustado.

—Te repito —insistió el señor Roedor —que no quiero que reces más. No quiero que venga la mala suerte por tu causa. Si fueras otra y no llamaras la desgracia contra tu marido y contra tu hijo, tendríamos ya buenos cuartos. Levántate, chico, y mientras yo me limpio las botas, vigila a tu madre y si ves que vuelve a arrodillarse me lo dices.

Obedeció el chico y fijó sus ojos en su madre, a la que, de vez en cuando, asustaba fingiendo que iba a llamar a su padre, el cual volvió al poco rato para tomar su desayuno. Hacia las nueve de la mañana se arregló convenientemente y salió para desempeñar sus deberes diarios.

A pesar de que se llamaba a sí mismo "un honrado menestral" nada podía justificar esta denominación. Sus herramientas de trabajo consistían en un taburete de madera, que en otros tiempos fue una silla, taburete que su hijo llevaba cada mañana junto a la puerta de la casa de banca inmediata al Tribunal del Temple. Allí, con el auxilio de algunos puñados de paja, que arrebataba a cualquier carro que pasara, podía guarecerse del frío y de la humedad que, de otra manera, habría sufrido en su campamento.

Aquella mañana ventosa de marzo, Jeremías se instaló en su sitio, cuando, al poco rato, apareció uno de los empleados de la casa, exclamando:

—¡Que entre el mozo!

—Ya tenemos qué hacer, padre —exclamó el muchacho sentándose en el taburete que el autor de sus días acababa de dejar desocupado.

—¿Por qué tendrá mi padre los dedos siempre cubiertos de óxido? —se preguntó el chico—. Porque aquí no hay hierro ninguno que tocar.

CAPÍTULO II: LA VISTA DE UNA CAUSA

—¿Conoces Old Bailey, verdad? — preguntó uno de los empleados más antiguos a Jeremías.

—Sí, señor, lo conozco.

—Perfectamente. ¿Conocéis, también al señor Lorry?

—Mejor todavía —contestó Jeremías.

—Muy bien. Entra por la puerta de ingreso de los testigos y enseña al portero esta nota para el señor Lorry. Él te dejará entrar.

—¿Al patio, señor?

—Al patio.

—¿He de esperar en el patio?

—Ahora te diré lo que debes ha esta nota al señor Lorry y tú, mientras tanto, has alguna señal a este último para que te vea y sepa dónde estás. Luego te quedas allí, por si acaso él te necesita.

—¿Nada más?

—Nada más. Quiere tener un mensajero a su disposición. Por esto se le avisa de que estarás allí.

El empleado dobló la nota y el señor Roedor, tomándola, preguntó:

—¿Se juzga algún caso de falsificación de esta mañana?

—De traición.

—Pues en tal caso habrá descuartizamiento. Esto es muy bárbaro.

—Es la Ley —observó el viejo empleado.

—Por más que sea la Ley, ya basta con matar a un hombre. No hay necesidad de descuartizarlo.

—Ten cuidado de cómo hablas de la Ley. No te metas en lo que no te importa. Recuerda este buen consejo. Toma la nota y marcha en seguida.

Jeremías tomó el papel, saludó y, al pasar por delante de su hijo, le avisó del lugar adonde iba y se alejó.

La prisión era un lugar infame, en el cual se desarrollaban las enfermedades con una facilidad pasmosa y, a veces, no solamente hacían presa de los encarcelados, sino que, incluso, se adueñaban del mismo presidente del Tribunal. Más de una vez el juez pronunciaba su propia sentencia y moría mucho antes que el pobre hombre a quien acababa de condenar a muerte. Por lo demás la prisión de Old Bailey era famosa por un patio que tenía y del cual salían continuamente numerosos viajeros, pálidos y demacrados, en carros y coches, en dirección al otro mundo, y atravesando por entre el numeroso público que iba a presenciar tales espectáculos. Era también famosa por el pilorí, antigua y sabia institución que infligía un castigo cuya extensión no era posible mover y, también, por la pena de azotes que allí se aplicaba, muy humanitaria y reformadora.

Abriéndose camino por entre la multitud que siempre rodeaba la cárcel, el mensajero del Banco Tellson halló la puerta que buscaba y entregó la carta a través de un ventanillo. Después de ligera demora se abrió la puerta un poco y el señor Jeremías Roedor pudo penetrar en el patio.

—¿Qué juicio se está celebrando? —preguntó a un empleado.

—Uno de traición.

—Entonces lo descuartizarán si lo encuentran culpable.

—¡Oh, no hay cuidado! —replicó el otro, —será culpable.

La atención del señor Roedor fue solicitada entonces por el portero, que se dirigía hacia el señor Lorry para entregarle el papel que acababa de recibir. El señor Lorry estaba sentado a una mesa, en compañía de otros señores que llevaban pelucas, y no muy lejos se veía al defensor del reo, con un gran montón de papeles ante él. Enfrente estaba otro caballero, también con peluca, con las manos metidas en los bolsillos y mirando al techo con la mayor atención. Jeremías procuró con señas y con algunas toses significativas que el señor Lorry le mirase.

Entró, por fin, el juez y, a poco, dos carceleros introdujeron al acusado. Todos los que estaban en la sala miraron al desgraciado, a excepción del personaje que tenía los ojos fijos en el techo. Jeremías miró como todos los demás y vio que era un hombre joven, de unos veinticinco años, de excelente aspecto, de noble apostura, moreno y de ojos negros. Parecía un caballero. Vestía de negro o de gris muy obscuro, y su cabello, que era largo y negro, estaba recogido y atado con una cinta en el cogote, más, tal vez, para evitar que le molestase, que por adorno. Por lo demás parecía muy tranquilo, y después de hacer una reverencia ante el juez se quedó inmóvil.

Empezó la acusación. Según ella, Carlos Darnay era reo de traición a nuestro sereno, ilustre, excelente, etc., y amado rey, por haber, en diversas ocasiones y de varios modos, auxiliado a Luis, rey de Francia, en sus guerras contra nuestro sereno, ilustre, excelente, etc., Señor; es decir, yendo y viniendo entre los dominios de nuestro sereno, ilustre, excelente, etc., Señor y los del rey francés, y revelando, falsa y traidoramente a dicho rey de Francia, cuáles eran las fuerzas que nuestro sereno, ilustre, excelente, etc., Señor tenía preparadas para mandar al Canadá y a Norte América.

El acusado, a quien todos consideraban ya ahorcado, decapitado y descuartizado, no parecía impresionarse gran cosa ante aquella horrenda acusación. Permanecía inmóvil y estaba atento; escuchaba con el mayor interés y tan quieto estaba que no había, siquiera, apartado una de las hojas de que estaba cubierto el suelo, el cual se regaba, también, con vinagre como precaución contra la fiebre que hacía estragos en la cárcel.

El acusado paseó luego su mirada alrededor de la sala y observó que en un rincón, inmediato al asiento de sus jueces, había dos personas, una de ellas una señorita de poco más de veinte años y la otra un caballero, que, evidentemente, era su padre; hombre notable por el hecho de tener el cabello absolutamente blanco. A veces se le habría creído muy viejo, pero cuando dirigía la palabra a su hija, parecía rejuvenecerse y hallarse en la primera parte de su vida.

Su hija estaba sentada junto a él y cogía la mano de su padre como atemorizada por la escena que presenciaba y llena de compasión hacia el acusado, y tan vivo fue este sentimiento, que se traslució en su rostro, y todos los circunstantes, se preguntaban quiénes serían el padre y la hija.

Jeremías, el mensajero, que también se había fijado en ello, oyó cómo alguien preguntaba:

—¿Quiénes son?

—Testigos.

—¿En favor del acusado?

—No, sino de la acusación.

El juez, que también se había fijado en aquellos dos personajes, volvió a mirar al acusado, mientras el fiscal se levantaba para retorcer la cuerda, afilar el hacha y clavar los clavos en el catafalco.

CAPÍTULO III: DECEPCIÓN

El fiscal informó al Jurado de que el acusado que estaba ante ellos, a pesar de su juventud era ya muy viejo en las prácticas de la traición; que su correspondencia con el enemigo público no databa de un día ni de un año, sino que el prisionero tenía la costumbre, ya muy antigua, de ir desde Francia a Inglaterra, para realizar negocios de que no le habría sido posible dar honrada cuenta. La Providencia, sin embargo, había puesto en el corazón de una persona, sin miedo y sin reproche, el deseo de descubrir la naturaleza de las ocupaciones del acusado, y, lleno de horror, las reveló al secretario de Estado de Su Majestad. Aquel patriota iba a ser presentado al Tribunal. Fue amigo del acusado, pero, una vez estuvo convencido de su infamia, resolvió sacrificar su amistad en aras del patriotismo.

El testigo pudo examinar los papeles de su amigo, gracias a los buenos oficios de un criado, también digno de honor, y así, por la conducta sublime de aquellos dos hombres, conducta que el fiscal recomendaba al jurado, pudo descubrirse la criminal ocupación del acusado. El examen de aquellos papeles demostraba que el acusado poseía la lista de las fuerzas de mar y tierra de Su Majestad y también de su disposición y de su preparación. Cierto era que no se podía probar el hecho de que aquellas listas fuesen de puño y letra del acusado, pero eso no importaba nada, y más bien era un indicio acusador, pues probaba que el prisionero había tomado toda clase de precauciones. Estos documentos probaban que se dedicaba a tan criminal oficio desde hacía, por lo menos, cinco años. Así, pues, no dudaba de que el jurado, obrando lealmente, consideraría culpable al acusado y lo condenaría a muerte.

Cuando cesó el fiscal en su discurso, la impresión general fue la de que el acusado podía considerarse ya como hombre muerto.

Se presentó entonces el patriota acusador, Juan Barsad, caballero, el cual habiendo ya librado a su noble pecho del peso que hasta entonces lo oprimiera, se habría retirado modestamente, pero el caballero que tenía delante un montón de papeles quiso dirigirle algunas preguntas. En cuanto al que se sentaba enfrente del defensor, continuaba con la mirada fija en el techo.

El defensor preguntó si el testigo había sido alguna vez espía, pero esta acusación fue rechazada desdeñosamente. Le preguntó, luego, de qué vivía y al contestarle que de sus propiedades, quiso saber cuáles eran, pero el testigo no recordaba bien dónde las tenía y acabó afirmando que había heredado de un pariente lejano. Le preguntó también si había estado en la cárcel, a lo cual el testigo contestó negativamente, pero ante las insistentes preguntas del defensor, acabó confesando que estuvo dos o tres veces encarcelado por deudas. A la pregunta de cuál era su profesión, contestó que la de caballero, y cuando el defensor quiso saber si alguna vez le habían arrojado a puntapiés de alguna parte, lo negó primero, mas, luego, acabó confesando que, en una ocasión, le dieron un puntapié y él, por su propia voluntad, bajó rodando por la escalera.

Entonces el defensor quiso averiguar si aquello fue la consecuencia de haber hecho trampas en el juego, pero el testigo replicó que así se dijo, pero que no era verdad. También le preguntó si vivía del juego, y si había pedido dinero prestado al acusado. Ambas respuestas fueron afirmativas y cuando se inquirió la razón de que se hubiese apoderado de aquellas listas, para entregarlas a la justicia, tal vez con la esperanza de lograr alguna recompensa, contestó negativamente, asegurando que lo había hecho por puro patriotismo.

El criado, Roger Cly, el virtuoso patriota, dijo que había entrado al servicio del acusado cosa de cuatro años antes y que empezó a sentir sospechas de su amo y por consiguiente vigiló sus actos. Muchas veces encontró listas semejantes a las presentadas al Tribunal, mientras arreglaba los trajes de su amo y en las manos de éste las vio también en Calais y en Boulogne. Y como amaba a su patria no pudo consentir aquella traición y por esta razón ayudó al descubrimiento del crimen.

El fiscal se volvió entonces hacia el señor Lorry y le preguntó:

—Señor Jarvis Lorry, ¿está usted empleado en el Banco Tellson?

—Sí, señor.

—¿No hicieron un viaje, cierto viernes de noviembre del año entre Londres y Dover?

—Sí, señor.

—¿Había otros viajeros en la diligencia?

—Dos.

—¿Descendieron de la diligencia antes de llegar a Dover?

—Sí, señor.

—Mira ahora al acusado. ¿Era uno de los dos viajeros?

—No puedo asegurarlo.

—¿Se parece a alguno de ellos?

—Iban los dos tan abrigados y estaba la noche tan obscura que no puedo asegurarlo.

—Míralo de nuevo, señor Lorry. Suponiendo que ese hombre estuviera tan abrigado como aquellos dos viajeros, ¿te parece que sería semejante a uno de ellos?

—Lo ignoro.

—¿Estarías dispuesto a jurar que no era uno de ellos?

—Tampoco.

—¿De manera que considerarías posible que fuese uno de ellos?

—Posible, sí. Excepto, tal vez, por la circunstancia de que mis compañeros de viaje parecían gente timorata y el acusado no parece hombre que se asuste fácilmente.

—Mira nuevamente al prisionero, señor Lorry. ¿Lo conocías ya o lo habías visto anteriormente?

—Sí, señor.

—¿Cuándo lo vistes?

—Pocos días después de mi viaje volvía de Francia y en Calais el acusado tomó el mismo barco que yo e hizo conmigo el viaje de regreso.

—¿A qué hora llegó a bordo?

—Un poco después de medianoche.

—¿Fue el único pasajero que llegó a aquella hora?

—Sí, señor, el único.

—¿Viajabas solo, señor Lorry, o iba contigo algún compañero?

—Me acompañaban dos personas. Un caballero y una señorita. Están aquí.

—¿Conversaste con el acusado?

—Muy poco. El tiempo era malo y casi durante todo el viaje estuve tendido en el sofá.

—¡Señorita Manette!

La joven, hacia quien se volvieron todos los ojos, se puso en pie y su padre la imitó.

—Señorita Manette, mire al acusado.

Este pareció intranquilo al ser contemplado por aquella graciosa joven.

—¿Había visto ya anteriormente al acusado, señorita Manette?

—Sí, señor.

126

—¿Dónde?

—A bordo del barco a que acaba de referirse el señor Lorry.

—¿Es usted la señorita a quien acaba de referirse este caballero?

—Sí, desgraciadamente soy yo.

—Conteste a las preguntas que se le hagan, sin hacer observación alguna —exclamó el fiscal—. ¿Conversasteis con el acusado durante el viaje?

—Sí, señor.

—Relate la conversación.

En medio de la atención general y del silencio reinante, la joven empezó a decir:

—Cuando este caballero llegó a bordo...

—¿Se refiere al prisionero? —preguntó el fiscal frunciendo las cejas.

—Sí, señor.

—Entonces llámelo acusado.

—Pues, cuando el acusado llegó a bordo, se fijó enseguida en mi padre y vio que estaba fatigado y enfermo. Mi padre estaba tan mal que yo temí exponerle al aire y por esto le arreglé su lecho en la cubierta, cerca de la escalera de los camarotes y me senté a su lado para cuidarlo. Aquella noche no había más pasajeros que nosotros cuatro. El acusado fue tan amable que me aconsejó cómo podría guarecer mejor a mi padre del viento y del mal tiempo, y, en general, se portó con la mayor bondad y cortesía. Así empecé a hablar con él.

—¿Se fijó usted si llegó solo a bordo?

—No llegó solo.

—¿Cuántos le acompañaban?

—Dos caballeros franceses.

—¿Observó si conferenciaban secretamente?

—Estuvieron hablando hasta el último momento, cuando los franceses se vieron obligados a bajar al bote.

—¿Vio usted si, entre ellos, se cambiaron algunos papeles semejantes a estas listas?

—Vi que tenían algunos papeles en las manos, pero no sé cuáles.

—Ahora cuéntenos cuál fue la conversación del acusado, señorita Manette.

—Se mostró muy amable conmigo, y bondadoso y útil para mi padre. Espero —exclamó entre lágrimas— que mi declaración no va a perjudicarle y a pagar mal los favores que me hizo.

—No se ocupe usted de esto, señorita Manette —replicó el juez—, está en la obligación de decir la verdad y el acusado lo sabe. ¡Continúe!

—Me dijo que viajaba a causa de unos negocios de naturaleza delicada y difícil, que podían poner en situación apurada a algunas personas, y que viajaba bajo nombre supuesto. Añadió que aquellos negocios lo habían llevado a Francia pocos días antes y que, de vez en cuando, le obligaban a dirigirse tan pronto a Francia como a Inglaterra.

Entonces el fiscal llamó al doctor Manette para que declarara y le dijo:

—Doctor Manette, sírvase mirar al acusado. ¿Lo había visto anteriormente?

—Una vez tan sólo, cuando me visitó en mi casa de Londres. Hará de eso tres años o tres y medio.

—¿Sabía si es la misma persona que viajaba a bordo del barco que lo llevaba a usted y a su hija y el mismo que conversó con ésta?

—Lo ignoro, señor.

—¿Hay alguna razón especial que explique la imposibilidad en que se encuentra para contestar a mi pregunta?

—Sí, señor, existe.

—¿No tuvo la desgracia de permanecer largos años preso, sin haber sido juzgado ni acusado, en vuestro país natal, doctor Manette?

—En efecto, estuve preso mucho tiempo.

—¿Acababa de ser puesto en libertad, cuando hizo aquel viaje?

—Así me lo dijeron.

—¿No recuerda nada?

—Nada absolutamente. En mi memoria hay un vacío por espacio de no sé cuánto tiempo, es decir, desde que en mi cautiverio me dediqué a hacer zapatos hasta el tiempo en que me encontré viviendo en Londres con mi querida hija. Esta me era ya muy querida cuando Dios misericordioso me devolvió mis facultades, pero no sé cuándo empecé a conocerla, pues no me acuerdo.

Se presentaba, entonces, una cuestión muy importante y era la de saber si el acusado había visitado, en aquella noche de noviembre, cinco años atrás, una ciudad en la que había un arsenal de guerra y una importante guarnición, para adquirir datos. Se presentó un testigo, quien declaró que reconocía en el acusado a un hombre que estuvo aquella noche en el café de dicha ciudad esperando a otra persona.

En aquel momento el caballero de la peluca, que, hasta entonces había estado mirando al techo, escribió una o dos palabras en un pedazo de papel, y, después de arrollarlo, lo entregó al defensor. Este lo leyó, miró al acusado con la mayor atención y se volvió para preguntar al testigo:

—¿Está seguro de que era este mismo hombre?

—Completamente —contestó el testigo.

—¿No pudo ver a otra persona que se le pareciera mucho?

—Habría tenido que ser tan parecido a él, que casi es imposible que pudiera darse el caso.

—Pues, entonces, hágame el favor de mirar a este caballero —dijo el defensor señalando al que acababa de entregarle el papel— y luego observe al preso. ¿No cree que se parecen como dos gotas de agua?

En efecto, aquellos dos hombres no podían ser más parecidos.

Inmediatamente el fiscal preguntó al defensor, señor Stryver, si con esto quería acusar de traición al señor Carton, que era el caballero de la peluca, pero el defensor contestó que no se proponía nada de esto, sino, tan sólo, señalar la posibilidad de que se tratara de una persona tan parecida al acusado como la que tenían a la vista.

A continuación el defensor, señor Stryver, se esforzó en demostrar que Barsad era un espía a sueldo y un traidor, un traficante en sangre humana y uno de los más perfectos sinvergüenzas que existieron en la tierra después del traidor judas; que el virtuoso criado Cly era su amigo y consocio, y digno de él. Que aquellos dos bandidos y perjuros habían acusado falsamente al prisionero, francés de nacimiento, que por asuntos de familia se veía obligado a ir con frecuencia a Francia, aunque estos asuntos, por ser de naturaleza especialísima y personal, no podían ser revelados. Demostró que la declaración de la señorita Manette no tenía importancia alguna ni demostraba nada contra su defendido.

Declararon, entonces, algunos testigos de la defensa y nuevamente hablaron el fiscal y el presidente para rebatir cuanto dijera el defensor, de modo que para nadie parecía dudosa la muerte que esperaba al desgraciado preso.

Mientras tanto el señor Carton, y a excepción del momento en que tendió el papel al defensor del acusado, no había separado sus ojos del techo, ni siquiera, tampoco, cuando todo el mundo se fijó en él para comparar sus facciones con las del acusado.

Sin embargo, veía mucho mejor que otros lo que ocurría a su alrededor, hasta el punto de que fue el primero en advertir que la señorita Manette caía desfallecida en brazos de su padre, y, ordenó a un guardia que acudiese a socorrerla.

La concurrencia demostró su simpatía a la joven y a su padre y apenas se fijó en que el jurado se retiraba a deliberar. Al poco rato se presentaba nuevamente manifestando que no se habían puesto de acuerdo y que deseaban tratar de nuevo acerca del caso.

Esto causó, naturalmente, la mayor sorpresa, pues no era cosa que ocurriese con frecuencia. La vista había durado todo el día y fue preciso encender las luces de la sala.

Circularon rumores de que el jurado tardaría en tomar un acuerdo y muchos espectadores se retiraron para comer algo, en tanto que el acusado fue llevado al extremo de la barra, donde tomó asiento.

Entonces el señor Lorry se acercó a donde estaba Jeremías, diciéndole:

—Puede ir a tomar alguna cosa, si lo desea. Cuide de volver cuando regrese el jurado, porque entonces es cuando lo necesitaré.

Al mismo tiempo le dio un chelín y en aquel momento el señor Carton, que había abandonado su asiento, tocó en un hombro al señor Lorry.

—¿Cómo se encuentra la señorita?

—Está muy angustiada —contestó el señor Lorry,— pero parece que está mejor.

—Voy a decírselo al prisionero, pues no está bien que le hable un caballero tan respetable como usted.

En efecto, el señor Carton se acercó al preso y lo llamó.

—Señor Darnay, espero que deseará usted tener noticias de la señorita Manette. Se encuentra mejor.

—Siento mucho haber sido la causa de su indisposición. ¿Tendrá usted la bondad de decírselo así? —contestó el preso.

—No hay inconveniente.

—Muchas gracias —le contestó el acusado.

—¿Qué espera usted, señor Darnay? —le preguntó Carton.

—Lo peor.

—Hace usted bien, puesto que será lo más probable. Sin embargo, parece dar alguna esperanza el hecho de que el jurado no se haya puesto todavía de acuerdo.

Jeremías Roedor, que había estado escuchando la conversación con el mayor interés, se alejó extrañado de que aquellos dos hombres fuesen tan absolutamente parecidos.

El mensajero del Banco, después de tomar su refrigerio, se sentó en un banco y estaba ya a punto de dormirse cuando entró el público en la sala y oyó una voz que le llamaba.

—¡Jeremías!

—Aquí estoy, señor —contestó a su principal.

El señor Lorry extendió el brazo y le entrego un papel.

—Vaya a llevarlo volando. ¿Lo tiene?

—Sí, señor.

En el papel había escrito una sola palabra. "Absuelto".

—Si esta vez hubiese escrito "Resucitado" lo entendería mejor que la otra —murmuró Jeremías, y se alejó apresuradamente en dirección a la casa de banca.

CAPÍTULO IV: ENHORABUENA

En torno de Carlos Darnay había varias personas que le felicitaban por haber salido absuelto. Estas eran el abogado defensor, su procurador, el doctor Manette y su hija.

La luz era muy escasa, pero aun a la del sol habría sido muy difícil de reconocer en el inteligente rostro del doctor al zapatero de la buhardilla de París. Sin embargo, en sus facciones había siempre algunas arrugas, hijas de sus pasadas agonías, y únicamente su hija conseguía ahuyentar los negros recuerdos que con tanta insistencia le perseguían.

Lucía era el hilo de oro que le unía a un pasado, anterior a sus miserias y a un presente, posterior a sus desgracias. La dulce música de su voz y la alegría que reflejaba su hermoso rostro o el contacto de su mano, ejercían casi siempre sobre él una influencia beneficiosa, y decimos casi siempre, porque, en algunas ocasiones, el poder de la niña se estrellaba contra su tristeza, aunque la joven abrigaba la esperanza de que esos casos no se repetirían.

Darnay besó la mano de la joven, con fervor y gratitud y luego se volvió a su abogado, señor Stryver, para darle efusivamente las gracias. El abogado contaba apenas treinta años de edad, pero parecía tener veinte más por su corpulencia, por el color rojo de su rostro y por su aspecto fanfarrón y refractario a todo impulso delicado; pero era hombre que sabía franquearse el paso y adaptarse a toda clase de compañías y conversaciones para salir adelante en el camino que se había trazado.

Aun llevaba la toga y la peluca, y al ir a contestar a su defendido giró sobre sus tacones de manera que eliminó del grupo al inocente señor Lorry y dijo:

—Celebro haberlo sacado del trance con honor, señor Darnay. Ha sido víctima de una infame persecución que, sin embargo, pudo haber tenido el mayor éxito.

—Me ha dejado agradecido para toda la vida —le dijo su cliente estrechándole la mano.

—Hice cuanto pude en su favor, señor Darnay. Y creo que, por lo menos, puedo haber hecho tanto como otro.

Naturalmente, estas palabras tendían a que alguien le contestase: "Mucho más que otro", y el señor Lorry fue quien se lo dijo.

—¿Lo crees así? —exclamó el señor Stryver—. En fin, han estado presente durante todo la vista y, al cabo, son hombre de negocios.

—Y en calidad de tal —replicó el señor Lorry—, ruego al doctor Manette que ponga fin a esta conferencia y nos retiremos todos a nuestras casas. La señorita no parece encontrarse muy bien, y en cuanto al señor Darnay ha de haber sufrido mucho.

—¿Podemos marcharnos, padre mío? —preguntó la joven al anciano.

—Sí, vámonos —contestó dando un suspiro.

Se marcharon bajo la impresión de que el señor Darnay no sería libertado todavía aquella noche. El lugar estaba casi desierto y se apagaban ya las luces; se cerraban las puertas de hierro con gran ruido y la prisión quedaba vacía de público, hasta que al día siguiente volviera a poblarse y se celebrara nueva vista. El señor Stryver fue el primero en alejarse hacia el vestuario para cambiar de traje y Lucía y su padre salieron y tomaron un carruaje.

El señor Lorry y Darnay estaban juntos cuando se les acercó el señor Carton, en quien nadie había reparado hasta entonces, y dirigiéndose a los dos, les dijo:

—Ahora, señor Lorry, los hombres de negocios ya pueden hablar con el señor Darnay.

El señor Lorry se ruborizó al oír aquella alusión y contestó:

—Los hombres de negocios, que pertenecemos a una casa, no somos nuestros propios dueños, sino que hemos de pensar en ella constantemente.

—Ya lo sé —contestó el señor Carton—. No se apure, señor Lorry, pues eres tan buena persona como el que más y hasta mejor que muchos.

—En realidad, caballero —contestó el señor Lorry algo molesto,— no llego a comprender por qué le interesa esto. Y hasta si me permite que haga uso de mi autoridad, como más viejo que usted, le diré que no sé a qué negocios se dedica.

—¡Oh, yo no tengo negocios de ninguna clase! —contestó Carton.

—Pues créame que es una lástima, porque si los tuviera cuidaría de ellos.

—Se equivoca —le contestó Carton.

—Bien, hace mal, porque los negocios son cosa seria y respetable. Ahora, señor Darnay, permítame que lo felicite y espero que Dios lo ha salvado este día para que lleve una vida feliz y dichosa. ¡Adiós!

Y más irritado de lo que solía estar, el señor Lorry se alejó en su carruaje.

Carton que olía a vino y cuya cualidad no parecía ser la sobriedad, se echó a reír y se volvió hacia Darnay.

—Es una extraña casualidad la que nos ha puesto juntos —observó—, dado nuestro extraordinario parecido.

—Apenas me doy cuenta de nada —contestó Darnay, pues me resulta difícil comprender que aun pertenezco al mundo de los vivos.

—No es extraño. No hace mucho que estaba bastante más cerca del otro. Pero habla con voz débil.

—Creo que, en efecto, estoy algo débil.

—¿Por qué, pues, no va a comer? Por mi parte, mientras aquellos zoquetes deliberaban acerca del mundo a que habrías de pertenecer, me fui a cenar. Permíteme ahora que te lleve a la taberna más próxima en donde podrás comer.

Y, tomándolo del brazo, lo llevó a una taberna cercana, en Fleet—street. Allí pidieron un cuartito reservado, en donde Carlos Darnay restauró sus fuerzas con una modesta cena, en tanto que Carton, sentado ante él, se bebía tranquilamente una botella de Oporto.

—¿Empiezas a creer en la realidad de vuestra existencia en este mundo? —le preguntó.

—Todavía me siento extraordinariamente confuso por lo que respecta al tiempo y al lugar, mas empiezo a darme cuenta de que existo.

—Debe de ser una satisfacción inmensa.

Dijo esto con cierta amargura, mientras llenaba nuevamente su vaso que no tenía nada de pequeño.

—En cuanto a mí —añadió —mi mayor deseo es olvidar que pertenezco a este mundo. Nada tiene el mundo bueno para mí, excepto el vino, y nada tengo yo bueno para el mundo. En eso somos tal para cual. Y hasta creo que tú y yo somos también parecidos en esto.

Darnay, que aun experimentaba los efectos de la emoción del día, y que estaba algo confuso por hallarse en aquel lugar con su Sosías, no encontró respuesta a aquella observación.

—Ahora que ya has, terminado de cenar —exclamó Carton—, ¿por qué no brindáis, señor Darnay?

—¿Por quién?

—Pues por la persona cuyo nombre tenéis en la punta de la lengua. Estoy seguro de no equivocarme.

—¡Brindo, pues, por la señorita Manette!

—¡Por la señorita Manette! —exclamó Carton.

Y mirando a su compañero mientras bebía su vaso de vino, estrelló el suyo contra la pared. Luego agitó la campanilla y pidió otro.

—Es una niña deliciosa, con la que se haría muy a gusto un viaje en coche y a obscuras.

—Sí —contestó Darnay frunciendo las cejas.

—Vale la pena de compadecerse y de llorar por ella, y hasta la de que le juzguen a uno y de correr el peligro de ser condenado a muerte, sólo por ser objeto de su simpatía.

Darnay no contestó una sola palabra.

—Le complajo mucho escuchar el mensaje que por mi conducto le mandasteis.

Desde luego no lo dio a entender, pero comprendí que era así.

La alusión sirvió para recordar a Darnay que su desagradable compañero le había salvado en el momento más difícil del día. Por eso dirigió en este sentido la conversación y le dio las gracias.

—No necesito el agradecimiento de nadie ni ello tiene mérito alguno —contestó Carton.— En primer lugar no tenía nada que hacer y luego no sé siquiera por qué lo hice. Permítame ahora, señor Darnay, que le haga una pregunta.

—Con mucho gusto, pues le estoy obligado.

—¿Cree serme simpático?

—En realidad, señor Carton —contestó Darnay,— no me había preguntado tal cosa.

—Pues ahora se puede hacer esa pregunta.

—Ha obrado como si le fuera simpático, pero creo que no lo soy.

—Creo lo mismo y he de añadir que tengo formada excelente opinión de su inteligencia.

—A pesar de ello —añadió Darnay agitando la campanilla,— nada de eso ha de impedir que le esté muy agradecido y que nos separemos como buenos amigos.

—Desde luego. ¿Y me está agradecido? —preguntó Carton. Y al ver que el otro contestaba afirmativamente, dijo al mozo que acudió al llamamiento de Darnay: —Tráeme otra pinta de este mismo vino y ven a despertarme a las diez.

Una vez pagada la cuenta, Carlos Darnay se puso en pie y le deseó buena noche.

Sin devolverle el saludo, Carton se levantó exclamando:

—Una palabra más, señor Darnay. ¿Cree usted que estoy borracho?

—Creo que ha bebido, señor Carton.

—¿Lo creee? Ya sabee que he bebido.

—Puesto que me lo dice, he de confesar que sí ha bebido.

—Pues ahora sabrá por qué. Soy un desilusionado, señor. No me importa nadie en el mundo y a nadie le importo yo.

—Es una lástima. Podría haber hecho mejor uso de su talento.

—Es posible, señor Darnay, pero tal vez no. A pesar de todo no tenga demasiadas esperanzas, porque aun no sabee lo que puede reservarle la suerte. Buenas noches.

Al quedarse solo, aquel hombre raro tomó una vela, se acercó a un espejo que colgaba de la pared y se observó minuciosamente.

—¿Me es simpático ese hombre? —murmuró ante su propia imagen.— ¿Por qué ha de serme simpático un hombre que se me parece tanto? No hay en mí nada que me guste. Y no comprendo por qué has cambiado así. ¡Maldito seas! A fe que merece simpatía el hombre que me demuestra lo que yo podría haber sido y no soy. Si fuera él podría haber sido objeto de la mirada de aquellos ojos azules y compadecido por aquel lindo rostro. Pero vale más ser franco y decirlo claro. Odio a ese hombre.

Recurrió a su pinta de uno, en busca de consuelo, se lo bebió en pocos minutos y se quedó dormido con la cabeza sobre los brazos, con el cabello tendido sobre la mesa y mientras la cera de la vela caía sobre él.

CAPÍTULO V: EL CHACAL

En aquel tiempo se bebía mucho, y tanto es lo que el tiempo ha mejorado las costumbres, que si ahora diese una moderada cuenta de la cantidad de vino y de ponche que un hombre podía ingerir en una noche, sin detrimento de su cualidad de perfecto caballero, en nuestros días parecería ridícula exageración. Los que se dedicaban al foro, así como los de cualquiera otra profesión liberal, no estaban exentos de tal inclinación a los placeres de Baco; y ni siquiera el señor Stryver, que avanzaba muy aprisa en el camino de su lucrativa profesión, estaba por debajo de otros compañeros de carrera, por lo que se refiere a la afición a la bebida, como tampoco de cualquiera otro de sus amigos.

Favorito como era en Old Bailey y en los juicios que allí se celebraban, el señor Stryver destruía los peldaños inferiores de la escalera por la que se encaramaba rápidamente en su aspiración de ocupar los más altos puestos. Se había notado en el foro, que así como Stryver era hombre suelto de lengua, nada escrupuloso y atrevido, le faltaba, en cambio, la cualidad de extraer la quinta esencia de los asuntos que se le confiaban, condición imprescindible en un buen abogado, pero, inesperadamente, mejoró mucho acerca del particular y se pudo observar que a medida que iba teniendo más asuntos, mejor los resolvía, y aunque se pasaba las noches de claro en claro, bebiendo con su amigo Sydney Carton, no por eso dejaba de recordar a la mañana siguiente todos los puntos que le convenía conservar en la memoria.

Carton, el más perezoso de los hombres y el más incapaz de llegar a ser algo, resultaba el mejor aliado de Stryver. En el líquido que llegaban a beber los dos en un año, habría podido flotar un navío real. Ambos llevaban la misma vida y prolongaban sus orgías hasta altas horas de la noche; incluso se decía que, más de una vez, se vio a Carton en pleno día, dirigiéndose a su casa con paso vacilante, como gato calavera. Y por fin, los que podían sentir interés por aquellos dos hombres, convinieron en que si Carton no podía llegar a ser un león, por lo menos quedaba reducido a chacal y que en este carácter prestaba excelentes servicios a Stryver.

—Son las diez, señor —dijo el mozo de la taberna, a quien Carton encargara despertarle.— Las diez, señor.

—¿Qué hay?

—Son las diez, señor.

—¿Qué quieres decirme con eso? ¿Las diez de la noche?

—Sí, señor. Su honor me ordenó despertarle.

—Es verdad. Ya me acuerdo. Muy bien.

Después de hacer algunos esfuerzos por dormirse otra vez, esfuerzos que contrarrestó el mozo removiendo el fuego por espacio de cinco minutos, se levantó, se puso el sombrero y salió. Se dirigió hacia el Temple y después de haberse refrescado con un ligero paseo, se dirigió a casa de Stryver.

El oficial de Stryver, que nunca asistía a estas conferencias, se había marchado ya a su casa, y el mismo Stryver acudió a abrir la puerta. Iba en zapatillas, se cubría con una bata y, para mayor comodidad, llevaba el cuello desabrochado. En sus ojos se veían dos círculos amoratados, propios de los que llevan una vida disipada.

—Llegas un poco tarde —dijo Stryver.

—A la hora de costumbre. Tal vez un cuarto de hora más tarde.

Se dirigieron a una habitación algo obscura, cuyas paredes estaban cubiertas de libros y con papeles por todas partes. El fuego estaba encendido y junto a él hervía una tetera; y en medio de la balumba de papeles se veía una mesa, en la que había algunas botellas de vino, de aguardiente y de ron, y también azúcar y limones.

—Veo que ya te has bebido tu botella correspondiente, Sydney.

—Esta noche me parece que han sido dos. He cenado con el cliente de hoy, o, mejor dicho, he visto como cenaba. Es lo mismo.

—Me sorprendió, Sydney, tu intervención acerca de la identificación del individuo.

¿Cómo te fijaste en el parecido?

—Me fijé en que era un hombre guapo y me dije que yo habría podido ser lo mismo si la suerte me hubiese favorecido.

El señor Stryver se echó a reír hasta el punto de que se movió su desarrollada panza.

—¡Tu suerte! —exclamó.— Pero ¡ea! Vamos a trabajar.

De mala gana el chacal se quitó algunas prendas de su vestido y, dirigiéndose luego a una habitación vecina, regresó con un cubo de agua fría, una palangana y una o dos toallas. Empapó éstas en el agua, las retorció para quitarles el exceso de líquido y se envolvió la cabeza con ellas, cosa que le dio feísimo aspecto, y sentándose a la mesa, exclamó:

—Estoy dispuesto.

—Esta noche no hay mucho que hacer, Sydney —exclamó Stryver mirando complacido los papeles.

—¿Cuánto?

—Dos procesos.

—Dame antes el peor.

—Aquí está, Sydney. Despáchalo pronto.

El león se sentó en un sofá, a un lado de la mesa, en tanto que el chacal se aposentaba en una silla, ante la mesa cargada de papeles y con las botellas y vasos al alcance de su mano. Ambos hacían frecuentes libaciones, pero cada uno a su modo, porque mientras el león estaba con las manos apoyadas en la cintura, mirando al fuego, o bien consultando distraídamente un documento, el chacal, por su parte, con las cejas fruncidas, estaba tan absorto en su tarea, que sus ojos no seguían los movimientos de la mano y a veces tanteaba con ella por espacio de un minuto, antes de hallar el vaso que llevar a los labios. Dos o tres veces el asunto le pareció tan enrevesado, que el chacal halló necesario levantarse y humedecer de nuevo sus toallas. Y de esos viajes en busca de agua volvía de un modo tan excéntrico, que no hay palabras para describirlo y resaltaba más aún por la gravedad que se pintaba en su rostro.

Por fin, el chacal terminó la minuta para el león y se la ofreció. El león la tomó con precaución, la leyó con cuidado, hizo algunas observaciones y el chacal las tomó en cuenta. Cuando el asunto quedó suficientemente discutido, el león volvió a apoyar las manos en la cintura y se quedó meditabundo. El chacal se dio nuevos bríos con algunos tragos y nuevas aplicaciones de agua fresca a la cabeza, y se dedicó a la confección de la segunda minuta, que entregó al león de la misma manera, cuándo ya daban las tres de la madrugada.

—Ahora que hemos terminado, Sydney, vamos a tomar un ponche —dijo Stryver.

El chacal se quitó las toallas de la cabeza, que ya estaban casi secas, se desperezó, bostezó y empezó a preparar el ponche.

—Tenías razón, Sydney, por lo que se refiere a los testigos de hoy.

—Siempre la tengo.

—No lo niego. Pero, ¿qué te pasa que vienes tan malhumorado? Tómate un vaso de ponche y te alegrarás.

El chacal profirió un gruñido e hizo lo que su amigo le indicaba.

—Siempre ha sido lo mismo —exclamó Stryver.— Tan pronto estás arriba como abajo; a veces lleno de entusiasmo y a los dos minutos desesperado.

—Sí —contestó el aludido dando un suspiro.— Soy el mismo Sydney, con la misma suerte. Ya cuando estudiaba me dedicaba a hacer los temas y los ejercicios de los demás muchachos y descuidaba los míos.

—Y, ¿por qué?

—Sólo Dios lo sabe. Porque era así.

—La verdad es, Sydney —le dijo Stryver,— siempre has llevado mal camino. Careces de energía y de voluntad. Mírame a mí.

Lo menos que puedo pedirte —contestó Sydney— es que no me vengas con sermones.

—¿Cómo he logrado lo que tengo? —exclamó Stryver. —¿Cómo hago lo que hago?

—En parte, porque me pagas para que te ayude, supongo. Pero no hay necesidad de que me dirijas reproches. La verdad es que siempre has hecho lo que has querido.

—Cuando estudiábamos eras siempre el primero y yo el último.

—Porque me lo proponía. Ya comprenderás que no nací en primera fila.

—Yo no estaba presente en la ceremonia, pero creo que sí —exclamó Carton riéndose.— Pero dejemos esta conversación y hablemos, si quieres, de otra cosa...

—Pues hablaremos de la linda testigo...

—¿Quién es?— preguntó Sydney malhumorado.

—La hermosa hija del doctor Manette.

—¿Te parece bonita?

—¿No lo es?

—No.

—¡Pero si fue la admiración de toda la sala!

—¿Y quién ha hecho de Old Bailey juez de belleza? ¡Aquella muchacha no era más que una muñeca rubia!

—¿Sabes, Sydney, que empiezo a sospechar que simpatizaste más de la cuenta con aquella muñeca rubia y por eso viste en seguida que se ponía mala?

—Me parece que no se necesita un anteojo para darse cuenta de que se desmaya una muchacha a una yarda de distancia. Pero conste, por eso, que niego que aquella muchacha fuese hermosa. Y si no tenemos nada más que beber me iré a la cama.

Stryver acompañó a su amigo hasta la escalera, llevando una vela en la mano para alumbrarle, pero ya se filtraba la luz del día a través de las sucias ventanas. Cuando Sydney salió de la casa el aire era fresco, el cielo estaba sombrío, el río tenebroso y la calle desierta. El aire de la mañana levantaba nubes de polvo, como si a lo lejos estuvieran las arenas del desierto.

Lleno de fuerzas que despilfarraba y en medio de un desierto como parecía la ciudad a aquella hora, ante aquel hombre se ofreció el espejismo de honrosa ambición, austeridad y perseverancia. En la encantada ciudad de su visión había hermosas galerías espléndidas, desde las cuales lo miraban los amores y las gracias, y había también jardines en que maduraban los frutos de la vida, y las aguas de la esperanza brillaban ante sus ojos. Pero un momento después la visión desapareció, y encaramándose a su alta habitación en una especie de pozo de viviendas de casas, se echó sin desnudarse en la descuidada cama y mojó la almohada con sus lágrimas.

El sol se levantó tristemente, pero salió sobre una noche no más triste que aquel hombre dotado de talento y de buen corazón, incapaz de dirigir convenientemente sus cualidades, incapaz de ayudarse a sí mismo y de conquistar la felicidad, aunque se daba cuenta de que cada vez se hundía más y más y por fin se abandonaba a su lamentable destino.

CAPÍTULO VI: CENTENARES DE PERSONAS

La tranquila vivienda del doctor Manette estaba situada en un rincón de una calle no muy alejada de la plaza de Soho. Una tarde de domingo, cuando ya las oleadas de cuatro meses habían pasado sobre la causa por traición, y se la llevaron mar adentro, adonde ya no alcanzaba el interés ni el recuerdo de la gente, el señor Jarvis Lorry recorría las calles llenas de sol desde Clerkenwell, donde vivía, para ir a cenar en casa del doctor. Después de varias recaídas en la enfermedad de sus negocios, que lo absorbían a veces por completo, el señor Lorry trabó estrecha amistad con el doctor, y el tranquilo rincón de la calle en que vivía fue, desde entonces, el rincón lleno de sol de su vida.

Aquella tarde de domingo el señor Lorry se dirigía a Soho, muy temprano, por tres razones habituales. La primera porque los domingos en que hacía buen tiempo, salía muchas veces antes de cenar con el doctor y Lucía; la segunda porque, en los domingos en que hacía mal tiempo, tenía la costumbre de permanecer con ellos como amigo de la familia, conversando, leyendo, mirando por la ventana y, en una palabra, pasando el día; y, tercera, porque tenía algunas dudas que le interesaba resolver, y sabía que en ninguna parte podría hallar la solución como en casa del doctor.

Habría sido difícil encontrar en Londres un rincón más bonito que aquél en que vivía el doctor. No lo atravesaba calle alguna y desde las ventanas de la parte delantera de la vivienda se gozaba de la hermosa vista de la calle, que tenía aspecto tranquilo y reposado. Entonces había pocos edificios al norte del camino de Oxford y por allí cerca había bosquecillos y flores silvestres. A consecuencia de eso, el aire era puro en los alrededores de Soho y cerca de allí había una pared muy abrigada y soleada, junto a la cual maduraban los melocotones en su tiempo.

En la primera parte del día aquel rincón estaba alumbrado por la luz del sol, pero cuando se caldeaban las calles, el rinconcito quedaba en la sombra y era como un remanso fresco y agradable, y excelente refugio de las ruidosas vías de la ciudad.

El doctor ocupaba dos pisos de una casa grande y tranquila. En la vecindad, separado por un patio en donde había un hermoso plátano, había un taller de órganos de iglesia y además se cincelaba plata y batía oro un misterioso gigante, cuyo brazo parecía brotar de la pared y ser también de oro, como él mismo se hubiese convertido en este precioso metal y amenazara con igual suerte a todos los que se acercaran. Estas industrias ocasionaban muy poco ruido y salvo el rumor producido por algún vecino o por un guarnicionero que estaba en la tienda, nada venía a turbar la paz y el silencio. De vez en cuando se veía un obrero que cruzaba la calle, a un paseante que descubría aquel rincón o se oía el eco lejano de algún martillazo. Estas eran las excepciones, para probar que la regla era que allí se oyera solamente el piar de algunos gorriones y los ecos que iban a morir en aquel rincón.

El doctor Manette recibía a los enfermos que le habían

proporcionado su antigua reputación y el rumor de las desgracias que lo afligieran. Sus conocimientos científicos, su cuidado y habilidad en los ingeniosos experimentos que llevaba a cabo, le dieron cierta fama y ganaba lo bastante para cubrir sus necesidades.

Todo esto lo sabía perfectamente el señor Jarvis Lorry, cuando tiró del cordón de la campanilla de la casa del doctor en aquella hermosa tarde de domingo.

—¿Está en casa el doctor Manette?

—No, señor.

—¿Y la señorita Lucía?

—Tampoco.

—¿Y la señorita Pross?

—Tal vez sí —contestó la criada que, ignorante de las intenciones de la señorita Pross, no se atrevió a contestar afirmativamente.

—Bueno, pues, como me creo en mi casa, subiré.

A pesar de que la hija del doctor nada conocía de la patria de su nacimiento, parecía haber heredado de ella la habilidad de hacer mucho con pocos medios, lo cual es muy útil y agradable. A pesar de que el mobiliario era muy sencillo, estaba adornado por algunas chucherías, pero de muy buen gusto y el conjunto resultaba muy lindo.

En el piso bajo había tres habitaciones, cuyas puertas estaban abiertas para que por ellas circulara el aire. El señor Lorry las recorría, mirando satisfecho su aspecto. La primera era la mejor y en ella estaban los pájaros de Lucía, flores, libros, una mesa escritorio, una mesa de trabajo y una caja de pinturas a la aguada; la segunda era la sala de consulta del doctor, que también se utilizaba como, comedor, y la tercera, junto a la cual se veían las ramas del plátano del patio, era el dormitorio del doctor, y allí, en un rincón, se veía la banqueta de zapatero y las herramientas que estuvieran en el quinto piso de la casa de París en cuyos bajos tenía la taberna el señor Defarge.

—Es raro —murmuró el señor Lorry— que conserve estas cosas que han de recordarle inevitablemente sus sufrimientos pasados.

—Y ¿por qué te extrañas? —preguntó a su lado una voz que le sobresaltó.

Procedía de la señorita Pross, la mujer de rostro colorado y de ligera mano con la que trabara conocimiento en el Hotel del Rey Jorge, en Dover.

—Me figuraba...— balbució el señor Lorry.

—¿Te lo fugurabas?...— replicó desdeñosamente la señorita Pross. Y en vista de que el caballero no le decía nada más, le preguntó:

—¿Cómo te encuentras?

—Muy bien, muchas gracias —contestó suavemente el señor Lorry. ¿Y tú?

—Nada bien.

—¿De veras?

—De veras —contestó la señorita Pross.— Estoy muy disgustada con lo que ocurre con la señorita Lucía.

—¿De veras?

—¡Por Dios! ¿No sabees contestar otra cosa que esas dos palabras? ¡Me estás sacando de quicio!

—¡Es posible! —exclamó el señor Lorry.

—También me fastidia eso, pero ya está algo mejor —exclamó la señorita Pross.— Pues, sí, estoy muy disgustada.

—¿Se puede saber el motivo?

—Pues que me irrita sobremanera que docenas de personas, indignas de nuestra señorita, vengan a cada momento a visitarla.

—Pero ¿son tanto como docenas?

—¡Centenares! —contestó la señorita Pross, una de cuyas características era la de exagerar cualquiera de sus asertos si advertía que se ponía en duda la afirmación original.

—¡Dios mío! —dijo el señor Lorry.

—He vivido con la señorita, o ella conmigo, desde que mi querida niña tenía diez años y me ha pagado, cosa que yo habría rechazado, de haber hallado el modo de vivir sin gastar. Y es verdaderamente muy duro.

Como no advirtiera claramente qué cosa era dura, el señor Lorry se limitó a menear la cabeza.

—Y toda clase de gente, indigna de la pobre señorita, la están rondando continuamente. Cuando tu empezaste...

—¿Que yo empecé, señorita Pross?

—¡Claro! ¿No fuiste tú el que devolvió a su padre a la vida?

—Bien, si esto se puede llamar empezar...

—Creo que no pretenderás que fuese terminar. Pues bien; cuando tú empezaste ya era bastante duro; no porque haya observado ningún defecto en el doctor Manette, a excepción de que no merece tener una hija como la que tiene, y eso no es falta en él, porque en el mundo no existe quien sea digno de tal felicidad. Pero, realmente, es muy duro tener aquí multitudes y extraordinario gentío, que andan siempre en torno del padre, para robarme el afecto de la hija.

El señor Lorry sabía que la señorita Pross era muy celosa, pero no ignoraba tampoco que bajo tal capa de su excentricidad era una de las criaturas más generosas que se encuentran solamente entre las mujeres capaces, por puro amor y admiración, de constituirse en esclavas de la juventud cuando ellas ya la han perdido, de la belleza que nunca poseyeron, de dones que jamás tuvieron la fortuna de alcanzar y de las esperanzas que nunca brillaron en sus vidas sombrías. El señor Lorry conocía bastante el mundo para saber que ningún servicio es mejor que el hecho por amor, y que no está inspirado en ningún interés mercenario, y por esta razón sentía tal respeto por la señorita Pross, que la consideraba mucho más cerca de los ángeles que a muchas de las damas favorecidas por la belleza y el arte y que tenían grandes sumas depositadas en las cajas del Banco Tellson.

—No hay, ni habrá nunca, un hombre digno de mi querida niña —dijo la señorita Pross.— Solamente habría podido serlo mi hermano Salomón, si no hubiera tenido un pequeño desliz en la vida.

El señor Lorry tuvo ocasión de informarse acerca de la señorita Pross y así supo que su hermano Salomón era un perfecto sinvergüenza, que le robó cuanto poseía, con excusa de realizar un negocio y que luego, sin compasión alguna, la abandonó, dejándola en la miseria más completa. Y aquella buena opinión de la señorita Pross acerca de su hermano, deducción hecha de su pequeño desliz, era un motivo más que contribuía a aumentar la buena opinión del señor Lorry sobre ella.

—Ya que se da la feliz casualidad de que estamos solos y ambos somos personas de negocios —dijo el señor Lorry,— permíteme preguntarte si el doctor se ha referido alguna vez, hablando con Lucía, al tiempo en que se dedicaba a hacer zapatos.

—Nunca.

—Pues ¿por qué conserva esa banqueta y las herramientas?

—Tal vez trata de ello consigo mismo —replicó la señorita Pross.

—¿Crees que piensa en ello alguna vez?

—Sí, lo creo.

—¿Imaginas?...— empezó a decir el señor Lorry, pero la señorita Pross lo interrumpió diciendo:

—No imagino nada. No tengo imaginación.

—Bueno, lo diré de otra manera. ¿Supones... porque espero que alguna vez llegas a suponer?

—A veces.

—Pues bien. ¿Supones si el doctor tiene opinión formada acerca de la causa de su prisión o de quién tuvo la culpa de ella?

— En este asunto no supongo más de lo que me dice mi niña.

—¿Y es...?

—Que se figura que su padre sabe todo eso.

—No te enojes porque no soy otra cosa que un hombre de negocios, y tú también eres mujer que entiende en ellos. Encuentro muy raro que el doctor Manette, inocente como es él de todo crimen, no quiera hablar nunca de este asunto. Y no ya conmigo, a pesar de que estuvimos antiguamente en relaciones de negocios, sino con su hermosa hija, a quien tanto quiere. Créeme, señorita Pross, si le hablo de eso no es por curiosidad, sino por el interés que el doctor me inspira.

—Lo que me figuro es que si el doctor no habla de ello, es porque tiene miedo.

—¿Miedo?

—Sí, miedo. El recuerdo es, realmente, espantoso y, además, porque durante su prisión perdió la conciencia de sí mismo. Y como no sabe cómo perdió la inteligencia, ni cómo la ha recobrado, no puede tener la seguridad de que no la perderá otra vez. Y ya comprende que el asunto no es nada agradable.

—Es verdad —contestó el señor Lorry después de admirar la profunda observación de su interlocutora.— Pero me temo que no sea muy conveniente para el doctor Manette guardar en su interior estos recuerdos y estos temores.

—No se puede evitar — replicó la señorita Pross.— Y es mejor no hablarle de ello.

Muchas veces, a altas horas de la noche, le oigo pasear por su cuarto, arriba y abajo. Su hija ya sabe que, cuando eso ocurre, su pobre padre pasea mentalmente de un lado a otro de su calabozo. Entonces acude a su lado y lo acompaña en su paseo, hasta que se tranquiliza. Pero él no dice nunca una palabra acerca de su agitación y la pobre niña cree mejor no hablarle tampoco de ello. Y silenciosos, pasean los dos, hasta que el amor y la compañía de su hija hacen que el doctor se calme.

Mientras estaban así hablando, se oyeron pasos y la señorita Pross exclamó:

—Aquí vienen, y pronto vamos a tener centenares de visitas.

Aparecieron pronto el padre y la hija, y la señorita Pross acudió a su encuentro. En cuanto llegó Lucía, la buena señorita Pross le quitó el sombrero, lo golpeó con su pañuelo para quitarle el polvo, y ahuecó el dorado cabello de la joven, tan satisfecha como si fuera el suyo propio y ella fuese la mujer más hermosa del mundo. Lucía la abrazó, protestando de tales cuidados, pero no se opuso a ello para que la pobre mujer no se retirara llorando a su habitación. El doctor miraba sonriendo a las dos mujeres, diciendo que la señorita Pross echaba a perder a Lucía, en tanto que el señor Lorry contemplaba la escena y daba gracias a la Providencia de los solterones por haberle deparado un hogar en los últimos años de su vida. Pero por el momento no se presentaban los centenares de visitantes y el señor Lorry esperaba en vano que se cumpliese la predicción de la señorita Pross.

Llegó la hora de la cena y los centenares de visitantes sin dejarse ver. La señorita Pross gobernaba la casa, y las cenas que preparaba, aunque modestas, estaban exquisitamente guisadas y no se podía pedir nada mejor.

El día era muy caluroso y, después de comer, Lucía propuso ir a tomar el vino bajo el plátano. Lo hicieron así, pero los centenares de visitantes no daban señales de vida. A poco, sin embargo, llegó el señor Darnay, pero éste no era más que uno.

El doctor Manette lo recibió con la mayor bondad y también Lucía lo acogió con la mayor amabilidad. La señorita Pross se sintió algo indispuesta y se retiró a su habitación. El doctor estaba muy bien y parecía más joven de lo que era en realidad, y en tales ocasiones la semejanza que tenía con su hija se acentuaba considerablemente.

Habían estado hablando de diversos asuntos, cuando Darnay preguntó de pronto:

—Doctor, ¿has tenido ocasión de visitar la Torre?

—Con Lucía la visitamos una vez, pero sin fijarnos gran cosa.

—Ya sabes que estuve allí —dijo Darnay sonriendo y ruborizándose ligeramente, — aunque no como visitante y desde luego sin facilidades para verlo todo. Pero mientras estuve allí me refirieron una cosa curiosa.

—¿Qué es ello? —preguntó Lucía.

—En cierta ocasión en que se hicieron algunas obras, unos obreros llegaron a un antiguo calabozo, que permaneció olvidado durante muchos años. Todas las piedras de las paredes estaban cubiertas de inscripciones grabadas por los presos y que se referían a fechas, a nombres, a quejas y a plegarias. En un ángulo un preso que, probablemente, fue ejecutado, esculpió cuatro letras, desde luego con un instrumento poco apropiado, con alguna prisa y con manos poco hábiles. Al principio se leyeron como G. A. V. A., pero examinándolo mejor, se advirtió que la primera letra era una C. No había rastro de ningún preso a cuyo nombre pudieran corresponder estas iniciales y se hicieron muchas conjeturas para explicar el significado de aquellas letras, hasta que alguien dijo que no eran iniciales, sino que formaban una palabra: "Cava". Entonces se examinó cuidadosamente el suelo, al pie de la inscripción, y en la tierra, debajo de una losa o de un ladrillo se encontraron restos de papel juntamente con los restos de un saquito de cuero. No se pudo leer lo que escribiera el desconocido preso, que sin duda escribió algo y lo enterró para que el carcelero no se enterase.

—¡Padre mío! —exclamó en aquel momento Lucía. ¿Estáis enfermo?

En efecto, el doctor se puso repentinamente en pie y el aspecto de su rostro asustó a todos.

—No, querida mía, no estoy enfermo. Han caído algunas gotas de lluvia y me he sobresaltado. Mejor sería que entrásemos.

Casi enseguida se repuso. En efecto, caían gruesas gotas de lluvia, pero el doctor no hizo el más pequeño comentario acerca de la historia que acababa de referir Darnay, y aunque, de momento, el señor Lorry se alarmó, al observar su aspecto, pudo creer que se había engañado.

Llegó la hora del té, que sirvió la señorita Pross, y a todo eso no se habían presentado aún los centenares de personas que parecían empeñados en no darse a conocer. Es verdad que llegó Carton, pero sumándolo a Darnay, solamente eran dos personas.

La noche era tan calurosa que, a pesar de tener abiertas todas las ventanas, los reunidos estaban bañados en sudor.

Mientras tanto, como era evidente que se acercaba la tormenta, aprovechando aquellos momentos de relativa calma, pues apenas llovía, se oyó el rumor de numerosos pasos de las personas que echaban a correr en busca de cobijo.

—Parece como si contra nosotros viniese una multitud —observó

Lucía a sus compañeros.— Como si amenazasen a mi padre y a mí.

—Que vengan contra mí — dijo Carton.— En este momento está dispuesta a venir contra nosotros una muchedumbre... la veo a la luz del rayo —añadió en el momento en que un rayo teñía el firmamento de viva luz.— Y ahora me parece que la oigo —añadió en cuanto resonó el trueno. Aquí viene toda esa gente, a toda prisa, furiosa...

En aquel momento empezó a diluviar de tal manera que el ruido casi apagó la voz de Carton. A la lluvia se mezclaron los relámpagos y los truenos, de manera que el estruendo era ensordecedor, y así continuó largo rato hasta que salió nuevamente la luna.

Resonó en San Pablo la una de la madrugada, cuando el señor Lorry salía escoltado por Jeremías que llevaba un farol encendido.

—¡Vaya una noche! —exclamó el anciano dirigiéndose al señor Roedor.— ¡Como para que salieran los muertos de sus tumbas!

—No he visto nunca una noche así, señor —replicó Jeremías,— ni que sea capaz de hacer eso que decís.

—Buenas noches, señor Carton —dijo el anciano banquero.

— Buenas noches, señor Darnay. ¿Volveremos a ver juntos una noche como ésta?

Tal vez. Quizás, también, verían cómo la multitud feroz y rugidora se arrojaría sobre ellos.

CAPÍTULO VII: MONSEÑOR EN LA CIUDAD

Monseñor, uno de los grandes señores que gozaban del favor de la Corte, daba su reunión quincenal en su hermoso hotel de París. Monseñor estaba en su habitación particular, el sagrario para la multitud de adoradores que esperaba en las habitaciones exteriores. Monseñor se disponía a tomar el chocolate. Con la mayor facilidad, Monseñor podía tragar infinidad de cosas, y hasta algunos maliciosos lo suponían capaz de tragarse a Francia entera y con la mayor rapidez; pero el chocolate que tomaba por las mañanas no podía pasar por el gaznate de Monseñor sin el auxilio de cuatro hombres vigorosos, además del cocinero.

Sí, en eso empleaba cuatro hombres, todos ellos adornados con muchas condecoraciones, y el jefe de ellos no habría podido vivir sin llevar dos relojes de oro en su bolsillo, impulsado por la emulación, y los cuatro eran necesarios para que el feliz chocolate llegase a los labios de Monseñor. Un lacayo llevaba la chocolatera hasta la sagrada presencia; otro picaba el chocolate con un instrumento expresamente reservado para este menester; el tercero presentaba la favorecida servilleta y el cuarto (el de los dos relojes) vertía el chocolate en la taza. Le habría sido imposible a Monseñor prescindir de uno sólo de aquellos hombres para tomarse el chocolate y así ocupaba su alto sitio bajo la admiración de los cielos. Sin duda alguna habría caído una gran mancha en el blasón del señor si tomara el chocolate servido solamente por tres hombres, pero de haber sido servido solamente por dos, no hay duda de que ello hubiese sido causa de su muerte.

Monseñor asistió la noche anterior a una cena de confianza, en la que estaban representadas, de un modo encantador, la Comedia y la Opera. Muchas noches cenaba Monseñor en agradable compañía, y Monseñor era tan exquisitamente amable y tan fino, que la Comedia y la Opera tenían en él más influencia en los engorrosos asuntos y secretos de Estado que las necesidades de Francia.

Monseñor tenía una noble idea de los negocios públicos, que consistía en dejar que cada cosa siguiera su natural curso. En cuanto a los, negocios particulares, Monseñor tenía también la noble idea de que todo debía seguir su camino corriente, es decir, que habían de redundar en beneficio de la autoridad y del bolsillo de Monseñor. Con respecto a sus placeres, generales y particulares, Monseñor tenía otra noble idea y era la de que el mundo se había hecho para ellos. Su divisa, era la siguiente: "La tierra y todo lo que contiene es mía".

Sin embargo, Monseñor se había percatado de que en sus negocios, tanto públicos como particulares, surgían las dificultades cada vez mayores; por eso, aunque a regañadientes, no tuvo otro remedio que aliarse con un Arrendatario General que debía cuidar de la hacienda pública, porque Monseñor no entendía nada de ello, y para que cuidase de su hacienda particular, porque los Arrendatarios Generales eran ricos, y Monseñor, después de varias generaciones de antepasados que vivieron con el mayor lujo, se estaba empobreciendo. Por eso Monseñor saco a una hermana suya del convento, antes de que profesara y la dio como premio a un riquísimo Arrendatario General de humilde familia. El cual, empuñando un bastón adornado por una manzana de oro, se hallaba con los demás en las habitaciones exteriores, mirado con el mayor desprecio por todos, incluyendo a su propia esposa.

El Arrendatario General era un hombre muy suntuoso. Tenía treinta caballos en las cuadras, veinte criados estaban desparramados por sus antesalas y seis doncellas atendían a su esposa. Y en su calidad de hombre que pretendía no dedicarse más que a pillar y saquear donde podía, el Arrendatario General, a pesar de que sus relaciones matrimoniales debían de haberlo conducido a la moralidad social, era, por lo menos, el más real y sincero entre los personajes que aquel día habían acudido al hotel de Monseñor.

Aquellos salones, a pesar de que ofrecían un aspecto magnífico y digno de ser contemplado, pues estaban espléndidamente decorados y alhajados con todo el gusto y el arte de la época, en aquellos salones los asuntos no andaban bien, como habrían opinado los desarrapados que no estaban muy lejos. En efecto, había allí militares que no tenían el más pequeño conocimiento militar; marinos que ignoraban por completo lo que era un barco; empleados civiles que carecían de la menor noción de los negocios; eclesiásticos desvergonzados, de ojos sensuales, sueltas lenguas y costumbres muy liberales; todos ellos inútiles para los cargos que desempeñaban. Abundaban también las personas que desconocían los caminos honrosos en la vida, los doctores que hacían fortunas curando imaginarios males a sus pacientes, arbitristas que tenían remedios para todos los pequeños males que sufría la nación, filósofos ateos que trataban de arreglar el mundo con palabras y que conversaban con químicos también ateos, que perseguían la transmutación de los metales. Exquisitos caballeros de la mejor cuna se daban a conocer por la indiferencia que demostraban por todo asunto de interés humano. Y en los hogares que dejaran las notabilidades que llenaban los salones, los espías de Monseñor, que por lo menos eran la mitad de los concurrentes, no habrían podido hallar una mujer digna de ser madre. En realidad, a excepción de poner una criatura en el mundo, cosa que no da casi derecho al título de madre, poco más conocían aquellas mujeres de tan sagrado ministerio. Las campesinas conservaban a su lado a sus hijitos desprovistos de elegancia y los criaban y educaban, pero en la Corte las encantadoras abuelas de sesenta años se vestían y bailaban como si tuviesen veinte años.

La lepra de la ficción desfiguraba a todos los que acudían a hacer la corte a Monseñor. En una de las estancias más retiradas había, tal vez, media docena de individuos excepcionales, que, durante unos años sintieron el temor de que las cosas no marchaban bien. Y con el deseo de ver si las mejoraban, la mitad de ellos habían ingresado en la secta fantástica de los convulsionistas, y deliberaban entre sí acerca de la conveniencia de echar espumarajos por la boca, rabiar, rugir y ponerse catalépticos, para ofrecer así a Monseñor un indicio que pudiera guiarle en lo futuro. Además de estos derviches había otros tres que ingresaron en otra secta, que arreglaba todos los asuntos hablando confusamente de un "Centro de la Verdad" y sosteniendo que el Hombre había salido de este Centro de la Verdad, pero que no había salido de la circunferencia, y que debía tenderse a que no saliera de ella y regresara al Centro, por medio del ayuno y de las visitas de los espíritus.

Pero había el consuelo de que todas las personas que concurrían a los salones de Monseñor vestían admirablemente. Si el Día del Juicio debiera ser una exposición de trajes, todos los concurrentes al hotel de Monseñor habrían alcanzado premio. Aquellos cabellos rizados, empolvados y engomados, aquellos cutis tan retocados y compuestos, aquellas magníficas espadas y el honor que se hacía al sentido del olfato, eran más que suficientes para que las cosas marchasen siempre por los mismos derroteros. Los exquisitos caballeros de las mejores casas llevaban dijes de toda clase que resonaban agradablemente a cada uno de sus lánguidos pasos, como si fueran áureas campanillas, y aquel delicado sonido, el roce de la seda, del brocado y del finísimo lino, eran bastantes para que los miserables hambrientos del barrio de San Antonio se alejaran precipitadamente.

El traje era el infalible talismán y el encanto que se utilizaba para que todas las cosas siguieran en sus sitios. Todos parecían vestir para concurrir a un baile de máscaras interminable. Y aquel baile de trajes empezaba en las Tullerías y en Monseñor, pasando por la Corte entera, por las das Cámaras, los Tribunales de justicia y, toda la sociedad, a excepción de los de sarrapados, hasta llegar al verdugo, a quien se exigía que oficiara con el cabello rizado, empolvado, con una casaca llena de galones dorados y con las piernas cubiertas por medias de seda blanca. Y el señor París, como le llamaban sus hermanos de profesión, el señor Orleáns y los demás de provincias, presidía espléndidamente vestido. Nadie, pues, en aquella recepción de Monseñor, del año de Nuestro Señor mil setecientos ochenta, podría haber dudado de un sistema que contaba con un verdugo rizado, empolvado y magníficamente vestido.

Una vez Monseñor hubo liberado de sus cargas a los cuatro hombres que le servían el chocolate, mandó abrir las puertas del santuario y salió. Entonces tuvo lugar una verdadera lucha de sumisión, de adulación y de servilismo y hasta de humillación abyecta. En sus manifestaciones de respeto y de afecto hicieron tanto que ya no quedó, nada para los mismos cielos, pero de ello no se preocupaban los adoradores de Monseñor.

Pronunciando a veces una palabra de promesa, dirigiendo una sonrisa hacia un feliz esclavo y haciendo una seña con la mano a otro, el señor pasó afable a través de aquellos salones. Luego Monseñor dio media vuelta y regresó por el mismo camino y así se encerró nuevamente en su santuario y ya no se le vio más.

Una vez terminada la recepción todos los cortesanos se marcharon y por las escaleras resonaban los dijes y cadenas. Solamente quedó una persona de entre todos, la cual, con el sombrero bajo el brazo y la caja de rapé en la mano, pasaba lentamente mirándose a los espejos.

—¡Así te vayas al diablo!— exclamó aquella persona deteniéndose ante la última puerta y mirando en dirección al santuario.

Dicho esto se sacudió el rapé de los dedos y bajó apresuradamente la escalera.

Era un hombre de unos sesenta años, magníficamente vestido, de modales altaneros y con rostro que más parecía una finísima careta, pues era de palidez transparente y de facciones claramente definidas y expresivas. La nariz, muy bien formada, mostraba una ligera depresión en cada una de sus ventanas y en las que radicaba, precisamente, la única alteración visible en su rostro. A veces cambiaban de color al contraerse o dilatarse y, en general, el rostro expresaba la crueldad y la perfidia. Pero no podía negarse que era hermoso. Su propietario bajó las escaleras, desembocó en el patio, subió a su carroza y salió. Pocas personas hablaron con él durante la recepción; permaneció algo alejado de los demás y Monseñor podía haberle demostrado un poco más de afecto al pasar. Y en aquellos momentos, ya dentro de su carroza, le parecía agradable que la gente se dispersara apresuradamente ante sus caballos, escapando por milagro de ser atropellada.

El cochero guiaba como si quisiera cargar contra un enemigo, pero ello no pareció importar gran cosa al señor. A veces se oían en el interior de la carroza los gritos de los que, aun en aquella época sorda y muda protestaban de aquel modo de recorrer las calles que ponía en peligro la vida de los que iban a pie, pero nadie se impresionaba por eso y los pobres desgraciados habían de evitar el peligro del mejor modo posible.

Con al mayor estruendo y una falta de consideración que apenas se puede comprender, recorría la carroza las calles, rodeada casi siempre por un coro de gritos de mujeres y de exclamaciones de los hombres que se guarecían y apartaban a los niños del camino del vehículo. Por último, al volver una esquina, junto a una fuente, una de las ruedas dio un salto sobre algo que se interpuso en su camino y en el acto resonó un grito de muchas voces y los caballos retrocedieron asustados.

A no ser por eso, la carroza habría continuado el camino, como hacían siempre aunque quedaran atrás los pobres atropellados, pero el lacayo echó pie a tierra y en el acto veinte manos se apoderaron de las riendas.

—¿Qué ocurre? —preguntó el señor mirando tranquilamente a la calle.

Un hombre alto, con un gorro de dormir que le cubría la cabeza, recogió algo de entre las patas de los caballos, lo depositó en la pila de la fuente e inclinado sobre el barro aullaba como un animal.

—Perdón, señor marqués —contestó humildemente un desgraciado vestido de harapos.— Es, un niño.

—¿Por qué grita de tal modo ese hombre? ¿Es su hijo?

—Perdonad, señor marqués... es una desgracia... sí.

La fuente estaba algo apartada de la carroza, por que allí la calle formaba una especie de plazuela. De pronto el hombre que gritaba junto a la fuente, se levantó y, corriendo, se acercó a la carroza. El marqués llevó la mano a la empuñadura de su espada.

—¡Muerto!— gritó el pobre hombre, presa de la desesperación, con los brazos extendidos sobre su cabeza y mirando al señor.— ¡Muerto!

La gente se congregó en torno del vehículo y miraba al marqués y en los ojos de todos no se advertía más que ansiedad y temor, pero no cólera ni amenaza. Ninguna de aquellas personas dijo nada y después de aquel primer grito reinó el silencio. La voz de aquel hombre humilde que habló con el marqués era sumisa y queda. El señor marqués paseó sus miradas por todos ellos, como si fueran ratas que salieran de sus escondrijos.

Sacó la bolsa y exclamó:

—Es extraordinario que no sepan cuidar de sus hijos y de ustedes mismos.

Siempre hay alguno en el camino de mi carroza. ¿Cómo puedo estar seguro de que no habéis hecho daño a mis caballos? ¡Dadle eso!

Sacó una moneda de oro que entregó al criado, y todas las miradas estuvieron atentas cuando caía. El hombre alto gritó nuevamente con voz que nada tenía de humana: "¡Muerto!"

Lo detuvo un hombre que llegaba entonces, y a quien los demás dejaron libre paso.

Al verlo, el desgraciado se echó en sus brazos, llorando y señalando a la fuente en donde algunas compasivas mujeres se inclinaban sobre el cadáver del desgraciado niño; aquéllas, como los hombres, guardaban silencio.

—¡Ya lo sé! ¡Ya lo sé! —exclamó el recién llegado.— ¡Sé hombre, Gaspar! Mejor es para tu pobre hijo haber muerto que llevar la vida que le esperaba. Ha muerto en un instante, sin sufrir.

—Eres un filósofo —dijo el marqués sonriendo.— ¿Cómo te llamas?

—Defarge.

—¿Qué haces?

—Soy vendedor de vino, señor marqués.

—Toma, filósofo y vendedor de vino –dijo entregándole una moneda de oro,— y gástatela en lo que quieras. ¿No les ha ocurrido nada a los caballos?

Y sin dignarse mirar por segunda vez a la gente que se había reunido, el señor marqués se reclinó de nuevo en su asiento y se alejó, como si hubiera causado un ligero estropicio y lo pagara generosamente. De pronto se sobresaltó al ver que algo entraba por la ventanilla de su carruaje e iba a caer al suelo.

—¡Para! —gritó el marqués.— ¡Para! ¿Quién ha tirado eso?

Miraba al lugar en que momentos antes viera a Defarge, el vendedor de vino; pero allí estaba el desgraciado padre inclinado, al suelo y a su lado había una mujer haciendo calceta.

—¡Perros!— exclamó el marqués sin que su rostro se alterase en lo más mínimo, a excepción de que las ventanas de su nariz estaban contraídas.— ¡Con gusto os atropellaría a todos y os exterminaría! Si conociera al canalla que arrojó la moneda contra mí, capaz sería de hacer pasar la carroza sobre su cuerpo.

Pero tan atemorizados estaban ya y tan convencidos de que aquel hombre podría llevar a cabo sus amenazas, que no se levantó una voz ni una mirada, por lo menos entre los hombres. Pero una mujer, que estaba haciendo calceta, miró al marqués en el rostro.

La dignidad del potentado no le permitió fijarse en ello y su olímpica y desdeñosa mirada pasó sobre ella y sobre las demás ratas, y, reclinándose de nuevo en su asiento, ordenó:

—¡Adelante!

Pasó la carroza y rápidamente pasaron otras, por el mismo sitio, en desenfrenada carrera; pasaron el ministro, el arbitrista del Estado, el Arrendatario General, el doctor, el abogado, el eclesiástico, los artistas de la Opera, de la Comedia y, en una palabra, todos los que tomaban parte en el baile de máscaras. Las ratas salían a veces de sus agujeros para mirar y durante horas enteras se quedaban mirando, aunque a veces los soldados y la policía se interponían entre ellos y el espectáculo que contemplaban. El desgraciado padre se había llevado el triste bulto, y se escondió con él, y solamente quedó la mujer que hacía calceta con la rapidez de la Parca. Allí estaba observando cómo corría el agua de la fuente y cómo el día corría hacia la tarde, así como la vida de la ciudad corría a la muerte que a nadie espera, y mientras tanto las ratas estaban durmiendo en sus agujeros y el baile de máscaras continuaba entre luces y las cosas seguían su curso.

CAPÍTULO VIII: MONSEÑOR EN EL CAMPO

Un paisaje encantador, en el que brillaba el trigo aunque no abundante. En algunos campos se cultivaba el centeno, aunque habrían podido dedicarlos a trigo, y en otros se veían guisantes y habas, pobres sustitutivos del trigo. El señor marqués iba en su carroza de viaje (que podría haber sido más ligera) tirada por cuatro caballos de posta; la guiaban dos postillones y subía entonces una cuesta. El color que se veía entonces en las mejillas del marqués nada decía contra su buena cuna, pues se debía a una circunstancia externa, a la que no alcanzaba su autoridad, pues era el sol que se ponía.

Tan rojos eran los resplandores que el astro derramaba sobre la carroza, cuando llegaba a lo alto de la colina, que su ocupante estaba rodeado de rojiza luz.

—Pronto se pondrá —dijo el señor marqués mirándose las manos.

En efecto, el sol estaba tan bajo que se ocultó enseguida. Cuando se hubieron apretado los frenos sobre las ruedas y la carroza emprendió el descenso, desapareció en el acto el rojizo resplandor. Se ofreció a los ojos del marqués un terreno quebrado, una aldea al pie de la colina, una llanura que terminaba en un altozano, la torre de una iglesia, un molino de viento, un bosque para la caza y una fortaleza que se usaba como prisión, situada junto a un despeñadero. Miraba el marqués todas esas cosas a la luz del crepúsculo con la expresión de quien llega a su país.

El pueblo tenía solamente una pobre calle, en la que había una pobre taberna, una tenería muy pobre, una cervecería pobre, una cuadra pobre para los relevos de caballos, una fuente pobre y la gente pobre. Muchos de los habitantes del pueblo estaban sentados a la puerta de sus casas, aderezando cebollas de desecho y otras cosas por el estilo para la cena, en tanto que otros, junto a la fuente, lavaban hojas y hierba y los míseros productos comestibles que producía la tierra. No faltaban señales de lo que hacia pobres a aquella gente desgraciada: los impuestos del Estado, los diezmos para la iglesia, los impuestos para el señor, los impuestos locales y generales, habían de ser pagados sin remedio, de acuerdo con un cartel fijado en el pueblo de modo visible, y lo que más raro parecía es con todos esos impuestos estuviera el pueblecillo todavía en pie.

Pocos niños se veían y ningún perro. En cuanto a los hombres y a las mujeres, sus esperanzas en esta tierra se comprendían o en vivir de la manera más mísera en el pueblo, a la sombra del molino, o gemir en la prisión de la fortaleza que dominaba el despeñadero.

Anunciado por un correo que lo precedía y por el restallar de los látigos de los postillones que ondulaban como sierpes por encima de sus cabezas, como si llegase servido por las furias, el señor marqués llegó en su carroza a la puerta del relevo. Estaba cerca de la fuente y los campesinos interrumpieron sus ocupaciones para mirarlo. El también los miró y vio en ellos, aunque sin darse cuenta, la miseria que se pintaba en sus rostros y que hizo proverbial la delgadez de los franceses e ingleses por espacio de más de un siglo, cuando ya las cosas habían cambiado.

El señor marqués posó la mirada sobre los humildes rostros que se inclinaban ante él, así como él se inclinó ante Monseñor en la Corte —aunque la diferencia estaba en que

los que tenía delante se inclinaban para sufrir y no para hacerse gratos— cuando un peón caminero vino a reunirse con el grupo.

—Tráeme a ese hombre —ordenó el marqués al correo.

Se acercó el peón caminero gorro en mano y los demás campesinos se aproximaron deseosos de ver y de oír, de la misma manera que lo hicieran los parisienses.

—¿Te pasé en el camino?

—Es verdad, Monseñor. Tuve el honor de que pasaras a mi lado.

—¿Tanto al subir como al bajar la colina?

—En efecto, Monseñor.

—¿Qué mirabas con tanta atención?

—Monseñor, miraba al hombre.

Hizo una pausa y con la punta de su gorro azul señalaba la parte inferior de la caja de la carroza y todas sus paisanos se inclinaron para mirar.

—¿Qué hombre, animal? ¿Y por qué miras ahí?

—Perdone, Monseñor, iba colgado de la cadena del freno.

—¿Quién? —preguntó el viajero.

—El hombre, Monseñor.

—¡Así se lo lleve el diablo, idiotas! ¿Cómo se llama ese hombre? Tú conoces a toda la gente de por aquí. ¿Quién era?

—Piedad, Monseñor. No era de este país y no lo había visto en los días de mi vida.

—¿Colgado de la cadena? ¿Ahorcado?

—Con vuestro permiso, Monseñor, eso era lo más maravilloso. Llevaba la cabeza colgando... así.

Se volvió hacia el carruaje, se tendió de espalda con la cara vuelta al cielo y la cabeza colgando. Luego se puso en pie de nuevo e hizo una reverencia.

—¿Cómo era?

—Monseñor, más blanco que el molinero. Iba todo cubierto de polvo, blanco como un espectro y alto como un aparecido.

Tal retrato produjo inmensa sensación en los oyentes, pero todos los ojos miraban al marqués, tal vez para observar si tenía algún espectro en la conciencia.

—La verdad es que obraste perfectamente— exclamó el marqués. Ves a un ladrón que acompaña mi carroza y no eres capaz de abrir la boca para gritar. ¡Bah! Soltadlo, señor Gabelle.

El señor Gabelle era el maestro de postas y desempeñaba otros cargos oficiales, como el de recaudador de impuestos, y se había presentado obsequiosamente para ayudar en el interrogatorio y se apresuró a agarrar por el brazo al peón caminero.

—Atrapen a ese desconocido si se acerca esta noche al pueblo y comprueben de que es un hombre honrado.

—Monseñor, me cabrá el honor de obedecer sus órdenes.

—¿Huyó aquel?... ¿Pero dónde está ese maldito?

El maldito estaba nuevamente bajo el carruaje con media docena de amigos particulares, señalando la cadena con su puntiagudo gorro azul. Pero otra media docena de amigos se apresuraron a sacarlo y lo presentaron jadeantes, al señor marqués.

—¿Viste si aquel hombre huyó cuando nos detuvimos para apretar los frenos?

—Monseñor, vi que se arrojaba por la pendiente de la colina, de la misma manera como cuando alguien se arroja al río.

—Está bien. Gabelle, averiguadme eso. ¡En marcha!

La media docena de campesinos estaba aún entre las ruedas, mirando la cadena, y la carroza echó a correr tan impensadamente que por milagro salvaron la piel y los huesos.

La velocidad de la carroza, bastante grande al salir del pueblo, fue aminorando a medida que ascendía por la pendiente que tenía delante, hasta que llegó al paso. La noche de verano era hermosa y los postillones, asaltados por los mosquitos, procuraban ahuyentarlos con las cuerdas de los látigos; el lacayo iba andando al lado de los caballos y a corta distancia se oía el trote del caballo que llevaba al correo.

En el punto más alto de la colina había un pequeño cementerio, con una cruz y la imagen del Crucificado. Era obra de algún artista rústico; pero la figura, tallada en madera, era copiada de la realidad. Por eso el Cristo estaba tan flaco.

Junto al Crucifijo estaba arrodillada una mujer y cuando la carroza llegó junto a ella volvió la cabeza y se acercó a la portezuela.

—¡Monseñor! —exclamó.— ¡Monseñor, he de hacerles una súplica!

—¡Qué hay! —exclamó el marqués con impaciencia—. ¿Una petición?

—¡Por el amor de Dios, Monseñor! ¡Mi marido, el guardabosque...!

—¿Qué le pasa a tu marido? ¡Siempre lo mismo con esta gente! ¿Que no puede pagar?

—Ya no ha de pagar nada, Monseñor. Ha muerto.

—Perfectamente. Ya tiene paz. ¿Puedo devolvértelo?

—¡Por desgracia no, Monseñor! ¡Pero está enterrado ahí, bajo la hierba!

—¿Y qué?

Miró a la mujer que parecía vieja, pero era joven. La pobre retorcía sus manos nudosas y luego puso una sobre la portezuela que acariciaba como si fuera un pecho humano y quisiera ablandarlo.

—¡Monseñor, oídme! Mi marido murió de hambre; muchos morimos de lo mismo.

—¿Qué quieres? ¿Puedo alimentarlos a todos?

—Dios lo sabe, Monseñor, pero no pido nada de eso. Lo que os pido, Monseñor, es un trozo de piedra o de madera que lleve el nombre de mi marido, pues de otra manera se olvidará pronto en qué lugar reposa. ¡Os lo ruego, Monseñor!

El lacayo separó a la mujer y el carruaje avanzó al trote de los caballos, de manera que la pobre se quedó muy pronto atrás. Monseñor, mientras tanto, escoltado nuevamente por las furias, recorría rápidamente la legua que lo separaba de su castillo.

A su alrededor estaban los dulces aromas de la noche estival y lo perfumaban todo de la misma manera como la lluvia cae imparcialmente sobre los que están sucios de polvo, sobre los miserables cubiertos de harapos y sobre el grupo agobiado por el trabajo que estaba en la fuente no lejana; y a quienes el peón caminero, con ayuda de su gorro azul, sin el cual no era nada, les hablaba aún de aquel hombre parecido a un espectro que iba debajo de la carroza de monseñor el marqués. Gradualmente desertó el auditorio y parpadearon algunas luces en las casuchas, luces que, en vez de apagarse, no parecía sino que habían huido al cielo para convertirse en estrellas.

Mientras tanto a los ojos del señor marqués se presentó la sombría masa de una enorme casa, de alto tejado y rodeada de árboles; de pronto la sombra desapareció ante la claridad despedida por una antorcha. Luego se detuvo la carroza y se abrió ante él la gran puerta del castillo.

—¿Ha llegado ya de Inglaterra el señor Carlos, a quien espero?

—Todavía no, Monseñor.

CAPÍTULO IX: LA CABEZA DE LA GORGONA

El castillo del señor marqués era un gran edificio; tenía un vasto patio enlosado, del que partían dos escaleras para reunirse en una terraza ante la puerta principal. Todo era de piedra, las balaustradas, las urnas, las flores y unos rostros humanos, y unas cabezas de leones esculpidos en la fachada, por todas partes. Exactamente igual como si la cabeza de la Gorgona hubiese mirado el castillo después de terminadas las obras dos siglos antes.

El señor marqués subió la escalera alumbrado por una antorcha. La noche era tan tranquila que la llama de la antorcha que llevaba el criado y de la que estaba fija en la puerta, ardían como si estuvieran en una estancia cerrada y no al aire libre. Se oían los chillidos de un búho a quien molestó la luz y el ruido del agua de una fuente que caía en su recipiente de piedra. Por lo demás reinaba el silencio.

Se cerró la puerta tras el señor marqués y este cruzó una antesala obscura, en cuyas paredes había diversas armas de caza y algunos látigos que más de un campesino había probado cuando su señor estaba irritado.

Evitando las grandes salas que estaban obscuras, el señor marqués, alumbrado por el criado, subió una escalera y se detuvo en una puerta que se abría a un corredor. Cruzó el umbral y se halló en sus habitaciones particulares, compuestas de tres estancias, o sea el dormitorio y dos más. Aquellas habitaciones eran altas de techo y tenían los suelos desnudos. En los hogares había grandes morrillos para sostener la leña en invierno y, en una palabra, todos los refinamientos del lujo que correspondían a un hombre de la fortuna y de la posición del marqués. El estilo de los muebles era de Luis XV, pero se veían también numerosos objetos de otras épocas y que eran como las ilustraciones de viejas páginas de la historia de Francia.

Estaba servida una mesa con dos cubiertos en la tercera habitación, que era redonda, correspondiendo a una de las cuatro torres que tenía el castillo en las esquinas. Era una habitación de techo alto, que tenía abierta la ventana de par en par, aunque estaban cerradas las celosías.

—Según me han dicho no ha llegado mi sobrino —exclamó el marqués fijándose en el servicio de la mesa.

No había llegado, en efecto pero los servidores esperaban que llegase juntamente con el marqués.

—No es probable que llegue esta noche —dijo,— pero, sin embargo, dejad la mesa tal como está. Cenaré dentro de un cuarto de hora.

Pasado este tiempo el señor marqués ya estaba listo y se sentó solo para tomar la suntuosa y escogida cena. Su asiento estaba de espaldas a la ventana y había tomado ya la sopa y se disponía a beber un vaso de Burdeos, cuando dejó el vaso sobre la mesa.

—¿Qué es eso? —preguntó tranquilamente mirando con atención a las líneas horizontales y negras de la celosía.

—¿Qué, Monseñor?

—Fuera. Abre las celosías. El servidor obedeció.

—¿Qué hay?

—Nada, señor. No se ve más que las copas de los árboles y las sombras de la noche. El criado se quedó esperando nuevas órdenes.

—Perfectamente. Cierra —ordenó imperturbable su amo.

El marqués continuó la cena. Mediada estaría, cuando volvió a interrumpir la bebida de un vaso de vino, por haber oído ruido de ruedas.

—Pregunta quién ha llegado— ordenó

Era el sobrino del señor. Se había retrasado ligeramente en su viaje y aunque procuró alcanzar a su tío no le fue posible lograrlo, pero le informaron de él en la casa de posta.

El señor marqués dio órdenes para que le dijesen que la cena lo estaba aguardando y que acudiera cuanto antes. Dentro de poco entró el viajero. En Inglaterra se había dado a conocer por el nombre de Carlos Darnay.

Monseñor lo recibió con bastante amabilidad, pero no se estrecharon la mano.

—¿Salió ayer de París, señor?— preguntó en el momento de sentarse a la mesa.

—Ayer. ¿Y tú?

—Vengo directamente.

—¿De Londres?

—Sí.

—Bastante os ha costado llegar —observó el marqués sonriendo.

—Por el contrario, he venido directamente.

—Perdón, no quiero decir que hayáis empleado mucho tiempo en el viaje, sino que os ha costado decidiros.

—Me han detenido —y el sobrino hizo una pausa, para añadir— varios asuntos.

—No hay duda —observó cortésmente el marqués.

Mientras el criado estuvo presente no se cruzaron otras palabras entre ellos, pero en cuanto les hubieron servido el café y se vieron solos, el sobrino, mirando al tío, empezó la conversación.

—He regresado, tío, persiguiendo el mismo fin que me obligó a marchar. Me he visto en grandes peligros; pero se trata de un propósito sagrado, y creo que de haberme acarreado la muerte ello me diera suficiente valor.

—La muerte, no —dijo el tío.— No es necesario nombrarla siquiera.

—Estoy persuadido —continuó el sobrino —de que si me hallara en trance de muerte no encontrarías nada para salvarme.

El tío hizo un gracioso movimiento de protesta, que no logró, sin embargo, tranquilizar a su interlocutor.

—En realidad, señor, y a juzgar por los datos que tengo, tal vez os habríais apresurado a hacer más sospechosas las apariencias que me rodeaban.

—¡No, no, no! —replicó el tío amablemente.

—Sea lo que fuere —dijo el sobrino mirando a su tío con la mayor desconfianza,— se que con vuestra diplomacia os esforzaréis en detenerme en mi camino y me consta también, que no sois muy escrupuloso en los medios.

—Amigo mío, ya te lo dije —dijo el tío.— ¿Me harías el favor de recordar lo que te advertí hace ya mucho tiempo?

—Lo recuerdo.

—Gracias —contestó el marqués suavemente.

—En efecto, señor —prosiguió el sobrino,— creo que tu mala fortuna y mi buena estrella me han evitado verme encerrado en una prisión de Francia.

—No te entiendo —replicó el tío sorbiendo su café.— ¿Me quieres hacer el favor de explicaros?

—Creo que si no estuvieras en desgracia en la corte, y no te vieras rodeado de una nube hace ya algunos años, una carta de cachet me habría mandado a una fortaleza por tiempo indefinido.

—Es posible —contestó el tío con la mayor tranquilidad.

—Por el honor de la familia es posible que me hubiera decidido a molestaros hasta ese punto. Te ruego que me perdones.

—Advierto que, felizmente para mí, la recepción del otro día fue, como de costumbre, muy fría para ti.

—No creo que debas decir que esa circunstancia es feliz para ti, sobrino —dijo el tío con la mayor cortesía.— En vuestro lugar no estaría seguro de ello. Una excelente oportunidad para reflexionar, rodeado por las ventajas que da la soledad, podría tener en tu destino una influencia mayor de la que tú mismo procuras. Como decías, he caído en desgracia. Esos pequeños instrumentos de corrección, estos pequeños auxilios para el poder y el honor de las familias, estos ligeros favores que podrían haberos causado alguna incomodidad, sólo se obtienen ahora con la mayor dificultad.

¡Son tantos los que los pretenden y se conceden, comparativamente, a tan pocos! Antes no era así, pero Francia, en algunas cosas, ha empeorado mucho. Nuestros antepasados, no muy remotos, ejercían el derecho de vida y muerte sobre el vulgo. Desde esta habitación han salido muchos villanos para ser ahorcados; en la estancia vecina, mi dormitorio, fue apuñalado un rústico por haber expresado algunas delicadezas insolentes con respecto a su hija. Hemos perdido muchos privilegios; se ha puesto de moda una nueva filosofía y la afirmación de nuestros derechos, en los tiempos que corremos, es posible que ofreciera algunos inconvenientes. ¡Todo está muy malo!.

El marqués tomó un polvo de su tabaquera y meneó la cabeza.

—Hemos reivindicado nuestros derechos tanto en los tiempos antiguos como en los modernos de tal manera —observó el sobrino con acento sombrío— que no dudo de que nuestro nombre es uno de los más detestados en Francia.

—Esperémoslo así —dijo el tío.— Si nos detestan, ello es un homenaje involuntario que nos tributan los pequeños.

—No hay un solo rostro —añadió el sobrino— en toda esta comarca, que me mire con deferencia, si no es la deferencia del miedo y de la esclavitud.

—Es un cumplido hacia la grandeza de la familia —dijo el marqués;— grandeza merecida por la nobleza con que la ha sostenido.

El marqués tomó otro polvo y cruzó las piernas. Pero cuando su sobrino apoyó la cabeza en las manos Y los codos sobre la mesa, el rostro de su tío expresó tal rencor que se compadecía muy mal con su indiferencia anterior.

—La represión es la única filosofía de efectos duraderos. La gran deferencia del miedo y de la esclavitud, amigo —dijo el marqués,— conservará a los perros obedientes al látigo mientras este techo —añadió mirando al techo— nos proteja del cielo.

Tal vez ello no sería tan largo como suponía el marqués. De haberse podido ver un cuadro de lo que sería del castillo pocos años después, y como él de otros cincuenta castillos que estaban en las mismas condiciones, apenas habría reconocido su propiedad entre el montón de ruinas medio abrasadas. En cuanto al techo, tal vez habría visto que protegía de un modo insospechado a los que cayeron bajo el plomo de numerosos mosquetes.

—Mientras tanto —dijo el marqués— no tomaré ninguna medida para proteger el honor y la tranquilidad de la familia, ya que no queréis. Pero sin duda estás fatigado. ¿Damos por terminada nuestra conferencia de la noche?

—Un momento más.

—Una hora si quieres.

—Señor —dijo el sobrino,— hemos obrado mal y ahora recogemos los frutos.

—¿Hemos obrado mal? —repitió el marqués sonriendo y señalando a su sobrino y a sí mismo.

—Nuestra familia; nuestra noble familia, cuyo honor tanto nos importa a vos y a mí, aunque de un modo distinto. Aun en los tiempos de mi padre, cometíamos grandes desafueros injuriando a cualquier ser humano que se interpusiera entre nosotros y nuestros placeres. ¿Por qué he de hablar del tiempo de mi padre que también era vuestro tiempo? ¿Puedo separar a mi padre de su hermano gemelo de su coheredero y de su sucesor?

—La muerte fue la causante.

—Y me ha dejado —contestó el sobrino— sujeto a un sistema que me parece espantoso, y me hace responsable de él, aunque no me deja corregirlo, tratando de cumplir la última recomendación de mi madre que me rogó ser misericordioso y reparar los males cometidos, pero en vano busco apoyo para llevarlo a cabo.

—Si buscas mi apoyo, sobrino —le dijo el marqués,— siempre buscarás en vano, puedes estar seguro.

Su cara expresaba decisión y crueldad. Tocó a su sobrino en el pecho con la punta del dedo, y como si éste fuese una espada hizo que el joven se estremeciera.

—Moriré, amigo mío, perpetuando el sistema bajo el cual he vivido— dijo.

Tomó otro polvo de rapé y guardó la caja en el bolsillo.

—Es mejor escuchar la voz de la razón. Pero usted, señor Carlos, está perdido, lo veo.

—Estas propiedades y Francia están perdidas para mí —dijo tristemente el sobrino.

— Renuncio a ellas.

—¿Crees poder renunciar a las dos? Puedes renunciar a Francia, pero no todavía a las propiedades.

—No tuve intención de reclamar la posesión de estas propiedades. Pero si pasaran mañana a mi poder...

—Lo que tengo, la vanidad de creer improbable.

—O dentro de veinte años...

—Me honras mucho —dijo el marqués,— pero prefiero esta suposición.

—Las abandonaría para ir a vivir a otra parte y por mis propios medios. No sería renunciar a mucho, porque todo eso, creedme, no es más que un desierto de miseria y de ruina.

—¿Sí?— exclamó el marqués paseando la mirada por la lujosa habitación.

—Aquí no se puede negar que todo resulta agradable para la vista; pero viendo las cosas a la luz del sol, no se ve más que un montón desordenado, un despilfarro horroroso, violencias por todas partes, deudas, opresiones, hambre, desnudez y sufrimiento.

—¿Lo crees así? —exclamó el marqués.

—Si alguna vez esta propiedad llega a ser mía, la dejaré en manos más competentes para que poco, a poco (y suponiendo que llegue a tiempo) vayan liberando a los pobres vasallos de las cargas que los oprimen y que los han llevado al hambre y a la ruina, a fin de que la siguiente generación tenga que sufrir menos. Pero ya sé que no podré hacerlo, porque pesa una maldición sobre esta tierra y sobre este sistema.

—¿Y de qué vivirás? —preguntó el tío.— Perdona mi curiosidad, pero me gustaría saber si vivirás a la sombra de vuestra nueva filosofía.

—Viviré como vivirán otros compatriotas, aun los nobles, en los tiempos venideros, es decir, de mi trabajo.

—¿En Inglaterra?

—Sí. El honor de la familia, señor, está a salvo en ese país y en cuanto al nombre de la familia, no ha de sufrir por mí, porque no lo llevo en Inglaterra.

El marqués llamó para ordenar que alumbraran el dormitorio inmediato. Prestó oído para advertir la retirada del criado, y en cuanto hubo salido añadió:

—Parece que Inglaterra es un país muy atractivo para vti y veo que allí has prosperado.

—Ya le dije antes, señor, que de mi prosperidad allí debo estarle agradecido. Por lo demás, es mi refugio.

—Los fanfarrones ingleses aseguran que su país es el refugio de muchos. ¿Conoces a un compatriota que ha buscado refugio allí? Es un doctor.

—Sí.

—¿Que tiene una hija?

—Ya veo que estás fatigado –dijo el marqués.

— Buenas noches.

E inclinando cortésmente la cabeza, sonrió con expresión enigmática que no dejó de llamar la atención de su sobrino.

—Sí —repitió el marqués.— Un doctor con una hija. Sí. Así comienza la nueva filosofía. Pero estás fatigado. Buenas noches.

Habría sido igual interrogar a los rostros de piedra que adornaban a la fachada que al marqués cuando pronunció estas últimas palabras y el sobrino le dirigió en vano una mirada interrogadora.

—Buenas noches —dijo el tío.— Espero tener el placer de verte nuevamente mañana por la mañana. ¡Descansa bien! ¡Que alumbren a mi señor sobrino y lo conduzcan a su habitación! Y, si quieres, incendia la cama con mi sobrino en ella —añadió en voz baja.

El marqués empezó a pasear, en su traje de dormir, dispuesto a acostarse en aquella calurosa noche de estío, y mientras andaba con los pies descalzos no producía más ruido que si hubiese sido un tigre; y casi se le habría podido creer un marqués encantado impenitente y maligno, que, periódicamente, se transformaba en tigre, cambio que iba a tener o que ya había tenido lugar en aquellos momentos.

Mientras paseaba recordaba los incidentes de la jornada; a su mente se presentaba nuevamente la puesta del sol, el descenso de la colina, el molino, la cárcel en el despeñadero, el pueblecito en la hondonada, los campesinos en la fuente, el peón caminero que con su gorro azul señalaba la parte inferior del carruaje y támbién el pobre hombre que con los brazos en alto gritaba: "¡Muerto!"

—Tengo frío —murmuró el señor marqués,— y lo mejor será que me acueste.

Dejó una luz encendida sobre la chimenea, hizo caer entorno de la cama las cortinas de gasa y, al disponerse a dormir, dio un suspiro que alteró el absoluto silencio de la noche.

Durante tres largas horas los rostros de piedra de la fachada estuvieron mirando la noche; durante aquellas mismas horas los caballos en las cuadras manoteaban ante sus pesebres, ladraron los perros y el búho profirió un sonido muy distinto del que le prestan los poetas.

Por espacio de tres horas los rostros de piedra de hombres y leones, miraron ciegos a la noche. La obscuridad más completa envolvía el paisaje y no se habría podido distinguir una de otra las tumbas del cementerio, cubiertas por la hierba. En la aldea los contribuyentes y los cobradores de contribuciones dormían profundamente. Tal vez soñaban en banquetes, como les suele ocurrir a los que sufren hambre, o bien, que vivían cómoda y tranquilamente, como sueñan los esclavos y los bueyes uncidos al yugo.

Corría el agua de la fuente del pueblo, así como la fuente del castillo, sin que nadie la viera o la oyera, perdiéndose a lo lejos como se pierden los minutos que manan de la fuente del Tiempo. Luego las aguas de ambas fuentes empezaron a ser débilmente visibles y se abrieron los ojos de las caras de piedra de la fachada del castillo.

La luz aumentaba por momentos, hasta que apareció el sol, alumbrando las copas de los árboles y la cima de la colina, y a su luz el agua de las fuentes parecía sangre y se tiñeron de rojo las mejillas de los rostros de piedra. Empezó el canto de los pájaros y uno de ellos fue a entonar su canción en el alféizar de la ventana del marqués. Al oírlo el rostro de piedra más cercano, pareció quedarse asombrado y con la boca abierta por el pasmo, miró.

El sol ya estaba en el cielo, y empezó el movimiento en la aldea. Se abrieron las ventanas, se quitaron las trancas de las puertas y salieron los moradores, estremeciéndose al recibir el fresco aire de la mañana. Y empezó el trabajo diario; algunos se encaminaron a la fuente, otros a los campos a cavar; otros se ocuparon en el mísero ganado y llevaron a las flacas vacas a apacentarse en el mísero alimento que podían hallar a lo largo del camino. En la iglesia estaban dos o tres personas arrodilladas ante la Cruz, en tanto que fuera esperaba una vaca a que su amo terminara las oraciones, tratando de hallar el desayuno entre las hierbas que tenía a sus pies.

El castillo despertó más tarde, cual correspondía a su jerarquía, pero lo hizo de un modo gradual y seguro. Primero el sol tiñó de rojo las armas de caza que colgaban de las paredes y luego brillaron los filos de acero a la luz del sol matinal; se abrieron puertas y ventanas, los caballos en sus cuadras empezaron a mirar por encima del hombro al advertir la luz del nuevo día; brillaron y se agitaron las hojas de los árboles ante las ventanas enrejadas y tiraron los perros de sus cadenas impacientes por recobrar la libertad.

Todos esos incidentes triviales pertenecían a la rutina de la vida y a la vuelta de cada mañana. Pero en cambio, ya no era acostumbrado el repicar de la campana del castillo, ni las carreras que dieron los criados por las escaleras y por las terrazas, así como tampoco la prisa con que se ensillaron algunos caballos. No se sabe cómo pudo el peón caminero enterarse de todo eso, cuando se disponía a empezar su trabajo en lo alto de la colina inmediata a la aldea, en tanto que había dejado sobre un montón de piedras el paquete que contenía su comida y que no valía la pena de que una garza se molestara en arrebatárselo. ¿Acaso se lo habían dicho los pájaros? Pero fuese quien fuese, lo cierto es que el peón caminero corría con toda su alma y no se detuvo hasta llegar a la fuente.

Todos los aldeanos estaban allí, hablando en voz baja y sin mostrar otro sentimiento que curiosidad y sorpresa. Las flacas vacas trabadas a cuanto pudiera retenerlas, miraban con estupidez o masticaban cosas que no valía la pena de mascar y que hallaran en su interrumpido pasto. Algunos hombres del castillo y de la casa de postas, así como los perceptores de impuestos, estaban más o menos armados, y se agrupaban en el extremo de la calle, aunque sin objeto alguno. En cuanto al peón caminero, se había metido ya en el grupo de aldeanos y se golpeaba el pecho con su gorro azul. ¿Qué significaba todo aquello? ¿Por qué el señor Gabelle iba montado a la grupa de un caballo que guiaba un servidor del castillo?

Significaba que en el castillo había aumentado en uno el número de los rostros de piedra. Nuevamente la Gorgona había mirado durante la noche y añadió la cara de piedra que faltaba, la que las demás estuvieron aguardando por espacio de doscientos años.

La cara de piedra reposaba sobre la almohada del señor marqués. Parecía una fina careta, repentinamente sobresaltada, encolerizada y petrificada. Y en el corazón de aquella figura de piedra estaba clavado un cuchillo. Alrededor del mango se veía un trozo de papel, en el que estaba escrito: "Llévalo aprisa a su tumba. De parte de Jaime".

CAPÍTULO X: DOS PROMESAS

Habían llegado y pasado algunos meses, en número de doce, y el señor Carlos Darnay estaba establecido en Inglaterra como maestro de francés y de literatura francesa. En la actualidad se le habría llamado profesor, pero entonces no era más que tutor. Daba lecciones a jóvenes que sentían interés en aprender una lengua viva hablada en todo el mundo. Tales maestros no se hallaban fácilmente en aquella época. Los príncipes que fueron y los reyes que habían de ser, no tenían aptitudes para enseñar a nadie y la nobleza arruinada no se dedicaba aún a los libros de comercio ni a ejercer de cocineros o de carpinteros. Y como maestro, cuyo sistema hacía agradable el estudio a sus discípulos y como traductor elegante que podía hacer algo más de lo que resulta de la ayuda del diccionario, pronto llegó Darnay a ser conocido y apreciado. Estaba al corriente de los sucesos de su país, sucesos cada día más interesantes. Y así con la mayor perseverancia y actividad iba prosperando.

No había esperado poder alcanzar la riqueza en Londres, pues, de haberse hecho tales ilusiones no habría llegado a prosperar. Esperaba tener que trabajar, encontró trabajo y lo llevaba a cabo. En eso consistía su prosperidad. Desde los tiempos en que era siempre verano en el Edén, hasta los actuales en que casi puede decirse que el invierno es perpetuo, la vida del hombre siempre ha tomado el mismo camino, que también tomó Carlos Darnay, es decir, el que conduce al amor de una mujer.

Desde que la vio por primera vez en aquella hora peligrosa para su vida, se dijo que la amaba y le pareció que nunca había oído música más deliciosa que su voz llena de compasión y nunca vio rostro tan tiernamente hermoso como el de la joven cuando la vio ante la tumba que ya habían excavado para él. Pero no había hablado con ella del asunto; el asesinato cometido en el desierto castillo, más allá de las aguas, del mar y los largos caminos llenos de polvo, tuvo lugar hacía más de un año, y el joven no había pronunciado una sola palabra que diera a entender el estado de su corazón.

Tenía para ello muy buenas razones, Nuevamente era un día de verano cuando llegó a Londres y se dirigió al tranquilo rincón de Soho, en busca de una oportunidad para abrir su corazón al doctor Manette. Era por la tarde y sabía ya que Lucía había salido con la señorita Pross.

Halló al doctor leyendo en su sillón junto a la ventana. Había recobrado ya la energía que le permitió resistir sus antiguos dolores. Era ahora un hombre muy enérgico, de gran firmeza de carácter, de fuerte resolución y de acción vigorosa. Estudiaba mucho, dormía poco, soportaba fácilmente la fatiga y era de carácter alegre. Se presentó a él Carlos Darnay y, al verlo, el doctor dejó el libro a un lado y le tendió la mano.

—Me alegro de verlo, señor Darnay —exclamó.— Desde hace algunos días esperaba su regreso. Ayer estuvieron aquí el señor Stryver y el señor Carton y ambos dijeron que se había ausentado más de lo debido.

—Les agradezco mucho su interés —contestó con cierta frialdad para con los dos personajes nombrados, aunque con amabilidad para el doctor.— ¿Cómo está la señorita Manette?

—Bien —contestó el doctor,— y estoy seguro de que se alegrará de su regreso. Ha ido de compras, pero pronto estará de vuelta.

—Ya sabía que no está en casa, doctor, y he aprovechado la oportunidad para hablar reservadamente con vos.

—Tome una silla y siéntese –dijo el doctor con cierta ansiedad.

Carlos se sentó, pero no encontró tan fácil empezar a decir lo que se proponía.

—He tenido la suerte, doctor, de llegar a ser amigo de la casa, desde ya hace un año y medio, y espero que el asunto de que voy a tratar, no... Se detuvo al ver que el doctor adelantaba la mano para interrumpirle. Luego el doctor dijo:

—¿Se trata de Lucía?

—En efecto.

—Me afecta hablar de ella en cualquier ocasión, pero más cuando oigo hablar de mi hija en el tono que lo hace.

—Es el de mi ferviente admiración, de mi homenaje sincero y de profundo amor, doctor Manette —contestó el joven.

Hubo un silencio, tras el cual el padre dijo:

—Lo creo. Os hago justicia y lo creo.

Era tan evidente su contrariedad, que Carlos Darnay vaciló en proseguir:

—¿Puedo continuar, señor?

—Sí, prosiga.

—Seguramente ha adivinado lo que quiero decir, aunque no pueda imaginarse cuán profundo es mi sentimiento. Querido doctor Manette, amo profundamente a su hija, la amo con toda mi alma, desinteresadamente. La amo como muy pocos han amado en el mundo. Y como usted también ha amado, deje que por mí hable el amor que sintió.

El doctor escuchaba con el rostro vuelto y los ojos fijos en el suelo. Y al oír las últimas palabras, extendió apresuradamente la mano y exclamó:

—¡No! ¡No me hable de eso! ¡No me lo recuerde!

Su exclamación expresaba tanto dolor, que Darnay se calló.

—Le ruego que me perdone —añadió el doctor.— No dudo de que ama a Lucía.

Volvió el sillón hacia el joven y sin mirarlo le preguntó:

—¿Ha usted hablado a mi hija de su amor?

—No, señor.

—¿No le ha escrito?

—Jamás.

—Sería injusto no reconocer que su delicadeza es motivada por la consideración que, me ha tenido. Y por ello le doy las gracias.

Le ofreció la mano, aunque sus ojos no la acompañaron.

—Sé —dijo Darnay respetuosamente —y no puedo ignorarlo, pues lo he visto un día tras otro, que entre usted, doctor Manette, y su hija hay un afecto tan poco corriente, tan tierno y tan en armonía con las circunstancias en que se ha desarrollado, que difícilmente se hallaría otro caso igual. Sé, doctor, qué, confundido con el afecto y el deber de una hija que ha llegado a la edad de la mujer, existe en su corazón todo el amor y la confianza hacia usted, propios tan sólo de la infancia. Sé que en su niñez no tuvo padres, y por eso está unida a usted con toda la constancia y fervor de sus años presentes y la confianza y amor de los días en que estuvo perdido para ella. Sé que si hubiera sido devuelto a ella después de su muerte, difícilmente tendría a sus ojos un carácter más sagrado que el que ahora tiene para ella. Sé que cuando lo abraza lo rodean los brazos de la niña, de la joven y de la mujer a un tiempo. Sé que al amarse, ve y ama a su madre cuando tenía su propia edad, y se ve y lo ama a mi edad; que ama a su madre cuyo corazón fue destrozado por el dolor, y que lo ama en su espantoso destino y en su bendita liberación. Todo esto lo sé, pues lo he estado viendo noche y día en su hogar.

El padre estaba silencioso, con la frente inclinada. Su respiración era agitada, pero contuvo toda otra señal de la emoción que lo embargaba.

—Y como sé todo esto, querido doctor Manette —añadió el joven—, por eso me he contenido cuanto me ha sido posible. Comprendo que tratar de introducir mi amor entré el del padre y de la hija es, tal vez, querer participar de algo superior a mí. Pero amo a su hija, y el cielo me es testigo de que la adoro.

—Lo creo —contestó el padre tristemente.— Ya me lo figuraba. Lo creo.

—Pero no crea —se apresuró a decir Darnay— que si la suerte me fuese tan favorable como para poder hacer de vuestra hija mi esposa, tratara, ni por un momento, de establecer la más pequeña separación entre ella y usted, pues eso, además de ser una acción baja, no podría, tal vez, lograrlo. Si tuviera, hubiera tenido o pudiera tener tal intento oculto en mi ánimo, no sería digno de tocar esta mano.

Y diciendo estas palabras puso su mano sobre la del doctor.

— No, querido doctor Manette. Como usted soy un desterrado voluntario de Francia; como usted, he salido de mi patria a causa de sus desaciertos, de sus opresiones y de sus miserias; como usted vivo de mi trabajo, esperando tiempos mejores. Solamente aspiro a la felicidad de compartir su suerte, su vida y su hogar, y a serle fiel hasta la muerte. No para participar del privilegio de Lucía de ser vuestra hija, su compañera y su amiga; sino para ayudarla y para unirla más a usted si ello fuese posible.

El padre miró al joven por vez primera desde que éste hablaba. Evidentemente en su ánimo había una lucha de ideas y de sentimientos.

—Habla, mi querido Darnay con tanta ternura y con tanta entereza, que le doy las gracias con todo mi corazón y en recompensa voy a abrirle el mío. ¿Tiene alguna razón para creer que Lucía lo ama?

—Ninguna todavía.

—¿El objeto de la confidencia que me ha hecho es cercioraros de ello con mi consentimiento?

—No. Creo que el averiguarlo me costará algunas semanas.

—¿Desea que lo aconseje y guíe?

—Nada pido, señor. Pero creo que puede hacerlo y no dudo de que lo hará.

—¿Desea que yo le haga alguna promesa?

—Sí, señor.

—¿Cuál?

—Estoy persuadido de que sin su auxilio no puedo esperar nada, pues aun cuando tuviese la inmensa dicha de que la señorita Manette guardase mi imagen en su puro corazón, no podría continuar en él contra el amor de su padre.

—Siendo así, ya advertirá lo que puede ocurrir en caso contrario.

—Me doy cuenta de que una palabra de su padre, en favor de un pretendiente, puede hacer que se incline la balanza hacia él. Por eso precisamente, doctor Manette —dijo Darnay con la mayor firmeza,— no le pido que diga esta palabra ni lo pediría aunque de ello dependiese mi vida.

—Estoy seguro de ello. Ya sabe, Darnay, que de los amores profundos, así como de las disensiones intensas surgen los misterios. Por eso mi hija Lucía es para mí un misterio en ciertas cosas y no sé cuál pueda ser el estado de su corazón.

—¿Podría decirme, señor, si...?

—¿Si la pretende alguien más? —dijo el padre terminando la frase.

—Eso es lo que quería decir.

El padre hizo una pausa antes de contestar:

—Usted mismo ha visto aquí al señor Carton. A veces también viene el señor Stryver. En todo caso los posibles pretendientes a la mano de mi hija son ellos dos.

—O los dos —contestó Darnay.

—No había pensado en ambos, y no me parece probable. Pero deseaba una promesa de mí. Dígame cuál.

—La de que si la señorita Manette, en alguna ocasión le hiciera, por su parte, alguna confidencia semejante a la mía, le dé testimonio de lo que le he dicho, expresando que cree en la sinceridad de mis palabras. Espero merecer de usted tan buen concepto como para no hacer uso de su influencia contra mí.

—Se lo prometo —contestó el doctor.— Creo que su objeto es el que leal y honradamente ha expuesto. Creo que su intención es perpetuar y no debilitar los lazos que me unen con mi hija, que me es más querida que mi propia vida. Si me dijera algún día que usted es necesario a su felicidad, se la daría en seguida. Y sí hubiera... Darnay, si hubiera...

El joven le estrechaba la mano agradecido, y el doctor continuó:

—Si hubiera caprichos, razones, temores u otra cosa cualquiera, antigua o reciente, contra el hombre que mi hija amase, siempre que no fuese él personalmente responsable, todo lo daría al olvido por amor a mi hija. Ella lo es todo para mí; más que el sufrimiento, más que el tormento, más que... Pero dejemos eso.

El doctor hizo una pausa y luego añadió:

—Me he desviado de la cuestión sin darme cuenta. Me pareció que quería decirme algo más.

—Quería decirle que su confianza en mí debe ser correspondida con la mía. Mi nombre actual, aunque ligeramente distinto que el que me corresponde por mi madre, no es, como recordará, el mío verdadero. Voy a decirle cuál es y por qué estoy en Inglaterra.

—Calle —dijo el doctor.

—Deseo decírselo para merecer mejor su confianza, pues me disgusta tener secretos para usted.

—Calle —repitió el doctor —Me lo dará cuando se lo pregunte, pero no antes. Si Lucía acepta su amor, si corresponde a él, me lo dirá en la mañana de vuestra boda. Ahora márchese y que Dios lo bendiga.

Era ya de noche cuando Darnay salió de la casa y transcurrió aún una hora antes del regreso de Lucía. Esta fue directamente a ver a su padre, pues la señorita Pross se encaminó al piso superior, pero experimentó la mayor sorpresa al ver desocupado el sillón de su padre.

—¡Padre! —llamó.— ¡Padre mío!

No recibió respuesta, pero llegaron a sus oídos algunos martillazos procedentes del dormitorio. La joven atravesó la habitación central y llegando ante la puerta del dormitorio miró y retrocedió asustada.

—¿Qué haré, Dios mío? ¿Qué haré?

Duró poco su incertidumbre, porque se acercó a la puerta, golpeó en la madera y llamó suavemente a su padre. Cesó el ruido en cuanto resonó su voz y salió su padre, que empezó a pasear por la estancia.

Lucía paseaba con él. Aquella noche Lucía saltó de la cama para ir a visitar a su padre. Vio que dormía profundamente y que la banqueta de zapatero y las herramientas, así como el trabajo a medio terminar estaban como siempre.

CAPÍTULO XI: UNA CONVERSACIÓN DE AMIGOS

—Sydney —dijo Stryver aquella misma noche, o, mejor dicho, a la madrugada a su chacal—prepara otro ponche. Tengo que decirte algo.

Sydney había estado trabajando con ardor durante aquella noche y las anteriores para dejar limpia de papeles, antes de las vacaciones, la mesa de Stryver. Dejó resueltos, por fin, todos los asuntos y ya estaba todo listo hasta que llegara noviembre con sus nieblas atmosféricas y sus nieblas legales, y la ocasión de poner nuevamente el molino en marcha.

Sydney no había dado muestras de sobriedad durante aquellas noches, y en la que nos ocupa tuvo necesidad de utilizar mayor número de toallas mojadas para seguir trabajando, porque las precedió una cantidad extraordinaria de vino, y se hallaba en condición bastante deplorable cuando se quitó definitivamente su turbante y lo echó a la jofaina en que lo humedeciera de vez en cuando durante las seis últimas horas.

—¿Estás preparando el ponche? —preguntó el majestuoso Stryver con las manos apoyadas en la cintura y mirando desde el sofá en donde estaba echado.

—Sí.

—Pues fíjate, Voy a decirte una cosa que te sorprenderá y que tal vez te incline a conceptuarme menos listo de lo que parezco. Me quiero casar.

—¿Tú?

Y lo más; grande es que no por dinero. ¿Qué me dices ahora?

—No tengo ganas de decir nada. ¿Quién es ella?

—Adivínalo.

—¿La conozco? —Adivínalo.

—No estoy de humor para adivinar nada a las cinco de la madrugada, cuando tengo la cabeza que parece una olla de grillos. Si quieres que me esfuerce en adivinar, convídame antes a cenar.

—Ya que no quieres esforzarte, te lo diré —contestó Stryver

acomodándose—Aunque no tengo esperanzas de que me comprendas, Sydney, porque eres un perro insensible.

—Tú, en cambio —exclamó Sydney ocupado en hacer el ponche, eres un espíritu sensible y poético.

—¡Hombre! —exclamó Stryver riéndose.— No pretendo ser la esencia de la sensibilidad, pero soy bastante más delicado que tú.

—Eres más afortunado solamente.

—No es eso. Quiero decir, más... más...

—Digamos galante —sugirió Carton.

—Bien. Digamos galante. Lo que quiero decir es que soy un hombre —contestó Stryver contoneándose mientras su amigo hacía el ponche —que procura ser agradable, que se toma algunas molestias para ser agradable, que sabe ser más agradable que tú en compañía de una mujer.

— ¡Sigue! —le dijo Carton.

—Antes de pasar adelante —dijo Stryver,— he de decirte una cosa. Has estado en casa del doctor Manette tantas veces como yo, o más tal vez. Y siempre me ha avergonzado tu aspereza de carácter. Tus maneras han sido siempre las de un perro huraño y de mal genio, y, francamente, me he avergonzado de ti, Sydney.

—Pues para un hombre como tú, ha de resultar altamente beneficioso avergonzarse de vez en cuando, y por lo tanto deberías estarme agradecido.

—No lo tomes a broma —replicó Stryver.— No, Sydney. Es mi deber decirte, y te lo digo, a la cara por tu bien, que eres un hombre que no tiene condiciones para estar en sociedad. Eres un hombre desagradable.

Sydney se tomó un vaso del ponche que acababa de hacer y se echó a reír.

—¡Mírame! —exclamó Stryver pavoneándose. —Tengo menos necesidad de hacerme agradable que tú, pues me hallo en una posición mucho más independiente. ¿Por qué, pues, me hago agradable?

—Nunca he visto que lo fueras —murmuró Sydney.

—Lo hago por deber y porque lo siento.

—Mejor sería que prosiguieras con tu cuento acerca del matrimonio. Ya sabes que soy incorregible.

—No tienes bastantes asuntos para poder ser incorregible—repuso malhumorado Stryver.

—Es verdad, no tengo asuntos que yo sepa —contestó Sydney.

—¿Y quién es la dama?

—No quisiera que la mención de su nombre te produjera disgusto, Sydney —dijo Stryver preparándose con exagerada cordialidad para pronunciar el nombre de la dama,— porque me consta que no sientes la mitad de lo que dices; pero si lo sintieras, todo sería igual porque no tiene importancia. Hago este ligero exordio porque una vez me hablaste de esta dama en términos bastante ligeros.

—¿Yo?

—Sí, y precisamente en esta habitación.

Sydney Carton miró el ponche y a su amigo; luego bebió y volvió a mirarlo.

—Al hablar de esta dama dijiste que era una muñeca de dorado cabello. Esta joven dama es la señorita Manette. Si fueras hombre dotado de alguna sensibilidad y delicadeza, ciertamente me habría ofendido la expresión que usaste, pero ya sé que careces de todo eso. Por lo tanto, no me molesta, como no me molestaría la opinión de un hombre que juzgara un cuadro mío, si carecía de gusto artístico o que censurase una composición musical mía si no tuviese oído.

Sydney Carton seguía bebiendo el ponche en grandes cantidades, pero sin dejar de mirar a su amigo.

—Ahora ya lo sabes todo, Sydney —dijo Stryver.— Nada me importa el dinero; se trata de una muchacha encantadora y me he propuesto darme a mí mismo esta satisfacción.

Creo tener bastante dinero para proporcionarme un placer. Ella tendrá en mí un hombre agradable, que prospera rápidamente y un hombre de alguna distinción; para ella soy un buen partido, aunque es merecedora de una fortuna. ¿Estás asombrado?

Carton que continuaba bebiendo ponche, contestó:

—¿Por qué?

—¿Apruebas mi idea?

—¿Por qué no he de aprobarla?

—Perfectamente —le dijo a su amigo —veo que tomas el asunto mejor de lo que me figuraba y que con respecto a mí eres menos mercenario de lo que creía. Aunque ya sabes, porque te consta, que tu antiguo compañero es hombre de gran fuerza de voluntad. Sí, Sydney, estoy ya cansado de esta vida y creo que debe de ser agradable para un hombre tener un hogar, cuando se inclina a poseerlo; estoy persuadido de que la señorita Manette ocupará dignamente la posición que voy a ofrecerle y que siempre será una buena compañera para mí. Así, pues, estoy decidido. Y ahora, Sydney, amigo mío, he de decirte algo acerca de tu situación y tu porvenir. Llevas muy mal camino, ya lo sabes. Ignoras el valor del dinero, llevas una vida desagradable y un día vas a tener un tropiezo serio y te hundirás en la enfermedad y en la miseria. Creo que harías bien buscándote una enfermera.

El énfasis con que había pronunciado estas palabras lo hicieron parecer de doble estatura y cuatro veces más ofensivo.

—Ahora déjame que te recomiende —prosiguió Stryver — examinar seriamente el asunto. Cásate. Búscate alguien que pueda cuidarte. No te importe si no te gustan las mujeres, si no las entiendes o no tienes tacto para tratar con ellas. Busca una mujer respetable, que tenga algunas propiedades, algo así como una propietaria de casas o patrona de casa de huéspedes y cásate con ella para evitarte futuras calamidades. Este es mi consejo. Y ahora reflexiona sobre él, Sydney.

—Ya pensaré en eso —dijo Sydney.

CAPÍTULO XII: EL CABALLERO DELICADO

Resuelto ya Stryver a ofrecer aquella fortuna a la hija del doctor, decidió labrar su felicidad antes de salir de la ciudad para disfrutar de las vacaciones. Después de discutir el asunto mentalmente, llegó a la conclusión de que sería preferible llevar a cabo los preliminares cuanto antes y que luego habría tiempo más que sobrado para disponer la boda en Navidad.

No tenía ninguna duda de que tenía ganado el pleito. Era un asunto claro, sin el menor punto débil. Lo expuso ante el jurado, y como la parte contraria no tenía nada que alegar, ni siquiera se retiró el jurado a deliberar, de manera que se dictó sentencia de acuerdo con lo solicitado por el señor Stryver, C. J.

El señor Stryver inauguró sus vacaciones invitando a la señorita Manette a llevarla a los jardines de Vauxhall; habiendo sido rechazada la invitación, le ofreció ir a Ranelagh y como quiera que tampoco fue aceptada esta proposición, se resolvió a presentarse en Soho y allí declarar sus nobles aspiraciones.

Así, pues, salió un día del Temple en dirección a Soho, animado por la alegría infantil que le producían las vacaciones. Como quiera que en su camino se encontró ante el Banco Tellson, y recordando que el señor Lorry era íntimo amigo de los Manette, resolvió entrar en el Banco y revelar al señor Lorry la felicidad que iba a descender sobre Soho. Abrió, pues, la puerta del establecimiento, descendió los dos escalones, pasó por delante de los dos viejos cajeros y se dirigió al despacho del señor Lorry que se sentaba ante una mesa cargada de libros rayados, alumbrado por la luz que pasaba por la ventana enrejada.

—¡Hola! —exclamó el señor Stryver.— ¿Cómo se encuentra?

Una de las peculiaridades de Stryver era la de parecer demasiado corpulento en todas partes, de manera que los dos viejos empleados lo miraron con celo, como si estuviera empujando las paredes.

Contestó el señor Lorry apaciblemente y le estrechó la mano.

—¿Puedo servirle en algo? —añadió en tono oficial.

—¡Oh, no, gracias! Mi visita es puramente particular. Desearía hablarle de un asunto personal.

—¿De veras? —exclamó el señor Lorry.

—Estoy decidido —dijo el señor Stryver apoyando los brazos sobre la mesa,—estoy decidido a hacer una proposición de matrimonio a su encantadora amiguita, la señorita Manette.

—¡Caramba! —exclamó el señor Lorry frotándose al mismo tiempo la barbilla y mirando con desconfianza a su interlocutor.

—¿Qué quiere decir con eso? —exclamó Stryver.

—¿Qué quiero decir? —contestó el señor Lorry.— Nada que tenga importancia. Mi exclamación ha sido amistosa y puede significar lo que deseee. Pero, en realidad, ya sabee, señor Stryver...— y movió la cabeza de extraño modo, sin atreverse a terminar la frase.

—¡Si le entiendo que me ahorquen! —exclamó Stryver dando un golpe en la mesa con su mano.

El señor Lorry se ajustó bien la peluca y se entretuvo en morder el extremo de una pluma.

—¿Cree, acaso, que... no soy elegible?— preguntó Stryver mirándolo con fijeza.

—¡Oh, sí! ¡Ya lo creo!

—¿No soy buen partido?

—No hay duda.

—Entonces, ¿qué demonio quiere decir?

—Pues... yo... ¿Adónde iba ahora? —preguntó el señor Lorry.

—Directamente allí —contestó Stryver dando un puñetazo en la mesa.

—Si yo estuviese en vuestro lugar no lo haría.

—¿Por qué? —preguntó Stryver.— Y les advierto que voy a acorralarlos. Son hombre de negocios y como tal están obligado a no hablar con ligereza. Dígame, pues, qué razón le mueve a decirme eso.

—Porque yo no daría semejante paso sin saber positivamente que iba a lograr el éxito.

—¡Vaya una razón! —exclamó el abogado, en tanto que el señor Lorry lo miraba atentamente.— ¡Que un hombre de negocios como usted, un hombre de edad y de experiencia que ocupa un alto cargo en un Banco, se atreva a decir que no tengo probabilidades de éxito, cuando él mismo ha reconocido la existencia de tres razones, cada una de las cuales basta para asegurarlo! ¡Y es capaz de decirlo con la cabeza sobre sus hombros! —exclamó Stryver como si hubiera sido más natural que lo dijera desprovisto de la cabeza.

—Cuando hablo del éxito, me refería al que puedes lograr con la señorita Manette; y al tratar de las causas y razones que hacen probable este éxito, me refiero a las que pueden influir sobre la señorita Manette. Hay que tener en cuenta a la señorita. A la señorita ante todo.

—Con lo cual me da a entender que, en su opinión, la señorita no es más que una tonta.

—No es así. Lo que quiero decirle —añadió el anciano ruborizándose —que no consentiré a nadie que pronuncie una palabra irrespetuosa contra esa señorita, y que si existiera un hombre tan grosero, tan mal educado y de tan mal genio que no pudiera contenerse y hablara con poco respeto de esta señorita en mi presencia, ni siquiera Tellson sería capaz de impedir que yo le diera una lección.

La necesidad de hablar en voz baja, a pesar de su cólera, había puesto las venas del señor Stryver en estado peligroso, y no era mejor el de las venas del señor Lorry al pronunciar las últimas palabras.

—Esto es lo que debo decirle, señor —exclamó el señor Lorry,— y le ruego que lo tenga en cuenta.

Stryver estaba chupando el extremo de una regla y luego se golpeó los dientes con ella. Por fin interrumpió el silencio, diciendo:

—Esto que me dice es nuevo para mí, señor Lorry. ¿De manera que me aconseja deliberadamente que no vaya a Soho y ofrezca en persona mi mano?

—¿Me pedie consejo, señor Stryver?

—Sí, señor.

—Perfectamente. Pues ya se lo he dado y usted mismo lo acaba de repetir correctamente.

—Y yo le contesto —exclamó Stryver riéndose forzadamente —que eso es una ridiculez que sobrepasa a todas las que oí en mi vida.

—Ahora escúcheme —añadió el señor Lorry. —Como hombre de negocios nada puedo decir acerca del asunto, porque en tal carácter, nada sé. Pero como antiguo amigo que ha llevado en sus brazos a la señorita Manette, que goza de la confianza de ella y de su padre y que tiene un grande afecto por ambos, puedo hablar. ¿Cree que estoy equivocado?

—No sé —contestó Stryver; —suponía que había sentido común en cierta casa; pero, según parece, allí están algo chiflados. Podría ser, pues, que tuvierais razón, aunque, a decir verdad, no lo sospechaba.

—Lo que antes le dije no pasa de ser mi opinión personal —dijo el señor Lorry enrojeciendo de nuevo —pero no permitiré que nadie emita palabras ofensivas para mis amigos, ni aún en estas oficinas.

—Perdóneme—dijo Stryver.

—Queda todo olvidado. Gracias. Iba a decirle, señor Stryver, que sería muy desagradable para usted ver que se ha equivocado, y para el mismo doctor sería penoso verse obligado a ser explícito con usted, sin contar el rato desagradable que daría a la señorita Manette si tuviera que contestarle negativamente. Ya conoce los términos en que tengo el honor y la dicha de ser contado entre los amigos de la familia. Si le place, pues, sin el carácter de representante suyo y sin mezclarse en nada, puedo hacer algunas observaciones que confirmen o rectifiquen mi juicio. Si el resultado no es agradable para usted, siempre le queda el recurso de juzgar por usted mismo, y si, por el contrario, mis observaciones están de acuerdo con sus deseos, habremos logrado evitar posibles situaciones desagradables para ambas partes. ¿Qué le parece?

—¿Cuánto tardará en averiguarlo?

—Es cuestión de pocas horas. Esta noche iré a Soho y luego le haré una visita en vuestra casa.

—Pues estamos de acuerdo —contestó Stryver.— Esperaré hasta la noche.

El señor Stryver salió del Banco tan aprisa que creó una corriente de aire difícil de resistir para los dos débiles empleados, entre los cuales tuvo que pasar. El abogado era lo bastante listo para darse cuenta de que el banquero no se habría atrevido a expresar hasta tal punto su opinión adversa, si no hubiese tenido más que presunciones, y aunque estaba mal preparado para tragarse aquella píldora, comprendió que no tenía otro remedio que resignarse y se la tragó, aunque resuelto a conducir el asunto de tal manera que el ridículo fuese a caer sobre la parte contraria.

De acuerdo con ello, cuando aquella noche, a las diez, el señor Lorry llegó a su casa, encontró al abogado rodeado de papeles y de libros y al parecer sin recordar casi el asunto que por la mañana le llevara a su despacho. Y hasta llegó al extremo de demostrar sorpresa al ver al señor Lorry, como si sus preocupaciones hubiesen borrado el asunto de su mente.

—Pues bien —dijo el bondadoso emisario después de largos esfuerzos por traer a Stryver a hablar del asunto. —He estado en Soho.

—¿En Soho? —repitió fríamente el abogado.— ¿Quiere creer que ya no me acordaba de eso?

—Y no tengo duda alguna —añadió el señor Lorry— de que estuve acertado esta mañana al hablarle como lo hice. Se ha confirmado mi opinión y le reitero mi consejo.

—Le aseguro —replicó Stryver con amistoso acento— que lo siento mucho por usted y también por el pobre padre. Comprendo que eso ha de haberle causado disgusto, y por consiguiente, será mucho mejor que no hablemos de ello.

—No le entiendo —exclamó el señor Lorry.

—No me atrevo a decir lo contrario, pero no importa, no importa.

—Al contrario —replicó el señor Lorry.

—No, le aseguro que no. Suponiendo que había sentido común donde no existe y una ambición laudable donde no la hay, he salido de mi error y no se ha perjudicado nadie. No es la primera vez que las mujeres jóvenes cometen esas tonterías y luego se arrepienten amargamente de ellas al verse hundidas en la pobreza. Mirando el asunto sin el menor egoísmo, siento que la cosa no haya pasado adelante, aunque desde el punto de vista mundano habría sido para mí un negocio desastroso; ahora, consultando mi egoísmo, me alegro de que haya fracasado, porque para mí habría sido un negocio francamente malo, y es evidente que yo no habría ganado nada con ello. Pero, en fin, no hay perjuicio para nadie. No he ofrecido mi mano a esa señorita, y, entre nosotros, tengo casi la seguridad de que no habría llegado mi sacrificio hasta ese punto. No es posible, señor Lorry, corregir las frivolidades y locuras de esas cabezas huecas, y si se lo propone quedará arrepentido. Pero ahora no hablemos más de ello. Ya le he dicho que lo siento por los demás, pero me alegro por lo que a mí se refiere. Le estoy altamente reconocido por el consejo que me dio; conoce mejor que yo a esa señorita; tenía razón y no debía de haber cometido esa tontería.

El señor Lorry estaba estupefacto y miraba asombrado a Stryver, que lo conducía hacia la puerta como si estuviera animado por la mayor generosidad, nobleza y buenos sentimientos.

—Créame, señor Lorry. No se preocupe más por este asunto. Le doy las gracias por todo. Buenas noches.

Y el señor Lorry se vio en la calle antes de que se diera cuenta de ello, en tanto que Stryver se dejaba caer en su sofá mirando al techo.

CAPÍTULO XIII: UN SUJETO NADA DELICADO

Si Sydney Carton brilló en alguna ocasión o en alguna parte, seguramente no fue en casa del doctor Manette. Durante un año entero visitó la casa con frecuencia, pero siempre parecía pensativo y triste. Cuando se lo proponía hablaba bien, pero su indiferencia por todo lo rodeaba de una nube que raras veces atravesaba la luz de su inteligencia.

Sin embargo, sentía atractivo especial por las calles que rodeaban la casa y hasta por las piedras de la calle, y muchas noches, cuando el vino no había conseguido alegrarle, se iba a rondar por ella y a veces lo sorprendía la aurora y hasta los primeros rayos del sol dando vueltas por aquel lugar. Ultimamente su abandonado lecho lo echaba de menos con mayor frecuencia, y en algunas ocasiones, después de tenderse en él, se levantaba a los pocos minutos y se iba a rondar por las cercanías de Soho.

Un día, en agosto, después que Stryver notificó a su chacal que lo había pensado mejor y que ya no se casaba, Sydney andaba rondando el lugar, cuando, de pronto, se sintió animado por una resolución y se encaminó en línea recta a la casa del doctor.

Subió la escalera y encontró a Lucía ocupada en sus quehaceres. La joven nunca se había sentido a gusto en compañía de Carton y por consiguiente lo recibió con cierto embarazo, pero él se sentó a la mesa, cerca de ella. La joven miró el rostro de Carton después de cambiar algunas palabras sin importancia y observó que en él había un gran cambio.

—Me temo que no anda bien de salud, señor Carton —dijo.

—No. La vida que llevo, señorita Manette, no es la más apropiada para gozar de buena salud. Pero, ¿qué se puede esperar de los libertinos?

—¿Y no es una lástima, le ruego que me perdone, no llevar una vida mejor?

—¡Dios sabe que es una vergüenza!

—¿Por qué, pues, no cambia de modo de vivir?

La joven lo miró afectuosamente y se sorprendió y entristeció al ver que los ojos de Carton estaban mojados de lágrimas. Y con insegura voz contestó:

—Ya es demasiado tarde. No puedo ser mejor de lo que soy. Por el contrario, me hundiré más y seré aún peor.

Carton apoyó un codo en la mesa y la cabeza en la mano y luego dijo:

—Le ruego que me perdone, señorita Manette. Me conmoví antes de decirle lo que deseo. ¿Quiere escucharme?

—Estoy dispuesta a hacer cualquier cosa beneficiosa para usted y si consiguiera hacerla más feliz sentiría una grande alegría.

—¡Dios la bendiga por su dulce compasión!

Descubrió el rostro y empezó a hablar con mayor firmeza:

—No temas escucharme ni se moleste por mis palabras, cualesquiera que sean. Soy como un hombre que hubiese muerto muy joven. Toda mi vida ha sido un fracaso.

—No, señor Carton. Estoy segura de que aun podría desarrollarse lo mejor de ella.

Estoy segura de que podríais ser mucho más digno de vos mismo.

—Diga digno de usted, señorita Manette, y aunque estoy seguro de lo contrario, nunca olvidaré sus bondadosas palabras.

La joven estaba pálida y temblorosa y él prosiguió diciendo:

—Si hubiera sido posible, señorita Manette, que correspondierais al amor del hombre que tiene delante —de este hombre degradado, fracasado, borracho y completamente inútil,— él se diera cuenta de que, a pesar de su felicidad, no se habría acarreado más que la miseria, la tristeza y el arrepentimiento, pues le habría hecho desgraciada y la arrastrara en su caída. Sé perfectamente que vuestro corazón no puede sentir ternura alguna hacia mí y no solamente no la pido, sino que doy gracias al cielo de que eso no sea.

—¿No podría salvarse a pesar de eso, señor Carton? ¿No podría hacer que se inclinara a seguir un camino mejor? ¿No puedo recompensar así su confianza? —dijo ella después de alguna vacilación y muy conmovida.

Él meneó negativamente la cabeza.

—No es posible. Si se digna escucharme todavía, verá que eso sería imposible.

Solamente deseo deciros que habéis sido el último sueño de mi alma. Aun en mi degradación, vuestra imagen y la de vuestro padre, así como este hogar, han despertado en mí sentimientos que creía desaparecidos. Desde que os conocí, me turba el remordimiento que no creí ya vivo y he oído voces, que creía silenciosas, que me incitan a recobrar el ánimo. He tenido ideas vagas de volver a esforzarme, de empezar de nuevo la vida, de arrojar de mí la pereza y la sensualidad y volver a la abandonada lucha. Pero todo eso no es más que un sueño, que no conduce a nada y que deja al dormido donde estaba, aunque deseo deciros que estos sueños los inspirasteis vos.

—¿Y no queda nada de ellos? ¡Oh, señor Carton, piense nuevamente en todo eso! ¡Pruébelo otra vez!

—No, señorita Manette, me conozco bien y sé que no merezco nada. Pero todavía siento la debilidad de desear que sepa con qué fuerza encendió en mí algunas chispas a pesar de no ser yo más que ceniza, chispas que se convirtieron en fuego, aunque a nada conduce, pues arde inútilmente.

—Ya que tengo la desdicha de haberos hecho más desgraciado de lo que era antes de conocerme...

—No diga eso, señorita Manette, porque de ser posible, únicamente usted podría haber hecho el milagro. No es usted la causa de que mi desgracia sea mayor.

—Ya que he sido la causa del estado actual de su mente, ¿no podría usar de mi influencia en su favor? ¿No tendré para con usted la facultad de hacerle algún bien, señor Carton?

—Lo mejor que puedo hacer ahora, señorita Manette, he venido a hacerlo aquí. Deje que en mi desordenada y extraviada vida me lleve el recuerdo de que usted ha sido la última persona del mundo a quien he abierto mi corazón y de que en él haya todavía algo que pueda deplorar y compadecer.

—Aunque sigo creyendo, con toda mi alma, que es capaz de mejores cosas.

—Es inútil, señorita Manette. Me he probado a mí mismo y me conozco mejor. Sé que la apeno y por eso voy a terminar. ¿Quiere prometerme que cuando recuerde este día pueda estar seguro de que la última confidencia de mi vida reposa en vuestro puro e inocente pecho, y que está ahí solo y no será compartido por nadie?

—Si esto ha de servirle de consuelo, se lo prometo.

—¿No lo dará a conocer ni a la persona más querida para usted y a quien haberá de conocer todavía?

—Señor Carton —contestó la joven emocionada,— este secreto es suyo y no mío y le prometo respetarlo.

—Gracias, Dios la bendiga.

Llevó a sus labios las manos de la joven y se dirigió hacia la puerta.

—No tenga ningún temor, señorita Manette, de que jamás haga alusión a esta conversación, ni siquiera con una palabra. Nunca más me referiré a ella y si estuviera ya muerto no podría estar más segura de ello. Y en la hora de mi muerte conservaré como recuerdo sagrado, recuerdo que bendeciré con toda mi alma, el de que mi última confesión fue hecha a usted y que mi nombre, mis faltas y mis miserias quedan guardadas en su corazón. ¡Y Dios quiera que sea feliz de otra manera!

Era entonces Carton tan distinto de lo que había parecido siempre, y tan triste pensar lo mucho que podía haber sido y cuantas excelentes cualidades había malgastado y malgastaba aún, que Lucía Manette se puso a llorar por él mientras Carton la miraba.

—Consuélese —dijo él; —no merezco su compasión. Dentro de una o dos horas los malos compañeros y los perniciosos hábitos que desprecio harán nuevamente presa en mí y me harán todavía menos digno de esas puras lágrimas. Pero en mi interior seré siempre para usted lo que soy ahora. Prométame que creerá eso de mí.

—Se lo prometo.

—He de pedirle el último favor. Por usted y por los que nos sean queridos, sería capaz de hacer cualquier cosa. Si mi vida fuese mejor y en ella hubiese alguna capacidad de sacrificio, me sacrificaría con gusto por usted o por los que le son fueran queridos. Tiempo vendrá, y no ha de tardar mucho, en que la sujetarán a este hogar, que tanto quiere, otros lazos más fuertes y más tiernos, y entonces, señorita Manette, cuando vea las felices miradas de un padre fijas en vuestros ojos o que su belleza renace más brillante a sus pies, piense en que hay un hombre que daría su vida para conservar la de un ser que le fuese querido.

Dijo "adiós" y "Dios la bendiga" y salió de la estancia.

CAPÍTULO XIV: EL HONRADO MENESTRAL

Todos los días se ofrecían a las miradas del señor Jeremías Roedor y su feo hijo numerosos y variados objetos en la calle Fleet, mientras el padre estaba sentado en su taburete. Con una paja en la boca el señor Jeremías observaba la corriente humana que iba en dos direcciones, con la esperanza de que se presentara la ocasión de realizar algún negocio, pues una parte de los ingresos del señor Jeremías la ganaba sirviendo de piloto a algunas tímidas mujeres, muchas de ellas en la segunda mitad de su vida, para atravesar la calle de una parte a otra. Mas a pesar de que aquellas relaciones habían de ser forzosamente de breve duración, nunca el señor Roedor dejaba de expresar su ardiente deseo de tener el honor de beber a la salud de la mujer que acompañaba. Y los regalos que recibía con motivo de este benévolo propósito, constituían una parte de sus ingresos, como ya se ha dicho.

Estaba un día el señor Roedor en uno de los momentos más desagradables, pues apenas pasaban mujeres y sus negocios tomaban tan mal cariz, que llegó a sospechar que su esposa estuviera rezando contra él, según tenía por costumbre, cuando le llamó la atención numeroso gentío que seguía por la calle Fleet hacia el oeste. Mirando en aquella dirección el señor Roedor se dio cuenta de que era la comitiva de un entierro y que, al parecer, los ánimos estaban excitados contra él, pues se oían numerosas protestas.

—Un entierro, pequeño —dijo a su retoño.

—¡Viva! —exclamó el joven Roedor.

El muchacho dio a este "viva" un significado misterioso, pero ello sentó tan mal al autor de sus días, que dio a su hijo un papirotazo en la oreja.

—¿Qué es eso? —exclamó el padre.— ¿Por qué das un viva? ¡Que no vuelva a oírte, porque, de lo contrario, nos veremos las caras!

—No hice nada malo —protestó el joven Roedor frotándose la mejilla.

—Mejor es que te calles. Súbete al taburete y mira.

Obedeció el hijo mientras se acercaba la multitud silbando y gritando en torno de un mal ataúd en un coche fúnebre bastante destartalado, y al que seguía un solo plañidor vestido con el traje del oficio, nada nuevo, que se consideraba indispensable para la dignidad de su posición. De todos modos esta posición no parecía agradarle, en vista de que la multitud lo rodeaba gritando, burlándose de él, haciéndole muecas y exclamando a cada momento: "¡Espías! ¡Mueran los espías!" y otros cumplidos por el estilo, aunque imposibles de repetir.

Los entierros habían tenido siempre especial atractivo para el señor Roedor, quien parecía excitarse cuando una de las fúnebres comitivas pasaba ante el Banco Tellson. Y como es natural un entierro con tan extraño acompañamiento como aquél, despertó aún más su interés y preguntó al primer hombre que pasó por su lado:

—¿Qué ocurre?

—No lo sé —le contestó el interpelado.— ¡Espías! ¡Mueran los espías!

En vista de que no le habían contestado lo que deseaba, el señor Roedor preguntó a otro hombre quién era el muerto.

—Lo ignoro —contestó éste. Y en seguida se llevó las manos a la boca a guisa de bocina y gritando con el mayor entusiasmo:

—¡Espías! ¡Mueran los espías!

Por fin pasó una persona mejor informada acerca del caso y por ella el señor Roedor averiguó que el entierro era el de un tal Roger Cly.

—¿Era un espía? —preguntó el señor Roedor.

—Sí, de Old Bailey —le contestó su informador.— ¡Espías! ¡Mueran los espías de Old Bailey!

—Sí, es verdad —exclamó el señor Roedor recordando el juicio a que asistiera.— Lo vi una vez. ¿Ha muerto?

—No puede estar más muerto. ¡Sáquenlo de ahí! ¡Fuera los espías! ¡Que lo saquen del coche!

La idea fue tan del gusto de la multitud, que se encariñó inmediatamente con ella y ante todo se dedicó a interrumpir la marcha del vehículo. Se apoderaron del plañidor, pero éste anduvo tan listo, que se deslizó de entre las manos que lo sujetaban y huyó por una calleja cercana, aunque no sin abandonar en el camino el sombrero, con su gasa fúnebre, el manto, el pañuelo blanco y otras lágrimas simbólicas.

Estos trofeos fueron inmediatamente destrozados por la muchedumbre, en tanto que los tenderos cerraban a toda prisa las puertas de sus establecimientos, porque en aquellos tiempos la multitud no se paraba en barras y era de temer. Se disponía ya a sacar el féretro del coche, cuando otro genio expuso la idea de dejarlo allí como estaba y conducirlo a su destino entre el regocijo general. Los consejos oportunos eran muy necesarios y éste fue admirablemente acogido. Enseguida montaron ocho individuos en el coche y entre ellos se hallaba el señor Roedor que con la mayor modestia escondía su cabeza para no ser observado desde el Banco.

Los empleados de la funeraria protestaron contra aquella modificación en las ceremonias, pero como el río se hallaba a muy poca distancia y algunas voces estaban ya haciendo observaciones acerca de la eficacia de un baño frío para ahogar ciertas protestas, aquéllos no persistieron en ellas. Reanudó la marcha el modificado cortejo, conducido por un deshollinador, asesorado por un cochero de profesión y ayudado por un pastelero. Pero se juzgó también muy apropiado que figurase en la comitiva un húngaro con su oso, tipo muy popular en aquellos tiempos, y el pobre oso que era negro y flaco, armonizaba perfectamente con la procesión en que tomaba parte.

Así, bebiendo cerveza, fumando, gritando y burlándose de todas maneras, prosiguió la marcha aquella procesión desordenada, reclutando más gente a medida que avanzaba y haciendo cerrar todas las tiendas que hallaba al paso. Su destino era la iglesia de San Pancracio, situada en pleno campo y allí llegó la comitiva a su debido tiempo. Se hizo el enterramiento en el cementerio, aunque rodeando la ceremonia de prácticas completamente caprichosas, con la mayor satisfacción del numeroso cortejo.

Una vez enterrado el cadáver de Roger Cly, la muchedumbre se vio en la necesidad de buscar alguna otra distracción. Uno propuso la idea de acusar a los transeúntes de espías de Old Bailey y vengarse en ellos. Se dio, pues, caza a una veintena de personas inofensivas que nunca se habían acercado siquiera a Old Bailey, y se las hizo objeto de insultos y malos tratos. Luego, la transición de empezar a romper vidrios de las ventanas y saquear las tiendas fue naturalísima. Por fin, tras algunas horas, cuando ya se habían saqueado algunas casas de campo y destruido numerosas verjas de hierro que proporcionaron armas a los ánimos más exaltados, empezó a circular el rumor de que venían los guardias; entonces la multitud empezó a disolverse aunque tal vez los guardias no pensaran siquiera en acercarse a aquel lugar.

El señor Roedor no tomó parte en las diversiones finales, sino que se quedó en el cementerio hablando con los empleados de la funeraria. Aquel lugar tenía cierto encanto melancólico para él. Se procuró una pipa de una taberna vecina, y mientras fumaba se quedó mirando la verja y haciendo algunas consideraciones.

—Jeremías —se dijo,— aquel día viste con tus ojos a ese pobre Roger Cly. Era un hombre joven, robusto, y ahora...

Después de fumar la pipa y de reflexionar un poco más, se volvió para estar de regreso al Banco antes de la hora de cerrar. Y ya fuese porque lo hubiesen conmovido mucho sus meditaciones acerca de la muerte, porque su salud no anduviese bien o porque deseara dispensar un honor a su consejero médico, lo cierto es que fue a visitar a un distinguido cirujano en su camino de regreso.

El joven Jeremías substituyó a su padre durante su ausencia, y al verlo se dio cuenta de que no había tenido nada que hacer. Cerró el Banco sus puertas, salieron los viejos dependientes, se estableció la acostumbrada guardia y el señor Roedor y su hijo se dirigieron a su casa a tomar el té.

—Ahora te prevengo —dijo a su mujer al entrar— de que si yo, como honrado menestral, estoy de malas esta noche, será porque habrás estado rezando contra mí y a mi regreso te arreglaré las cuentas, lo mismo que si te hubiera estado viendo.

La pobre señora Roedor meneó la cabeza.

—¿Te atreves a hacerlo en mi cara? —exclamó el señor Roedor con indicios manifiestos de cólera.

—No digo nada.

—Pues no pienses tampoco. El mismo mal puedes hacerme hablando como pensando. Créeme, vale más que dejes de hacer una cosa y otra.

—Está bien, Jeremías.

Esta expresión de conformidad a sus órdenes no calmó al señor Roedor, el cual, refunfuñando, tomó un poco de pan y manteca.

—¿Sales esta noche? —preguntó la pobre mujer.

—Sí.

—¿Puedo ir contigo, padre? —preguntó el chico.

—No, no puede ser. Voy, como sabe tu madre... a... a pescar. Eso es. Voy a pescar.

—Y la caña debe estar oxidada, ¿verdad, padre?

—No te importa.

—¿Traerás pescado, padre?

—Si no traigo, mañana tendrás poco que comer —contestó el padre meneando la cabeza— Y no preguntes más. No saldré hasta que te hayas acostado.

Durante el resto de la velada el señor Roedor se ocupó en vigilar a su mujer y en hablar con ella para evitar que pudiera meditar siquiera algunas oraciones en su perjuicio. Pero no cesaba, en sus quejas contra su mujer, haciéndola responsable de cuanto malo le ocurría y acusándola de que, por su causa, estaba tan delgado el joven Jeremías.

Por fin el padre mandó a éste que se acostara y después de hacerse repetir la orden, obedeció. El señor Jeremías pasó las primeras horas de la noche fumando algunas pipas y no salió hasta la una de la madrugada. A tal hora se levantó, sacó una llave del bolsillo y abrió un armario del que extrajo un saco, una barra de hierro de tamaño conveniente, una cuerda y una cadena, así como otros navíos de pesca parecidos. Dispuso hábilmente estos objetos, dirigió una mirada desconfiada hacia su mujer y salió.

El joven Jeremías, que había estado fingiendo que dormía, no tardó en salir tras de su padre, al que siguió al amparo de la obscuridad. Impelido por la noble ambición de estudiar el arte de la pesca, echó a andar siguiendo a su padre, el cual se alejó rápidamente hacia el norte. Al poco rato se le reunió otro discípulo de Isaac Walton, y los dos prosiguieron su camino.

Al cabo de media hora de marcha habían dejado atrás las luces de la ciudad y se hallaban en un camino solitario. Allí encontraron a otro pescador y se les reunió tan silenciosamente que si Jeremías el chico hubiera sido supersticioso, más le habría parecido que el segundo personaje se había dividido en dos.

Continuaron la marcha los tres hombres, seguidos por el joven Jeremías, hasta llegar a un talud que se elevaba a un lado del camino. Sobre lo alto del talud había una pared de ladrillo, coronada por una verja de hierro. Los tres hombres se deslizaron cautelosamente y subieron lo necesario para situarse al pie de la pared de ladrillo, y entonces el muchacho pudo ver que su padre se encaramaba para saltar la verja, ejercicio en el cual lo siguieron sus dos compañeros. Luego se quedaron acurrucados en el suelo, como escuchando y a los pocos instantes prosiguieron su camino andando sobre las manos y las rodillas.

Llegó el turno al muchacho para escalar la verja. Lo hizo con el corazón palpitante, y una vez dentro del recinto vio que los tres hombres avanzaban arrastrándose por entre la hierba y las losas sepulcrales. Las cruces blancas semejaban fantasmas y la torre de la iglesia parecía el fantasma de un gigante monstruoso. No anduvieron mucho los tres hombres, pues a poco se detuvieron y empezó la pesca. Al principio empezaron a pescar con una azada. Luego el señor Roedor se dedicó a preparar un instrumento semejante a un enorme sacacorchos y los tres hombres trabajaban afanosamente con aquellas extrañas herramientas. De pronto resonaron las lentas campanadas del reloj de la iglesia y aquel ruido aterrorizó tanto a Jeremías el chico, que huyó con el cabello erizado como el de su padre.

Pero la curiosidad que sentía no solamente le hizo cesar en su fuga, sino que lo indujo a volver. Los tres hombres seguían pescando con la mayor perseverancia. Por fin pareció haber picado algún pez. Se oyó el ruido quejumbroso de algo y los tres se inclinaron y hacían esfuerzos como agobiados por gran peso que, finalmente, dejaron sobre el suelo. El joven Jeremías sabía bien lo que era aquello, mas al ver que su venerado padre se inclinaba para abrirlo, se horrorizó tanto, que echó a correr sin detenerse, esta vez hasta que se halló a una o dos millas de distancia.

No se habría detenido si no fuera por la necesidad que tenía de recobrar el aliento, pues deseaba terminar cuanto antes con la pesadilla que lo agobiaba. Le parecía que lo perseguía el ataúd que viera y al correr le parecía que a cada momento estaba a punto de apoderarse de él. Y lo acosaba de tal manera, se le echaba delante para hacerlo caer o lo cogía por el brazo con tal fuerza, que cuando el muchacho llegó a su casa estaba medio muerto de miedo. Y ni aun entonces lo dejó el maldito ataúd, sino que subió la escalera, se metió en la cama con él y se echó sobre su pecho cuando el pobre muchacho se quedó dormido.

De su agitado sueño, el joven Jeremías fue despertado al salir el sol por su padre que estaba en la casa. Evidentemente algo malo le había ocurrido, pues el muchacho vio que su padre agarraba a su madre por las orejas y la sacudía contra la cabecera de la cama.

—¡Te dije que te acordarías! —exclamaba el padre.— ¡Y ahora vas a verlo!

—¡Jeremías! ¡Jeremías! —imploraba la pobre mujer.

—Te empeñas en estropearme los negocios —dijo— y yo y mis socios lo pagamos. Tu obligación era obedecerme. ¿Por qué no lo has hecho?

—¡Hago todo lo que puedo por ser una buena mujer! —gemía la infeliz entre lágrimas.

—¿Acaso es ser buena mujer oponerse a los negocios del marido? ¿Es honrar al marido oponerse constantemente a sus negocios?

—¡No deberías dedicarte a negocios tan horribles, Jeremías!

—No es de tu incumbencia decirme lo que debo hacer o lo que dejo de hacer. La mujer honrada deja que su marido se desenvuelva como quiera. ¿Y tienes el valor de llamarte una mujer piadosa? ¡Mejor preferiría una que no creyera en nada!

Prosiguió el altercado en voz baja y terminó cuando el honrado menestral se quitó sus botas llenas de barro y se tendió en el suelo, con las manos cruzadas debajo de la cabeza a guisa de almohada.

No hubo pescado para el almuerzo, que fue muy escaso. El señor Roedor estaba de un humor de perros y se puso al alcance de la mano una tapadera de hierro para tirársela por la cabeza a su mujer a la menor sospecha de que se dispusiera a rezar una oración.

Por fin se cepilló el traje y se lavó y acompañado de su hijo se marchó a cumplir sus deberes.

El muchacho, que andaba al lado de su padre, con el taburete bajo el brazo, era muy distinto de cuando, la noche anterior, iba tras los tres pescadores. Ya no tenía tanto miedo y sus terrores se habían disipado con la noche.

—Padre —le dijo alejándose un poco e interponiendo el taburete para mayor precaución—, ¿qué es un desenterrador?

—¿Cómo quieres que lo sepa? —contestó el señor Roedor.

—Creí que lo sabías todo, padre.

—Pues bien, es —contestó después de quitarse el sombrero para dejar libres por un momento las púas de sus cabellos— es un menestral.

—¿Y en qué comercia, padre?

—Los artículos que vende —dijo el padre después de ligera

reflexión— son de naturaleza científica.

—¿Cadáveres humanos, verdad?

—Creo que es algo de eso.

—¡Oh, padre! ¡Cuánto me gustaría ser desenterrador cuando tenga más años! El señor Roedor se sintió complacido, pero meneó la cabeza y dijo:

—Eso depende de cómo desarrolles tu talento. Procura desarrollar tu talento y no ser hablador. Ahora no puede decirse todavía para qué cosa llegarás a servir.

Y mientras el joven Jeremías dejaba el taburete ante la puerta del Banco y a la sombra del Tribunal, el señor Roedor se decía:

—Jeremías, honrado menestral, puedes abrigar la esperanza de que ese muchacho será una bendición para ti y una compensación por la mujer que tienes.

CAPÍTULO XV: HACIENDO CALCETA

Aquella mañana, temprano, hubo más parroquianos que de costumbre en la taberna del señor Defarge. A las seis de la mañana los rostros pálidos de los que miraban a través de las rejas de las ventanas, pudieron ver dentro otros rostros inclinados sobre los vasos de vino. Usualmente el señor Defarge vendía el vino aguado, pero aquella mañana, además de tener mayor cantidad de agua que de costumbre, el vino era agrio, o parecía tener la propiedad de agriar el humor de los madrugadores. Ninguna llama alegre y báquica parecía surgir de las prensadas uvas del señor Defarge, sino que entre las heces parecía estar escondido un fuego de brasas que ardía en la obscuridad.

Era aquella la tercera mañana en que hubo libaciones muy tempranas en la taberna del señor Defarge. Empezaron en lunes y había llegado el miércoles. Verdad es que se hablaba más que se bebía, porque muchos de los concurrentes no habrían podido dejar una moneda sobre el mostrador, aunque dependiera de ello la salvación de su alma. Pero parecían tan satisfechos como si hubiesen pedido barricas enteras de vino y se deslizaban de un asiento a otro y de uno a otro rincón, tragando con voraces miradas conversación en lugar de bebida.

A pesar de la numerosa concurrencia el amo de la taberna no se dejaba ver, pero nadie lo echaba de menos y nadie se fijaba tampoco en su mujer que, sentada detrás del mostrador, presidía la distribución del vino. A su lado estaba un cuenco lleno de monedas de cobre de las que habían desaparecido las efigies y que estaban tan desgastadas como pobres los bolsillos de que salieran.

Tal vez los espías que vigilaban la taberna, como vigilaban todo lugar alto o bajo, desde la prisión hasta el mismo palacio real, observaron que la concurrencia parecía aburrirse mucho. Languidecían los juegos de naipes y los jugadores de dominó se entretenían en hacer castillos con las fichas, en tanto que otros trazaban extrañas figuras sobre las mesas con las gotas de vino que cayeran en ellas y mientras la señora Defarge seguía con su mondadientes la muestra del tejido en la manga de su traje, aunque indudablemente veía y oía cosas invisibles y lejanas.

Así siguieron las cosas en la taberna durante todo el día. Al atardecer dos hombres cubiertos de polvo entraron en la calle que apenas alumbraban sus vacilantes faroles.

Uno de ellos era el señor Defarge y el otro el peón caminero del gorro azul. Sucios de polvo y muertos de sed entraron en la taberna y su llegada pareció despertar el interés y entusiasmo en todos los rostros que se asomaron a puertas y ventanas al verlos pasar.

Nadie los siguió, sin embargo, y nadie habló en la taberna cuando entraron, a pesar de que todas las miradas estaban fijas en ellos.

—Buenos días —exclamó el señor Defarge.

Aquello pareció una señal para que se soltaran todas las lenguas, pues se oyó un coro de voces que contestaba —Buenos días.

—Mal tiempo hace, señores —observó Defarge meneando la cabeza.

Entonces cada uno de los concurrentes miró a su vecino y luego se quedaron con los ojos fijos en el suelo, exceptuando un hombre que se levantó y salió.

—Esposa mía —dijo Defarge en voz alta, —he caminado algunas leguas con este buen peón caminero que se llama Jaime. Lo encontré por casualidad a una jornada y media de París. Es un buen muchacho. Dale de beber, mujer.

Otro hombre se levantó y salió a su vez. La señora Defarge sirvió un vaso de vino al peón caminero, llamado Jaime, el cual saludó a la concurrencia con su gorro azul y bebió. Llevaba en el pecho un mendrugo de pan moreno y empezó a comerlo entre trago y trago, al lado del mostrador de la señora Defarge. Entonces se levantó otro hombre y salió.

Defarge se bebió un vaso de vino, menor que el servido al peón caminero, y se quedó, esperando a que éste terminara su refrigerio, pero sin mirar a nadie, ni siquiera a su mujer, que había reanudado su labor.

—¿Has terminado de comer, amigo? —preguntó.

—Sí, gracias.

—Entonces ven. Verás la habitación que, según te dije, puedes ocupar.

Salieron de la taberna, y entrando en un patio subieron por una escalera hasta lo alto de la misma, y por allí llegaron a una buhardilla ocupada en otro tiempo por un hombre de cabellos blancos que pasaba el tiempo haciendo zapatos.

Entonces ya no había ningún hombre de blancos cabellos, sino, en su lugar, los tres hombres que un día miraron por el agujero de la llave y por unos agujeros en la pared.

Defarge cerró cuidadosamente la puerta y habló en voz baja:

—Jaime Uno, Jaime Dos, Jaime Tres. Este es el testigo que he encontrado yo, Jaime Cuatro. Habla, Jaime Cinco.

El peón caminero, con el gorro azul en una mano, se limpió la morena frente y dijo:

—¿Por dónde he de empezar?

—Por el principio —contestó Defarge.

—Lo vi entonces, señores —empezó diciendo el peón caminero— hace un año, debajo del carruaje del marqués, colgado de la cadena. Yo dejé mi trabajo en el camino a la puesta del sol mientras el carruaje del marqués subía despacio la colina. Él iba colgado de la cadena... así.

Nuevamente el peón caminero imitó la postura extraña de aquel hombre. Entonces Jaime Uno le preguntó si había visto antes a aquel hombre.

—Nunca —contestó el peón caminero recobrando la posición natural. Jaime Tres le preguntó cómo lo había reconocido —Por su elevada estatura —contestó el peón caminero.

—Cuando, el señor marqués me preguntó cómo era, le contesté: "Alto como un espectro."

—Habrías debido decir que parecía un enano —observó Jaime Dos.

—¿Qué sabía yo? Ni la cosa se había hecho ni él se confió a mí. Pero a pesar de todo nada declaré, puedo asegurarlo.

—Tiene razón —murmuró Defarge— Adelante.

—Bueno —prosiguió el peón caminero con misterio.— Se ha perdido la pista del hombre alto y lo buscan por espacio de muchos meses. ¿Cuántos?

—Nada importa eso —dijo Defarge— Estuvo bien oculto, mas, por desgracia, lo encontraron. Adelante.

—Estaba trabajando de nuevo en la ladera de la colina y se ponía el sol. Recogía mis herramientas para volver a mi casa, cuando levanté la mirada y vi que seis soldados subían la colina. Entre ellos iba el hombre alto con los brazos atados... así.

Y asumió la posición de un hombre que está atado codo con codo.

—Me situé a un lado, junto a un montón de piedras, para ver cómo pasaban los seis soldados y el preso. Vi a los seis hombres llevando al preso, y a la luz del crepúsculo parecían todos negros a mis ojos. Al pasar por mi lado reconocí al que iba atado y él a mí. ¡Cuánto habría preferido el pobre arrojarse por la vertiente de la colina como la otra vez, cuando lo encontré en aquel mismo sitio!

Desde luego no dejé comprender a los soldados que había reconocido a aquel hombre y él, por su parte, tampoco lo dio a entender. Nuestras miradas se encontraron, sin embargo, y se comprendieron. Los seguí y pude observar que los brazos del preso estaban hinchados por las ligaduras, y como el pobre andaba cojeando, lo empujaban con sus mosquetes, así.

Imitó la acción y continuó:

—Cuando descendían por la colina, el preso cayó y, riéndose, los soldados lo hicieron levantar. El pobre tenía la cara ensangrentada y llena de polvo, pero no podía acercar las manos a ella. Lo llevaron al pueblo y la gente salió a mirarlos y entonces lo encerraron en la cárcel.

Hizo una pausa y Defarge exclamó:

—Prosigue.

—Toda la gente del pueblo se retiró, pero durante la noche pensaban en aquel pobre hombre que estaba en la cárcel, de la que no saldría sino para morir. Por la mañana cuando salí al trabajo, di una vuelta para pasar por la prisión. Entonces lo vi asomado a las rejas de una ventana. No pudo libertar sus manos para decirme adiós y yo no me atreví a llamarlo.

Los oyentes se miraron sombríos uno a otro. Parecían los jueces de un tribunal y escuchaban la historia con el corazón lleno de ansias de venganza.

—Estuvo en la cárcel algunos días —continuó el peón caminero— y la gente del pueblo lo miraba recatándose, porque tenía miedo. Pero siempre miraba hacia la cárcel y cuando se terminaba el trabajo del día, todos los rostros se volvían hacia la prisión. Y junto a la fuente se murmuraba que a pesar de haber sido, condenado a muerte no lo ejecutarían, porque se han presentado algunas peticiones en París, diciendo que se volvió loco a consecuencia de la muerte de su hijo; decían que se había solicitado el perdón al mismo rey. Es posible, aunque no lo sé. Puede ser que sí o quizás no.

—Oye bien, Jaime —dijo el número Uno de este nombre.— Sabe que se ha pedido el perdón al rey y a la reina. Todos nosotros vimos que el rey tomaba la solicitud cuando paseaba en su carruaje por las calles, en compañía de la reina. Fue Defarge quien, poniendo en peligro la vida, se arrojó a la cabeza de los caballos para entregar la solicitud.

—Y ahora escucha bien, Jaime —dijo el número Tres. —Los guardias, tanto a pie como a caballo, se arrojaron sobre el peticionario y lo molieron a golpes. ¿Comprendes?

—Sí, señores.

—Prosigue —dijo Defarge.—También se decía junto a la fuente que lo habían llevado al pueblo para ser ejecutado en el mismo lugar en que cometió el crimen y que lo ejecutarían sin duda alguna. Añadían que como mató a Monseñor y éste era el padre de sus vasallos, lo condenaban por parricida. Un hombre anciano dijo que su mano derecha, armada de un cuchillo, sería quemada en vida; luego que en heridas hechas en sus brazos, en su pecho y en sus piernas, derramarían aceite hirviendo, plomo fundido, resina caliente, cera y azufre, y finalmente que sería descuartizado por cuatro vigorosos caballos. Así se hizo, según decía el viejo, con uno que atentó contra la vida de Luis XV.

—Escucha, Jaime —dijo el mismo que antes lo interrumpiera.— El hombre a quien te refieres se llamaba Damiens y se ejecutó todo a la luz del sol, en las calles de París; y lo más notable en la gran multitud que lo presenció, fue el gran número de damas de calidad que estuvieron atentas hasta el final, hasta el final, Jaime, que se prolongó hasta el crepúsculo, cuando el desgraciado había ya perdido las dos piernas y un brazo, y aun respiraba. Eso ocurrió... ¿Cuántos años tienes ahora?

—Treinta y cinco —contestó el peón caminero que parecía tener sesenta.

—Pues ocurrió cuando tenías diez años. Podías haberlo visto.

—Pues bien, uno decía una cosa y otros otra —continuó el peón.

No se hablaba de otra cosa. Por fin el domingo, cuando el pueblo dormía, salieron unos soldados de la cárcel y sus armas de fuego golpeaban las piedras de la calle. Unos obreros empezaron a trabajar y los soldados a cantar y a reír y a la mañana siguiente estaba levantado el patíbulo junto a la fuente alta, de cuarenta pies, y envenenando el agua.

Se interrumpieron todos los trabajos y nadie llevó las vacas a pacer. A mediodía se oyó el redoblar de los tambores y apareció él entre un grupo de soldados que salían de la prisión. Iba atado como antes y en la boca llevaba una mordaza atada de tal manera, que no parecía sino que se riese. En lo alto del patíbulo se fijó un cuchillo con la punta en alto. Y allí lo ahorcaron a cuarenta pies de altura y lo dejaron colgado, envenenando el agua.

Los oyentes se miraron uno a otro mientras el peón caminero se enjugaba el sudor del rostro al recordar el espectáculo.

—Aquello era espantoso. ¿Cómo habían de ir a buscar agua las mujeres y los niños?

¿Quién podía permanecer allí al anochecer bajo tal sombra? Cuando el lunes, por la tarde, dejé el pueblo, se estaba poniendo el sol y anduve toda aquella noche y medio día siguiente, hasta que encontré a este compañero. Con él he venido, unas veces a pie y otras a caballo, durante el resto del día de ayer y toda la noche pasada. Y aquí me tenéis.

—Perfectamente —dijo Jaime Uno.— Lo has relatado todo perfectamente. ¿Quieres esperar un poco ahí fuera?

—Con mucho gusto —contestó el peón caminero a quien acompañó Defarge hasta lo alto de la escalera para volver a reunirse con sus compañeros.

Estos se habían levantado y hablaban con las cabezas muy juntas.

—¿Qué dices, Jaime? ¿Hemos de anotarlo en nuestro registro?

—Regístralo como condenado a la destrucción —contestó Defarge.

—¿El castillo y toda la raza?

—El castillo y toda la raza. Hay que exterminarlos.

—¿Estás seguro de que no ha de resultar ningún inconveniente de nuestro sistema de llevar el registro? Sin duda alguna está seguro, porque nadie más que nosotros puede descifrarlo. Pero ¿podremos descifrarlo siempre...? Mejor dicho, ¿podrá ella?

—Jaime —contestó Defarge.— Si mi mujer tomase a su cargo conservar el registro en su memoria, no olvidaría una palabra ni una sílaba, pero si lo teje en su labor de calceta, con sus señales particulares, siempre le resultará tan claro como el sol. Confiad en la señora Defarge, pues nadie es capaz de borrar una letra de los nombres que ella inscribe en su labor.

—Perfectamente —dijo el que antes hablara.— En cuanto a ese hombre, ¿no será mejor que lo mandemos, de nuevo a su pueblo? Parece algo tonto y tal vez resulte peligroso.

—No sabe nada —dijo Defarge,— por lo menos nada que pueda conducirlo a la horca.

Me encargaré de él. Lo tendré a mi lado y ya lo despediré. Tiene deseos de ver el mundo de la gente distinguida... al rey, a la reina y la corte. Se lo dejaremos ver el domingo.

—¡Cómo! —exclamó Jaime Tres.— ¿No es mala señal que desee ver al rey y la nobleza?

—Jaime —contestó Defarge,— si quieres que un gato tenga ganas de leche, muéstrasela antes. Y si quieres que un perro se arroje sobre su presa, conviene que antes se la dejes ver.

Nada más se trató entonces, y como encontraron al peón caminero dando cabezadas en lo alto de la escalera, lo invitaron a acostarse en el jergón de la buhardilla y al poco rato estaba profundamente dormido.

A peor sitio podía haber ido a parar el peón caminero, y a no ser por cierto miedo que le inspiraba la señora, que, en apariencia, no se daba siquiera cuenta de su presencia, lo habría pasado bastante bien. Por esta razón al domingo siguiente el peón caminero no sintió ninguna alegría al ver que había de acompañarlo la señora Defarge quien, en unión de su marido, se disponía a llevarlo a Versalles. Pero lo que más desconcertó al peón caminero fue que la señora no abandonara su labor de costura ni por la calle ni cuando por la tarde estaban contemplando el paso de los reyes.

—Trabaja usted mucho, señora —le dijo un hombre que tenía al lado.

—Sí —contestó la señora Defarge,— tengo mucho que hacer.

—¿Y qué hace, señora?

—Muchas cosas.

—¿Por ejemplo?

—Por ejemplo —replicó la señora Defarge,— mortajas.

Pronto aparecieron los reyes rodeados de un enjambre de cortesanos de ambos sexos, vestidos con el mayor esplendor. Aquel brillante espectáculo entusiasmó al peón caminero que, sin poderlo remediar, empezó a dar vivas al rey, a la reina y a todo y a todos. Luego pudo visitar patios, jardines, terrazas, fuentes, arriates de flores, y ver de nuevo a los personajes reales y a la corte entera, hasta que el pobre hombre acabó llorando emocionado.

Cuando la fiesta hubo terminado, Defarge se dirigió a él exclamando:

—¡Bravo! ¡Eres un buen muchacho!

El peón caminero acababa de volver de aquella especie de borrachera y temió haberse excedido en sus últimas demostraciones de entusiasmo, pero no había nada de eso.

—Eres, precisamente, el hombre que necesitamos —le dijo Defarge al oído;— has hecho creer a esa gente que esta situación va a durar siempre. Así se harán más insolentes y llegarán más pronto a su fin.

—¡Caramba! —exclamó el peón.— ¡Es verdad!

—Estos imbéciles no se dan cuenta de nada. Así como te desprecian y preferirían que murieses tú y hasta cien como tú antes que uno de sus caballos o de sus perros, oyen con gusto lo que tu voz les grita. Dejémosles que se engañen un poco más, que ya no puede ser por mucho tiempo.

CAPÍTULO XVI: MÁS CALCETA

La señora Defarge y su esposo regresaron en amigable compañía hacia el corazón de San Antonio, en tanto que un gorro azul avanzaba por entre las tinieblas en dirección a la aldea inmediata al castillo del marqués, quien, en su sepultura, gozaba del reposo eterno.

Los Defarge llegaron de noche, en el carruaje público a la puerta de París en que terminaba su viaje. Hubo la acostumbrada parada en el cuerpo de guardia de la barrera y avanzaron los faroles para examinar a los viajeros. El señor Defarge echó pie a tierra, pues conocía a uno o dos de los soldados y a uno de la policía. Y como de este último era amigo íntimo, se dieron un abrazo.

Cuando San Antonio volvió a cobijar a los Defarge en sus obscuras alas y ellos descendieron del coche ya cerca de su domicilio, se encaminaron a su casa por las calles obscuras y llenas de barro. Entonces la señora Defarge preguntó a su marido:

—¿Qué te dijo Jaime, el de la policía?

—Esta noche muy poco, pero es todo lo que sabe. Han nombrado a otro espía para nuestro barrio.

—Será necesario inscribirlo en el registro —dijo la señora Defarge. ¿Cómo se llama?

—Es inglés.

—Mejor. ¿Cómo se llama?

—Barsad.

—¿Y de nombre de pila?

—Juan.

—Juan Barsad —repitió la mujer.— Muy bien. ¿Se conocen sus señas?

—Es hombre de unos cuarenta años, de cinco pies nueve pulgadas de estatura, cabello negro, moreno, de rostro agradable, ojos negros, rostro delgado, nariz aguileña, pero no recta y ligeramente inclinada hacia la mejilla izquierda, y por lo tanto, su expresión es siniestra.

—Buen retrato —dijo la señora Defarge riendo.— Mañana quedará inscrito.

Una vez en la taberna, que estaba cerrada a causa de la hora, pues eran las doce de la noche, la señora Defarge se dirigió al mostrador, contó las monedas recaudadas durante su ausencia, examinó las entradas en el libro y las existencias, comprobó de todas las maneras posibles las cuentas de su empleado y finalmente lo mandó a la cama. Luego volvió a tornar el dinero y lo guardó en varios nudos de su pañuelo para mayor seguridad, en tanto que Defarge, con la pipa en la boca, admiraba a su mujer aunque nunca se entrometía en tales cuentas.

La noche era calurosa y la tienda cerrada; sin contar con que estaba rodeada por numeroso vecindario, olía muy mal. El olfato del señor Defarge no era muy delicado, pero el vino, el ron y el aguardiente olían más que de costumbre y él trataba de alejar sus emanaciones a fuerza de manotadas en el aire.

—Estás cansado —le dijo la señora Defarge.— Todo huele como de costumbre.

—Sí, estoy fatigado —contestó Defarge.

—Y también un poco deprimido. ¡Oh, qué hombres!

—¡Tarda tanto! —exclamó Defarge.

—¿Y qué cosa es la que no tarda? La venganza y la justicia siempre necesitan mucho tiempo.

—No tarda tanto el rayo en herir a un hombre —observó el marido.

—Pero ¿cuánto tiempo —replicó la mujer— se necesita para acumular la electricidad del rayo? Dímelo.

Defarge levantó la cabeza, pero no contestó.

—No tarda mucho un terremoto en tragarse una ciudad —dijo la señora.— ¿Sabes, por ventura, cuánto tiempo es necesario para que se prepare un terremoto?

—Bastante tiempo, me parece.

—Pero cuando está preparado y se produce, reduce a polvo todo lo que encuentra. Y en la actualidad se está preparando, aunque nadie lo vea o lo oiga. Este es tu consuelo. Recuérdalo.

Y ató un nudo, con los ojos brillantes, como si estuviera estrangulando a un enemigo.

—Te aseguro —añadió extendiendo la mano,— que si bien el camino es largo, está ya en él y en marcha. Te digo que nunca retrocede ni se detiene. Siempre avanza. Mira a tu alrededor y examina las vidas de toda la gente que conocemos. ¿Crees que eso puede durar?

—No lo dudo, querida mía —contestó Defarge con la humildad de un escolar ante su maestro.— No niego nada de eso, pero ya es antiguo y es posible que no llegue en nuestros días.

—¿Y qué?— exclamó la esposa.

—Pues —contestó tristemente Defarge— que no veremos el triunfo.

—Pero habremos ayudado para que llegue —contestó la mujer.— Nada de lo que hacemos se pierde. Con toda mi alma creo que veré el triunfo, pero aunque así no fuera, mientras exista un cuello de aristócrata y tirano, no dejaré de...

Entonces la mujer con los dientes apretados hizo un terrible nudo en el pañuelo.

—Tampoco me detendré yo por nada —contestó el marido.

—Sí, pero víctimas. Y es preciso que conserves el ánimo sin necesidad de esto.

Cuando llegue el tiempo suelta las fieras y el diablo mismo, pero hasta entonces tenlos encadenados, y, aunque no a la vista, siempre dispuestos.

La señora Defarge reforzó su argumento golpeando el mostrador con los nudos llenos de dinero de su pañuelo y luego, observando que ya era hora de acostarse, se fue a la cama.

Al día siguiente la admirable mujer estaba nuevamente sentada junto a su mostrador en la taberna, haciendo calceta con la mayor asiduidad. Tenía una rosa al alcance de la mano y de vez en cuando le dirigía una mirada. Había pocos parroquianos, ocupados en beber o en hablar. El día era muy caluroso. De pronto entró un nuevo personaje y, por la sombra que proyectó en la señora Defarge, ésta vio que se trataba de una persona desconocida. Inmediatamente dejó a un lado la labor y antes de mirar al recién llegado se puso la rosa en el cabello.

Lo que ocurrió fue una cosa curiosa. En cuanto la señora Defarge tomó la rosa los parroquianos dejaron de hablar y gradualmente fueron saliendo de la taberna.

—Buenos días, señora —dijo el recién llegado.

—Buenos días, señor —contestó la señora Defarge, fijándose, al mismo tiempo, en que las señas de aquel individuo correspondían exactamente con las del espía que le indicara su marido la noche anterior.

—Le ruego que tenga la bondad de darme un vasito de coñac y un poco de agua fresca.

La señora Defarge lo sirvió cortésmente.

—¡Vaya un buen coñac éste, señora!

Era la primera vez que el coñac merecía tal alabanza, como le constaba perfectamente a la señora Defarge, conocedora como era de sus antecedentes. Dio las gracias, sin embargo, y continuó trabajando. El visitante observó unos momentos los movimientos de sus dedos y exclamó:

—Es muy hábil en labores, señora.

—Estoy ya acostumbrada.

—Y el dibujo es muy lindo.

—¿Os gusta? —contestó la señora mirándolo sonriente.

—Mucho. ¿Puede saberse a qué lo destina?

—No es más que para pasar el rato.

—¿No usará esa labor?

—Eso depende. Tal vez un día encuentre el modo de utilizarla.

Era notable el hecho de que San Antonio pareciera poco complacido de que la señora Defarge llevase una rosa en el cabello. Entraron dos hombres en la taberna y se disponían a pedir algo que beber, cuando, al ver la rosa, fingieron buscar a un amigo y se marcharon enseguida. Por otra parte, no se había quedado ni uno solo de los que se hallaban en el establecimiento cuando llegó el visitante, pues desfilaron uno tras otro. El espía tenía los ojos muy abiertos, pero no pudo observar cosa alguna, pues todos se alejaron del modo más natural del mundo.

—Juan —pensaba la señora haciendo calceta y con los ojos fijos en el desconocido,— permanece un poco más aquí y escribiré tu apellido antes de que te marches.

—¿Es casada, señora?

—Sí.

—¿Tiene hijos?

—No.

—¿Va bien el negocio?

—No, porque la gente es muy pobre.

—¡Pobre gente! —exclamó el espía.— ¡Pobre gente! Es miserable y está tan oprimida, como usted dice...

—Como dice usted —replicó la señora corrigiéndole y anotando algo en la calceta después del nombre del espía, que no le auguraba nada bueno.

—Perdone. Ciertamente lo dije yo, pero usted lo piensa también. Es muy natural.

—¿Que yo lo pienso? —contestó la señora en alta voz.— Yo y mi marido tenemos bastante que hacer para tener abierta esta taberna, y no nos sobra tiempo para pensar. Todo lo que pensamos es cómo hemos de vivir, y eso nos da bastante que hacer de la mañana a la noche, sin que nos ocupemos de cosas que no nos importan.

El espía, que fue allí a recoger cuanto le fuera posible, hizo un esfuerzo para que su rostro no tradujera su desencanto y se quedó apoyado en el mostrador tomando algunos sorbos dé coñac.

—Esa ejecución del pobre Gaspar —exclamó luego— ha sido digna de compasión. ¡Pobrecillo!

—A fe mía —contestó fríamente la señora,— si un hombre emplea en eso su cuchillo, justo es que pague luego. De antemano conocía el precio a que se paga ese lujo, y ha pagado.

—Creo —dijo el espía bajando la voz e invitando a la confidencia que en este barrio se compadecen mucho de ese pobre desgraciado y que la gente está muy encolerizada por su desgraciado fin. Aquí para entre los dos...

—¿De veras? —preguntó la señora.

—¿No es así?

—Aquí está mi marido —exclamó la señora Defarge.

Cuando entró el tabernero, lo saludó el espía tocando su sombrero y diciendo con insinuante sonrisa:

—Buenos días, Jaime.

Defarge se detuvo como asombrado y lo miró.

—Buenos días, Jaime —repitió el espía con menos seguridad en la voz.

—Se engañá, señor —contestó el tabernero.— Me confunde con otro. No me llamo así, sino Ernesto Defarge.

—Es lo mismo —exclamó el otro— Buenos días.

—Buenos días —contestó el otro secamente.

—Decía a la señora, con quien tuvo el gusto de conversar cuando entró, que, según me han dicho, reina, y no es extraño, mucha compasión y cólera en el barrio por la triste suerte del pobre Gaspar.

—Nadie me ha dicho eso —dijo Defarge moviendo la cabeza.— No sé nada de lo que me cuenta.

Dichas estas palabras pasó a la parte opuesta del mostrador, junto a su mujer. El espía vació su vasito de coñac y pidió otro. Se lo sirvió la señora Defarge y reanudó la labor tarareando una canción.

—Parece que conoce este barrio mejor que yo —observó Defarge.

—No, pero deseo conocerlo, pues me inspiran mucha lástima sus míseros habitantes.

—¡Ya! —murmuró Defarge

—El placer de conversar con usted, señor Defarge, me recuerda —prosiguió el espía— qué he tenido el honor de conocer algunos hechos con los cuales estáis relacionado.

—¿De veras? —preguntó Defarge con indiferencia.

—Así es. Cuando pusieron en libertad al doctor Manette, usted, antiguo criado suyo, se hizo cargo de él. Le fue confiado. Ya ve que estoy informado de ello.

—Es verdad —contestó Defarge, avisado por un ligero codazo de su mujer de que liaría mejor en contestar aunque fuese brevemente.

—A usted acudió su hija y de su casa se llevó a su padre, acompañada por un caballero... uno que llevaba peluca. Sí, se llamaba Lorry... del Banco Tellson y Compañía, de Londres.

—Así fue, en efecto.

—Son recuerdos muy interesantes —prosiguió el espía.— Yo he conocido en Inglaterra al doctor Manette y a su hija.

—¿Sí?

—¿No tiene noticias de ellos?

—No, ninguna –contestó Defarge.

—Pues ahora la señorita está a punto de casarse.

—Es raro que no se haya casado antes —observó la señora Defarge. Era bastante bonita para eso. Pero ustedes los ingleses son muy fríos.

—¿Cómo sabe que soy inglés?

—Por su acento —contestó la señora.

El espía no pareció muy satisfecho, pero sin embargo se rió. Y después de beber el segundo vaso de coñac, añadió:

—Pues sí, la señorita Manette está a punto de casarse, pero no con un inglés, sino con uno, que como ella es francés de nacimiento. Y volviendo a Gaspar ¡pobrecillo! Fue una muerte cruel la suya. Es curioso que la señorita se case con un sobrino del señor marqués, por quien Gaspar fue izado a tanta altura. En otras palabras, se casa con el marqués actual. Pero vive desconocido en Inglaterra y allí no es marqués. Es, tan sólo, el señor Carlos Darnay. El nombre de la familia de su madre es D'Aulnais. La señora Defarge hacía calceta con la mayor rapidez, pero la noticia produjo un efecto palpable en su marido, y a pesar de sus esfuerzos, cuando trató de encender la pipa, le temblaba la mano. El espía no habría sido digno de su empleo si hubiese dejado de advertirlo o de grabarlo en su mente.

Después de haber logrado este resultado, aunque sin saber si podría serle de utilidad y en vista de que no llegaban nuevos clientes en quienes pudiera hacer otras observaciones, el señor Barsad pagó su consumación y se marchó, pero no sin decir antes que se prometía el placer de ver con alguna frecuencia al señor y a la señora Defarge. Y hasta que hubieron transcurrido algunos minutos desde su partida, el matrimonio permaneció en la misma actitud para evitar ser sorprendidos si regresaba.

—¿Crees que será verdad —preguntó el marido— lo que acaba de decir ése acerca de la señorita Manette?

—Probablemente, no —contestó la mujer;— pero puede ser cierto.

—Si lo fuera...

—¿Qué?

—Si ha de llegar el triunfo a tiempo de que lo veamos... espero; por bien de ella, que el Destino retenga a su marido lejos de Francia.

—El destino de su marido —dijo la señora Defarge — lo llevará adonde deba ir y al fin que le esté reservado. Esto es todo lo que sé.

—Pero es muy extraño que dada nuestra simpatía hacia ella y hacia su señor padre, el nombre de su marido deba quedar proscrito en este instante bajo tu mano, al lado del de ese perro infernal que acaba de dejarnos.

—Más extrañas cosas veremos cuando llegue el momento. Tengo a los dos aquí y aquí están por sus méritos. Eso basta.

Dichas estas palabras arrolló la labor que estaba haciendo y se quitó la rosa del cabello; y o bien San Antonio tuvo el presentimiento de que acababa de quitarse aquel adorno tan poco de su gusto o estaba observando su desaparición, porque poco después el Santo se atrevió a entrar y a los pocos instantes la taberna había recobrado su acostumbrado aspecto.

Por la noche, hora en que los habitantes del barrio de San Antonio salían de sus casas y se sentaban delante de las puertas, para respirar un poco, la señora Defarge, con su labor en la mano, solía ir de puerta en puerta y de grupo en grupo. Había muchas misioneras como ella que el mundo no volverá a ver. Todas las mujeres hacían calceta, procurando distraer el hambre con esta ocupación, pues de haber estado quietos aquellos flacos dedos, no hay duda de que los estómagos sentirían el hambre con mayor intensidad.

Al mismo tiempo que se movían los dedos, se movían los ojos y los pensamientos. Y a medida que la señora Defarge pasaba de un grupo a otro, trabajaban los dedos de las mujeres con mayor ardor. El señor Defarge estaba sentado a su puerta y miraba a su mujer con admiración.

—Es una mujer fuerte —se decía,— una gran mujer.

Llegó la obscuridad y se oyeron las campanas de las iglesias y el redoblar de los tambores en el patio del Palacio, pero las mujeres seguían haciendo calceta. La obscuridad las acompañaba, pero otra obscuridad se avecinaba, en que las campanas de las iglesias, que entonces resonaban alegremente, serían fundidas para convertirlas en cañones; en que los tambores redoblarían para ahogar una débil voz, aquella noche tan potente como la voz del Poder, de la Abundancia, de la Libertad y de la Vida. Todo eso empezaba a rodear a las mujeres que, sentadas, se ocupaban en hacer calceta, así como ellas rodearían una estructura no construida todavía, y junto a la cual harían calceta sin parar, en tanto que contaran las cabezas que iban cayendo.

CAPÍTULO XVII: UNA NOCHE

Nunca se puso el sol con más brillante gloria en el rincón de Soho que una tarde memorable en que el doctor y su hija estaban sentados bajo el plátano, ni la luna se levantó más brillante que aquella noche, para encontrarlos sentados debajo del árbol.

Lucía iba a casarse al día siguiente y se disponía a pasar aquella última noche de soltera al lado de su padre.

—¿Eres feliz, padre mío?

—Completamente, hija mía.

Poco se habían dicho, aunque hacía ya rato que estaban allí. Mientras hubo luz para trabajar, Lucía no se dedicó a sus labores ni leyó para su padre, como solía hacer, pues aquel día no era como los demás y no podía dedicarse a las mismas cosas.

—Yo también soy feliz esta noche, padre querido. Soy feliz con el amor que el Cielo ha bendecido... el mío por Carlos y el de Carlos por mí. Mas si mi vida no hubiera de ser consagrada a vos y mi casamiento hubiese de separarnos, aunque no mediaran entre ambos más que algunas calles, me sentiría en extremo desdichada.

Y a la luz de la luna, la joven apoyó su cabeza en el pecho de su padre.

—¡Querido padre! —exclamó.— ¿Estás seguro de que los nuevos afectos que voy a crearme no se interpondrán entre nosotros?

—Completamente, hija mía. Por el contrario, creo que el porvenir será más feliz para todos.

—Si pudiera esperarlo así, padre...

—Puedes estar segura, hija querida. Es lo más natural. Tú, que eres joven aún, no puedes formarte idea de la ansiedad que ha de sentir un padre por el porvenir de su hija. Y aunque viviéramos como hasta aquí, dedicados el uno para el otro, no podría yo ser feliz si sabía que la dicha de mi hija no era completa.

—Habría continuado siendo feliz, padre, si nunca en la vida hubiese visto a Carlos.

—En eso te equivocas. De no haber sido Carlos, sería otro. Y si no hubiese sido otro, la culpa la tendría yo y, en tal caso, el período sombrío de mí vida habría proyectado su sombra más allá de mí mismo, cayendo sobre ti.

Dichas estas palabras abrazó a su hija y poco después entraron en la casa. A la boda no asistirían más invitados que el señor Lorry, y la única doncella de honor que tendría Lucía era la flaca señorita Pross. El casamiento no había de ocasionar cambio alguno en su residencia, pues se limitaron a alquilar el piso superior, que hasta entonces había ocupado un vecino invisible.

Aquella noche, mientras cenaban, el doctor estuvo bastante alegre. A la mesa eran tres: él, su hija y la señorita Pross. El doctor lamentó que Carlos no estuviese con ellos, pero bebió cordialmente a su salud.

Llegó la hora de dar las buenas noches a Lucía y se separaron, pero en el silencio de las tres de la madrugada la joven, sintiendo ciertos temores, descendió nuevamente la escalera y entró en la habitación de su padre. Pero todo estaba en su sitio y el doctor dormía tranquilo; la joven observó unos instantes aquel hermoso rostro surcado por las arrugas de los sufrimientos y rogó fervientemente que le fuera concedido ser tan fiel a su padre como deseaba. Luego lo besó en los labios y salió de la estancia.

CAPÍTULO XVIII: NUEVE DÍAS

Brillaba esplendoroso el día de la boda, y todos estaban aguardando en la parte exterior de la estancia en que se había encerrado el doctor para hablar con Carlos Darnay. Estaban preparados para ir a la iglesia, la hermosa novia, el señor Lorry y la señorita Pross, la cual no podía dejar de pensar que el novio no debía de haber sido Carlos Darnay, sino su hermano Salomón.

—¿Para esto —exclamó el señor Lorry después de dar vueltas en torno de la hermosa novia para verla por todos lados,— para esto le traje a través del Canal? ¡Dios mío!

¡Cuán poco pude adivinar lo que estaba haciendo! ¡Y qué poco valor daba al favor que hacía a mi amigo Carlos Darnay!

—¿Cómo podía figurárselo? —exclamó la señorita Pross—. No digá tonterías.

—¿De veras? Bueno, no lloréis —contestó el cariñoso señor Lorry.

—No lloro —contestó la señorita Pross.— Usted sí que llora.

—¿Yo?

—Hace poco que estaba llorando, no lo niegue —contestó la señorita Pross.— Además, el regalo de un servicio de plata como el que ha hecho, es capaz de hacer llorar a cualquiera. No hay una sola cuchara o tenedor en la colección sobre los que yo no haya derramado lágrimas.

—Lo agradezco mucho —contestó el señor Lorry— aunque nunca tuve la intención de que nadie se conmoviera a tal extremo al ver ese regalo modesto. Y esta ocasión me hace pensar en lo que he perdido. ¡Dios mío! ¡Cuando pienso en que hace cincuenta años, por lo menos, que podría haber una señora Lorry!

—De ninguna manera —contestó la señorita Pross.

—¿Por qué?

—¡Bah!, Cuando estaba en la cuna ya era un solterón.

—Es muy probable —contestó el señor Lorry arreglándose y ajustándose la peluca.

—Y ya fuiste cortado en el patrón de los solterones.

—Es verdad, aunque tendrían que haberme consultado antes. Pero no hablemos más de eso. Ahora, mi querida Lucía —dijo rodeando el talle de la joven con su brazo,— oigo movimiento en la estancia vecina, y tanto la señorita Pross como yo, que somos personas de negocio, queremos decirle algo que conviene que sepa. Deje a su padre en manos tan cariñosas como las suyas propias. Se le cuidará extremadamente; durante la próxima quincena, mientras estará en su viaje de boda, hasta el mismo Banco Tellson será olvidado, si es preciso, para que nada falte a su padre. Y cuando éste vaya a reunirse con usted y con su marido, para viajar durante otra quincena por el País de Gales, verá que llega a su lado en perfecto estado Y feliz. Déjeme, querida, que la bese y que le dé la bendición de un solterón, antes de que alguien venga a reclamar lo suyo.

Por un momento miró el lindo rostro y luego aproximó la dorada cabeza a su peluca con tal delicadeza y cariño, que si estas cosas eran pasadas de moda, por lo menos eran tan antiguas del tiempo de Adán.

Se abrió la puerta de la vecina estancia y salieron el doctor y Carlos Darnay. El primero estaba mortalmente pálido, al revés de cuando entró en la estancia, pero la expresión de su rostro no parecía haber sufrido alteración alguna. Dio el brazo a su hija y con ella bajó la escalera para subir al carruaje que alquilara el señor Lorry en honor de la fiesta. Los demás siguieron en otro vehículo, y en breve, en una iglesia del barrio, sin ojos extraños que los miraran, Carlos Darnay y Lucía Manette quedaron unidos en matrimonio.

Además de las lágrimas que brillaban en los ojos de algunos de los circunstantes, en la mano de la novia resplandecían algunos brillantes magníficos que salieron de la obscuridad de los bolsillos del señor Lorry. Todos los concurrentes a la boda volvieron a la casa para almorzar y la fiesta transcurrió apacible. También, a su debido tiempo, el cabello dorado que se confundiera con los blancos mechones en la buhardilla de París, se confundieron nuevamente con ellos en el umbral de la puerta y en el momento de la despedida.

Fue muy triste, aunque no larga. Pero el padre dio ánimos a su hija, y desprendiéndose de sus brazos dijo al novio:

—Llévatela, Carlos. Es tuya.

Y su temblorosa mano hizo un ademán de despedida a los novios que se alejaron en una silla de posta.

Solos se quedaron el doctor, la señorita Pross y el señor Lorry, y entonces fue cuando éste observó un gran cambio en el rostro del primero. Como se comprende, el pobre hombre se había contenido mucho, y ahora exteriorizaba la emoción que experimentara aquel día; pero lo que alarmó al señor Lorry fue advertir en su amigo la antigua mirada que animó sus ojos en la buhardilla de París, cuando estaba ocupado en hacer zapatos.

—Lo mejor será que no le digamos nada —observó el señor Lorry a la señorita Pross.— Yo he de marcharme ahora al Banco; en cuanto vuelva lo sacaremos a dar un paseo para que se distraiga y luego cenaremos juntos.

El señor Lorry tuvo que pasar dos horas en el Banco, y cuando regresó a la casa del doctor le sorprendió un ruido extraño que oyó en la habitación de su amigo.

—¡Dios mío! —exclamó alarmado.— ¿Qué es eso?

—¡Estamos perdidos! —le contestó la señorita Pross— ¿Cómo lo diremos a mi niña? El pobre no me conoce y está haciendo zapatos.

El señor Lorry trató de tranquilizarla y entró en la estancia del doctor, el cual trabajaba con el mayor entusiasmo en su labor de zapatero.

—¡Doctor Manette! ¡Mi querido doctor Manette.

El doctor lo miró un momento, extrañado y con mal humor por haber sido molestado, y luego se volvió a su trabajo.

212

Se había despojado de su levita y del chaleco y llevaba la camisa entreabierta.

Trabajaba aprisa, con el mayor entusiasmo y disgustado, al parecer, por haber sido interrumpido. El señor Lorry observó que el zapato que tenía en a mano era del mismo tamaño y forma que otras veces. El banquero tomó otro que estaba en el suelo, y preguntó para quién era.

—Es un zapato de paseo para una señorita —murmuró el doctor sin levantar los ojos.— Ya hace mucho tiempo que debería estar listo.

—Pero, doctor Manette, miradme.

El desgraciado obedeció sumiso, pero sin interrumpir su trabajo.

—¿Me conoces, querido amigo? Piénsalo bien. Esta no es su ocupación, la ocupación que le es propia. ¡Piense un poco, querido amigo!

Pero nada lo sacó de su mutismo ni lo apartó de su trabajo. Siguió silencioso, dedicado a su labor, sin hacer caso de nada que le dijeran. El único rayo de esperanza que atisbó el señor Lorry fue que el doctor miraba a veces sin que nadie se lo rogara.

Era una mirada perpleja, como si quisiera aclarar algunas dudas.

Desde luego el señor Lorry comprendió que debía ocultarse la desgracia a Lucía y también a todas las personas que conocían al doctor. Y así, de acuerdo con la señorita Pross, tomó las necesarias precauciones para dar a entender que el doctor no estaba bien del todo y que necesitaba unos días de completo descanso. Y para tranquilizar a la hija, la señorita Pross le escribiría diciéndole que habían llamado al doctor para asuntos profesionales, y haría alusión a una carta imaginaria que su padre le escribía apresuradamente por el mismo correo.

Estas medidas eran, desde luego, elementales; pero en caso de que el doctor recobrara en breve su inteligencia, el señor Lorry se disponía a tomar otra y era la de averiguar cuál era el verdadero estado del ánimo de su amigo.

Con el deseo y la esperanza de que el doctor recobrara su verdadera personalidad, el señor Lorry resolvió observarlo con la mayor atención, aunque sin darlo a entender.

Arregló lo necesario para poder estar ausente del Banco y ocupó su puesto junto a la ventana de la habitación del doctor. No tardó en darse cuenta de que era tan inútil como perjudicial hablarle, pues cuando lo hacía le excitaba aún más. Durante el primer día desistió, pues, de ello y resolvió limitarse a estar a su lado como protesta viviente y silenciosa del estado en que se hallaba su amigo. Se quedó junto a la ventana, leyendo o escribiendo y tratando de dar a entender al doctor, de cuantos modos pudo, que aquel era un lugar perfectamente libre y no un calabozo.

El doctor Manette tomó lo que le dieron para comer y para beber y siguió trabajando aquel primer día mientras se lo permitió la luz natural, aunque continuó en su labor por espacio de media hora después que el señor Lorry ya no fue capaz de leer una sola línea.

Cuando dejó a un lado la banqueta y las herramientas, el señor Lorry lo interpeló diciendo:

—¿Quiere salir?

El doctor miró al suelo, y después de unos momentos repitió en voz baja:

—¿Salir?

—Sí, a dar un paseo conmigo. ¿Por qué no?

El doctor no contestó, pero el señor Lorry pudo advertir que al sentarse con la cabeza entre las manos y los codos sobre las rodillas, parecía preocupado.

El y la señorita Pross estuvieron velándolo durante toda la noche. El doctor estuvo paseando algún tiempo antes de acostarse, mas, finalmente, se durmió. Por la mañana, no bien se hubo levantado, se dirigió a la banqueta y reanudó su trabajo.

El señor Lorry lo saludó alegremente y le habló de asuntos que el doctor conocía muy bien. No contestó, pero era evidente que escuchaba y que todo lo que oía lo dejaba muy preocupado. Luego, en presencia de la señorita Pross, habló de Lucía y de los asuntos corrientes de la familia, como si nada hubiese ocurrido, pero el doctor no tomó parte en la conversación.

Cuando obscureció de nuevo, el señor Lorry le preguntó como el día anterior:

— ¿Quiere salir conmigo, querido doctor?

—¿Salir? —repitió el pobre hombre.

—Sí, a dar un paseo conmigo. ¿Por qué no?

En vista de que no lograba arrancarle una respuesta, el señor Lorry fingió ausentarse y volvió al cabo de una hora, Mientras tanto el doctor había trasladado su sillón junto a la ventana y se quedó allí mirando al plátano, pero en cuanto volvió el señor Lorry se dirigió nuevamente a su banqueta.

El tiempo transcurría lentamente y desaparecía la esperanza del señor Lorry. Día tras día estaba más triste. Después del tercero pasó el cuarto y luego el quinto. Y siguieron los días, unos tras otros, hasta que llegó el noveno.

Menos esperanzado cada día, el señor Lorry se sentía muy triste y apesadumbrado.

El secreto estaba bien guardado y Lucía era feliz, sin sospechar el estado de su padre, pero el banquero no dejó de observar que el doctor, que había reanudado su trabajo con torpe mano, era cada día más diestro y que nunca, como en el noveno día, había trabajado con tanto entusiasmo.

CAPÍTULO XIX: UNA OPINIÓN

Derrengado por su vigilancia llena de ansiedad, el señor Lorry se quedó dormido en su puesto de observación, y a la décima mañana se sintió despertado por un rayo de sol que entraba en la estancia.

Se restregó los ojos y se puso en pie, pero creyó que aun dormía, porque al mirar a la habitación del doctor vio que la banqueta y las herramientas estaban en un rincón. El doctor leía atentamente junto a la ventana, vestido como de costumbre, y a excepción de que su rostro estaba muy pálido, nadie hubiese advertido ninguna cosa extraña en él.

Pero las dudas que sintiera el buen señor Lorry quedaron disipadas por la presencia de la señorita Pross, la cual le dirigió algunas palabras en voz baja referentes al cambio que había experimentado el doctor. Y así convinieron en que no le dirían una palabra hasta que llegase la hora de la comida y que entonces el banquero se presentaría al doctor como si nada hubiera ocurrido.

En efecto, el señor Lorry se presentó a la hora de comer; llamaron al doctor como de costumbre y éste acudió al comedor.

El señor Lorry, deseoso de no alarmar a su amigo, dio a entender en la conversación que el matrimonio de Lucía había tenido lugar el día anterior, pero luego hizo una ligera alusión al día en que se hallaban de la semana, y eso pareció intranquilizar al doctor.

Pero, por lo demás, estuvo tan sereno y apacible como de costumbre y el señor Lorry resolvió llevar a cabo el plan que se había trazado.

Una vez se quedaron solos, el banquero dijo a su amigo:

—Mi querido Manette, deseo conocer su opinión confidencial acerca de un caso muy curioso que me interesa sobremanera.

El doctor miró sus manos, manchadas por su reciente trabajo, y pareció dispuesto a escuchar con la mayor atención.

—Se trata de un querido amigo mío, doctor Manette— continuó el señor Lorry.— Por eso busco su consejo en beneficio de él y de su hija... pues tiene una hija, querido doctor.

—Si no me equivoco —dijo el doctor en voz baja — se trata de algún choque mental...

—Precisamente.

—Hágame el favor de darme toda clase de detalles.

El señor Lorry observó que su amigo le entendía perfectamente y continuó diciendo:

—En efecto, mi querido Manette, mi amigo sufrió un choque mental hace ya mucho tiempo, choque que afectó su mente. No sé cuánto tiempo estuvo sufriendo su desgracia; porque mi amigo lo ignora por completo. El caso es que se repuso, aunque mi amigo ignora cómo, pero ha llegado a ser un hombre normal, inteligente, capaz, de dedicarse a trabajos intelectuales y de aumentar sus conocimientos, que ya eran notables. Pero, por desgracia, ha habido... una ligera recaída.

—¿De qué duración? —preguntó el doctor en voz baja. —De nueve días con sus noches.

—¿Qué hizo vuestro amigo en ese tiempo? Si no me equivoco haría lo mismo que cuando había perdido su inteligencia.

—Precisamente.

—¿Lo vio, antiguamente, dedicado a la misma ocupación?

—Una vez tan sólo.

—¿Observó si hacía lo mismo en su recaída?

—Creo que obraba exactamente de la misma manera.

—Me ha hablado de su hija. ¿Está enterada de la recaída?

—No. Se le ha ocultado por completo y creo que no lo sabrá nunca. Solamente estamos enterados yo y una persona en la que puedo fiar por completo.

—Ha obrado perfectamente —dijo el doctor estrechando la mano de su amigo.

—Ahora bien, mi querido Manette, ya sabe que soy hombre de negocios y, por lo tanto, incapaz de ver claro en asuntos tan difíciles.

Necesito su consejo y su opinión acerca de las causas que originaron esta recaída. ¿Cree que haya peligro de que sobrevenga otra? ¿Podría evitarse? ¿En caso de que ocurriera a pesar de todo, cómo puede tratarse? ¿Qué puedo hacer en obsequio de mi amigo? Probablemente con vuestra sagacidad, vuestros conocimientos y vuestra inteligencia, podréis darme el remedio que busco.

—Creo muy probable —dijo el doctor después de ligera pausa— que vuestro amigo temía ya la recaída.

—¿Lo cree así?

—En efecto. No puede tener idea del peso que en la mente del enfermo tienen esos temores y de cuán difícil es obligarles a hablar del motivo de su preocupación.

—¿No cree que sería para él un alivio confiarse en otra persona?

—Es probable, pero ya le he dicho que casi no es posible que se decida a ello.

—¿Y a qué puede atribuir su ataque? —preguntó el señor Lorry.

—Desde luego se puede atribuir a que despertaron los recuerdos que fueron causa de su enfermedad. El paciente trataría de resistir, pero no le fue posible conseguirlo.

—¿Cree que mi amigo puede recordar lo que hizo durante su recaída? El doctor meneó la cabeza y miró a su alrededor. Luego contestó:

—Absolutamente nada.

—Veamos ahora, mi querido doctor, cuál es vuestra opinión acerca del porvenir.

—Tengo las más firmes esperanzas acerca de él. Ya que el Cielo quiso que recobrase la lucidez tan pronto, crea que ha pasado lo peor para él.

—Perfectamente. No sabes cuánto me contenta eso. Pero quisiera conocer vuestra opinión acerca de otros dos puntos.

—Le escucho.

—El primero es el siguiente: Mi amigo es hombre muy estudioso, enérgico y trabaja constantemente para adquirir nuevos conocimientos en su carrera. ¿No cree que trabaja demasiado?

—No lo creo. Probablemente es mejor que su mente esté siempre ocupada. Y creo que más bien le conviene el estudio y el trabajo.

—El segundo punto que deseo consultarle es éste: La ocupación que reanudó mi amigo en su ataque, del que felizmente se ha repuesto, es... la de herrero, eso es, de herrero. En sus tiempos de desgracia tenía la costumbre de trabajar en una pequeña forja, y mientras duró su recaída volvió, a trabajar en ella. ¿No cree que hace mal conservándola a su lado?

El doctor no contestó, pero se pasó la mano por la frente.

—Siempre la ha tenido en su habitación —continuó el señor Lorry. ¿No sería mejor que la tirase de una vez?

El doctor no contestó inmediatamente, pero luego dijo:

—Es muy difícil explicar ciertas cosas. El pobre enfermo había deseado tanto, en un tiempo, que se le dejara trabajar, para olvidar con el trabajo el dolor que lo agobiaba, que, sin duda, no se ha resuelto a alejar de sí lo que tanto consuelo le dio durante largos años de dolor. Y aun ahora, ya restablecido, al pensar en la posibilidad de que necesitara ocuparse en el mismo trabajo sin hallar las necesarias herramientas, siente terror comparable solamente al que causaría a cualquiera el verse separado de su hija.

—Perdóneme si insisto, pero ¿no cree que la conservación de esas herramientas contribuye al recuerdo de las ideas con ella relacionadas?

El doctor guardó silencio, pero a los pocos instantes dijo: —Hágase cargo de que se trata de un antiguo amigo.

—A pesar de eso, creo que mi amigo hace muy mal en conservar esos objetos — exclamó el señor Lorry con mayor firmeza al advertir que se debilitaba la resolución del doctor.— Estoy seguro de que le es perjudicial y que por el amor de su hija debería separarse de ellos.

—Por el amor de su hija puede autorizarse que se los quiten — contestó el doctor después de dudar un poco;— pero yo, en su lugar, no me llevaría la fragua y las herramientas mientras él estuviera presente. Quítelo todo cuando él no esté.

El señor Lorry se conformó y así terminó la conferencia. Pasaron un día en el campo y el doctor acabó de restablecerse. Pasó muy bien los tres días siguientes y al cuarto marchó a reunirse con Lucía y su marido. El señor Lorry le había explicado ya las precauciones que se tomaron para ocultar su estado, y así Lucía no pudo sospechar cosa alguna.

Por la noche del día en que el doctor salió de Londres, el señor Lorry se encaminó a la habitación del padre de Lucía, provisto de una cuchilla, de una sierra, de un formón y de un martillo, escoltado por la señorita Pross que llevaba una luz. Y allí, después de haber cerrado la puerta y con el mayor misterio, como si se dispusieran a cometer un crimen, el señor Lorry destrozó la banqueta, alumbrado por la señorita Pross. Luego quemaron las astillas en la cocina y las herramientas y los zapatos fueron enterrados en el jardín. Y tanto el señor Lorry como la señorita Pross, mientras estaban ocupados en su tarea, llegaron a creerse, y casi a parecer cómplices de un crimen horrible.

CAPÍTULO XX: UNA SÚPLICA

Cuando regresaron los recién casados de su viaje, la primera persona que acudió a felicitarles fue Sydney Carton. No parecía haber mejorado de traje, de ademanes ni de aspecto, pero se advertía en él cierta expresión de fidelidad que llamó la atención de Carlos Darnay.

Sydney aprovechó la primera oportunidad para hablar a solas con Carlos, y en cuanto lo hubo llevado al hueco de una ventana le dijo:

—Señor Darnay, tengo los mayores deseos de que seamos amigos.

—Me parece que lo somos ya contestó Darnay.

—Es lo bastante amable para contestarme así, pero no deseo oír de sus labios palabras de pura fórmula. Lo que deseo es lograr su amistad sincera y verdadera.

—Casi no lo comprendo —le contestó Carlos sonriendo.

—Es difícil darme a entender —dijo Sydney,— pero voy a intentarlo. ¿Se acuerda de cierta ocasión en que yo estaba más borracho que de costumbre?

—Recuerdo una ocasión en que me obligó a confesar que había bebido algo más de la cuenta.

—También yo me acuerdo. Pues bien, en aquella ocasión estuve insufrible acerca de si me era simpático o no. Quisiera rogarle que olvidara todo aquello.

—Hace tiempo que lo olvidé.

—¡Vuelta a las amabilidades de pura fórmula! Yo no me olvido con esa facilidad, y una respuesta ligera como la que acabáis de darme no ha de contribuir a que olvide.

—Le ruego que me perdone si mi respuesta le pareció ligera —contestó Carlos Darnay—. Creo que es una cuestión que no vale la pena, aunque a usted parece importarle mucho. Le repito, a fe de caballero, que hace mucho tiempo que había olvidado tal cosa, lo cual no tiene gran mérito, porque aquel día me hizo un favor inmenso.

—En cuanto a ese favor inmenso —replicó Carton— debo confesarle que lo hice tan sólo para lucirme profesionalmente, pero nada me importaba lo que pudiera ser de usted.

—Hace ligera mi obligación —dijo Darnay,— pero no vamos a disputar acerca de su respuesta ligera.

—Es la verdad, señor Darnay. Se lo aseguro. Pero me he desviado de mi propósito. Hablaba de mi deseo de que seamos amigos. Ya me conoce; sabe que soy incapaz de cualquiera cosa noble y elevada, y si lo duda pregunte a Stryver.

—Siempre he preferido formar mis opiniones por mí mismo.

—Perfectamente. Ya sabe que soy un perro vicioso que jamás ha hecho bien alguno ni lo hará.

—No estoy muy seguro de que "no lo harás".

—Se lo aseguro. Pero vamos al asunto. Si puede soportar a una persona tan indigna como yo y permite que venga a su casa de vez en cuando, para entrar y salir cuando me convenga y que se me considere sencillamente como un mueble o algo por el estilo, me consideraré feliz. Puedo añadir que no abusaré de vuestro permiso y estoy seguro de que no os molestaré cuatro veces por año, aunque me gustaría saber que abuso.

—Pruébelo.

—Es un modo de decirme que me concedes lo que pido. Muchas gracias, Darnay.

¿Me permites que use de ese permiso?

—Desde ahora estas autorizado.

Se estrecharon las manos y Sydney se alejó de Darnay.

Un minuto después era, exteriormente, tan insubstancial como siempre.

Cuando estuvo Carlos Darnay habló al doctor, al señor Lorry y a la señorita Pross, de su conversación con Sydney, al que calificó de indiferente y de atolondrado y aunque no se refirió a él con amargura ni con dureza, expresó el sentir de cada uno acerca de aquel hombre. Desde luego Darnay no tenía idea de que Sydney pudiera existir en la mente de su joven y bella esposa, pero cuando se reunió con ella en sus habitaciones particulares, la encontró, en apariencia, preocupada.

—¿Qué tienes? —le preguntó Darnay, rodeándole el talle con su brazo.— ¿Estás preocupada?

—Sí, querido Carlos —contestó la joven.— Tengo algo que decirte.

— ¿Qué es ello?

— ¿Quieres prometerme no preguntarme si te ruego que no lo hagas?

—Te lo prometo.

—Creo, Carlos, que el pobre señor Sydney Carton merece más consideración y respeto del que has expresado esta noche.

—¿De veras, querida mía? ¿Por qué?

—Te ruego que no me lo preguntes, pero te aseguro que es así como te digo.

—Si lo sabes ya es bastante. ¿Qué quieres que haga, vida mía?

—Te ruego que seas siempre generoso, con él y que disculpes sus faltas cuando no esté con nosotros. Te ruego que creas que posee un corazón que pocas veces se revela y que está cubierto de profundas heridas. Créeme, querido mío, que lo he visto sangrando.

—Me duele —contestó Carlos asombrado— haberle tratado mal. Pero nunca me figuré eso de él.

—Pues así es. Temo que no hay esperanza de que pueda corregirse, pero estoy segura de que es capaz de hacer cosas nobles, buenas y hasta magnánimas.

Estaba tan hermosa en la pureza de su fe en aquel hombre perdido, que su marido no se habría cansado de contemplarla.

—Y además, amor mío —añadió reclinando su hermosa cabeza en el pecho de su marido,— piensa en cuánta es nuestra felicidad y cuán desgraciado es él en su miseria.

Esta súplica llegó al corazón de Carlos, que exclamó:

—Siempre me acordaré de eso, amor mío. Lo tendré presente mientras viva.

Se inclinó sobre la dorada cabeza, besó los labios rosados de su esposa y la estrechó entre sus brazos. Y si un paseante nocturno, que recorría entonces las obscuras calles, pudiera haber sido testigo de aquella inocente súplica, o viera las lágrimas de conmiseración que besaba su marido en los suaves y azules ojos tan amantes, habría exclamado —y tales palabras no saldrían por vez primera de sus labios:

—¡Dios la bendiga por su dulce compasión!

CAPÍTULO XXI: PASOS QUE REPITE EL ECO

El rincón de la calle en que vivía el doctor era maravilloso por los ecos que repetía.

Mientras se ocupaba activamente en retorcer el hilo de oro que unía a su marido, a su padre, a sí misma y a su antigua ama y compañera, en una vida dichosa y tranquila, Lucía estaba sentada en el sonoro rincón escuchando el eco de los pasos del tiempo.

Al principio, a pesar de ser una esposa feliz, muchas veces se le caía la labor del regazo y se nublaban sus ojos. Porque algo llegaba a sus oídos con los ecos, algo ligero y muy lejano, apenas audible, que estremecía su corazón. Eran esperanzas y dudas, dudas de permanecer en la tierra, de gozar de aquella nueva delicia. Entre los ecos oía, a veces, el ruido de pasos sobre su temprana tumba y pensaba en el esposo que se quedaría desolado y que tanto la lloraría. Y estas ideas hacían que el llanto acudiese a sus ojos y se echaba a llorar.

Pasó aquel tiempo y en su regazo descansaba la pequeña Lucía. Luego entre los ecos se oían los pasos de sus piececitos y el rumor de sus balbuceos infantiles. Y Lucía siempre ocupada en retorcer el hilo de oro que los reunía a todos, en los ecos de los años oía solamente sonidos amistosos. El paso de su marido era fuerte y próspero; el de su padre firme e igual y el de la señorita Pross despertaba los ecos como un indómito corcel que sufre el castigo de la fusta y que relincha y patea.

Y hasta cuando se oían ruidos tristes, no eran crueles ni despiadados. Cuando una cabellera dorada, como la suya propia, descansaba en una almohada, en torno del rostro pálido de un niño que con radiante sonrisa dijo: "Querido papá y querida mamá, mucho siento tener que dejaros a vosotros y a mi hermanita; pero me llaman y he de marcharme", no fueron lágrimas de agonía las que mojaron las mejillas de la madre cuando de entre sus brazos huyó el alma que le había sido confiada. Con el rumor de las alas de un ángel se confundieron otros que no eran por completo terrestres, pues contenían un aliento celestial. Suspiros de los vientos que soplaban sobre una pequeña tumba llegaban a oídos de Lucía, en tanto que su hijita estudiaba con seriedad cómica las lecciones de la mañana o vestía una muñeca charloteando en la lengua de las dos ciudades que se habían combinado en su vida.

Raras veces repetían los ecos los pasos reales de Sydney Carton. A lo sumo seis veces al año iba a ejercitar su derecho de llegar a la casa sin ser invitado y sentarse entre ellos en la velada. Nunca llegó allí cargado de vino.

En cuanto al señor Stryver, se franqueaba el paso a través de las leyes, como poderosa nave de vapor que cruza por las turbias aguas y arrastraba a su amigo en su camino como aquélla arrastra un bote por la estela que va dejando.

Stryver era rico; se había casado con una hermosa viuda que tenía extensas propiedades y tres hijos, que no tenían de particular otra cosa que las púas aceradas que cubrían sus cabezas a guisa de cabello.

Esos tres personajes echaron a andar ante Stryver, que exudaba la más ofensiva protección por todos sus poros, en dirección a la casita de Soho, donde fueron ofrecidos al esposo de Lucía como discípulos, en tanto que Stryver decía con la mayor delicadeza:

—Aquí os traigo tres pedazos de pan con queso para aumentar el almuerzo matrimonial, Darnay.

La cortés negativa a aceptarlos irritó sobremanera al señor Stryver, quien, en adelante, contribuyó a la educación de aquellos caballeritos, poniéndoles en guardia contra el orgullo de los mendigos como aquel profesor. También tenía la costumbre de referir a su esposa, cuando estaba cargado de vino, las artimañas de que se valió la señora Darnay para "pescarle" y de las habilidades de que tuvo que valerse para no ser "pescado". Algunos de sus compañeros de profesión le excusaban diciendo que lo había referido tantas veces que acabó por creerlo. Estos eran, entre otros, los ecos que Lucía escuchaba, a veces pensativa y otras divertida, hasta que su hija tuvo seis años. Inútil es decir cuán cerca de su corazón resonaban los ecos de los pasos de su hija, de su padre y de su marido.

Pero había otros ecos distintos que rugían amenazadores. En el sexto cumpleaños de Lucía empezaron a ser espantosos, como si se desencadenara una gran tempestad en Francia y los mares se alborotaran.

Una noche, a mediados de julio de mil setecientos ochenta y nueve, el señor Lorry llegó algo tarde, desde el Banco Tellson, y se sentó al lado de Lucía y de su marido, junto a la obscura ventana. Hacía mucho calor, la noche era pesada y todos recordaron la de aquel domingo en que vieran relampaguear desde el mismo sitio.

—Empiezo a creer —dijo el señor Lorry echándose la peluca hacia atrás — que pronto tendré que pasar la noche en el Banco. Tenemos tanto que hacer que no sabemos siquiera por dónde empezar. Parece que en París cunde la intranquilidad y que todo el mundo se apresura a testimoniar su confianza en nosotros. Nuestros clientes parece que no vean el momento de confiarnos su fortuna. Positivamente, entre muchos de ellos reina la manía de mandar dinero a Inglaterra.

—Esto es un mal síntoma —dijo Darnay.

—Es cierto, aunque no conocernos la causa. La gente apenas raciocina.

—Sin embargo, ya sabéis cuán cargado y amenazador está el cielo.

—Lo sé. Naturalmente —dijo el señor Lorry tratando de convencerse a sí mismo de que estaba de mal humor,— pero deseo pelearme con alguien después de trabajar tanto.

¿Dónde está Manette?

—Aquí —dijo el doctor entrando.

—Me complace que estéis en casa, porque las prisas y los presentimientos de todo el día me han puesto nervioso sin motivo. ¿Vais a salir?

—No, pero voy a jugar al chaquete con vos, si queréis —contestó el doctor.

—No tengo ganas esta noche. ¿Está el té dispuesto, Lucía? No puedo verlo con tan poca luz.

—Se os ha guardado.

—Gracias, querida. ¿Está dormida la niña?

—Profundamente.

—Así me gusta, que todos estén en casa y en buena salud. Estoy preocupado, a causa del mucho trabajo del día. Ya no soy joven.

Mientras aquellos amigos estaban sentados en la casa de Soho, resonaban en París y en el barrio de San Antonio ruido de pies alocados y peligrosos que penetran a la fuerza en la vida de cualquiera y que son difíciles de limpiar si alguna vez se tiñen de rojo.

Aquella mañana San Antonio se vio invadido por una masa de gente miserable que iba de una parte a otra, sobre cuyas cabezas ondulantes brillaba, a veces, la luz al reflejarse en los sables y las bayonetas. Tremendo rugido surgía de la garganta de San Antonio, y se agitaba en el aire un verdadero bosque de armas desnudas, como ramas de árboles sacudidas por el viento invernal; todos los dedos oprimían con fuerza un arma o cualquier cosa que sirviera de tal.

Nadie habría podido decir quién se las daba ni de dónde procedían; pero en breve se distribuyeron mosquetes, cartuchos, pólvora y balas, barras de hierro y de madera, cuchillos, hachas, picas y toda arma que se pudiera encontrar o imaginar. Y los que no tenían otra cosa se dedicaban con ensangrentadas manos a sacar de las paredes las piedras y los ladrillos. Todos los corazones, en San Antonio, latían con el apresuramiento de la fiebre, y todo ser que tenía vida estaba dispuesta a sacrificarla.

Así como un remolino de agua hirviente tiene su vorágine, así aquel remolino humano tenía su centro en la taberna de Defarge, y cada una de las gotas humanas que había en el monstruoso caldero mostraba tendencia a dirigirse hacia el punto en que se hallaba Defarge, sucio de sudor y de pólvora, que daba órdenes, entregaba armas, hacía avanzar a unos y retroceder a otros, desarmaba a uno para armar a otro y trabajaba como un endemoniado en lo más espeso de aquella confusión.

—¡Ponte cerca de mí, Jaime Tres! —gritó Defarge;— y vosotros, Jaime Uno y Jaime Dos, separaos o poneos a la cabeza de tantos patriotas como os sea posible. ¿Dónde está mi mujer?

—¡Aquí! —le gritó su esposa siempre tranquila aunque sin estar entregada a su labor de calceta. La decidida mano derecha de aquella mujer tenía asida un hacha y en su cintura llevaba una pistola y un cuchillo.

—¿Adónde vas, mujer?

—Ahora contigo —le contestó ella.— Luego ya me verás a la cabeza de las mujeres.

—¡Ven, pues! —exclamó Defarge con fuerte voz.— ¡Ya estamos listos, patriotas y amigos! ¡A la Bastilla!

Con un rugido como si, al oír la detestada palabra, resonaran todas las voces de Francia, se levantó aquel mar viviente, y sus numerosas oleadas se extendieron por parte de la ciudad. Se oían campanadas de alarma, redoblar de tambores y aquel mar alborotado empezó el ataque.

Profundos fosos, doble puente levadizo, macizos muros de piedra, ocho enormes torres, cañones, mosquetes, fuego y humo... A través del fuego, y del humo, en el fuego y en el humo, porque aquel mar lo arrojó contra un cañón, y en un instante se convirtió en artillero, Defarge, el tabernero, trabajó como valeroso soldado por espacio de dos horas. Profundo foso, un solo puente levadizo, macizos muros de piedra, ocho grandes torres, cañones, mosquetes, fuego y humo... Cae un puente levadizo. ¡Animo, camaradas! ¡Animo, Jaime Uno, Jaime Dos, Jaime Mil, Jaime Dos Mil, Jaime Veinticinco Mil! ¡En nombre de los ángeles o de los diablos, como queráis! ¡Animo!

Así gritaba Defarge, el tabernero, junto a su cañón, que estaba ya rojo.

—¡A mí las mujeres!— gritaba Madame Defarge: ¡Cómo! ¿No podremos matar como los hombres cuando haya caído la plaza?

Y acudían a su lado gritando numerosas mujeres diversamente armadas, pero todas iguales por el hambre y la sed de venganza que las animaba.

Cañones, mosquetes, fuego y humo... pero aun resistían el profundo foso, el puente levadizo, los macizos muros de piedra y las ocho enormes torres. En el mar que atacaba se veían pequeños desplazamientos originados por los heridos que caían. Chispeantes armas, antorchas ardientes, carros humeantes llenos de paja húmeda, enormes esfuerzos junto a las barricadas, gritos, maldiciones, actos de valor, estruendos, chasquidos y los furiosos rugidos del viviente mar; pero aun resistían el profundo foso, el puente levadizo, los macizos muros de piedra y las ocho enormes torres; no obstante, Defarge, el tabernero, seguía disparando su cañón doblemente enrojecido por el incesante fuego de cuatro horas.

Una bandera blanca desde dentro de la fortaleza y un parlamentario... apenas visible entre aquella tempestad y por completo inaudible. De pronto el mar se encrespó y arrastró a Defarge, el tabernero, sobre el tendido puente levadizo, lo hizo pasar más allá de los macizos muros de piedra, entre las ocho enormes torres que se habían rendido.

Tan irresistible era la fuerza del océano que lo arrastraba, que, para él, era tan impracticable respirar como volver la cabeza, como si hubiera estado luchando contra la resaca del mar del Sur, hasta que, por fin, se vio dentro del patio exterior de la Bastilla.

Allí, apoyado en una pared, hizo un esfuerzo para mirar a su alrededor. Cerca de él, estaba Jaime Tres, y la señora Defarge, capitaneando a algunas mujeres, se hallaba a poca distancia empuñando el cuchillo. El tumulto era general, reinaba la alegría, la estupefacción y se oía un ruido espantoso.

—¡Los presos!

—¡Los registros!

—¡Los calabozos secretos!

—¡Los instrumentos de tortura!

—¡Los presos!

Entre estos gritos y otras mil incoherencias, el grito más general entre aquel mar de cabezas era el de: "¡Los presos!" Cuando penetraron los más en el interior de la fortaleza, llevando consigo a los oficiales, y amenazándolos de muerte inmediata si dejaban de mostrarles el más pequeño rincón, Defarge dejó caer su fuerte mano sobre el pecho de uno de aquellos hombres, ya de alguna edad, que sostenía una antorcha encendida, lo separó del resto y lo acorraló contra la pared.

—¡Llévame a la Torre del Norte! —ordenó.— ¡Vivo!

—Con mucho gusto —contestó el hombre,— si queréis acompañarme. Pero no hay nadie allí.

— ¿Qué significa "Ciento cinco, Torre del Norte? —preguntó Defarge— ¡Contesta!

—¿Que qué significa?

—¿Se refiere a un hombre o a un calabozo? ¿Quieres que te mate?

—¡Mátale! —gritó Jaime Tres que se había acercado.

—Señor, es un calabozo.

—¡Enséñamelo!

—Venid por aquí.

Jaime Tres, evidentemente desilusionado por el giro que tomaba, el diálogo y que no hacía presumir que hubiera sangre, cogió el brazo de Defarge mientras éste asía al carcelero. En aquellos momentos los tres habían estado con las cabezas juntas, pero ni aun así habrían podido oírse, tan tremendo era el ruido de aquel océano viviente cuando hizo irrupción en la fortaleza e inundó los patios, los pasadizos y las escaleras. Pero fuera el escándalo era también formidable y a veces entre los clamores de todos surgían algunos gritos más fuertes que se elevaban en el aire como chorros de agua.

A través de lóbregos corredores en que nunca había brillado la luz del día, pasando ante las horribles puertas de obscuras mazmorras y jaulas, bajando cavernosas escaleras o subiendo pendientes ásperas de piedra y de ladrillo, más semejantes a cascadas secas que a escaleras, Defarge, el carcelero y Jaime Tres, cogidos del brazo, iban con toda la rapidez posible. De vez en cuando, especialmente al principio, la inundación les cerraba el paso o los arrastraba, pero en cuanto empezaron a subir una torre se vieron solos.

Cercados entonces por el macizo, espesor de los muros y de las arcadas, se oía muy débilmente la tempestad que se desarrollaba dentro y fuera de la fortaleza, como si el ruido que antes tuvieron que soportar les hubiese destrozado los oídos.

Se detuvieron, por fin, ante una puerta baja, el carcelero puso una llave en la cerradura, se abrió la puerta lentamente y dijo cuando sus compañeros inclinaban la cabeza para entrar:

—¡Ciento cinco, Torre del Norte!

Había en lo alto de la pared una ventanita enrejada y con una especie de pantalla de piedra ante ella, de manera que solamente se pudiera ver el cielo después de echarse casi al suelo. A poca distancia había una chimenea, también cerrada por espesa reja y en el hogar se veían los restos carbonizados de un poco de leña. Había un taburete, una mesa y un lecho de paja. Las paredes estaban ennegrecidas y en una de ellas se veía una anilla de hierro oxidado.

—Pasa la antorcha, despacio, a lo largo de estas paredes, porque quiero verlas — ordenó Defarge al carcelero.

Este obedeció y Defarge siguió atentamente la luz que proyectaba sobre las paredes.

—¡Alto! ¡Mira aquí, Jaime!

—¡A. M.! —exclamó Jaime leyendo estas iniciales.

—¡Alejandro Manette! —le dijo Defarge al oído, siguiendo con el dedo el dibujo de las letras.— Y aquí escribió: "Un pobre médico." Él fue, sin duda, el que grabó un calendario en la piedra. ¿Qué llevas en la mano? ¿Una barra de hierro? ¡Dámela!

Defarge tenía aún en la mano el botafuego del cañón. Cambió este instrumento por el otro y derribando la mesa y el taburete los redujo a astillas de unos cuantos golpes.

—¡Levanta la luz! —gritó enojado al carcelero.— Mira con cuidado entre las astillas, Jaime. Toma, ahí va mi cuchillo —dijo entregándoselo.— Abre ese jergón y busca entre la paja.

¡Levanta la luz, tú! Dirigiendo una mirada amenazadora al carcelero, se echó al suelo y con la barra de hierro empezó a hacer fuerza en las rejas de la chimenea. Poco después cayó algo de mortero, y entre los huecos que aparecieron y hasta en la ceniza buscó con el mayor cuidado.

—¿No hay nada entre la madera ni entre la paja, Jaime?

—Nada.

—Hagamos un montón con todo en el centro del calabozo. Tú préndele fuego. El carcelero prendió fuego al montón, que ardió perfectamente. Luego, dejando aquella hoguera encendida, los tres hombres salieron y regresaron por el mismo camino; les parecía que iban recobrando gradualmente el sentido del oído a medida que bajaban al nivel del suelo, hasta que, por fin, se hallaron, una vez más, entre las turbulentas olas de la multitud.

Las encontraron revueltas en busca de Defarge. San Antonio gritaba y profería clamores en su deseo de que su tabernero fuese el jefe de la guardia del gobernador que defendiera la Bastilla y ordenara disparar contra el pueblo. De otra manera el gobernador no podría ir al Hôtel de Ville para ser juzgado. De otra suerte se escaparía, y la sangre del pueblo (que de pronto había adquirido algún valor, después de muchos años de no valer nada) no podría ser vengada.

Entre aquellos gritos apasionados y airados que cercaban a aquel severo y anciano oficial, a quien hacía más visible su casaca gris con adornos rojos, sólo había una persona que estuviera tranquila y era una mujer.

—¡Aquí está mi marido! —dijo señalándolo.— Este es Defarge.

Estaba inmóvil al lado del severo oficial y no se separó de él cuando ya se encontraba cerca de su destino, ni cuando las turbas empezaron a herirlo por la espalda; permaneció a su lado mientras sobre el desgraciado empezaba a caer una lluvia de cuchilladas y de golpes y a su lado continuaba cuando el pobre cayó muerto. Entonces pareció animarse, y poniéndole el pie sobre el cuello le cortó la cabeza con su cruel cuchillo. Había llegado la hora en que San Antonio se disponía a ejecutar la terrible idea de colgar hombres de los faroles para mostrar quién era él y lo que podía hacer. La sangre de San Antonio se calentaba a medida que se enfriaba la de la tiranía y del despotismo, ante los golpes asestados por el hierro, y corría por los escalones del Hotel de Ville, en donde yacía el cuerpo del gobernador, bajo la suela del zapato de la señora Defarge mientras lo tuvo aprisionado para mutilarlo.

—¡Bajad aquel farol! —exclamó San Antonio después de mirar a su alrededor en busca de nuevos instrumentos de muerte.— ¡Aquí hay uno de sus soldados que se quedará de guardia en él!

—Y el centinela se quedó balanceándose mientras el mar viviente se alejaba.

Pero en el océano de caras, en las que se representaba vívidamente toda la furia de que es capaz el hombre, había dos grupos de rostros —siete en cada uno— que contrastaban de tal manera con los restantes, que nunca el mar arrastró otros más tétricos y demacrados. Eran los rostros de siete presos, de pronto libertados por la tempestad que abrió sus tumbas, y que eran llevados a cierta altura sobre los demás.

Todos estaban atónitos, espantados y aturdidos, como si ya hubiese llegado el Día del juicio y los que los rodeaban fuesen espíritus perdidos. Otros siete rostros se veían también, a mayor altura que los de los presos, siete rostros muertos, cuyos párpados caídos y ojos medio cerrados esperaban el Día del juicio. Eran rostros impasibles, en los que la vida parecía suspendida solamente y no extinguida; rostros sumidos en temible duda, como si fueran a levantar los caídos párpados de sus ojos y se dispusieran a prestar testimonio con los exangües labios, exclamando: "¡Tú lo hiciste!"

Siete presos libertados, siete cabezas ensangrentadas, las llaves de la maldita fortaleza, de las ocho fuertes torres, algunas cartas y memoriales de antiguos presos, ya muertos o desaparecidos... y algo más por el estilo, todo eso iba con los sonoros pasos de la escolta de San Antonio a través de las calles de París, a mediados de julio de mil setecientos ochenta y nueve. ¡Quiera el Cielo alejar de la vida de Lucía Darnay el eco de aquellos pies! Porque son pies alocados y peligrosos; y como en los años tan lejanos ya, cuando se rompió un barril de vino ante la taberna de Defarge, no se limpiaban fácilmente cuando una vez se habían teñido de rojo.

CAPÍTULO XXIII: LA MAREA SUBE TODAVÍA

Solamente durante una semana de triunfo pudo el terrible San Antonio ablandar el pan duro y amargo que se comía, en la medida que le fue posible, con la alegría de abrazos fraternales y de felicitaciones, cuando ya la señora Defarge estaba sentada como de costumbre junto a su mostrador, presidiendo la reunión de los parroquianos.

La señora Defarge no llevaba ya rosa alguna en el peinado, porque en una semana la gran hermandad de los espías se había vuelto muy circunspecta y no se atrevía a confiarse a la merced del santo. Los faroles que colgaban a través de las calles tenían para ellos un balanceo siniestro.

La señora Defarge, cruzada de brazos, estaba sentada, vigilando la taberna y la calle. En ambas había algunos grupos de holgazanes, escuálidos y miserables, pero en su miseria se advertía la expresión del poderío que habían conquistado. Todas las débiles manos, que hasta entonces carecieran de trabajo, tenían ya ocupación constante en herir y matar. Los dedos de las mujeres que se dedicaran a hacer calceta, estaban ya aficionados a otra cosa, desde que sabían que podían desgarrar, Hubo un gran cambio en el aspecto de San Antonio, que permaneció invariable durante muchos siglos, pero últimamente había alterado por completo su expresión.

Todo lo observaba la señora Defarge con la complacencia propia del jefe de las mujeres de San Antonio. Una de ellas, que formaba parte de la hermandad, hacía calceta a su lado. Era gruesa y rechoncha, esposa de un tendero medio muerto de hambre y madre de dos hijos, y se había constituido en teniente de la tabernera, conquistando el halagüeño nombre de "La Venganza".

—¡Escuchen! —dijo La Venganza—. ¿Quién llega?

Como reguero de pólvora llegaron los rumores a la taberna.

—¡Es Defarge! —dijo su mujer.— ¡Silencio, patriotas!

Llegó Defarge jadeando, se quitó el gorro encarnado que llevaba y miró a su alrededor, en tanto que su mujer exclamaba:

—¡Escuchen, todos! ¡Habla, marido! ¿Qué ocurre?

—Hay noticias del otro mundo.

—¡El otro mundo! —exclamó la mujer con acento burlón.

—¿Se acuerda alguno del viejo Foulon, que dijo al pueblo hambriento que comiera hierba y que luego se murió y fue al infierno?

—Sí, lo recordamos.

—Pues hay noticias de él. Está entre nosotros.

—¿Entre nosotros? ¿Muerto?

—No está muerto. Nos temía tanto... y con razón..., que se hizo pasar por muerto y se celebró su entierro y su funeral. Pero lo han encontrado vivo, escondido en el campo, y lo han traído. Acabo de verlo en el Hotel de Vílle. Está preso. Tengo razón al decir que nos temía. Dígame, ¿tenía razón?

Habría muerto de terror aquel desgraciado pecador, de más de setenta años si hubiese podido oír el grito general que contestó a las palabras del tabernero.

Hubo un momento de silencio. Se miraron marido y mujer, La

Venganza se inclinó y se oyó el redoblar de un tambor.

—¿Estamos listos, patriotas? —exclamó el tabernero.

Instantáneamente apareció el cuchillo de la señora Defarge; el tambor redoblaba por las calles como si él y quien lo tocaba hubiesen aparecido por arte de magia; y La Venganza, profiriendo espantosos gritos y levantando los brazos, semejante, no a una, sino a cuarenta Furias, iba de casa en casa para excitar a las mujeres.

Terribles eran los hombres que, animados por la cólera, asomaban sus rostros por las ventanas asiendo las armas que estaban a su alcance, salían a la calle; pero el aspecto de las mujeres bastaba para helar la sangre del más valiente. Iban con el cabello suelto, excitándose unas a otras, hasta que enloquecían profiriendo salvajes gritos y se agitaban con descompuestos ademanes.

—¡Muera el villano Foulon que me robó a mi hermana!

—¡Maldito sea, que me robó a mi madre!

—¡A mí me quitó a una hija!

—¡El asesino que dijo al pueblo que comiera hierba!

Y, gritando y pidiendo a los hombres que les dieran la sangre del malvado Foulon, se ponían frenéticas, y después de aullar como fieras y de arañar a sus mismos amigos, rodaban por el suelo presa de convulsiones y desmayos, costando no poco a los suyos salvarlas de ser pisoteadas.

Mas no se perdió un sólo instante. Foulon estaba en el Hotel de Ville y capaces eran de dejarlo en libertad, pero eso no sería si San Antonio podía impedirlo y vengar sus sufrimientos, insultos e injusticias. Hombres y mujeres armados salieron tan aprisa del barrio que, al cabo de un cuarto de hora, no había nadie en San Antonio, excepción hecha de los viejos y de los llorosos niños.

Pronto llegaron a la sala del Hotel de Ville en que se hallaba aquel viejo, feo y malvado. Los Defarge, marido y mujer, La Venganza y Jaime Tres estaban en primera fila y a poca distancia del objeto de sus iras.

—Miren —dijo la tabernera señalando al viejo con la punta de su cuchillo.— Miren al viejo villano atado con cuerdas. Lo mejor sería atarle a la espalda un haz de hierba. ¡Ja, ja! ¡Que se la coma ahora!

Estas palabras corrieron de boca en boca y fueron del gusto general, porque todos aplaudieron. Casi inmediatamente Defarge saltó la barrera que lo separaba del viejo y lo estrechó en mortal abrazo, en tanto que su mujer, que lo había seguido, agarró una de las cuerdas que sujetaban al preso.

Enseguida se oyeron gritos de: "¡Sacadlo! ¡Colgadlo de un farol!" El desgraciado fue arrastrado hasta la calle. A veces se veía obligado a seguir de cabeza y otras se arrastraba sobre las rodillas. Numerosas manos lo golpeaban y le llenaban la boca de hierba y de paja; y así arrastrado, desgarrado, herido, jadeante y ensangrentado, aunque siempre pidiendo misericordia, fue izado al farol más cercano.

Rompióse la cuerda y cayó al suelo; por segunda vez lo izaron y nuevamente se rompió la cuerda. Lo recogieron gemebundo y la tercera vez la cuerda fue compasiva y resistió su peso; poco tardó su cabeza en ser clavada a una pica, con suficiente hierba en la boca para que San Antonio pudiera bailar de contento.

Pero la tarea del día no acabó aquí, porque tanto bailó y gritó San Antonio, que empezó a hervir su sangre, y al oír que un yerno del muerto, otro enemigo del pueblo, estaba a punto de entrar en París, escoltado por quinientos jinetes armados, fue a su encuentro, se apoderó de él, clavó su corazón y su cabeza en otras tantas picas y, llevando los tres trofeos de la jornada, organizó una alegre procesión por las calles.

Poco antes de cerrar la noche hombres y mujeres volvieron al lado de sus hijos llorosos y privados de pan. Entonces las tiendas de los panaderos se vieron sitiada por largas filas de gente que esperaba pacientemente turno para comprar pan; y mientras esperaban con los estómagos débiles y vacíos, engañaban el tiempo abrazándose unos a otros para celebrar las victorias del día y sin cesar de hablar. Gradualmente se acortaron las filas y se disiparon; entonces empezaron a brillar pobres luces en las altas ventanas y en la calle se encendieron míseras hogueras en las que los vecinos guisaban en común, para ir después a cenar ante sus puertas respectivas.

Pobres e insuficientes eran aquellas cenas, limpias de carne y de salsas que pudieran acompañar al mísero pan, mas la fraternidad humana había infundido mejor sabor en aquellas pobres viandas y encendió en ellos algunos destellos de alegría.

Padres y madres que tomaron parte activa en lo peor de la jornada jugaban cariñosamente con sus desnutridos hijos, y los enamorados, a pesar del mundo que les rodeaba, se amaban y esperaban.

Era ya casi de día cuando se retiraron de la taberna de Defarge los últimos parroquianos, y mientras el señor Defarge cerraba, la puerta, dijo a su mujer:

—¡Por fin llegó, querida!

—Sí... casi —contestó su mujer.

San Antonio dormía, los Defarge dormían y hasta La Venganza dormía al lado de su tendero medio muerto de hambre y el tambor callaba. La de éste era la única voz en San Antonio que no cambiara a pesar de la sangre y de la violencia.

CAPÍTULO XXIII: ESTALLA EL INCENDIO

Algún cambio hubo en la aldea de la fuente, de la que salía todos los días el peón caminero para sacar de las piedras de la carretera los pedazos de pan que le servían para mantener su pobre vida. La prisión del tajo ya no era tan temible como antes; la guardaban soldados, aunque no muchos y algunos oficiales tenían la misión de guardar a los soldados, pero ninguno de ellos sabía lo que harían éstos..., a excepción de que no obedecerían lo que se les ordenase.

La comarca estaba arruinada por completo. Todo era miserable, desde las cosechas hasta la gente. Monseñor, a veces dignísimo como persona, era una bendición nacional y daba un tono caballeresco a las cosas, pero como clase social era la causa de aquel estado de ruina, y no encontrando ya nada que morder, Monseñor se alejaba de un fenómeno tan desagradable como inexplicable.

Pero éste no era el cambio ocurrido en aquel pueblecillo y en otros muchos que se le parecían. Durante muchos años Monseñor apenas se dignaba favorecer a sus vasallos con su presencia, excepto cuando iba a cazar... animales u hombres. El cambio consistía en la aparición de rostros de baja estofa, más que en la desaparición de los de casta distinguida.

El peón caminero mientras trabajaba solo en el arreglo de los caminos preocupado con lo poco que tenía para cenar y en lo mucho que comería si lo tuviese, levantaba a veces los ojos de su trabajo, y veía acercarse a pie a un hombre de rudo aspecto, cosa antes desusada, pero entonces muy corriente. Al aproximarse, el peón caminero advertía que se trataba de un individuo de bárbara expresión, de revuelto cabello, alto, calzado con zuecos, de siniestra mirada, ennegrecido por el sol y lleno de polvo y barro de pies a cabeza.

Un día del mes de julio se le presentó un hombre de éstos mientras él estaba sentado en un montón de grava junto a un talud, abrigándose lo mejor que podía de una granizada que estaba cayendo.

El hombre lo miró, miró al pueblo en la hondonada, al molino y a la prisión del tajo.

Cuando hubo mirado todo eso dijo en un dialecto casi ininteligible:

—¿Cómo va, Jaime?

—Bien, Jaime.

—¡Chócala, pues!

Se estrecharon las manos y el hombre se sentó en el montón de grava.

—¿Hay comida?

—Nada más que cena —contestó el peón caminero con cara de hambre.

—Es la moda —contestó el hombre.— No puedo encontrar comida en ninguna parte. Sacó una pipa ennegrecida, la llenó, la encendió con el eslabón y empezó a chupar; luego, de pronto la separó de sí y echó algo en la brasa, que ardió produciendo una pequeña columna de humo.

—¡Chócala! —exclamó al verlo el peón caminero. Y se dieron nuevamente la mano.

—¿Esta noche? —preguntó.

—Esta noche —contestó el otro llevándose la pipa a la boca.

—¿Dónde?

—¡Aquí!

Se quedaron silenciosos, mirándose hasta que el cielo empezó a aclarar por encima del pueblo.

—Dame detalles —dijo el desconocido mirando hacia la colina.

—Mira —contestó el peón caminero extendiendo el dedo. Bajas por ahí, pasas a lo largo de la calle y de la fuente...

—¡Llévese el diablo la calle y la fuente! —exclamó el otro. — No quiero pasar junto a fuentes ni entrar en ninguna calle.

—Pues a cosa de dos leguas más allá de la loma que se alza sobre el pueblo...

—¡Perfectamente! ¿Cuándo acabas el trabajo?

—A la puesta del sol.

—¿Quieres despertarme antes de marcharte? Hace dos días con sus noches que voy andando sin descansar. Voy a terminar la pipa y luego me dormiré como un leño. ¿Me despertarás?

—Sin duda.

El caminante acabó de fumar la pipa, la guardó en el pecho, se quitó los zuecos y se echó sobre el montón de grava. Inmediatamente se durmió.

El peón caminero, cuyo gorro era ahora rojo en vez de azul, como en otro tiempo, parecía fascinado por la figura del desconocido. Iba, como ya se ha dicho, cubierto de un traje destrozado y, a juzgar por el estado lastimoso de sus pies debía de haber andado mucho. Era evidente que, para hombres de aquel temple, nada valían las ciudades fortificadas, con sus barreras, cuerpos de guardia, puertas, trincheras y puentes levadizos.

El hombre dormía indiferente al granizo, a la luz del sol y a las sombras. Cuando llegó la hora de la puesta del sol el peón caminero lo despertó, después de haber recogido sus herramientas.

—Bien —dijo el desconocido levantándose.— ¿Dices que dos leguas más allá de esa colina?

—Más a menos.

—Está bien.

El peón caminero regresó a su casa y pronto se halló ante la fuente, abriéndose paso entre las flacas reses que habían sido llevadas a beber y murmuró algo a los aldeanos.

Cuando éstos hubieron comido su pobre cena, no se marcharon a la cama como de costumbre, sino que salieron a las puertas de sus casas y se quedaron allí. Todos hablaban en voz baja y todos miraban ansiosos en la misma dirección. El señor Gabelle, el primer funcionario de la localidad, sintió cierta inquietud; se subió él solo al tejado y miró en la misma dirección que los demás. Luego bajó los ojos para contemplar los sombríos rostros de los aldeanos y mandó aviso al sacristán, que guardaba las llaves de la iglesia, acerca de la posibilidad de que aquella noche fuese necesario tocar a rebato.

Cerró la noche. Los árboles que rodeaban el viejo castillo se balanceaban a impulsos del viento, como si amenazaran a la maciza construcción. Batía la lluvia las dos escalinatas que conducían a la terraza y algunas ráfagas de viento penetraban en el castillo, fingiendo quejumbrosos gritos y moviendo las cortinas de la habitación en que durmiera el marqués.

De los cuatro puntos cardinales avanzaban cuatro desgreñadas figuras hollando la hierba y haciendo crujir las ramitas, en dirección al patio del castillo. Brillaron luego cuatro luces, se movieron en direcciones diferentes y todo quedó nuevamente obscuro.

Pero no por mucho tiempo, porque pronto empezó el castillo a hacerse visible, con luz propia, como si se hiciera luminoso. Se elevó luego una llamarada por detrás de la fachada, apareciendo en los sitios abiertos de la misma y en breve, por todos los huecos de la construcción, empezaron a salir llamas.

Se oyó ruido en torno de la casa y de pronto alguien ensilló un caballo que empezó a correr a través de las tinieblas, hacia el pueblo, y el corcel con su jinete se detuvo ante la puerta de la casa del señor Gabelle.

—¡Socorro, Gabelle! ¡Auxilio, todos!

La campana tocaba a rebato, pero fuera de esta ayuda, si lo era, nadie acudió para prestar la que se pedía. El peón caminero, que se hallaba con doscientos cincuenta amigos en torno de la fuente, miraba con los brazos cruzados la columna de fuego que se elevaba hacia el cielo.

El jinete volvió a montar en su caballo y al galope se dirigió hacia la prisión, ante cuya puerta un grupo de oficiales miraba el fuego y a poca distancia de ellos estaban algunos soldados.

—¡Auxilio, caballeros oficiales! El castillo está ardiendo y aun se podrían salvar muchos objetos de valor.

Los oficiales miraron a los soldados que contemplaban el fuego, pero no dieron orden alguna y contestaron encogiéndose de hombros:

—¡Que arda!

Mientras el mensajero regresaba al pueblo, los aldeanos, como un solo hombre, se habían metido en sus casas respectivas y encendían luces junto a todas las ventanas, pero como las velas escaseaban, fue preciso pedirlas prestadas, aunque de manera perentoria, al señor Gabelle; y al observar un momento de vacilación del funcionario, el peón caminero, antes tan sumiso a su autoridad, hizo observar, que los coches serían un excelente combustible y que los caballos de posta estaban en la mejor disposición para ser asados.

El castillo fue abandonado a sí mismo y ardió por completo. Los árboles inmediatos fueron pasto de las llamas y los que se hallaban a mayor distancia, incendiados también por los cuatro terribles personajes, enviaban nubes de humo al castillo ardiente. En la fuente de mármol hervían el plomo y el hierro fundidos y el agua había cesado de correr. Las cúpulas de plomo de las torres se fundieron como hielo ante el calor y resbalaron hacia el suelo, convertidas en chorros de fuego. Algunas aves asustadas, revoloteaban de un lado a otro, y acababan por caer en el enorme brasero y mientras tanto los cuatro terribles personajes se alejaban hacia los cuatro puntos cardinales, a lo largo de los caminos llenos de sombra, guiados por la hoguera que habían encendido, hacia su nuevo destino.

En cuanto a la campana del pueblo, se apoderaron de ella los aldeanos y empezaron a tocarla en expresión de júbilo.

Y no solamente eso, sino que el pueblo excitado por el hambre, por el fuego y por el campaneo, se dijo, que el señor Gabelle podía tener algo que ver con el cobro de impuestos, a pesar de que el pobre hombre no había cobrado otra cosa que algunas pequeñas rentas, y se mostró impaciente de celebrar con él una entrevista. Rodeó, pues, su casa, lo invitó a salir para celebrar una conferencia; pero lejos de acceder el señor Gabelle, se fortificó en su casa para celebrar consejo consigo mismo. Y el resultado de esta conferencia privada fue que el señor Gabelle se retiró a reflexionar a lo alto de su tejado, detrás de las chimeneas, bien resuelto a que si lograban abrir la puerta, él se arrojaría de cabeza a la calle para aplastar a uno o dos de sus asaltantes.

Es probable que el señor Gabelle pasara allí la noche, con el distante castillo sirviéndole de fuego y de bujía y los golpes a su puerta, combinados con el alegre campaneo, de música. Eso sin tener en cuenta que había un maldito farol oscilante frente a su casa, que el pueblo se mostraba muy inclinado a bajarlo en su favor. Fue una noche bastante desagradable, mas, por fin, apareció la aurora, se dispersó el pueblo y el señor Gabelle pudo descender de su observatorio.

En el radio de un centenar de millas y a la luz de otras hogueras hubo aquella noche y otras noches otros funcionarios menos afortunados, a quienes el sol naciente encontró colgados en las calles, antes apacibles, en que habían nacido y vivido; y también hubo otros pueblos y aldeanos menos afortunados que el peón caminero y sus amigos, pues perecieron a manos de los soldados. Pero los cuatro terribles personajes recorrían rápidamente la comarca, hacia los cuatro puntos cardinales y por donde pasaban dejaban un rastro de llamas. Y no había funcionario capaz de calcular, gracias a las matemáticas, la altura de los patíbulos necesarios para apagar aquel incendio.

CAPÍTULO XXIV: ATRAÍDO POR LA MONTAÑA IMANTADA

Tres años se consumieron en tales tempestades de fuego y de agua, mientras la tierra se estremecía ante los embates de un mar que no tenía ya marcas, sino que siempre estaba en pleamar y cada vez más alta, con gran terror de los que contemplaban el cataclismo desde la orilla. Tres cumpleaños más de la pequeña Lucía, en cuya vida familiar no cesó su madre de tejer el hilo de oro.

Muchos días y muchas noches los moradores de la casa de Soho escucharon los ecos que hasta ellos llegaban y se estremecían sus corazones, porque los pasos que oían eran los de un pueblo, tumultuoso bajo una bandera roja, y mientras su patria era declarada en peligro, se convertía en fieras bajo el influjo de terrible y largo encantamiento.

Monseñor, como clase social, no podía comprender la razón de no ser apreciado y de que se le necesitara tan poco en Francia, hasta el punto de correr peligro de ser arrojado de ella y de la vida a un tiempo. Y así Monseñor en cuanto vio al diablo que tantas veces invocara, se apresuró a enseñarle sus nobles talones.

Se habían desvanecido los brillantes cortesanos, pues, de lo contrario, no hay duda de que hubieran sido blanco de un huracán de balas nacionales. La corte se había marchado, la realeza también; sitiada en su palacio, quedó "en suspenso" cuando hasta ella llegó la tempestad.

Había llegado el mes de agosto del año mil setecientos noventa y dos, y la raza de Monseñor estaba dispersa por el mundo.

Como era natural, el punto de reunión de los nobles en Londres era la Banca Tellson.

Se dice que los espíritus frecuentan los lugares que más visitaron sus cuerpos, y Monseñor, que no tenía una guinea, visitaba el lugar en que las había. Además, el Banco Tellson era una casa generosa y daba pruebas de liberalidad a los antiguos clientes que se hallaban en mala situación. Por otra parte, algunos que vieron llegar la tempestad, hicieron previsoras remesas de fondos a Tellson. Por eso todos se reunían allí y allí acudían los que llegaban de Francia portadores de noticias.

En una calurosa tarde el señor Lorry estaba sentado a su mesa y Carlos Darnay se apoyaba en ella, hablando en voz baja al banquero.

Era casi la hora de cerrar el Banco.

—A pesar de que eres el hombre más joven que he conocido —decía Darnay,— debo aconsejarte...

—Ya le entiendo. Quería decir que soy demasiado viejo.

—El mal tiempo, un largo viaje, inciertos medios de viajar, país desorganizado, una ciudad que tal vez no sea segura para vos.

—Mi querido Carlos —contestó el señor Lorry con acento de confianza,— estas razones que mencionaa son las que me obligan a ir y no a quedarme. Habrá bastante seguridad para mí. Nadie irá a meterse con un pobre viejo, que está cerca de los ochenta años, cuando hay tanta gente de que ocuparse. En cuanto a que la ciudad está desorganizada, si no lo estuviera no habría razón alguna para que me mandasen a nuestra casa de allí, pues conozco París y los negocios desde hace mucho tiempo, y Tellson tiene confianza en mí. En cuanto a las incomodidades, si no me resigno a sufrirlas en beneficio de Tellson después de tantos años de estar en la casa, ¿quién tendría motivos para ello?

—Me gustaría poder ir en tu, lugar —dijo Carlos Darnay.

—Buen consejero eres, a fe mía. ¿De modo que te gustaría ir? ¿No eres francés de nacimiento?

—Precisamente porque soy francés he pensado en ello muchas veces. No puedo dejar de sentir simpatía por el mísero pueblo, cuando he abandonado en su beneficio algo que me pertenecía. Creo que me escucharían y que tal vez lograría contenerlos un poco. La noche pasada, cuando nos dejaron, hablaba a Lucía...

—Me parece imposible que no te dé vergüenza de nombrar ahora a Lucía, cuando deseas marchar a Francia.

—¡Pero si no me voy! —contestó Darnay sonriendo. Hablo más bien a causa del viaje que tienes proyectado.

—Iré. La verdad es, mi querido Carlos —dijo el señor Lorry bajando la voz,— que no puedes formarte idea de las dificultades con que tropezamos en nuestros negocios y del peligro que corren allí nuestros libros y nuestros papeles. Dios sabe las terribles consecuencias que tendría para mucha gente, si nos arrebataran o destruyeran algunos de nuestros documentos. Nadie puede asegurar si hoy arderá París o será saqueado mañana. Se impone, por consiguiente, hacerse cuanto antes de esos documentos y enterrarlos o ponerlos en seguridad y eso no puede hacerlo nadie más que yo. ¿Puedo negarme cuando Tellson necesita de mí, después de haber comido su pan por espacio de sesenta años, porque mis articulaciones estén un poco envaradas? Además, soy un chiquillo comparado con media docena de vejestorios que hay aquí mismo.

—Admiro vuestro ánimo juvenil, señor Lorry.

—Además, no debe olvidar que hoy en día es punto menos que imposible sacar cosas de París. Hoy nos han traído algunos documentos y objetos de valor, y os hablo reservadamente, y los hemos recibido de manos de los más extraños personajes imaginables, de gente cuya vida pende de un cabello. En otros tiempos circulaban nuestros paquetes desde París a Londres sin el menor inconveniente, pero ahora todo está paralizado.

—¿Y te marchas esta noche?

—Esta misma noche, porque el caso es ya demasiado urgente para que haya la menor demora.

—¿No llevas a nadie contigo?

—Se me han ofrecido varias personas, pero no quiero tener que revelar nada a nadie.

Me llevaré a Jeremías, quien ha sido mi guardia de corps los domingos por la noche durante mucho tiempo y ya estoy acostumbrado a él. Nadie verá en Jeremías más que un bull—dog inglés, capaz de echarse encima de quien toque a su amo.

—Repito que admiro vuestro ánimo juvenil.

—No vale la pena. Cuando haya llevado a cabo esta pequeña comisión, es posible que acepte la proposición de Tellson y me retire para vivir a mi gusto. Aun me queda bastante tiempo para hacerme viejo.

En aquel momento la Casa se acercó al señor Lorry y dejando ante él un pliego algo sucio aunque cerrado, le preguntó si había descubierto el paradero de la persona a quien estaba dirigido. La Casa dejó el pliego a tan poca distancia de Carlos que éste pudo leer las señas, y con tanta mayor rapidez cuanto que aquel era su propio nombre. La dirección decía:

"Muy urgente. Al ci— devant Marqués de St. Evremonde, de Francia. Confiado a los cuidados de los Sres. Tellson y Compañía, banqueros, de Londres. Inglaterra."

En la mañana de su boda, el doctor Manette pidió a Carlos Darnay que guardara estrictamente el secreto de su nombre hasta que él mismo, el doctor, lo relevara de esta obligación. Nadie, pues, conocía el verdadero nombre de Carlos y ni siquiera su esposa tenía sospecha alguna de ello. Mucho menos podía el señor Lorry abrigar ninguna duda.

—No —contestó el señor Lorry a la Casa—. He preguntado a todo el mundo, pero nadie puede decirme dónde se halla este caballero.

El señor Lorry preguntó a varios nobles que estaban en el establecimiento por el paradero del Marqués de St. Evremonde. "Es sobrino, aunque degradado, del noble marqués que murió asesinado", dijo uno. "Por suerte no lo he conocido", dijo otro. "Un cobarde que abandonó su puesto". "Envenenado por las nuevas doctrinas", dijeron otros.

Estas fueron las respuestas y los comentarios que motivó la pregunta. Por fin, cuando Darnay se quedó nuevamente solo con el señor Lorry, dijo:

—Conozco a este caballero.

—¿De veras? ¿Quieres hacerse cargo de la carta?

—Sí. ¿Te marchas ahora ya?

—Saldré a las ocho de la noche.

—Pues volveré para despediros.

Darnay se alejó y en cuanto se vio solo abrió la carta y la leyó. Decía así: "Prisión de la Abadía, París 21 de junio de 1792.

"Señor ci— devant marqués:

"Después de haber corrido peligro de perder la vida a manos del pueblo, se apoderaron violentamente de mí y me trajeron a París. Por el camino sufrí mucho, pero hay más, porque mi casa ha quedado destruida, arrasada hasta los cimientos.

"El crimen por el cual estoy preso, señor marqués, y por el cual he de comparecer ante el tribunal que me condenará a muerte (de no valerme vuestra generosa ayuda) es, según me dicen, de traición hacia la majestad del pueblo, contra el cual he obrado en beneficio de un emigrado. Es en vano que haya dicho que obré en beneficio del pueblo y no contra él, de acuerdo con vuestras órdenes. En vano dije que antes de la incautación de los bienes de los emigrados, los vasallos ya no pagaban impuestos y que yo no cobraba renta alguna, pues se limitan a contestarme que obré en cumplimiento de las órdenes de un emigrado y quieren saber dónde está.

"¿Dónde está ese emigrado, mi buen señor marqués? Pido día y noche al cielo que venga a librarme de la suerte que me espera y mando esta súplica a través del mar, esperando que, tal vez, llegue a vuestros oídos por medio del gran Banco Tellson.

"Por amor de Dios, de la justicia, de la generosidad, del honor de vuestro noble nombre, os suplico, señor marqués, que vengáis a socorrerme y a libertarme. Mi pecado es haberos sido fiel. A vuestra vez, señor marqués, corresponded a mi fidelidad.

"Desde esta prisión horrible, en la que, a cada hora que pasa, me acerco más a mi muerte, os envío, señor marqués, la seguridad de mi dolorosa y desdichada lealtad. "Vuestro afligido"

"GABELLE."

La intranquilidad latente que había en la mente de Darnay recibió un torrente de vida vigorosa al leer esta carta. El peligro de un buen servidor, cuyo crimen no era otro que la fidelidad que testimonió siempre a él y a su familia, le avergonzó de tal manera que sentía tentaciones de esconder el rostro a los transeúntes.

Bien conocía que al renunciar al puesto que le correspondía ocupar en la sociedad, se había precipitado y que cometió una ligereza. Su conciencia le decía que varias veces decidió obrar personalmente para oponerse al torrente arrollador que devastaba a Francia, pero siempre desistió, dominado por el amor que profesaba a su nueva familia y obligado otras veces por el curso de los acontecimientos. En cambio se constaba que a nadie había oprimido, que a nadie llevó a la cárcel y que lejos de obligar cruelmente a que se le pagaran sus rentas e impuestos, había abandonado sus derechos por voluntad propia. El mismo Gabelle tenía instrucciones escritas suyas, en las que le mandaba tratar bien al pueblo y darle cuanto fuera posible. Todo esto era público y notorio y nada más fácil que demostrarlo ante quien fuese.

Estas consideraciones robustecieron la resolución desesperada que Carlos Darnay había empezado a tomar de ir a París cuanto antes.

En efecto. Como el marino del cuento, los vientos y las corrientes lo habían arrastrado hasta la zona de influencia de la Montaña Imantada, que lo atraía, sin que él tuviera más remedio que ir. Todos sus pensamientos lo empujaban hacia el centro de aquella atracción irresistible. Su primera inquietud obedecía a la consideración de que su desdichada patria era guiada por algunos malvados y que él, que se consideraba mejor que ellos, no estaba allí para hacer algo que pudiera impedir la efusión de sangre y contribuir a sostener los derechos a la piedad y a la humanidad, que entonces parecían completamente desconocidos. Y por si faltara algo para acabar de resolverlo, allí tenía el ejemplo del anciano Lorry, a quien hablaba con tal fuerza la voz del deber, sin contar con la carta de Gabelle, preso inocente que se hallaba en peligro de muerte y que hacía un llamamiento a su justicia, a su honor y a su buen nombre.

Estaba resuelto. Iría a París.

La montaña imantada lo atraía y no tenía más remedio que navegar con rumbo a ella, hasta que la encontrase. No conocía los obstáculos y apenas advertía peligros. La intención con que hizo lo que hizo, aun dejándolo incompleto, le prestaba bajo un aspecto que sería reconocido en la misma Francia cuando se presentara para probarlo. Y así la visión de obrar bien que con tanta frecuencia es el sangriento espejismo de mucha gente buena, se ofreció a él y hasta llegó a concebir la ilusión de poder ejercer alguna influencia en la dirección de aquella rabiosa Revolución que tan terribles derroteros seguía.

Una vez tomada su resolución, se dijo que ni Lucía ni su padre habían de enterarse hasta que se hubiese marchado. Era preciso evitar a Lucía la pena de la separación y en cuanto a su padre, que no gustaba de recordar los lugares en que tanto había sufrido, tampoco debía enterarse hasta que ya hubiese realizado su propósito.

Llegó el momento de volver al Banco Tellson para despedirse del señor Lorry. Se dijo que en cuanto llegara a París se presentaría a aquel viejo amigo, pero de momento no le comunicaría sus intenciones.

Delante de la puerta de la casa de Banca había una silla de postas, y Jeremías estaba ya preparado para la marcha.

—Ya entregué aquella carta —dijo Carlos al señor Lorry. —No quiero molestar con una contestación escrita, pero quizás no tendría inconveniente en aceptar un mensaje verbal.

—Con mucho gusto —contestó el señor Lorry— si no es peligroso.

—De ninguna manera, aunque hay que hacerlo llegar a un preso en la Abadía.

—¿Cómo se llama? —preguntó el señor Lorry supuesto a tomar nota.

—Gabelle.

—Perfectamente. ¿Que he de decirle?

—Sencillamente que ha recibido la carta.

—¿No hay que mencionar la fecha?

—Emprenderá el viaje mañana por la noche.

—¿Hay que mencionar el nombre de alguien?

—No hay necesidad.

Carlos ayudó al anciano a envolverse en algunas capas y mantas, y lo acompañó desde la cálida atmósfera del Banco hasta la humedad ambiente en la calle.

—Hágame el favor de expresar mi cariño a Lucía y a la niña — dijo el señor Lorry al despedirse— y cuidémelas mucho hasta que regrese.

Carlos Darnay meneó la cabeza y sonrió con equívoca expresión hasta que desapareció el carruaje. Aquella noche del catorce de agosto, veló hasta hora bastante avanzada y escribió dos cartas fervientes; una para Lucía, en la que le explicaba la ineludible obligación en que se hallaba de ir a Paris, añadiendo las razones que tenía para confiar en que no se vería expuesto a peligro alguno. La otra era para el doctor, confiando a su cuidado a Lucía y a la niña y aduciendo las mismas razones que en la dirigida a su esposa. Y terminaba diciendo a ambos que les escribiría en cuanto llegara a su destino.

El día siguiente fue muy penoso para Carlos Darnay, que tuvo que disimular por vez primera el estado de su mente. Le fue muy difícil evitar que salieran del inocente engaño en que se hallaban. Pero una cariñosa mirada a su espesa, tan feliz y tan atareada, le dio fuerzas para disimular, pues más de una vez estuvo a punto de contárselo todo, de tal modo estaba acostumbrado a no ocultarle nada. Por fin terminó el día. Al obscurecer abrazó a su esposa y a la no menos querida niña que llevaba su nombre y fingiendo un que hacer que lo retendría un rato, salió llevándose su maleta que había preparado previamente, y se sumergió en la niebla de las calles, con el corazón apesadumbrado.

Dejó las dos cartas en manos de un mensajero de su confianza, que debía entregarlas a las once y media de la noche, pero no antes, y montando a caballo, emprendió el viaje a Dover.

Recordó las palabras del pobre preso, que apelaba a él por amor de Dios, por la justicia, por la generosidad y por el honor de su noble nombre, y ellas fortalecieron su apenado corazón, y dejando a su espalda cuanto amaba en la tierra, enderezó el rumbo hacia la Montaña Imantada.

LIBRO TERCERO

CAPÍTULO I: EN SECRETO

El viajero avanzaba lentamente en su camino hacia París, desde Inglaterra, en el otoño, del año mil setecientos noventa y dos. Aunque hubiera seguido reinando en toda su gloria el destronado y desdichado rey de Francia, habría encontrado peores caminos, malos carruajes y pésimos caballos de lo que era necesario para dificultar su marcha, pero aquellos nuevos y revueltos tiempos habían traído otros obstáculos peores. Toda puerta de ciudad y toda oficina de impuestos contaba con su banda de patriotas, que con las armas preparadas para usarlas a la primera señal, detenían a todos los que pasaban, los interrogaban, inspeccionaban sus papeles, miraban en sus propias listas buscando sus nombres, los hacían retroceder o les ordenaban avanzar, o bien los detenían y los prendían, según su juicio o capricho les indicara como más conveniente para la República Una e Indivisible, de Libertad, Igualdad y Fraternidad, o Muerte.

Había recorrido ya algunas leguas en su viaje por Francia, cuando Carlos Darnay empezó a darse cuenta de que no podría regresar por aquellos caminos hasta que no hubiera sido declarado buen ciudadano en París. Pero cualquiera que fuese la suerte que lo aguardaba, ya no podía retroceder. No había obstáculos materiales que le impidiesen el regreso, pero comprendía perfectamente que a su espalda se había cerrado una puerta mil veces más infranqueable que si fuera de hierro. La vigilancia de todos lo rodeaba como si se hallara en el centro de una red o fuese llevado a su destino dentro de una jaula.

Aquella vigilancia no solamente lo, detenía veinte veces en cada jornada, sino que retrasaba su camino veinte veces al día, haciéndole retroceder, deteniéndole y acompañándole. Y cuando ya hacía algunos días que viajaba por Francia, se acostó una noche en una población de poca importancia, inmediata a la carretera, pero aun a buena distancia de París.

A la carta del afligido Gabelle debía el haber llegado tan lejos, pero las dificultades que le opuso el guarda de aquella población fueron tantas, que no dudó de que su viaje se hallaba en un momento crítico. Por esta razón no se sorprendió mucho al ser despertado a medianoche en la posada en que se alojara por un tímido funcionario local, acompañado por tres patriotas armados, cubiertos con el gorro rojo y con las pipas en la boca que, sin ceremonia alguna, se sentaron en el borde de su cama.

—Emigrado —dijo el funcionario,— voy a mandarte a París bajo escolta.

—No deseo otra cosa sino llegar a París, ciudadano, aunque prescindiría a gusto de la escolta.

—¡Silencio! —exclamó uno de los gorros colorados, dando un golpe en el cobertor de la cama con la culata de su arma.— ¡Calla, aristócrata!

—Tiene razón este buen patriota —observó el tímido funcionario. Eres un aristócrata y has de ir con escolta, pero a tu costa.

—No está en mi mano la elección —dijo Carlos Darnay.

—¡La elección! ¡Oídle! —exclamó un gorro colorado.— ¡como si no fuese un favor el protegerle para que no acabe colgado de un farol!

—Este patriota tiene siempre razón —observó el funcionario.— Levántate y vístete, emigrado.

Darnay obedeció y lo llevaron al puesto de guardia, en donde otros patriotas, también con gorro colorado, fumaban, bebían y dormían junto a la lumbre. Allí tuvo que pagar una buena suma por la escolta, e inmediatamente tuvo que reanudar su viaje a las tres de la madrugada, por los húmedos caminos.

La escolta la componían dos patriotas montados a caballo, cubiertos con el indispensable gorro colorado y adornados por escarapelas tricolores. Iban armados con mosquetes y sables y se situaron uno, a cada lado de Darnay. Este guiaba su propio caballo, pero le ataron una cuerda a la brida, cuyo extremo opuesto iba sujeto a la muñeca de uno de los patriotas. Así partieron mojados por la lluvia y, saliendo de la ciudad, se aventuraron por la carretera; de la misma manera, a excepción de los necesarios cambios de cabalgaduras y de marcha, recorrieron las leguas que los separaban de la capital.

Viajaban de noche, deteniéndose una o dos horas después de salir el sol, y dormían hasta el crepúsculo de la tarde. La escolta iba tan mal vestida que se veían obligados a rodearse las piernas desnudas con paja y cubrir con ella sus hombros mal defendidos, por andrajos de la humedad. Y Carlos, aparte de la molestia que suponía ir custodiado de aquella manera, no sentía grandes temores.

Pero cuando llegaron a la ciudad de Beauvais y vio que las calles estaban llenas de gente, no pudo ocultarse a sí mismo que el aspecto de su asunto empezaba a ser alarmante. Lo rodeó una turba enfurecida cuando iba a echar pie a tierra en el patio de la casa de postas y muchas voces gritaron:

—¡Muera el emigrado!

Se detuvo en el acto de desmontar, y desde la silla exclamó:

—¿Emigrado, amigos? ¿No me ves en Francia por mi propia voluntad?

—Eres un maldito emigrado —exclamó el herrador acercándose a él con el martillo en alto— y eres un maldito aristócrata.

Se interpuso el dueño de la casa de postas, diciendo:

—¡Déjalo! ¡Déjalo! ¡Ya lo juzgarán en París!

—¿Lo juzgarán? —repitió el herrador blandiendo el martillo.

— ¡Ya lo creo! ¡Y lo condenarán por traidor!

La multitud rugió entusiasmada.

—Los engañan, amigos, los engañan. Yo no soy traidor.

—¡Miente! —exclamó el herrero. —Es un traidor según el decreto. Su vida pertenece al pueblo. Su maldita vida no es suya.

En el instante en que Darnay leyó su sentencia en las miradas de la multitud, el dueño de la casa de postas hizo entrar el caballo en el patio, seguido por la escolta y en el acto se cerraron y atrancaron las puertas. El herrador asestó sobre ellas un martillazo y rugió la multitud, pero no ocurrió nada más.

—¿Qué decreto es ese de que hablaba el herrador? —preguntó Darnay al dueño de la casa de postas, después de darle las gracias.

—Es un decreto que autoriza la venta de los bienes de los emigrados.

—¿Cuándo se ha promulgado?

—El día catorce.

—¡El día en que salí de Inglaterra!

—Todos dicen que es uno de los muchos decretos que van a promulgarse, por los cuales se desterrará a los emigrados y se condenará a muerte a los que regresen. Por eso os dijeron que vuestra vida no os pertenecía.

—¿Pero todavía no existen tales decretos?

—¿Cómo quieres que lo sepa? —contestó el interpelado encogiéndose de hombros.— Tal vez sí o tal vez no.

Darnay y sus guardianes descansaron sobre la paja hasta la noche y salieron cuando la ciudad estaba dormida. Una de las cosas que más asombraba a Darnay era lo poco que se dormía. Muchas veces llegaban a una aldea en plena noche, y en vez de encontrar a los habitantes acostados los hallaban bailando cogidos de la mano en torno de algún árbol de la Libertad o cantando en honor de la misma. Felizmente aquella noche hubo sueño en Beauvais, y gracias a eso pudieron salir sin ser molestados, para proseguir su viaje por caminos llenos de barro y por entre campos incultos que no habían producido ninguna cosecha aquel año, y entre casas incendiadas y ennegrecidas que constituían excelentes emboscadas para cualquier patrulla de patriotas que recorrían los caminos.

La luz del día los encontró ante las murallas de París. La barrera estaba cerrada y bien guardada cuando se acercaron a ella.

—¿Dónde están los papeles de este preso? — preguntó en tono autoritario un hombre a quien llamó un centinela.

Desagradablemente impresionado por el calificativo, Darnay quiso alegar que era un viajero libre y un ciudadano francés, protegido por una escolta que el estado inseguro de la comarca hacía necesaria, y por la cual había pagado de su bolsillo.

—¿Dónde están los papeles del preso? —repitió el hombre sin hacer ningún caso de sus palabras.

Uno de la escolta los sacó de su gorro. Al ver la carta de Gabelle, aquel hombre mostró alguna sorpresa y miro a Darnay con la mayor atención.

Sin decir palabra dejó a la escolta y al escoltado y se metió en el cuerpo de guardia.

Carlos Darnay, mirando a su alrededor, vio que la puerta estaba custodiada por soldados y patriotas, éstos en mayor número que aquéllos y que así como era fácil la entrada en la ciudad para los campesinos que llevaban comestibles, la salida era más difícil para todo el mundo. Numerosos hombres y mujeres esperaban para poder salir, pero era tan rigurosa la previa identificación, que con dificultad y muy lentamente se iban filtrando por la barrera. Algunos, sabiendo que había de tardar en llegarles la vez, fumaban, dormían o charlaban; y el gorro colorado y la escarapela tricolor eran prenda y adorno obligado de todos.

Después de esperar por espacio de media hora, que empleó en fijarse en esas cosas, Darnay se vio de nuevo ante el hombre autoritario, que ordenó a la guardia que abriese la barrera. Dio a la escolta un recibo del escoltado y ordenó a éste que desmontara. Lo hizo así y los dos patriotas que lo habían acompañado se llevaron su caballo y partieron sin entrar en la ciudad.

Acompañó a su guía al cuerpo de guardia que olía a vino ordinario y a tabaco. Allí había numerosos patriotas dormidos, despiertos, borrachos y serenos y algunos en un estado intermedio entre el sueño y la vigilia o la sobriedad y la borrachera. Iluminaban el cuerpo de guardia unas lámparas de aceite y los primeros rayos del sol. En una mesa había varios registros abiertos y un oficial de aspecto ordinario estaba ante ellos.

—Ciudadano Defarge —dijo, el guía de Darnay, tomando un trozo de papel para escribir.

—¿Es éste el emigrado Evremonde?

—El mismo.

—¿Tu edad, Evremonde?

—Treinta y siete años.

—¿Casado, Evremonde?

—Sí.

—¿Dónde?

—En Inglaterra.

—Naturalmente. ¿Dónde está tu esposa?

—En Inglaterra.

—Es natural.

—Vas consignado, Evremonde, a la prisión de La Force.

—¡Dios mío! —exclamó Darnay.— ¿En virtud de qué ley y por qué delito? El oficial miró un momento el trozo de papel.

—Tenemos nuevas leyes, Evremonde, y nuevos delitos desde que llegaste —dijo sonriendo con dureza.

—Debo hacerles observar que he venido voluntariamente a Francia, para acudir al llamamiento de un paisano mío que me escribió esa carta que tienes. Solamente pido que se me permita acudir en su auxilio. ¿No estoy en mi derecho?

—Los emigrados no tienen derechos, Evremonde —fue la estúpida respuesta. El oficial siguió escribiendo unos momentos, lo leyó para sí, le echó arenilla y lo entregó a Defarge, diciendo: —Secreto.

Defarge hizo con el papel una seña al preso para que lo siguiera. Darnay obedeció y encontró a una guardia de dos patriotas armados que los esperaban.

—¿Eres tú —preguntó Defarge en voz baja cuando bajaban la

escalera del cuerpo de guardia y tomaban la dirección de París— el que se casó con la hija del doctor Manette, ex prisionero de la Bastilla, que ya no existe?

—Sí —contestó Darnay mirándole sorprendido.

—Me llamo Defarge y tengo una taberna en el barrio de San Antonio. Es posible que haya oído hablar de mí.

—Mi mujer fue a vuestra casa en busca de su padre... Sí...

La palabra "mujer" pareció despertar sombríos recuerdos en Defarge que exclamó impaciente:

—En nombre de esa terrible hembra recién nacida y llamada "La Guillotina", ¿para qué has venido, a Francia?

—Ya oíste hace un momento la causa. ¿No creerás que sea verdad?

—Es una mala verdad para ti —dijo Defarge con las cejas fruncidas y mirando ante sí.

—La verdad es que me encuentro perdido aquí. Todo eso está tan cambiado y tan alarmante, que me siento extraviado. ¿Quieres hacerme un pequeño favor?

—Ninguno —contestó Defarge mirando siempre ante sí.

—¿Quieres contestar a una sola pregunta?

—Tal vez. Según sea. Dime cuál.

—En la prisión en que tan injustamente me vais a encerrar, ¿podré comunicar libremente con el mundo exterior?

—Ya lo verás.

—¿Voy a quedar encerrado, sin ser juzgado y sin medios de defenderme?

—Ya lo verás. Pero aunque así fuera, otros han sido enterrados en prisiones peores antes de ahora.

—Nunca por mi culpa, ciudadano Defarge.

Defarge le dirigió una sombría mirada por toda respuesta y siguió andando en silencio. Darnay comprendió que cada vez era más difícil ablandar a aquel hombre.

—Es de la mayor importancia para mí, y tú mismo lo sabes tan bien como yo, ciudadano, que pueda comunicar con el señor Lorry, del Banco Tellson, un caballero inglés que está en París, para darle cuenta de que he sido encerrado en la prisión, de La Force. ¿Quieres ordenar que me hagan ese favor?

—No haré —dijo Defarge— nada por ti. Me debo a mi patria y al pueblo. A ambos juré servirlos contra ti. No haré nada en tu obsequio.

Carlos Darnay consideró inútil seguir rogándole, sin contar que le repugnaba humillarse más. Mientras pasaban por la calle pudo observar que nadie se fijaba en el hecho de que condujeran un preso, ni siquiera los niños, prueba de que estaban muy acostumbrados a tal espectáculo. En una calle por la que pasaron oyó a un orador callejero que refería a la multitud los crímenes del rey, de la familia real y de los nobles.

Y por algunas palabras más que llegaron a sus oídos, Darnay pudo comprender que el rey estaba preso y que los embajadores extranjeros habían abandonado en masa la capital de Francia.

Eso le dio a entender que corría peligros gravísimos, que no pudo sospechar siquiera al salir de Inglaterra. Luego se dijo que, en resumidas cuentas, lo harían víctima de una prisión injusta, pero que fuera de eso no había de temer nada.

Llegó a la prisión de La Force y abrió el fuerte postigo un hombre mal encarado, a quien Defarge presentó: "El emigrado Evremonde."

—¡Demonio! ¡Todavía más! —exclamó el alcaide dirigiéndose a su mujer. Defarge tomó el recibo del preso y se alejó con los dos patriotas.

—¡A ver cuándo acabará eso! —dijo el carcelero a su esposa. —Hay que tener paciencia, amigo mío —replicó ella.

Y la mujer hizo sonar entonces una campana, a cuyo llamamiento acudieron tres carceleros, uno de los cuales, al entrar, gritó:

—¡Viva la Libertad!

Grito que, en aquel lugar, sonaba con cierta impropiedad. La prisión de La Force era en extremo sombría y maloliente. Es extraordinario cómo se advierte enseguida, el olor desagradable de gente aprisionada y más cuando carecen de todo cuidado.

—Y además, en secreto —gruñó el carcelero mirando el documento—, Como si ya no estuviera lleno a rebosar.

Ensartó el papel en un clavo, malhumorado, y Carlos Darnay tuvo que esperar su buen placer por espacio de media hora. Por fin el alcaide tomó un manojo de llaves y le ordenó que lo siguiera.

Lo llevó por varias escaleras y corredores, abrió y cerró algunas puertas y por fin llegaron a una estancia abovedada, baja de techo y bastante grande, que estaba ya llena de presos de ambos sexos. Las mujeres estaban sentadas a una larga mesa, leyendo, escribiendo, haciendo calceta, cosiendo y bordando; y los hombres, en su mayor parte estaban en pie tras ellas o paseaban por la estancia.

El recién llegado se sintió poco inclinado a confundirse con los presos a quienes suponía instintivamente cargados de toda clase de crímenes, pero ellos, en cambio, al verlo, se levantaron para recibirlo con todo refinamiento, de la cortesía de la época y con toda la gracia que podía haber apetecido.

Pero aquel refinamiento y aquella cortesía armonizaban tan mal con la lobreguez de la prisión y tan pálidos y escuálidos estaban los presos, que Darnay pudo sentir por un momento la ilusión de que se hallaba en presencia de cadáveres o de espectros. Vio allí los espectros de la belleza, de la majestad, del orgullo, de la frivolidad, de la inteligencia, de la juventud, de la ancianidad, todos esperando que llegase la hora de abandonar la desolada orilla, cuando volvían hacia él ojos que ya alteró la muerte en cuanto penetraron en aquel lugar.

—En nombre de todos mis compañeros de infortunio —dijo un caballero de elegante aspecto avanzando hacia Darnay— tengo el honor de expresaros que sois bienvenido a La Force, al mismo tiempo que lamentarnos la desgracia que os ha traído aquí. ¡Ojalá termine pronto y afortunadamente! En otro lugar pudiera parecer una impertinencia, pero no lo será aquí, si os pregunto vuestro nombre y condición.

Carlos Darnay se apresuró a contestar a lo que de él se solicitaba, en los términos más amables que pudo encontrar.

—Espero —dijo el caballero siguiendo al alcaide con la mirada— que no estará "en secreto".

—No comprendo el significado de tales palabras, pero así he oído decir.

—¡Qué lástima! ¡Creed que lo sentimos mucho! Sin embargo no desmayes. Varios miembros de nuestra comunidad estuvieron "en secreto" al principio, pero duró poco.

Siento tener que manifestar a la comunidad —añadió levantando la voz— que este caballero está "en secreto".

Hubo un largo murmullo de conmiseración mientras Carlos Darnay cruzaba la estancia hacia una puerta enrejada, junto a la cual lo esperaba un carcelero; muchas voces, especialmente de mujeres, le dirigieron palabras para darle ánimos. Se volvió para dar las gracias y luego se cerró la puerta tras él, desvaneciéndose aquellas apariciones para siempre.

Subieron por una escalera de piedra, y en cuanto Darnay hubo contado cuarenta escalones, el carcelero abrió una puerta negra y entraron en un calabozo solitario.

Parecía frío y húmedo, pero, no estaba obscuro.

—Este es el tuyo —dijo el carcelero.

—¿Por qué se me encierra solo?

—¡Qué sé yo!

—¿Puedo comprar pluma, tinta y papel?

—No tengo órdenes de permitírtelo. Cuando te visiten podrás pedirlo. Por ahora puedes comprar la comida y nada más.

En el calabozo había una silla, una mesa y un jergón de paja. El carcelero, después de inspeccionarlo todo de una mirada, dejó solo al preso, que se dijo:

—Aquí me han dejado como si estuviera muerto. Y empezó a pasear monótonamente por el calabozo.

CAPÍTULO II: LA PIEDRA DE AFILAR

El Banco Tellson, establecido en el barrio de San Germán, de París, ocupaba un ala de una casa muy grande y estaba separado de la calle por una pared alta y una fuerte reja. La casa había pertenecido a un poderoso noble que tuvo que huir disfrazado con la ropa de su cocinero, y aunque quedó reducido a la condición de pieza de caza que persiguen los cazadores, continuaba siendo el mismo Monseñor, que en la preparación de su chocolate necesitaba de los servicios de tres hombres vigorosos, sin contar el cocinero.

Sus servidores huyeron también y, naturalmente, la casa fue confiscada. Y los decretos se sucedían uno a otro con tal rapidez, que en la tercera noche de septiembre los patriotas, emisarios de la ley, habían tomado posesión de la casa de Monseñor, la señalaron con la bandera tricolor y estaban bebiendo aguardiente en los majestuosos salones.

La instalación del Banco Tellson en París habría parecido tan extraordinaria y poco respetable a sus clientes londinenses, que muy pronto le habrían retirado su confianza, porque ¿qué respetabilidad podrían haber indicado unos naranjos en el jardín y un cupido presidiendo las operaciones? Es verdad que lo habían blanqueado con cal, pero aun era visible. Mas en París, Tellson podía permitirse eso sin que nadie se escandalizara ni se resintiera el crédito de la casa.

¿Cuánto dinero quedaría allí perdido y olvidado, cuántas cuentas corrientes sin saldar y cuántas joyas olvidadas en las cámaras secretas de la casa? El señor Jarvis Lorry no podía contestar a esta pregunta, que se había formulado varias veces y su rostro honrado tenía una expresión que solamente podía infundir el horror.

El anciano ocupaba algunas habitaciones en la misma casa, que resultaba más segura precisamente por la vecindad de la ocupación patriótica, aunque él nunca estuvo convencido de ello. Pero todo eso le era indiferente, absorbido como estaba en el cumplimiento de su deber. En el lado opuesto del Patio, bajo una columnata, se veían todavía algunos de los carruajes de Monseñor Y en dos de las columnas estaban sujetas otras tantas antorchas, a cuya luz se divisaba una piedra de afilar de gran tamaño tal vez procedente de alguna herrería Cercana. El señor Lorry, mirando aquellos objetos inofensivos, sintió un estremecimiento y se retiró junto al fuego después de cerrar la ventana.

Llegaban a la estancia los confusos ruidos de la ciudad, destacándose a veces uno, extraño y fantástico y aparentemente terrible, que parecía subir al cielo.

—Gracias a Dios —se dijo el señor Lorry —no hay nadie que me sea querido esta noche en París. ¡Dios tenga piedad de los que se hallan en peligro!

Poco después resonó la campana, de la puerta principal y murmuró:

—Sin duda vuelven.

Y se quedó escuchando, pero no oyó ruido alguno en el patio, como esperara, y después de cerrarse la puerta reinó nuevamente el silencio.

La inquietud que se había apoderado de él le hizo sentir ciertos temores por el Banco. Estaba bien guardado y confiaba en las fieles personas a quien es encomendara la vigilancia, cuando, de pronto, se abrió repentinamente la puerta y entraron dos personas cuya aparición le causó indecible asombro.

¡Lucía y su padre! ¡Lucía que le tendía los brazos con la mayor ansiedad reflejada en el rostro!

—¿Qué ocurre? —preguntó el señor Lorry alarmado.

—¿Qué pasa? ¡Lucía, Manette! ¿Qué ha ocurrido? ¿Por qué se ha venido? Con la mirada fija en él, pálida y asustada, la joven se echó en sus brazos, exclamando:

—¡Oh, mi querido amigo! ¡Mi marido!

—¿Su marido, Lucía?

—Sí, Carlos.

—¿Qué le pasa?

—Está aquí.

—¿En París?

—Hace ya algunos días que está, tres o cuatro, no sé cuántos, pues apenas puedo coordinar mis ideas, Un acto generoso lo trajo aquí sin saberlo nosotros; fue detenido en la Barrera y encarcelado.

El anciano dio un grito. Casi en el mismo instante resonó nuevamente la campana de la puerta y en el patio se oyeron numerosas voces.

—¿Qué es eso? —preguntó el doctor volviéndose hacia la ventana.

—¡No mires! —exclamó el señor Lorry. — ¡No mires, Manette, por lo que más quieras!

El doctor se volvió con la mano puesta en la falleba de la ventana y dijo tranquilamente:

—Mi querido amigo, mi vida es sagrada en esta ciudad. Fui un preso de la Bastilla y no hay patriota en París y aun en toda Francia que, sabiéndolo, se atreva a tocarme, a no ser para abrazarme y llevarme en triunfo. Mis antiguas desgracias nos han permitido atravesar la Barrera, nos proporcionaron noticias de Carlos y nos han permitido llegar aquí. Yo lo sabía ya y estaba convencido, como le dije a Lucía, de que podría librar a Carlos de todo peligro. Pero ¿qué es este ruido?

—¡No mires! —exclamó de nuevo el señor Lorry viendo que se disponía a abrir la ventana.— ¡No mires vos tampoco, Lucía! Pero no te asustes. Te doy mi palabra de que no sé que haya sucedido nada malo a Carlos, pues no sospechaba siquiera que estuviese en París. ¿En qué prisión está encerrado?

—En La Force.

—¿En La Force? Escucha, Lucía, debes recobrar el ánimo y hacer exactamente lo que yo te diga. Nada se puede hacer esta noche. Lo mejor es obedecerme ahora y tranquilizaros. Déjame que te instale en mi habitación. Luego dejarás que tu padre y yo hablemos unos momentos. Te ruego que me obedezcas sin tardanza en beneficio del mismo Carlos.

—Te obedeceré. Veo, por tu rostro, que no puedo hacer otra cosa. Sé que eres sincero.

El anciano la besó y la llevó a su propia habitación, encerrándola con llave. Luego volvió al lado del doctor, abrió parcialmente la ventana y apoyando la mano en el brazo de su compañero, miró al exterior.

Vio un grupo de hombres y mujeres, aunque no bastante numerosos para llenar el patio. Los habían dejado entrar y todos esperaban su turno para trabajar afanosos con la piedra de afilar.

—¡Qué horribles obreros y qué espantosa tarea!

Dos hombres, de rostros manchados, ensangrentados y de bestial expresión, accionaban las manivelas de la piedra de afilar y sin duda para que tuvieran fuerza suficiente para llevar a cabo su tarea, algunas mujeres les daban a beber vino de vez en cuando. Habría sido imposible descubrir en el grupo una sola persona que no estuviera manchada de sangre, y otros hombres, desnudos de cintura arriba, o cubiertos de destrozados harapos, acudían a afilar en la muela toda clase de armas blancas, entonces teñidos de rojo. Algunas de estas armas estaban atadas a las muñecas de los que las llevaban y aunque variaban las ligaduras, igual era el color de todas: rojo. Todo esto vieron el doctor y el señor Lorry en un momento, y, horrorizados, se retiraron de la ventana, en tanto que el primero leía en los ojos del anciano la explicación de la escena.

—Están asesinando a los prisioneros —dijo el banquero en voz baja y mirando a su alrededor. — Si estás seguro de lo que habas dicho, si realmente tienes el ascendiente que te figuras y que, efectivamente, creo que tienes, presenta a esos demonios y llévalos a La Force. Puede que ya sea tarde, lo ignoro, pero no te retrases ni un solo minuto.

El doctor Manette le estrechó la mano, salió de la estancia con la cabeza descubierta y ya estaba en el patio cuando el señor Lorry se asomó de nuevo a la ventana.

El cabello blanco del doctor, su inteligente y notable rostro y la impetuosa confianza que se advertía en él, le permitieron llegar en un momento al centro del grupo. Por unos momentos se oyó su voz y luego el señor Lorry vio cómo todos lo rodeaban y gritaban entusiasmados:

—¡Viva el preso de la Bastilla!

—¡Vayamos a ayudar a su pariente que está en La Force!

—¡Paso al prisionero de la Bastilla!

—¡A salvar a Evremonde!

Cerró el señor Lorry la ventana, y yendo al lado de Lucía le dijo que su padre, ayudado por el pueblo, acababa de salir en busca de su marido. Vio que Lucía estaba en compañía de su hijita y de la señorita Pross, pero no se le ocurrió asombrarse de ello hasta mucho tiempo después.

Lucía pasó la noche presa de doloroso estupor, y la señorita Pross, después de acostar a la niña, se quedó dormida junto a ella. La noche pareció interminable y durante sus largas horas Lucía no dejó de llorar.

Dos veces más, durante la noche, resonó la campana de la puerta principal y nuevamente se oyó chirriar la piedra de afilar. Lucía se sobresaltó, pero la tranquilizó el señor Lorry diciéndole que los soldados estaban afilando sus armas.

Pronto nació el día y el anciano pudo desprender sus manos de las de la joven. Mientras tanto, un hombre, cubierto de sangre como el soldado herido que recobra el conocimiento en el campo de batalla, se levantó del suelo, al lado de la muela y miró a su alrededor con ojos extraviados, Inmediatamente aquel asesino, que estaba derrengado, divisó los carruajes de Monseñor a la escasa luz reinante, y dirigiéndose a uno de ellos abrió la portezuela y se encerró dentro para descansar en los blandos almohadones. Había dado una parte de su vuelta la gran muela, la Tierra, cuando el señor Lorry miró de nuevo y vio que el sol alumbraba con luz roja el patio. Pero la muela más pequeña estaba allí, en el aire de la mañana, cubierta de un color rojo que no procedía del sol y que el sol no le quitaría nunca.

CAPÍTULO III: LA SOMBRA

Una de las primeras cosas que se presentaron a la mente habituada a los negocios del señor Lorry, fue la de que no tenía derecho a poner en peligro al Banco dando albergue a la mujer de un preso emigrado en el mismo edificio destinado a la oficina. Con gusto, habría arriesgado cuanto poseía y la misma vida para salvar a Lucía y a su hija, sin vacilar un solo momento; pero los intereses que se le habían confiado no le pertenecían y por lo que se refería a los negocios había de obrar como hombre de negocios.

Primero pensó en Defarge y en ir a su encuentro para consultarle acerca del lugar más seguro en que podría alojarse Lucía, pero luego pensó en que el tabernero vivía en uno de los barrios más peligrosos de la ciudad y que sin duda debía de ser personaje influyente en ellos y que andaría metido en peligrosas tareas.

Al mediodía el doctor no había regresado aún y como cada momento que pasaba era un peligro más para el Banco, el señor Lorry consultó con Lucía. Esta le dijo que su padre le había dado cuenta de su deseo de alquilar una vivienda cerca del Banco y tomo en eso no había inconveniente alguno y, por otra parte, el anciano comprendía que aun en el caso de ser libertado Carlos, no podría, en algún tiempo, pensar en marcharse de la ciudad, salió en busca de una habitación conveniente y la encontró en una callejuela algo aislada y cuyas casas parecían en su mayor parte deshabitadas.

Inmediatamente trasladó allí a las dos mujeres y a la niña, proporcionándoles cuantas comodidades le fue posible, desde luego superiores a las suyas propias. Les dejó a Jeremías y volvió a sus ocupaciones.

Pasó lentamente el día, triste y preocupado, hasta que llegó la hora de cerrar el Banco. Se hallaba el anciano en su habitación, como el día anterior y se preguntaba qué podría hacer, cuando oyó unos pasos que subían la escalera Poco después estaba un hombre en su presencia que, mirándolo fijamente, se le dirigió por su nombre.

—Soy su servidor, señor Lorry. ¿Me conoce?

Era un hombre de aspecto vigoroso, con el cabello rizado y de cuarenta y cinco a cincuenta años de edad.

—¿Me conoce? —repitió.

—Lo he visto en alguna parte.

—Tal vez en mi taberna.

—¿Viene de parte del doctor Manette? —preguntó el señor Lorry en extremo agitado.

—Sí, de su parte vengo.

—Y ¿qué dice? ¿Me envía algo?

Defarge le entregó un trozo de papel, en el cual había escrito el doctor Manette: "Carlos sin novedad, pero no puedo abandonar el lugar en que me hallo. He obtenido el favor de que el portador de estas líneas lleve una nota de Carlos para su mujer. Permítele que la vea."

Esta misiva estaba fechada en La Force una hora antes.

—¿Quiere acompañarme —dijo el señor Lorry muy satisfecho después de leer en voz alta estas líneas— a donde vive su esposa?

—Sí —contestó Defarge.

Sin fijarse en el extraño tono de reserva de Defarge, el señor Lorry se puso el sombrero y ambos salieron al patio. Allí encontraron a dos mujeres, una de las cuales hacía calceta.

—Seguramente es la señora Defarge, —dijo el señor Lorry que la viera del mismo modo veinte años antes.

—Es ella —contestó su marido.

—¿Nos acompaña la señora? —preguntó el anciano viendo que ella se disponía a salir también.

—Sí. Para observar sus rostros y conocer luego a las personas. Es en beneficio de su seguridad.

Notando ya el tono sospechoso del tabernero, el señor Lorry lo miró con alguna desconfianza, pero empezó a andar. Las dos mujeres los seguían; una era la esposa de Defarge y la otra La Venganza.

Franquearon tan aprisa como les fue posible las calles inmediatas, subieron la escalera del nuevo domicilio de Lucía, Jeremías los dejó entrar y encontraron a Lucía llorando. Se puso muy contenta al recibir las noticias que le dio el señor Lorry y estrechó la mano que le entregaba a misiva de su marido, sin sospechar lo que estuvo haciendo la noche pasada cerca de Carlos y lo que hubiese hecho de no mediar una feliz casualidad.

"Querida mía: Cobra valor. Estoy bien y tu padre tiene alguna influencia sobre los que me rodean. No puedes contestarme. Besa a nuestra hija por mí."

Esto era todo, pero para Lucía era mucho. Se volvió hacia la esposa de Defarge y besó aquellas manos ocupadas en hacer calceta. Fue un acto cariñoso, apasionado y agradecido, propio de una mujer, pero la mano besada no contestó, sino que cayó fría y pesadamente para reanudar la labor.

Algo hubo en aquel contacto que hizo estremecer a Lucía y miró asustada a la señora Defarge, la cual le contestó con una mirada fría e impasible.

—Querida mía —le dijo el señor Lorry,— son muy frecuentes las conmociones populares, y aunque nadie ha de molestaros, la señora Defarge desea conocer a las personas sobre las cuales puede hacer valer su protección.

La Defarge no contestó a estas palabras y el señor Lorry prosiguió:

—Creo conveniente que vengan la querida niña y la señorita Pross.

Se presentaron las dos en la estancia y en cuanto la señora Defarge vio a la niña, la señaló con el dedo e hizo la siguiente pregunta:

—¿Es esta la niña?

—Sí, señora —contestó el señor Lorry— es la adorada hijita de nuestro pobre preso.

La mirada que la señora Defarge y su compañera fijaron en la criatura fue tan amenazadora, que la madre, dándose cuenta, estrechó instintivamente a su hija contra el pecho.

—Ya las he visto —dijo la señora Defarge a su marido.— Podemos marcharnos.

Era tan evidente la amenaza que había en las palabras y las maneras de la tabernera que Lucía, alarmada, exclamó cogiéndose a su vestido:

—¿Tratarán con bondad a mi pobre marido? ¿No le harán daño? ¿Podrán proporcionarme el medio de que le vea, si les es posible?

—No se trata aquí de tu marido —contestó la señora Defarge mirándola con la mayor calma.— Me ha traído tan sólo la hija de tu padre.

—Entonces, por mí, sed compasiva para mi marido exclamó Lucía uniendo las manos en actitud de súplica. Más temo de vos que de cualquier otra persona.

Estas palabras las recibió la señora Defarge cual si fuesen un cumplido y miró a su marido cuyo rostro adquirió severa expresión.

—Algo dice tu marido en la carta acerca de influencia...

—Sí —contestó Lucía sacando el papel del pecho;— dice que mi padre tiene alguna influencia en los que le rodean.

—Pues que cuide él de que lo pongan en libertad. Dejémosle hacer.

—¡Como esposa y como madre —exclamó Lucía suplicante — os ruego que tengáis piedad y no ejerzáis contra mi inocente marido el poder de que gozáis, sino que lo empleéis en favorecerle! ¡Oh, hermana mía, hacedlo por mí! ¡Hacedlo por una esposa y una madre!

La señora Defarge la miró tan fríamente como antes y dijo volviéndose a su amiga La Venganza:

—Las esposas y las madres que hemos visto, desde que éramos niñas, no gozaban de muchas consideraciones. Hemos visto que sus maridos y sus padres eran encarcelados y separados de ellas para siempre. Durante toda nuestra vida hemos visto a nuestras hermanas sufriendo en sus personas y en sus hijos la pobreza, la desnudez, el hambre, la sed, la enfermedad, la miseria, la opresión y los desprecios de toda clase.

—No hemos visto otra cosa —dijo La Venganza.

—Todo eso lo hemos soportado mucho tiempo —añadió la señora Defarge volviéndose a Lucía.— Juzga por ti misma y mira si ha de importarnos mucho una esposa y una madre.

Reanudó su labor y salió, seguida por La Venganza y por Defarge que cerró la puerta.

—¡Valor, mi querida Lucia! —dijo el señor Lorry levantándola. ¡Valor! ¡Hasta ahora todo va bien... mucho mejor de lo que les ha ido a otros muchos desgraciados!

¡Reanimaos y demos gracias a Dios!

—No dejo de dar gracias al cielo —exclamó ella,— pero las sombras de esas mujeres han obscurecido todas mis esperanzas.

—¿Qué es ese desaliento? —exclamó el señor Lorry.— ¡No es más que una sombra que carece de la menor consistencia!

Pero la sombra que proyectaran los Defarge parecía pesar también sobre él, porque todo aquello, en su interior, lo turbaba extraordinariamente.

CAPÍTULO IV: CALMA EN LA TORMENTA

El doctor Manette no regresó hasta la mañana del cuarto día de su ausencia, y todo lo que había ocurrido durante aquellos días se ocultó de tal manera a Lucía, que ésta no llegó a saber, hasta que se halló muy lejos de Francia, que mil cien indefensos prisioneros de ambos sexos y de todas edades, fueron muertos por el populacho, que cuatro días con sus noches fueron obscurecidos por aquellos horrorosos hechos y que hasta el mismo aire que la rodeaba estaba saturado de matanza. Únicamente supo que se dio un ataque contra las prisiones, que todos los presos políticos estuvieron en peligro y que algunos fueron sacados de sus calabozos y asesinados.

El doctor comunicó al señor Lorry, con el mayor secreto, que la multitud lo arrastró hasta la escena de la matanza en la prisión de La Force. Allí encontró un tribunal, cuyos miembros se habían nombrado a sí mismos, ante el cual eran llevados los presos, e inmediatamente eran condenados a muerte o a ser encerrados de nuevo en sus calabozos. El se presentó al tribunal con su verdadero nombre y profesión, haciendo constar que, sin haber sido juzgado, estuvo durante dieciocho años encerrado en la Bastilla, y uno de los miembros del tribunal, Defarge, se levantó para identificarlo.

Por los registros que había sobre la mesa, vio que su yerno figuraba aún entre los presos vivos y pidió al tribunal la vida y la libertad de Carlos. En el primer momento de entusiasmo que ocasionó su presencia, como antigua víctima del sistema de la situación derribada, se le concedió que Carlos Darnay compareciese inmediatamente ante el tribunal para ser juzgado. Añadió que estuvo a punto de ser puesto en libertad, pero que se tropezó con un obstáculo que el doctor no pudo comprender, y que originó una conferencia secreta entre los jueces. Entonces el presidente le informó de que el prisionero debía continuar custodiado, pero que su persona sería inviolable.

Inmediatamente se volvió a encerrar al preso, pero el doctor pidió que, en evitación de que, por error o malicia, se entregara a su yerno a las turbas, se le permitiera acompañarlo, cosa que hizo durante los cuatro días hasta que hubo pasado el peligro.

No referiremos los terribles espectáculos de que fue testigo y que relató al señor Lorry, el cual le escuchaba horrorizado.

Afortunadamente aquella espantosa situación que parecía renovar los sufrimientos del doctor, le daba, al mismo tiempo, ánimos para seguir luchando en favor de la libertad y de la vida de su yerno. Prestaba sus cuidados médicos a todos, ricos y pobres, buenos y malos y creció tanto su influencia, que en breve fue el médico inspector de tres prisiones, y entre ellas La Force. Pudo, gracias a eso, asegurar a Lucía que Carlos ya no estaba encerrado solo en una celda, sino que permanecía con los demás presos. Lo veía todas las semanas y llevaba dulces mensajes a Lucía y a veces ésta recibía una carta, aunque nunca por mano de su padre, pero ella no podía contestar, porque nada era más perjudicial a los presos que el tener relaciones con el exterior.

A pesar de que el caso de Darnay estaba en buenas manos, los esfuerzos del doctor por devolverle la libertad no obtenían éxito, a causa de la situación en que estaban las cosas. Empezaba la nueva era; el rey había sido juzgado, condenado y decapitado, la República de Libertad, Igualdad y Fraternidad o Muerte, declaró que obtendría la victoria contra el mundo entero, alzado en armas contra ella, o moriría en su empeño.

Trescientos mil combatientes se levantaron en armas para combatir a los tiranos de la tierra, y en tales condiciones, ¿qué esfuerzo particular podía luchar contra el diluvio del año Uno de la Libertad, diluvio que surgía de la tierra y no caía del cielo cuyas compuertas estaban cerradas?

En la capital había un tribunal revolucionario y en la nación cuarenta y cinco mil comités revolucionarios; una ley de Sospechosos, que hizo desaparecer toda clase de seguridades en que descansan la libertad y la vida y que ponía a las personas inocentes a merced de cualquier malvado; las cárceles estaban repletas de gente que no había cometido delito alguno y que no podían hacer valer su inocencia; todo eso llegó a ser un orden social y antes de muchas semanas pudo parecer un uso ya muy antiguo. Y por encima de todo descollaba una figura horrible, que llegó a ser tan familiar como si fuera cosa corriente desde los primeros tiempos del mundo; la figura de la aguda hembra llamada La Guillotina.

Era el tema popular de toda clase de bromas; era el mejor remedio para el dolor de cabeza, lo que impedía que el cabello encaneciera, y lo que daba al cutis una delicadeza especial. Era la Navaja nacional que afeitaba excelentemente, y el que besaba la Guillotina miraba a través del ventanillo y estornudaba dentro del cesto. Era el signo de la regeneración de la raza humana y substituía a la Cruz. Y muchos eran los que llevaban a guisa de dije modelitos de la Guillotina, en el mismo lugar en que antes llevaran la Cruz, a la que desdeñaban para creer en aquélla.

Tantas eran las cabezas que cortaba, que tanto ella como la tierra que la sustentaba estaban llenas de sangre. En cierta ocasión llegó a segar veintidós cuellos en otros tantos minutos, y el funcionario que la hacía funcionar había recibido el nombre del hombre fuerte del Antiguo Testamento; pero armado como estaba era más fuerte que el héroe bíblico, aunque más ciego, pues cada mañana arrancaba las puertas del Templo de Dios.

El doctor caminaba con firmeza por entre todos estos horrores, confiado en su poder y persuadido de que acabaría por salvar al marido de su hija. Sin embargo, hacía ya quince meses que éste se hallaba en la prisión cuando la Revolución llegó a adquirir tal violencia que los ríos llegaron a estar llenos de los cadáveres de los presos que ahogaban por la noche, sin contar con los que eran arcabuceados en masa. Pero el doctor seguía animoso. Nadie era más conocido que él y tan útiles y humanitarios eran sus servicios con todos, que casi parecía un hombre aparte de todos los demás.

CAPÍTULO V: EL ASERRADOR

Un año y quince meses. Lucía no sintió un momento de tranquilidad durante este tiempo y a cada momento temía que la Guillotina cercenara la cabeza de su marido.

Todos los días pasaban por las calles las carretas llenas de condenados, entre los cuales había lindas jóvenes, hermosas mujeres, cabezas de cabello negro, castaño, y blanco; aristócratas y gente del pueblo, todos proporcionaban vino rojo a la Guillotina y aplacaban su inextinguible sed. Libertad, Igualdad y Fraternidad o Muerte... esto último mucho más fácil de conceder, ¡oh, Guillotina! Si Lucía hubiese permanecido ociosa, no hay duda de que habría ido a parar a la tumba o al manicomio, pero en cuanto estuvieron establecidos en su nueva vivienda y su padre entró de lleno en el ejercicio de su profesión, Lucía se ocupaba en los quehaceres de la casa, exactamente de la misma manera que si su marido viviera con ella. La pequeña Lucía recibía sus acostumbradas lecciones igual que en su casa de Inglaterra y la ilusión que se forjaba la madre de que en breve estarían todos reunidos y las preces ardientes que dirigía al cielo especialmente por su querido preso, eran casi los únicos consuelos de que disfrutaba.

En apariencia no había cambiado gran cosa. El traje negro que ella y su hija llevaban estaban tan cuidados como otros más alegres que llevaran en tiempos felices. Perdió algo su color, pero siguió siendo tan linda y agradable como siempre. A veces cuando por las noches besaba a su padre, dejaba correr las lágrimas que contuviera durante todo el día, pero él le aseguraba que nada podía ocurrir a Carlos sin que lo supiera y que nadie más que él sería capaz de salvarlo.

No habían transcurrido muchas semanas cuando una tarde, al llegar a casa, le dijo su padre:

—Querida mía, hay en la prisión una ventanilla alta, a la que Carlos puede llegar a veces, hacia las tres de la tarde. Cuando tal cosa ocurra, y ello depende de muchas incidencias imposibles de prever, cree que podría verte en la calle, si te situabas en determinado lugar que yo te indicaría. Pero tú no podrás verle, pobre hija mía, y aunque pudieses sería imprudente hacer la menor señal o saludo al preso.

—¡Oh, padre mío, indícame el lugar; quiero ir allí cada día!

Desde aquel día y cualquiera que fuese el tiempo, esperaba allí dos horas. Estaba ya en su sitio, al dar las dos y se volvía resignadamente a las cuatro. Cuando el tiempo lo permitía se llevaba consigo a la niña, pero nunca dejaba de ir a la hora indicada.

El lugar era una callejuela sin salida y la única puerta que tenía pertenecía al taller de un aserrador de madera. Este, al tercer día de ir Lucía, la vio.

—Buenos días, ciudadana.

—Buenos días, ciudadano.

—¿Paseando, ciudadana?

—Ya lo ves, ciudadano.

El aserrador, que había sido peón caminero, miró hacia la prisión, se cubrió el rostro con los dedos, cual si fueran los hierros de una reja y fingió mirar burlonamente.

—De todas maneras no es asunto mío —dijo. Y continuó su labor.

Al día siguiente esperaba ya a Lucía y se le acercó en cuanto apareció.

—¿Otra vez por aquí, ciudadana?

—Sí, ciudadano.

—¿Traes a tu hija?

—Sí, ciudadano.

—Bueno. Es igual. Al cabo no es asunto mío. Lo que me importa es mi trabajo.

¡Mira, mi sierra pequeña! La llamo mi pequeña Guillotina. Y mira, ya cae una cabeza. Me doy el nombre de Sansón de la Guillotina de la leña. Mira, ahora cae otra cabeza. Esta es la de una niña. Ya ves, ya ha caído también. Ya he terminado con toda la familia.

Lucía se estremeció mientras caían los trozos de leña en el cesto, pero como no era posible evitar su presencia, en adelante fue la primera en dirigirle la palabra para congraciarse con él y hasta le daba algunas monedas para beber, que él tomaba con el mayor gusto.

Todos los días, sin faltar uno, Lucía iba al mismo sitio y pasaba allí dos horas y todos los días, antes de marcharse, besaba la pared de la prisión. Sabía por su padre que

Carlos la veía, aunque ignoraba con cuanta frecuencia, pero eso ya le bastaba, y para que su querido esposo no perdiera ninguna ocasión acudía allí con la mayor constancia.

En eso llegó diciembre. Una tarde en que había nevado ligeramente llegó al sitio acostumbrado. Aquel día era de regocijo popular y Lucía pudo ver que las casas estaban adornadas con pequeñas picas, cuya punta sostenía un gorro colorado; también vio cintas tricolores y la inscripción, asimismo en letras tricolores (que estaban de moda), de República Una e Indivisible, Libertad, Igualdad y Fraternidad, o Muerte.

La mísera tienda del aserrador era tan pequeña, que apenas ofrecía sitio suficiente para esta inscripción, pero de un modo u otro la había hecho pintar sobre la puerta.

Además, junto a la ventana había colocado su sierra, bajo la cual se leía la inscripción siguiente: "Pequeña y Santa Guillotina". Por lo demás la tienda estaba cerrada, cosa que contentó a Lucía que así estaba sola.

Pero no por mucho tiempo, porque de pronto oyó gritos de numerosas personas que se acercaban, cosa que la llenó de temor. Un momento después entró en la callejuela un numeroso grupo, en el centro del cual estaba el aserrador dando la mano a La Venganza.

Seguramente no bajarían de quinientos los que allí aparecieron en la callejuela y estaban bailando como otros tantos demonios. No tenían música ni la necesitaban, pues les bastaban sus propias voces. Cantaban el himno popular de la Revolución y bailaban al mismo tiempo de un modo tan desordenado y feroz, que llenaron de pavor a Lucía que había quedado envuelta entre aquella legión de demonios.

Era la Carmañola. Por fin se alejaron dejando a Lucía temblorosa y asustada en el hueco de la puerta del aserrador y la nieve volvió a caer tranquilamente como si nada hubiera ocurrido.

—¡Oh, padre mío! —exclamó al verlo aparecer inopinadamente. ¡Qué espectáculo tan horrible!

—¡Ya lo sé, hija mía, ya lo sé! Lo he presenciado muchas veces. No te asustes.

Nadie te hará daño alguno.

—No estoy asustada por mí, padre. Pero cuando pienso que Carlos puede hallarse a merced de esa gente...

—Muy pronto lo libertaremos. Le he dejado cuando se dirigía a la ventanita y he venido a prevenirte. No hay nadie que pueda verte. Puedes mandarle un beso.

—Lo haré, padre, y con él le mandaré mi alma.

—¿No puedes verle, pobrecilla?

—No, padre —dijo Lucía mientras se besaba la mano y lloraba al mismo tiempo.

—No puedo.

Se oyó un paso en la nieve y apareció la señora Defarge.

—Salud, ciudadana —dijo el doctor.

—Salud, ciudadano —contestó la tabernera pasando de largo.

—Dame el brazo, hija. En obsequio a él, muestra un semblante alegre.

Perfectamente.

Carlos ha de presentarse mañana ante el tribunal.

—¡Mañana!

—No hay tiempo que perder. Estoy preparado, pero hay precauciones que no podía tomar hasta el momento en que Carlos tuviera que ser juzgado. El todavía no lo sabe, pero me consta que lo llamarán mañana y lo llevarán a la Conserjería. Estoy bien informado. ¿No tienes miedo?

—Confío en ti —contestó Lucía.

—Hazlo sin reservas. Ya ha terminado tu ansiedad. Dentro de pocas horas te será devuelto. Lo he rodeado de toda clase de protecciones. Ahora he de ver a Lorry.

Se interrumpió al oír el paso de varias carretas. Ambos conocían perfectamente el significado de aquel ruido. Eran tres carretas que pasaban cargadas de condenados.

—He de ver a Lorry —repitió el doctor volviéndose de espaldas a las carretas.

El anciano caballero seguía desempeñando las mismas funciones. Él y sus libros eran objeto de frecuentes registros, en calidad de bienes confiscados y propiedad de la nación. Él salvó cuanto le fue posible y nadie habría sido capaz de desempeñar mejor el cometido que le confiara Tellson.

Anochecía ya y casi era de noche cuando el padre y la hija llegaron al Banco.

¿Con quién estaría hablando el anciano? ¿Quién sería aquel hombre en traje de viaje y que al parecer no quería dejarse ver? ¿A quién acababa de despedir cuando salió agitado y sorprendido para estrechar en sus brazos a su querida niña? ¿A quién repitió las temblorosas palabras de la joven cuando, levantando la voz y volviendo la cabeza hacia la puerta de la estancia de que acababa de salir, dijo: "Trasladado a la Conserjería y citado para mañana?"

CAPÍTULO VI: TRIUNFO

Todos los días actuaba el temible tribunal de los Cinco. Las listas de los acusados que habían de comparecer ante él se formaban a última hora y la misma noche eran leídas por los carceleros a los presos. Y los carceleros, en son de broma, decían a los desgraciados: "Venid a enteraros de las noticias del diario de la noche."

Carlos Evremonde, llamado Darnay.

Este era el primer nombre de la lista correspondiente a La Force.

Cuando se pronunció este nombre, el llamado se dirigió al lugar reservado para los que habían de comparecer ante el tribunal al día siguiente. Tenía motivos para conocer esta costumbre, pues había presenciado la escena centenares de veces.

Aquella tarde había veintitrés nombres en la lista, pero solamente contestaron veinte a la llamada, porque uno había muerto en la prisión y los otros dos habían sido guillotinados ya y olvidados. La lista se leyó en la misma estancia donde Darnay viera a los presos que le dieron la bienvenida el día de su prisión, pero todos ellos habían sido asesinados ya y los que escaparon a la matanza murieron en la guillotina.

Se oyeron varias despedidas y algunas frases de aliento, y los presos que se quedaban se ocuparon inmediatamente en la organización de algunos festejos que tenían proyectados, de manera que apenas hicieron caso de los que se marchaban, no porque careciesen de sensibilidad, sino porque ya estaban acostumbrados.

Los presos nombrados fueron trasladados a la Conserjería, en donde pasaron una mala noche y al día siguiente comparecieron quince de ellos antes de que Carlos fuese llamado ante sus jueces. Los quince fueron condenados a muerte y en juzgarlos solamente se tardó una hora y media.

—Carlos Evremonde, llamado Darnay.

Sus jueces estaban sentados y sus cabezas se cubrían con sombreros adornados de plumas, pero todos los demás se tocaban con el gorro rojo, en el cual llevaban la escarapela tricolor. Al mirar al tribunal y a los asistentes, se podría haber creído que se había alterado el orden natural de las cosas y que los criminales juzgaban a los hombres honrados. La hez de la ciudad, los individuos más bestiales y crueles eran los que inspiraban las resoluciones del tribunal, haciendo comentarios, aplaudiendo o desaprobando e imponiendo su voluntad.

Los hombres estaban armados en su inmensa mayoría y las mujeres, algunas llevaban cuchillos y puñales, y comían y bebían, en tanto que otras hacían calceta. Una de éstas mientras trabajaba, sostenía bajo el brazo una labor ya terminada. Estaba en primera fila, al lado de un hombre en quien Carlos reconoció a Defarge. Observó que una o dos veces ella le habló al oído, pero lo que más le llamó la atención fue que aquella pareja no lo mirasen ni por casualidad. Parecían estar esperando algo, y solamente dirigían miradas hacia el jurado. Debajo del Presidente se sentaba el doctor Manette, vestido como siempre, y a su lado estaba el señor Lorry. Carlos observó que estas eran las dos únicas personas que no se adornaban con los atributos soeces de la Carmañola.

Carlos Evremonde, llamado Darnay, era acusado por el fiscal de emigrado, y su vida pertenecía a la República, según el decreto que desterraba a todos los emigrados bajo pena de muerte. Nada importaba que este decreto llevara una fecha posterior a la llegada de Carlos a Francia. Existía el decreto, fue preso en Francia y por lo tanto pedía su cabeza.

—¡A muerte! —gritó el público.— ¡Muera el enemigo de la República!

El residente agitó la campanilla para acallar aquellos gritos y preguntó al preso si era cierto que había vivido varios años, en Inglaterra.

Darnay contestó afirmativamente.

—¿No eres, pues, un emigrado? ¿Qué te consideras, pues?

—De acuerdo con el sentido y el espíritu de la ley no me tengo por tal.

—¿Por qué no? —preguntó el presidente.

—Porque voluntariamente renuncié a un título que me era odioso y a una situación que me desagradaba. Dejé mi país para vivir de mi trabajo en Inglaterra, antes que del trabajo de los agobiados y desgraciados franceses.

—¿Qué pruebas tienes de eso?

Darnay dio el nombre de dos testigos: Teófilo Gabelle y Alejandro Manette.

—¿Te casaste en Inglaterra? —le preguntó, luego, el presidente.

—Sí, pero no con una inglesa, sino con una francesa de nacimiento.

—¿Cómo se llama? ¿A qué familia pertenece?

—Lucía Manette, hija única del doctor Manette, el excelente

médico aquí presente.

Esta contestación ejerció muy buen efecto sobre el público, que, caprichoso como suelen ser las turbas, empezó a gritar vitoreando al doctor y algunos, tal vez los que con mayor ferocidad pidieron la cabeza del preso, derramaron lágrimas de emoción, Carlos Darnay había contestado siguiendo las instrucciones que le diera el doctor que previó todas las contingencias del interrogatorio.

El presidente le preguntó, entonces, por qué regresó a Francia cuando lo hizo y no antes.

—Sencillamente porque no tenía medios de vivir en Francia, exceptuando los que había renunciado, en tanto que en Inglaterra vivía dando lecciones de francés y de literatura francesa. Volví para responder al llamamiento que me dirigió un ciudadano francés, cuya vida ponía en peligro mi ausencia. ¿Hay en todo eso algo delictivo a los ojos de la República?

—¡No! —gritó entusiasmado el populacho. El presidente agitó la campanilla para imponer silencio, sin lograrlo, porque siguieron gritando hasta que se cansaron.

—¿Cómo se llama el ciudadano a que te refieres? —preguntó el presidente.

El acusado explicó que este ciudadano era su primer testigo y expresó la esperanza de que su carta, que le quitaron al prenderle, figuraría entre los documentos que el presidente tenía delante.

El doctor había cuidado de que estuviera la carta en cuestión y el presidente la leyó inmediatamente. Llamó luego al ciudadano Gabelle para que ratificase su contenido y el testigo lo hizo.

Enseguida se llamó a declarar al doctor Manette. Su popularidad y la claridad de sus respuestas produjeron grande impresión. Demostró que el acusado fue su amigo antes de ser su yerno, que había residido siempre en Inglaterra y que lejos de gozar del favor del gobierno aristocrático de aquel país, estuvo a punto de ser condenado a muerte, como enemigo de Inglaterra y amigo de los Estados Unidos. Desde aquel momento se identificaron el jurado y el pueblo, y cuando el doctor apeló al testimonio del señor Lorry, allí presente, el jurado declaró que se daba por satisfecho y que estaban dispuestos a votar si el presidente lo consentía.

A cada voto (los jurados lo hacían en voz alta e individualmente) el populacho aplaudía entusiasmado. Todas las voces resonaban en favor del preso y el presidente lo declaró libre.

Entonces se vio una de aquellas escenas extraordinarias en las que el populacho demuestra su inclinación hacia los sentimientos generosos. Tan pronto como se pronunció el fallo absolutorio, muchos de los asistentes empezaron a derramar lágrimas y a abrazar al preso, hasta el punto de que éste corrió peligro de perecer asfixiado, lo que no impedía que aquel mismo populacho se hubiera echado sobre él para destrozarlo si hubiese sido declarado culpable.

Gracias a que tuvo que salir para que pudieran continuar la tarea del tribunal, se vio libre, momentáneamente, de aquellas caricias. Llegó la vez de que fueran juzgados cinco acusados como enemigos de la República, por el delito de no haber expresado su entusiasmo por ella con hechos o con palabras. Y tan rápido anduvo el tribunal en compensar a la nación por aquella vida que había salvado, que los cinco desgraciados fueron condenados a muerte antes de que Carlos saliera de la sala. El primero de ellos comunicó la sentencia a Carlos levantando un dedo, señal de muerte acostumbrada en la prisión y luego todos gritaron irónicamente:

—¡Viva la República!

Aquellos cinco desdichados no tuvieron público que hiciera durar el juicio, porque en cuanto Darnay salió en compañía del doctor Manette, lo rodeó una multitud en la que le pareció reconocer a todos los asistentes al juicio, exceptuadas dos personas a las que en vano buscó con la mirada. La multitud lo hizo objeto de sus aclamaciones y abrazos; luego lo sentaron en un sillón y lo llevaron en triunfo a su casa.

El doctor se adelantó a aquella procesión con el fin de preparar a su hija, y cuando ésta vio a Carlos cayó desvanecida en sus brazos. Mientras él sostenía a Lucía sobre su pecho, el populacho empezó a bailar la Carmañola. Luego sentaron en el sillón a una joven, proclamándola diosa de la Libertad y se la llevaron en hombros entre gritos y cánticos.

Después de estrechar la mano del doctor que, orgulloso de sí mismo estaba a su lado y la del señor Lorry que, jadeante, se había abierto paso por entre la multitud, y después de besar a la pequeña Lucía y de abrazar a la buena señorita Pross, tomó a la esposa en sus brazos y se la llevó a sus habitaciones.

—¡Lucía! ¡Amor mío! ¡Ya estoy libre!

—¡Oh, querido Carlos, déjame que dé gracias a Dios!

Los dos inclinaron reverentemente la cabeza y cuando ella estuvo de nuevo en sus brazos, Carlos le dijo:

—Ahora, querida, da las gracias a tu padre. Nadie más en Francia podría haber hecho lo que él ha hecho por mí.

Lucía reclinó la cabeza en el pecho de su padre, el cual se sintió feliz de haber podido pagar la deuda de gratitud que con su hija tenía.

Y considerándose recompensado de sus antiguos dolores y orgulloso de su fuerza, le dijo:

—Sé fuerte, querida mía. No tiembles así. Yo lo he salvado.

CAPÍTULO VII: LLAMAN A LA PUERTA

"Yo lo he salvado." No era uno de tantos sueños antiguos que volvía, sino que Carlos estaba realmente allí. Y, sin embargo, su mujer temblaba y sentía un temor vago pero intenso.

Era imposible, en efecto, olvidar que otros tan inocentes como su esposo habían muerto en aquellos tiempos en que el pueblo se mostraba tan cruel y vengativo. Su padre, en cambio, le daba ánimos y se sentía satisfecho de haber logrado el éxito en su empeño de salvar a Carlos.

El menaje de la casa era sumamente sencillo, no solamente porque eso era lo más prudente, sino que también porque no eran ricos, y Carlos, durante su largo encierro, había tenido que pagar bastante caro el mal alimento que le vendían. Por estas razones y para evitarse un espía doméstico, no tenían criada; los ciudadanos que hacían de porteros les prestaban algunos servicios, y Jeremías, que el señor Lorry les había cedido casi por completo, dormía en la casa todas las noches.

La República Una e Indivisible de Libertad, Igualdad y Fraternidad o Muerte, había ordenado que sobre las puertas de todas las casas se inscribiera el nombre de sus habitantes. Por consiguiente en casa del doctor figuraba también el nombre de Jeremías Roedor, y cuando se acentuaron ya las sombras de la tarde, el posesor de este nombre regresó de llamar a un pintor que había de añadir a la lista el nombre de Carlos Evremonde, llamado Darnay.

En aquellos tiempos en que reinaba la desconfianza y el temor, la familia del doctor, como muchas otras, adquirían todos los días los comestibles y artículos necesarios, en pocas cantidades y en diversas tiendas. Desde hacía algún tiempo la señorita Pross y el señor Roedor llenaban las funciones de proveedores; la primera llevaba el dinero y el segundo el cesto. Todas las tardes, al encenderse el alumbrado público, salían en cumplimiento de sus deberes y compraban lo que se necesitaba en la casa. A pesar de que la señorita Pross pudiera haber conocido el francés perfectamente, aprendiéndolo en los largos años que llevaba viviendo con una familia francesa, no conocía más este idioma que el mismo señor Roedor, es decir, nada absolutamente. Por eso sus compras las hacía pronunciando un nombre ante el vendedor y si no había acertado agarraba lo que quería comprar y no lo soltaba hasta haber cerrado el trato. Y el regateo lo llevaba a cabo señalando siempre con un dedo menos que el vendedor, cualquiera que fuese el precio.

—Señor Roedor —dijo la señorita Pross con los ojos encarnados por haber llorado de felicidad— yo estoy dispuesta. Si queréis podemos salir.

Jeremías se puso a la disposición de su compañera.

—Hoy necesitamos muchas cosas, pero tenemos tiempo. Entre otras cosas hemos de comprar vino. Adonde vayamos encontraremos a esos gorros colorados brindando y emborrachándose.

—¡Cuidado, querida! —exclamó Lucía.— Tened cuidado.

—Seré prudente —contestó la señorita Pross.— Tú quédate junto al fuego, cuidando de tu marido que has recobrado y no te muevas hasta que regrese.

Salieron dejando a la familia junto al fuego. Esperaban que llegase de su Banco el señor Lorry y estaban todos tranquilos, gozando de la dicha de verse reunidos.

De pronto Lucía preguntó: —¿Qué es eso?

—Hija mía, cálmate —le dijo el doctor.— Cualquier cosa te sobresalta.

—Me pareció haber oído un ruido en la escalera —contestó Lucía.

—No se oye nada.

Apenas acababa de decir el doctor estas palabras, cuando se oyó llamar a la puerta.

—¿Qué será, padre? ¡Escóndete, Carlos! ¡Sálvalo, padre mío!

—Ya lo he salvado —contestó el doctor levantándose.— Déjame ahora que vaya a ver quién llama.

Tomó una lámpara de mano, cruzó las dos estancias vecinas y abrió. Se oyó enseguida cómo unos rudos pies pisaban el suelo y al mismo tiempo entraron en la estancia cuatro hombres cubiertos con el gorro rojo y armados de sables y pistolas.

—¿El ciudadano Evremonde, llamado Darnay?

—¿Quién le busca? —preguntó Darnay.

—Nosotros. Te conozco, Evremonde. Hoy te vi en el tribunal. Vuelves a ser prisionero de la República.

Y los cuatro hombres lo rodearon mientras su esposa y su hija se abrazaban a él.

—¿Por qué se me prende de nuevo?

—Ven con nosotros a la Conserjería y mañana lo sabrás. Mañana mismo has de ser juzgado.

El doctor Manette, que se había quedado como petrificado, con la lámpara en la mano, cual si se hubiese convertido en estatua, dejó la lámpara, dio un tirón de la camisa del que acababa de hablar y le dijo:

—Acabas de asegurar que le reconoces. ¿Me conoces a mí?

—Sí, eres el ciudadano doctor.

—Todos te conocemos —dijeron los otros tres.

—¿Quieres contestarme a mí la pregunta que te he hecho? ¿Qué sucede?

—Ciudadano doctor —contestó el primero de mala gana,— ha sido denunciado a la Sección de San Antonio.

—¿De qué se le acusa?

—No me preguntes más, ciudadano doctor —contestó el otro.— Si la República te pide un sacrificio, sin duda tú, como buen patriota, te sentirás feliz haciéndolo. La República antes que todo El Pueblo es soberano. Evremonde, tenemos prisa.

—Una palabra —rogó el doctor.— ¿Quieres decirme quién lo ha denunciado?

—Es contra mi deber —dijo el interpelado,— pero, en fin, ha sido denunciado por el ciudadano y la ciudadana Defarge y, además, por otro.

—¿Quién?

—¿Tú lo preguntas, ciudadano doctor?

—Sí.

—Pues lo sabrás mañana. Ahora he de ser mudo.

CAPÍTULO VIII: UNA PARTIDA DE NAIPES

Ignorante de la nueva calamidad que acababa de caer sobre la familia, la señorita Pross seguía su camino por las estrechas calles y cruzó el río por el Puente Nuevo, reflexionando acerca de las compras que tenía que hacer. A su lado iba el señor Roedor con el cesto. Después de adquirir algunos comestibles y un poco de aceite para la lámpara, la señorita Pross se dispuso a comprar el vino que necesitaba, y pasando de largo por delante de alguna tabernas se detuvo, finalmente, ante una de ellas en cuya muestra se leía: "Al Buen Republicano Bruto, de la Antigüedad" y que no estaba lejos del Palacio Nacional, antes de las Tullerías. Parecía más tranquila que las demás y aunque no faltaban los patriotas cubiertos de gorro rojo, no había tantos como en otros establecimientos similares. Y así la señorita Pross entró en la taberna, seguida de su caballero.

Sin hacer caso de la concurrencia, que fumaba, jugaba, bebía o escuchaba la lectura del periódico, y sin fijarse en algunos que estaban dormidos, se acercó al mostrador y con el dedo indicó lo que necesitaba.

Mientras median el vino que pidiera, un hombre se levantó de un rincón y se dispuso a salir. Pero para hacerlo tenía que ponerse frente a frente de la señorita Pross, la cual, apenas hubo fijado los ojos en aquel hombre, dio un grito y pareció que iba a desvanecerse.

En un momento todos se pusieron en pie, persuadidos de que se asesinaba a alguien o de que se estaba solventando una ligera diferencia, pero no vieron más que un hombre y una mujer que se miraban con la mayor atención. Él parecía francés y ella inglesa.

Las frases con que expresaron su desencanto los parroquianos no llegaron a oídos de la señorita Pross y del hombre que ante ella estaba, pues la sorpresa que sentían les impedía fijarse en nada más. En cuanto al señor Jeremías, estuvo a punto de caerse de espaldas de puro asombro.

—¿Qué hay? —exclamó en inglés y con rudeza el hombre cuya aparición hiciera gritar a la señorita Pross.

—¡Oh, Salomón, querido Salomón! —exclamó la señorita Pross. ¡Después de un siglo que no te veo te encuentro aquí!

—No me llames Salomón. ¿Quieres mi muerte? —exclamó el hombre con cierto temor.

—¡Hermano mío! —exclamó ella derramando lágrimas.— ¿Cuándo he sido tan mala para ti que me hagas esta pregunta?

—Entonces contén la lengua —dijo Salomón— y ven si quieres hablar conmigo.

¿Quién es ese hombre?

—Es el señor Roedor —contestó la señorita Pross entre lágrimas.

—Pues que venga con nosotros —dijo Salomón— ¿Me habrá tomado por un fantasma?

Eso parecía, a juzgar por las miradas del señor Roedor. Sin embargo, no dijo una palabra y la señorita Pross, haciendo esfuerzos por serenarse, pagó el vino. Mientras tanto su hermano se volvió a los bebedores y en francés les dijo algunas palabras para explicar el suceso.

—Ahora ¿qué quieres? —preguntó Salomón deteniéndose en un rincón obscuro de la calle.

—¡Qué mal me recibes a pesar de que nunca he dejado de quererte!

—Toma —dijo su hermano rozando con sus labios los de ella — ¿Estás contenta ahora? Ella no contestó, pues seguía llorando.

—Si te figuras que me has dado una sorpresa, te engañas —dijo Salomón.— Sabía que estabas en París. Si, verdaderamente, no quieres poner en peligro mi vida, cosa que empiezo a dudar, sigue tu camino y déjame que vaya por el mío. Tengo mucho que hacer. Soy un oficial.

—Mi hermano Salomón, inglés, que habría podido ser uno de los hombres más grandes en su país, empleado de unos extranjeros ¡y qué extranjeros! Preferiría verte muerto en tu...

—¡Ya lo suponía! Estás deseando mi muerte. Me haré sospechoso gracias a mi hermana.

—¡Dios no lo quiera! —exclamó la señorita Pross.— Pero preferiría no haberte vuelto a ver, a pesar de lo que te quiero. Dime una palabra cariñosa y no te detendré más.

El hermano estaba pronunciando la palabra cariñosa que se le pedía, cuando el señor Roedor, tocándole en el hombro, lo interrumpió con esta extraña pregunta:

—¿Me haces el favor de decirme si vuestro nombre es Juan Salomón o Salomón Juan?

El interpelado lo miró con desconfianza.

—Contéstame. Ella se llama Salomón y debe de conocer tu nombre, pero yo sé que te llamas Juan. ¿Cuál de los dos nombres va primero? En Inglaterra no te llamabas Pross.

—¿Qué queréis decir?

—No lo sé muy bien, pero no recuerdo cómo te llamabas en Inglaterra, aunque juraría que el apellido que llevabas era de dos sílabas.

—¿De veras?

—Sí. El otro no tiene más que una. Te conozco. Eras entonces un espía de Old Bailey. ¿Cómo te llamabas entonces?

—Barsad —dijo una voz desconocida tomando parte en la conversación.

—¡Eso es! —exclamó Jeremías.

El personaje que acababa de hablar era Sydney Carton. Tenía las manos a la espalda, y estaba al lado del señor Jeremías, tan tranquilamente como si se hallara en Old Bailey.

—No te alarmes, mi querida señorita, Pross —dijo.— Ayer noche llegué y me presenté al señor Lorry. Convinimos en que no me dejaría ver hasta que todo estuviera arreglado o en caso de que pudiera ser útil. Y ahora me presento aquí, deseoso de conversar un poco con vuestro hermano. Yo habría deseado para vos un hermano más digno que el señor Barsad y también que no fuese espía de las cárceles.

El espía estaba pálido, pero, recobrando el ánimo, protestó de aquellas palabras.

—Hace una hora que te vi, señor Barsad, mientras salías de la Conserjería. Tienes una de esas caras que se recuerdan siempre y yo soy muy buen fisonomista. Y al verte se me ocurrió relacionar tu indigno oficio con las desgracias que sufre un amigo mío. Por eso te he seguido y me senté a tu lado en la taberna. No me costó nada averiguar tu profesión por las palabras que cruzaste con tus admiradores. Y así, lo que al principio fue una sospecha, quedó completamente confirmado, señor Barsad.

—¿Qué te propones?— preguntó el espía.

—Sería molesto y peligroso explicarlo en la calle. Por eso te rogaré que me favorezcas con tu compañía... hasta el Banco Tellson, por ejemplo.

—¿Bajo amenaza?

—¿Acaso he dicho tal cosa?

—¿Entonces para qué voy a ir?

—No puedo decírtelo, señor Barsad.

—¿Quieres indicarme que no te viene en gana?

—Me ha entendido muy bien, señor Barsad. No quiero.

La tranquilidad e indiferencia de Carton impresionó extraordinariamente al espía y su mirada práctica advirtió enseguida la ventaja que acababa de obtener.

—Fíjate en lo que te digo —exclamó el espía mirando torvamente a su hermana;— si me sucede algo malo, tuya será la culpa.

—Vamos, señor Barsad, no sea ingrato — exclamó Sydney. — Si no fuera por el respeto que me merece vuestra hermana, no te habría hecho con tanta amabilidad una proposición que ha de resultar en beneficio mutuo. ¿Me acompañas al Banco?

—Sí, te acompaño. Deseo conocer lo que tienes que decirme.

—Ante todo acompañaremos a tu hermana hasta la esquina de su calle. Deme el brazo, señorita Pross. Esta ciudad no está tranquila para que vaya, sin protección de nadie y como su compañero conoce al señor Barsad, le invito a que nos acompañe a casa del señor Lorry. ¡Vamos!

Dejaron a la señorita Pross en la esquina de su calle y entonces Carton se dirigió con Barsad y Jeremías a casa del señor Lorry, adonde llegaron a los pocos minutos.

El señor Lorry acababa de cenar y estaba sentado ante el fuego. Volvió la cabeza al oír a los que llegaban y demostró su sorpresa al ver a un desconocido.

—Es el hermano de la señorita Pross. El señor Barsad.

—¿Barsad? —repitió el anciano— ¿Barsad? Me parece recordar el nombre y el rostro.

—Ya te dije que tienes una cara que no se despinta, señor Barsad —observó fríamente Carton—. Siéntate.

Mientras él mismo tomaba una silla, se volvió hacia el señor Lorry y le dijo:

—Testigo de aquella causa.

El anciano recordó inmediatamente y miró al recién llegado con mirada en que expresaba claramente su antipatía.

—La señorita Pross ha reconocido en el señor Barsad al hermano de quien tanto le ha oído hablar. Pero ahora pasemos a noticias peores. Darnay ha sido preso nuevamente.

—¡Qué me dices! —exclamó el anciano consternado.

—Hace apenas dos horas que lo he dejado libre y feliz.

—Pues está preso. ¿Cuándo lo prendieron, Barsad?

—Habrá sido hace un momento.

—El señor Barsad es digno de crédito en estos asuntos —dijo Sydney— y conozco el hecho por una conversación que ha tenido con otro espía, mientras se bebían ambos una botella de vino. Dejó a los encargados de prenderle en la puerta de su casa, de manera que la desgracia es cierta.

El señor Lorry lo comprendió así y se dispuso a escuchar en silencio.

—Espero, sin embargo —continuó Carton,— que el nombre y la influencia del doctor puedan serle tan útiles mañana... ¿dijiste que lo juzgarían mañana, Barsad?

—Así lo creo.

—Tan útiles mañana como lo han sido hoy. Pero tal vez no sea así. He de confesarte, sin embargo, que me da qué pensar el hecho de que el doctor no haya podido impedir la prisión...

—Tal vez no la sospechaba siquiera —dijo el señor Lorry.

—Precisamente esta circunstancia es alarmante.

—Es verdad —contestó el señor Lorry.

—En resumen —dijo Sydney— en casos desesperados es cuando se juegan las partidas desesperadas por puestas desesperadas. Dejemos que el doctor juegue la partida de ganar; yo voy a jugar la de perder. Aquí no tiene valor la vida de ningún hombre, pues el que hoy ha sido llevado en triunfo a su casa por el pueblo, puede ser condenado mañana. Ahora, la puesta que he decidido jugar, en el peor de los casos, es un amigo en la Conserjería. Y el amigo a quien me propongo ganar, señor Barsad, sois vos.

—Preciso será que tengáis muy buenas cartas, señor —dijo el espía.

—Vamos a verlas. Pero ya sabes, señor Lorry, lo torpe que soy. Te ruego que me des un poco de brandy.

Bebió una copita y otra y dejó a un lado la botella.

—El señor Barsad —dijo, como si, realmente, estuviera examinando sus naipes—, espía de las cárceles, emisario de los comités republicanos, carcelero y prisionero alternativamente, siempre espía e informador secreto, mucho más apreciado por su condición de inglés, se presenta a sus jefes bajo un nombre falso. Esta es una buena carta. El señor Barsad, empleado del gobierno republicano francés, estuvo antes a sueldo del gobierno aristocrático inglés, enemigo de Francia y de la libertad. Esta es también otra carta excelente. De lo que se infiere fácilmente, que el señor Barsad continúa a sueldo del gobierno inglés aristocrático, como espía de Pitt, y es el traidor enemigo que reposa en el regazo de la República, el traidor inglés y agente de todas esas indignidades de que tanto se habla y que tan difícil es probar. Esta carta no se falla fácilmente. ¿Vas siguiendo mi juego, señor Barsad?

—No entiendo cómo jugarás estas cartas —contestó el espía algo intranquilo.

—Juego mi as, denunciando al señor Barsad ante el Comité de la Sección más próxima. Mira tu juego, señor Barsad, y ve qué cartas tienes. No hay prisa.

Acercó nuevamente la botella y bebió otra copa de licor. Vio que el espía parecía tener miedo de que si continuaba bebiendo saliera a denunciarlo inmediatamente y por esta razón se bebió otra copa.

—Mira cuidadosamente tu juego, señor Barsad —repitió. Tómate el tiempo que quieras.

El juego de Barsad era mucho peor de lo que se había podido figurar. El señor Barsad sabía que todas sus cartas le harían perder el juego, pero Sydney Carton las ignoraba. Despedido de su honorable empleo en Inglaterra, a causa de torpezas cometidas, cruzó el Canal y aceptó el servicio en Francia, primero como espía de los ingleses. Fue luego espía de San Antonio y trató de ejercer su oficio contra los Defarge, gracias a unas informaciones que le diera la policía acerca del doctor Manette, que habían de servirle de excusa para trabar conversación, pero fracasó en su empeño y recordaba con terror a la señora Defarge que no cesó en su labor mientras le hablaba y que le miró tan airada. Luego la vio exhibir sus registros tejidos en la labor de calceta y denunciar a las personas que se tragaba la Guillotina. Le constaba que nunca estaba seguro, como no lo estaba ninguno de los que se dedicaban a su mismo oficio; que la fuga era imposible y que a pesar de los servicios prestados al régimen que imperaba, bastaba una sola palabra para perderlo. Una vez denunciado por los delitos que acababa de mencionar Carton, no tenía la más pequeña duda de que estaría perdido. Además, todos los hombres que viven de denunciar a los demás son cobardes y se comprenderá el efecto que en él ejerció la mención de las cartas del juego de Carton.

—Parece que no te gusta tu juego —dijo tranquilamente Sydney.— ¿Juegas?

—Creo, señor —dijo el espía humildemente volviéndose hacia el señor Lorry,— que puedo apelar a un caballero de sus años y de su benevolencia, para que haga desistir a este otro caballero de jugar la carta de que acaba de hablar. Admito que soy espía y que no es oficio digno, aunque alguien ha de desempeñarlo; pero ese caballero no lo es y no ha de descender hasta convertirse en tal.

—Jugaré mi carta, señor Barsad —dijo Carton mirando su reloj — sin el menor escrúpulo, dentro de muy pocos minutos.

—Había esperado, señores —dijo el espía tratando de envolver en la conversación al señor Lorry,— que por respeto a mi hermana...

—Lo mejor que puedo hacer en favor de vuestra hermana —dijo Sydney Carton— es librarla cuanto antes de semejante hermano.

—¿Lo crees así, señor?

—Estoy perfectamente convencido de ello.

Era evidente que el espía estaba asustado y, notándolo Carton, añadió:

—Y ahora que me lo mejor, tengo la impresión de que en mi juego hay otra carta excelente, que todavía no he nombrado. ¿Quién era el individuo que hablaba contigo en la taberna y que también parece ser espía?

—Francés.

—Francés, ¿eh? —dijo Carton como para, sí mismo.

— Es posible.

—Se lo aseguro, aunque eso es lo de menos —añadió el espía.

—Aunque eso es lo de menos —repitió Carton maquinalmente—, aunque eso es lo de menos. No, no tiene importancia alguna. Sin embargo, conozco aquella cara.

—Estoy seguro de que no. No puede ser —replicó el espía.

—No puede ser —repitió distraídamente Carton, llenando nuevamente la copa que, por fortuna, era pequeña.— Habla bien el francés, pero con acento extranjero.

—Es de provincias —insinuó el espía.

—¡No, es extranjero! —exclamó Carton convencido ya.

—¡Es Cly! Desde luego disfrazado, pero él sin duda alguna. Lo vi hace ya algún tiempo en Old Bailey.

—Se engañáis completamente, señor —dijo el espía sonriendo,— y eso me da alguna ventaja sobre usted. Cly, que fue mi compañero, murió hace ya algunos años. Lo cuidé en su última enfermedad. Fue enterrado en Londres, en la parroquia de San Patricio. La impopularidad de que gozaba me impidió asistir a su entierro, pero ayudé a meterlo en el ataúd.

En aquel momento el señor Lorry observó una sombra que se movía a lo largo de la pared, y, buscando su origen, vio que era la del señor Roedor, cuyo cabello estaba más erizado que nunca.

—Vamos a ponernos en razón —dijo el espía.— Para demostraros cuán equivocado andas, voy a mostraros el certificado de defunción del pobre Cly, que, por casualidad, llevo conmigo —dijo apresurándose a sacar el documento.

— Aquí está. Míreño bien, que no es falso.

El señor Lorry observó que se alargaba la sombra de la pared y el señor Roedor se levantó y se acercó a los que hablaban. Tocó al espía en el hombro y dijo secamente:

—¿De manera que fuiste tú quien puso en el ataúd a maese Roger Cly?

—Sí.

—¿Quién lo sacó, pues, del ataúd?

—¿Qué quieres decir? —preguntó el espía tartamudeando.

—Quiero decir que no estuvo nunca en el ataúd. ¡No! ¡Me apuesto la cabeza a que nunca estuvo allí encerrado!

El espía se volvió hacia los dos caballeros, que estaban muy asombradas por las palabras de Jeremías Roedor.

—Te, digo –prosiguió éste— que el ataúd solamente contenía piedras y tierra, pero no un cadáver. ¡No me vengas a mí con la historia de que enterraste a Cly! Fue un engaño. Lo sé yo y lo saben dos amigos míos.

—¿Cómo lo sabes?

—¡Qué te importa! ¡Hace tiempo que te la tengo jurada por el engaño de que hiciste víctimas a unos honrados menestrales! ¡Por menos de media guinea sería capaz de estrangularte!

Sydney Carton que, como el mismo señor Lorry, estaba asombradísimo ante la intervención de Jeremías, rogó a éste que se moderase y que se explicara.

—Ya lo haré en otra ocasión, señor —contestó evasivamente.— Lo que repito que ese Cly no estuvo nunca enterrado. ¡Que se atreva ese tuno a repetirlo y le quitaré las ganas de mentir!

—¡Caramba! — exclamó Carton.— Aquí tengo otro triunfo, señor Barsad. Te será imposible en una ciudad que se halla en circunstancias tan especiales como ésta, sobrevivir a mi denuncia, toda vez que estás en relación con otro espía aristocrático, de los mismos antecedentes tuyos y que, por colmo, está rodeado del misterio de haber fingido su muerte o de haber resucitado. Eso se parece a una conspiración de dos extranjeros contra la República. Es un triunfo magnífico... que equivale a la Guillotina.

¿Juegas?

—No —contestó el espía.— Me rindo. Confieso que llegué a ser tan odiado por las turbas que me vi obligado a salir de Inglaterra para no morir ahorcado y que Cly estaba en tan crítica situación que no habría salido con vida a no ser por este engaño. Lo que me maravilla es que ese hombre esté enterado de ello.

—No te preocupes por mí —contestó el señor Roedor.— Bastante tienes que hacer prestando atención a este caballero.

El espía se volvió a Sydney Carton y le dijo:

—He de volver a prestar mi servicio y no puedo entretenerme. Me anunciaste una proposición. ¿Cuál es? Te advierto que será inútil pedirme demasiado. Si me exigís algo que ponga en peligro mi cabeza, preferiré correr los riesgos de la denuncia antes que consentir en lo que me pidas. No olvides que si creo que me conviene te denunciaré, tratando de librarme de mi perdición como pueda, sin reparar en los medios. ¿Qué quieres de mí?

—Poca cosa. ¿Eres carcelero en la Conserjería?

—Toma nota de que es completamente imposible facilitar una evasión.

—No necesitas advertirme acerca de una cosa que no te he pedido. ¿Eres carcelero en la Conserjería?

—A veces.

—¿Puedes serlo en el momento en que te convenga?

—Puedo entrar y salir cuando quiero.

—Hasta ahora hemos hablado en presencia de estos señores, para que no quedase ignorado de ellos el valor de las cartas que poseo. Ven ahora a esa habitación y cambiaremos unas palabras a solas.

CAPÍTULO IX: HECHO EL JUEGO

Mientras Sydney Carton y Barsad estaban en la vecina estancia hablando tan quedo, que no se oía una sola de sus palabras, el señor Lorry miraba a Jeremías con la mayor desconfianza. El señor Roedor no estaba tranquilo, pues se daba cuenta de la aproximación de la tormenta.

—Ven aquí, Jeremías —ordenó el señor Lorry. El llamado obedeció y el anciano le preguntó:

—¿Qué más has sido, aparte de mensajero del Banco?

Después de alguna vacilación, el señor Roedor pareció haber hallado la respuesta y dijo:

—Me dedicaba a trabajos agrícolas.

—Me parece —replicó el señor Lorry— que has usado de la respetabilidad del Banco Tellson como de una pantalla para ocultar ocupaciones criminales e infames. Si no me equivoco, no esperas el perdón cuando regresemos a Inglaterra ni que guarde el secreto, pues Tellson no debe ser engañado.

—Espero, señor —contestó avergonzado el señor Roedor,— que después de haber envejecido a su servicio, no se decidirá a perjudicarme, aunque fuese cierto lo que sospechas. ¿Crees que un hombre podría enriquecerse aprovechando los desperdicios de los empresarios de pompas fúnebres, o con lo que no querrían los sacristanes ni los vigilantes de los cementerios, todos ellos capaces de cualquier cosa para ganar algo? No, no, señor Lorry, es un oficio que no da nada.

—¡Uf! —exclamó el señor Lorry —Me da horror el verlos.

—Lo que quisiera rogarle, señor Lorry —replicó el señor Roedor con mayor humildad todavía,— lo que quiero pedirle, por lo que más quiera, es que, si ha de destituirme, dé el cargo que yo desempeñaba en el Banco a mi hijo para que pueda cuidar de su madre, y déjeme a mí que excave cuanto quiera. Esto es lo que quiero pedirle, y debo añadir que si antes hablé, lo hice en favor de una causa buena.

—Eso es verdad — contestó el señor Lorry.— Callad ahora. Aun es posible que siga siendo tu amigo si me muestras arrepentimiento con actos, no con palabras.

En aquel momento entraron nuevamente en la estancia Sydney Carton y el espía.

—Adiós, señor Barsad —dijo el primero. — Quedamos de acuerdo. No debéis temer nada de mí.

Se sentó al lado del señor Lorry, el cual le preguntó qué había hecho.

—Poca cosa. Si las cosas se ponen malas para nuestro amigo, podré ir a verle una vez.

El señor Lorry mostró su desencanto.

—No he podido hacer más. Pedir demasiado sería poner en peligro a ese hombre y, como antes ha dicho, ya no podría ocurrirle nada peor si le denunciara. Este es el punto flaco de la cuestión.

—Pero el poder verle —observó el señor Lorry— no servirá para salvarle.

—Nunca dije que lo conseguiría.

El señor Lorry miró al fuego. Aquella nueva desgracia acaecida a Carlos lo había anonadado. El pobre hombre no era ya más que un anciano agobiado por el pesar.

—Eres un hombre excelente y un verdadero amigo —dijo Carton con alterada voz. —Perdónme si he observado que estáis afectado. No habría podido ver llorar a mi padre y permanecer indiferente, y te aseguro que no respeto menos tu dolor de lo que habría respetado el suyo.

Era tal la emoción que traicionaban sus palabras, que el señor Lorry, que desconocía su lado bueno, se asombró. Le tendió la mano y Carton la estrechó afectuosamente.

—Volviendo ahora al pobre Carlos —dijo Carton,— creo que no debes decir a su esposa lo que hemos tratado aquí. No le hables tampoco de mí, pues dadas las circunstancias ni siquiera iré a verla y lo que pueda hacer por ella lo realizaré mejor no viéndola. ¿Irás a visitarla ahora?

—Sí.

—Me alegro. Te quiere mucho. ¿Cómo está la pobre?

—Desde luego se siente muy desgraciada, pero está tan hermosa como siempre.

Carton profirió una exclamación que más bien parecía un sollozo y se quedó mirando el fuego tristemente.

—¿Has terminado ya tu misión, señor? —preguntó Sydney Carton.

—Sí. Como te decía ayer noche, cuando llegó tan inesperadamente Lucía, he hecho ya cuanto podía hacerse. Esperaba dejar a nuestros amigos sanos y salvos y marcharme.

Tengo el pasaporte despachado y ya estaba dispuesto a volver a Inglaterra.

Hubo un silencio entre ellos y Carton dijo luego:

—Larga ha sido ya vuestra vida, señor Lorry.

—En efecto, voy a cumplir setenta y ocho años.

—Has sido siempre útil, siempre estuviste ocupado y gozaste de la confianza y del respeto de todos.

—Me dediqué a los negocios desde mi primera juventud.

—Y ahora ocupas un lugar envidiable. ¡Cuántos te echarán de menos cuando lo dejes vacante!

—Soy un solterón —contestó el señor Lorry meneando la cabeza— y nadie llorará por mí.

—¿Cómo puedes decir eso? ¿No llorará ella?

—Sí, a Dios gracias. Es verdad.

—Si esta noche pudieras decirle que en tu larga vida no pudiste conquistar el amor, el afecto o la gratitud de nadie y que nada hiciste bueno o servicial digno de ser recordado, tus setenta y ocho años te parecerían setenta y ocho maldiciones, ¿verdad?

—Eso sería, efectivamente.

Sydney volvió nuevamente los ojos al fuego y después de corto silencio, añadió:

—Deseo preguntarte otra cosa. ¿Te parece muy lejana tu infancia?

—Hace veinte años, sí —contestó el señor Lorry— pero ahora, no. A medida que me acerco al final de mi vida, me parece como si estuviera a punto de terminar el recorrido de un círculo y que estoy más cerca del principio. Con frecuencia me parece ver de nuevo a mi pobre madre, ¡tan linda y tan joven! y me acuerdo de cosas ocurridas en mi vida, cuando el mundo no me parecía tan verdadero ni habían arraigado en mí las faltas.

—Te comprendo perfectamente —dijo Carton,— y estos recuerdos seguramente te hacen mejor de lo que eres.

Ayudó al señor Lorry a ponerse el gabán, en tanto que éste le decía: Tú, en cambio, eres muy joven.

—Sí, pero el camino de mi juventud va la ancianidad.

—¿Vas a salir?

—Te acompañaré hasta su casa. Ya sabes que soy un vagabundo y me gusta andar errante por las calles. Pero no hay cuidado. Mañana por la mañana me dejaré ver de nuevo. ¿Irás al tribunal?

—Sí, por desgracia.

—Yo asistiré también, pero confundido entre él público. Mi espía me reservará sitio. Dame el brazo.

Salieron a la calle y pocos minutos después el anciano llegaba a su destino. Carton lo dejó y se alejó unos pasos, mas cuando la puerta de la casa estuvo nuevamente cerrada, se acercó a ella para tocarla.

—Muchas veces ha salido por ella para ir a la prisión y habrá pisado estas piedras. Voy a seguir sus pasos.

Eran las diez de la noche cuando llegó ante la prisión de La Force, donde ella estuvo centenares de veces. Un aserrador, después de cerrar su tienda, estaba fumando una pipa ante la puerta.

—Buenas noches, ciudadano —dijo Carton deteniéndose ante él.

—Buenas noches, ciudadano.

—¿Cómo marcha la República?

—Si te refieres a la Guillotina, no va mal. Hoy, sesenta y tres. Pronto llegaremos al centenar. A veces Sansón y sus hombres se quejan de estar derrengados. Es un tipo muy curioso ese Sansón ¡un barbero estupendo!

—¿Vas con frecuencia a ver...?

—¿Afeitar? Siempre. Todos los días. ¡Vaya un barbero! ¿Le has visto trabajar?

—Nunca.

—Pues no dejes de hacerlo un día en que haya trabajo. Figúrate que hoy ha despachado a sesenta y tres en menos tiempo del que tardo en fumarme dos pipas.

Carton, sintiéndose inclinado a acogotarlo, se volvió de espaldas.

—Pero tú no eres inglés —dijo el aserrador,— aunque vistas como los ingleses.

—Sí, soy inglés.

—Pues hablas como si fueras francés.

—Fui estudiante aquí.

—Bueno, pues, buenas noches, inglés.

—Buenas noches, ciudadano.

Poco se había alejado Sydney, cuando se detuvo junto a un farol para escribir en un papel algunas palabras con su lápiz. Luego tomando un camino determinado, se dirigió a una farmacia, cuyo dueño estaba cerrando la puerta. Carton le dio las buenas noches y luego le tendió el papel.

—¡Caramba! —exclamó el farmacéutico.— ¿Es para ti, ciudadano?

—Para mí.

—Ten cuidado de conservarlos por separado, ciudadano. ¿Conoces las consecuencias que produciría el mezclarlos?

—Perfectamente.

Le entregó algunos paquetitos y Carton se los guardó uno por uno.

Luego pagó y se marchó, diciéndose:

—No se puede hacer nada más de momento hasta mañana. No tengo sueño.

El tono con que pronunció estas palabras era el de un viajero fatigado que se ha extraviado, pero que por fin encuentra su camino y ve el fin a poca distancia.

Mucho tiempo antes, cuando le auguraban un brillante porvenir, acompañó a su padre al cementerio y de pronto, mientras iba por las obscuras calles, recordó las solemnes palabras que el sacerdote leyó sobre la tumba de su padre: "yo soy la resurrección y la Vida; aquel que cree en Mí, aunque haya muerto vivirá; y el que vive y cree en Mí, no morirá jamás".

Sydney Carton, mientras en su mente resonaban estas palabras, empezó a pasear por las calles de París. Recorrió primero las más extraviadas, pero luego se dirigió a las más céntricas, cruzándose con la gente que alegremente salía de los teatros y se dirigía a sus casas para olvidar en unas horas de sueño los horrores del día. Más avanzada la noche, se dirigió al río e inclinado sobre la baranda del puente miraba pasar la corriente mientras en su mente resonaban las santas palabras; luego contempló la pintoresca confusión de edificios envueltos por las sombras de la noche, sobre las cuales se elevaba la cúpula de la catedral bañada por la plateada luz de la luna. Por fin llegó el día. Carton reanudó su paseo a lo largo de las orillas del río, alejándose de la ciudad, y, al regresar a casa, Lorry había salido ya de ella. Era fácil adivinar adónde había ido. Carton tomó una taza de café y un poco de pan, y después de lavarse y cambiarse de ropa, se encaminó hacia el tribunal, en donde encontró, ya sentados, al señor Lorry, al doctor Manette y a ella junto a su padre.

Cuando se presentó su esposo, Lucía le dirigió una mirada tan alentadora y tan llena de amor y de conmiseración, aunque tan valiente por lo que se refería a la suerte que le esperaba, que él se reanimó inmediatamente. Y si alguien hubiese tenido ojos para observar el efecto que tal mirada ejerció en Sydney Carton, habría visto que fue exactamente el mismo que en el acusado.

El tribunal era el mismo, así como el jurado, entre cuyos individuos se destacaba por su crueldad aquel Jaime Tres, de San Antonio. En cuanto a los demás, parecían una jauría de perros que se dispusieran a juzgar a un venado.

Todas las miradas estaban fijas en el fiscal, y en el ambiente parecía flotar la convicción de que el acusado sería condenado a muerte. Carlos Evremonde, llamado Darnay. Libertado el día anterior y nuevamente acusado y preso. Había sido denunciado como sospechoso, aristócrata, individuo de una familia de tiranos, de la raza proscrita, por haber usado de sus infames privilegios para oprimir infamemente al pueblo. Carlos Evremonde, llamado Darnay, era, en virtud de esos crímenes, hombre muerto a los ojos de la Ley.

Estas y no más fueron las palabras del fiscal. El presidente preguntó si se le había acusado secreta o públicamente.

—Públicamente, presidente.

—¿Por quién ha sido acusado?

—Por tres votos: Ernesto Defarge, tabernero, de San Antonio; Teresa Defarge, su mujer, y Alejandro Manette, médico.

Resonó un rugido en la audiencia y entre la concurrencia se vio al doctor Manette en pie, pálido y tembloroso, que exclamó en cuanto pudo hacerse oír:

—Presidente, protesto con indignación de este fraude y de semejante embuste. Ya sabes que el acusado es mi yerno, y mi hija y todos los que ella quiere, me son más queridos que la misma vida. ¿Dónde está el impostor que se atreve a decir que he denunciado al marido de mi hija?

—Cálmate, ciudadano Manette. De rebelarte contra el tribunal te situarías fuera de la Ley. Y ya que hay algo que quieres más que a la misma vida, para un buen patriota solamente puede tratarse de la República.

Una salva de aplausos coronó esta respuesta.

—Y si la República te pidiese el sacrificio de tu hija, tendrías el deber de sacrificarla. Ahora escucha y calla.

Frenéticas aclamaciones acogieron estas palabras, en tanto que el doctor se sentaba mirando airado a su alrededor. Cuando se calmó el entusiasmo público apareció Defarge, quien refirió la historia de la prisión del doctor Manette, que conocía muy bien por haber servido a éste en su primera juventud. Dio cuenta de su liberación y de que le fue entregado para que lo cuidase.

—¿Tomaste parte en el ataque a la Bastilla, ciudadano?

—Sí.

—Informa al tribunal de lo que hiciste dentro de la prisión, ciudadano.

—Yo sabía —dijo Defarge — que el preso estuvo encerrado en un calabozo conocido por Ciento Cinco, Torre del Norte, y él mismo se daba este nombre cuando le preguntaba al ser libertado. Al hallarme en la prisión quise visitar ese calabozo, guiado por un carcelero. Lo examiné todo con el mayor cuidado y en un agujero de la chimenea había una piedra que fue quitada y vuelta a colocar en su sitio. En el hueco que dejaba al descubierto encontré un rollo de papeles escritos, que está aquí. Conocí que la letra era del doctor Manette. Confío el documento en manos del presidente.

El presidente dio orden de que se leyeran aquellos papeles, y mientras en la sala reinaba el más absoluto silencio, el preso miraba amorosamente a su mujer y al padre de esta.

El doctor tenía los ojos fijos en el lector, la señora Defarge en el preso y todos los demás en el doctor, que no veía a nadie.

CAPÍTULO X: LA SUBSTANCIA DE LA SOMBRA

El documento decía así: "Yo, Alejandro Manette, desgraciado médico, natural de Beauvais y residente luego en París, escribo este documento en mi triste calabozo de la Bastilla, en el último mes de... Lo ocultaré luego en un agujero practicado en la chimenea, y tal vez lo encuentre un hombre compasivo cuando yo no exista ya.

"Escribo con un clavo y con hollín y polvo de carbón por tinta, a la que mezclo algo de sangre. Este es mi décimo año de cautiverio y ya he perdido toda esperanza. Además, me doy cuenta de que pronto me abandonará la razón, pero declaro solemnemente que todavía estoy en posesión de mi entero juicio y que mi memoria es exacta, así como que escribo la verdad.

"Una noche de diciembre de..., paseaba yo junto al muelle del Sena, a bastante distancia de mi residencia, cuando llegó junto a mí un carruaje que iba bastante aprisa. Me aparté para no ser atropellado y entonces uno de sus ocupantes sacó la cabeza por la ventanilla Y ordenó parar.

"El coche se detuvo casi inmediatamente y la misma voz me llamó por mi nombre. Cuando llegué junto al coche ya habían bajado las dos personas que lo ocupaban y que iban envueltas en capas, como si quisieran ocultarse. Ambos eran jóvenes, de mi edad, y se parecían bastante.

"Se cercioraron de que yo era el doctor Manette y luego me dijeron que después de haber estado en mi casa y de averiguar que, probablemente, estaría paseando junto al río, acudieron a mi encuentro. Dicho esto me invitaron a subir al carruaje de modo que más parecía una orden. Me resistí tratando de averiguar qué deseaban y me contestaron que se trataba de prestar mis auxilios médicos a un enfermo. No tuve más remedio que obedecer y al poco rato el carruaje había salido de la ciudad para detenerse ante una casa solitaria que se hallaría a cosa de media legua de París. Bajamos los tres a un jardín algo abandonado y entramos en la casa.

"A la luz reinante comprendí que aquellos hombres eran hermanos y tal vez gemelos, pero inmediatamente solicitaron mi atención unos gritos que procedían, aparentemente, de una habitación situada en el primer piso. Me condujeron allí y a la habitación en que se hallaba la paciente, pues era una mujer joven, de gran belleza. Tendría veinte años, estaba despeinada y tenía los brazos atados a los costados.

"Inmediatamente vi que la pobre mujer sufría una fiebre cerebral. Me acerqué a ella, le puse la mano en el pecho tratando de calmarla, en tanto que ella, con los ojos desorbitados, pronunciaba a gritos las siguientes palabras: "Mi marido, mi padre, mi hermano." Luego contaba hasta doce y volvía a pronunciar las mismas palabras, sin la menor variación.

"Pregunté por la duración del ataque, y el que parece mayor de los dos hermanos me contestó que desde la noche anterior a la misma hora.

"Indagué, entonces, si la desgraciada mujer tenía padre, hermano y marido. Me contestaron que tenía hermano y que el hecho de que la desgraciada contara hasta doce, sin parar, podía relacionarse con la hora de las doce de la noche.

"Como nada me habían advertido acerca de la naturaleza de la dolencia, yo estaba desprovisto de los medios de aliviar a la enferma, y al hacerlo constar me ofrecieron una caja en que había algunas medicinas; escogí las que me parecieron apropiadas y conseguí que la paciente tragara cierta cantidad de ellas. Como era preciso observar el efecto que producían en la enferma, me senté a su lado, en tanto que ella seguía gritando las mismas palabras.

"Mientras estaba así, al lado de la desgraciada mujer, uno de los dos hermanos me dijo que había otro enfermo, y dándome cuenta de que, probablemente, se trataría de un caso también urgente, seguí a los dos jóvenes, que me llevaron a una especie de buhardilla, donde, tendido en el suelo y con una almohada bajo la cabeza, estaba un muchacho campesino, que no contaría arriba de diecisiete años. Estaba echado de espaldas, con una mano, en el pecho y los ojos mirando al techo. Me di cuenta de que estaba herido y de muerte, y arrodillándome a su lado, le dije que era médico y que acudía a cuidarlo.

"Al principio se negó a dejarse examinar, pero luego consintió y vi que tenía una herida en el pecho, producida por una espada, tal vez el día anterior, pero no era posible salvarlo. Se moría y al volver los ojos hacia los dos hermanos, observé que contemplaban al pobre muchacho con la misma indiferencia que si fuese un conejo o un pájaro moribundo.

"Pregunté cómo fue herido el muchacho, y uno de los hermanos me contestó que aquel siervo le había obligado a desenvainar la espada, pero que cayó muerto en duelo, cual si fuese un caballero. En sus palabras no pude advertir la menor emoción ni sentimiento humanitario.

"Entonces el herido se volvió hacia mí y me dijo:

—Estos nobles son muy orgullosos, doctor, pero también nosotros, los perros, lo somos a veces. Nos roban, nos ultrajan, nos pegan y nos matan, pero a veces tenemos un poco de orgullo. ¿La habéis visto, doctor?

"Desde allí se oían los gritos de la desgraciada. Yo le contesté afirmativamente y él me dijo entonces que era su hermana y que estaba prometida a un vasallo de los mismos nobles, con el que se casó, aunque estaba enfermo y delicado, pero cuando hacía pocas semanas de su boda, uno de los dos nobles, que vio a su hermana, quiso hacerla suya y para lograr que su propio marido la convenciera de que consintiese en tal infamia, cogieron al desgraciado y lo uncieron a un carro y le obligaron a tirar de él. Luego, por la noche, lo pusieron de centinela para que acallara el canto de las ranas, a fin de que no turbasen el sueño de los señores. Y así, tirando de un carro de día y de noche cuidando de que las ranas no cantaran, el pobre hombre, un día en que le soltaron para que se fuera a comer, si encontraba qué, exhaló doce sollozos, uno por cada campanada del reloj y murió en los brazos de su esposa.

El moribundo se sostenía tan sólo por su deseo de referir aquel tremendo drama y continuó:

"—Una vez muerto mi cuñado se apoderaron de mi pobre hermana. Yo lo supe y llevé la noticia a nuestro padre, cuyo corazón se quebrantó al oírla. Luego acompañé a mi hermana menor hasta un sitio donde no la encontrarán y en donde ya no será nunca más la vasalla de ese hombre. Hecho eso fui al encuentro de ese noble, y aunque soy un perro despreciable, empuñaba una espada... Pero, ¿dónde está la ventana? ¿No había una ventana? —preguntó— Me oyó mi hermana y acudió corriendo, pero le dije que no se acercara hasta que uno de los dos estuviera muerto. El raptor empezó tirándome algunas monedas y luego me pegó con su látigo, pero yo, a pesar de ser un perro y nada más le abofeteé hasta obligarle a sacar la espada. Puede romper ahora la que manchó con la sangre de un villano, pero lo cierto es que tuvo que desenvainarla para defender su vida.

El moribundo hizo una pausa y luego rogó:

—Incorporadme, doctor. ¿Dónde está ese hombre que no le veo? Volvedme el rostro hacia él, que quiero verle.

"Hice lo que me pedía y él, entonces, encarándose con el hermano menor, gritó:

—Día llegará, marqués, en que será preciso dar cuenta de todas estas cosas y para entonces te emplazo a ti y a todos los de tu raza maldita para que respondáis de vuestros crímenes y como testimonio de ello te marco con esta cruz.

"Llevó los dedos a su pecho y retirándolos mojados en sangre, trazó una cruz en el aire. Luego se quedó rígido y cayó muerto.

"Cuando volví junto a la enferma, la encontré de la misma manera. Comprendí que podía continuar de igual modo por espacio de muchas horas, aunque no dudaba de que moriría. Repetí el medicamento y me senté a su lado hasta que la noche estuvo muy avanzada. La desgraciada seguía gritando las mismas palabras que antes.

"Pasaron treinta y seis horas más, sin que variase su estado, hasta que el ataque empezó a ceder y se calló, quedándose como muerta.

"Entonces fue cuando pude darme cuenta de que la pobre estaba encinta y eso me hizo perder las pocas esperanzas que tenía de salvarla.

"En aquel momento entró en la estancia el marqués y me preguntó si había muerto. "Contesté negativamente, añadiendo que sin duda moriría muy pronto. El marqués se acercó a mí y en voz baja me indicó la conveniencia de que en cuanto hubiese terminado todo, yo olvidara aquellos hechos.

"No le contesté fingiendo que estaba examinando a la enferma y al levantar los ojos me vi frente a frente de los dos hermanos. A partir de entonces y durante la semana que tardó en morir la desgraciada mujer, cuando iba a visitarla, siempre me encontraba con uno de los dos hermanos. Evidentemente estaban disgustados porque el menor hubiese tenido necesidad de desenvainar la espada contra un villano y hasta pude advertir que me miraban con poca simpatía, aunque, ostensiblemente, me trataban con la mayor cortesía.

"Una noche murió la enferma, sin que me hubiera sido posible obtener noticias de ella acerca de su nombre o de las circunstancias en que se desarrollaron los hechos. Los dos hermanos me esperaban en la planta baja cuando me disponía a marcharme y me preguntaron si había muerto. Contesté que sí y ellos respiraron aliviados de un gran peso. Luego me pusieron en las manos un cartucho de monedas de oro, pero lo dejé sobre la mesa y me negué a aceptarlo; en vista de eso, me hicieron un grave saludo y se marcharon.

"A la mañana siguiente llevaron a mi casa el mismo cartucho de monedas de oro. Mientras tanto, yo había decidido ya lo que debía hacer. Escribiría aquel mismo día al ministro, refiriéndole los dos casos en que había intervenido, pues aunque no ignoraba la influencia de que gozaban los nobles, quería dejar mi conciencia tranquila.

"Había terminado casi la carta en cuestión, cuando recibí la visita de una señora joven, simpática y hermosa, que parecía estar muy agitada. Se presentó como esposa del marqués de Saint Evremonde; parece que tenía sospechas del suceso a que vengo refiriéndome, de la parte que en él tuvo su esposo y de mi intervención. Ignoraba que la pobre joven hubiese muerto y su propósito era acudir en su auxilio para alejar de su esposo la cólera de Dios. Tenía razones para creer que existía otra hermana más joven y manifestó deseos de protegerla, pero yo, además de asegurarle que, en efecto, existía, nada más pude decirle acerca de su paradero, porque lo ignoraba.

"La pobre señora tenía muy buenos sentimientos y no era feliz en su matrimonio.

Cuando la acompañé hasta su carruaje, vi a su hijito, niño de dos a tres años que la esperaba en el coche.

"—Por amor de mi hijo —dijo entre lágrimas— he de reparar, en cuanto me sea posible, todo el mal que se ha hecho. Temo que mi hijo pague las culpas de su padre si yo no procuro hacer algún bien, y mi primer cuidado será hacer que mi hijo llegue a ser un hombre bueno y compasivo y que procure hacer todo el bien que pueda a esa hermana si es posible hallarla.

"Se marchó y ya no la volví a ver. Luego sellé mi carta y no atreviéndome a confiarla a manos extrañas la llevé en persona a su destino.

"Aquella noche, la última del año, hacia las nueve, llegó a mi casa un hombre vestido de negro, solicitando verme. Mi criado, Ernesto Defarge, lo introdujo a mi presencia.

"—Un caso urgente en la calle de San Honorato —me dijo.

"Tenía ya un carruaje dispuesto ante la puerta y en él me trajeron aquí, a mi tumba.

A poca distancia de mi casa me amordazaron y me ataron los codos. De un rincón obscuro de la calle salieron el marqués y su hermano para identificarme. El marqués me mostró la carta que escribiera al ministro y la quemó con ayuda de una linterna que le ofrecieron. No me dijeron una palabra. Fui transportado aquí, y enterrado en vida.

"Si Dios hubiese permitido que cualquiera de los dos hermanos me trajera noticias de mi esposa adorada, aunque no fuese más que para decirme si vive o ya ha muerto, creería que no los ha abandonado por completo. Pero ahora creo que la cruz de sangre que trazó aquel pobre muchacho ha sido fatal para ellos. Y a ellos y a sus descendientes, hasta el último de su raza, yo, Alejandro Manette, desgraciado preso, en esta noche, última del año ..., los denuncio al cielo y a la tierra."

Terribles clamores se levantaron en la sala del tribunal en cuanto se hubo acabado la lectura. Aquel drama excitaba las pasiones vengadoras de la época y no había cabeza alguna en la nación que no hubiese caído ante tan tremenda acusación.

Era inútil, ante aquel tribunal y ante aquel auditorio, tratar de averiguar por qué los Defarge se habían quedado con aquel documento, en vez de entregarlo con los demás que encontraran en la Bastilla, ni tampoco demostrar que el nombre de aquella odiada familia figuraba ya anteriormente en los registros de San Antonio, porque no había hombre capaz de defender a Darnay después de haber sido objeto de semejante acusación.

Y lo peor para el pobre acusado era que lo había denunciado nada menos que un excelente ciudadano muy conocido, su mejor amigo, el padre de su mujer. Una de las más caras aspiraciones del populacho era imitar las discutibles virtudes públicas de la antigüedad en sus sacrificios e inmolaciones ante el altar del pueblo. Por consiguiente cuando el presidente dijo que el buen médico de la República, merecería bien de ella por haber contribuido a destruir una odiosa familia de aristócratas y que sentiría una alegría sagrada al dejar viuda a su hija y huérfana a su nieta, su voz quedó cubierta por las aclamaciones y los rugidos de entusiasmo.

—¿Tiene mucha influencia a su alrededor, ese doctor? —preguntó la señora Defarge, sonriendo, a La Venganza.

—¡Sálvalo ahora, doctor, sálvalo! A medida que los jurados votaban, resonaban los rugidos de la multitud. Votaron por unanimidad contra aquel aristócrata de nacimiento y de sentimientos, enemigo de la República y notorio opresor del pueblo. Debía volver a la Conserjería para morir dentro de las veinticuatro horas siguientes.

CAPÍTULO XI: CREPÚSCULO

La desgraciada esposa de aquel hombre inocente condenado a muerte se sintió agobiada bajo la sentencia como si hubiera sido herida de muerte. Pero no profirió un lamento, pues comprendió que ella era la única persona en el mundo que tenía que sostener a su esposo en su desgracia y no aumentarla todavía, de modo que haciendo un esfuerzo sobrehumano se levantó para resistir aquel terrible choque.

Como los jueces tenían que tomar parte en la manifestación pública, levantaron la sesión y aun no había cesado el ruido que hacían los que se marchaban cuando Lucía, tendiendo los brazos hacia su marido, le mostraba en su rostro su amor y su deseo de consolarle.

—¡Si pudiera llegar hasta él! ¡Si pudiera darle un solo abrazo! ¡Oh, buenos ciudadanos, si quisieras tener compasión de nosotros!

En la sala solamente quedaba un carcelero, con los cuatro hombres que prendieran la noche anterior a Carlos, y Barsad. La gente estaba ya en la calle y Barsad propuso a sus compañeros que les dejaran darse un abrazo, pues era cosa de un momento. Los demás asintieron e hicieron pasar a la pobre mujer por encima de los asientos hasta un lugar elevado, en donde él, inclinándose sobre la barandilla, pudo estrecharla entre sus brazos.

—¡Adiós, querida alma mía! Con mi despedida y con mi amor recibe mi bendición.

Ya volveremos a encontrarnos, en donde podremos descansar de nuestras fatigas.

—Tengo fuerzas para resistir mi desgracia y la tuya, querido Carlos. Dios me presta ánimo. No sufras por mí. Bendice a nuestra hija antes de separarnos.

—Contigo le envío mi bendición, y mis besos. Dile adiós por mí.

—Un momento, Carlos mío —exclamó al ver que trataba de alejarse.— No estaremos separados mucho tiempo, pues conozco que esto va a destrozarme el corazón. Mientras viva haré cuanto pueda, pero quiera Dios dar a nuestra hija amigos fieles, corno me los ha dado a mí cuando me vea obligada a dejarla.

El doctor la había seguido y estaba a punto de caer de rodillas ante ellos, pero Darnay lo impidió, exclamando:

—¡De ninguna manera! Ninguna falta has cometido para que os arrodilles ante nosotros. Sabernos ahora cuánto sufriste al conocer mi origen y que tuviste que vencer vuestra antipatía por mi nombre, en obsequio de vuestra hija. Te damos las gracias de todo corazón y con todo el amor que os profesamos.

El anciano no pudo contestar y Carlos añadió:

—No podía ocurrir otra cosa. De tantos crímenes no podía resultar nada bueno. Consuélate y perdóname. ¡Dios te bendiga!.

Cuando ya se alejó, su esposa se quedó mirándole con ojos radiantes y acariciadores, en tanto que le sonreía amorosamente. Luego, cuando desapareció el preso se volvió hacia su padre y cayó desmayada a sus pies.

Apareció entonces Carton, que había permanecido oculto y la levantó tembloroso de emoción y orgulloso de la carga que llevaba. La trasladó al carruaje que la esperaba y la dejó cuidadosamente sobre el asiento. A su lado se sentaron su padre y el señor Lorry, y Carton tomó asiento al lado del cochero.

Al llegar a la casa volvió a tomar a Lucía en brazos y la subió a su habitación, dejándola en un sofá, en tanto que su hija y la señorita Pross se quedaban llorando al lado de la pobre Lucía.

—No hagas nada para que recobre el sentido —recomendó— porque está mejor así.

—¡Oh, querido Carton! —exclamó la niña abrazándole apasionadamente.— ¡Ahora que has venido sé que harás algo para ayudar a mamá y salvar a papá!

Él se inclinó hacia la niña, la besó y luego miró a la madre.

—Antes de que me vaya —preguntó,— ¿puedo besarla?

Se recordó luego que después de rozar con sus labios la mejilla de Lucía murmuró algunas palabras. La niña que estaba cerca de él, les refirió luego y repitió a sus nietos cuando era ya una vieja, que le oyó decir: "Una vida que amas."

Luego Carton se dirigió a la habitación cercana, se volvió al señor Lorry y al doctor Manette y dijo a éste:

—Ayer tenia grande influencia, doctor. Es preciso emplearla nuevamente.

—Ayer pude salvarle —contestó el doctor.

—Pruebe otra vez. Pocas horas quedan hasta mañana, pero habrá de probar. Sé que ha hecho grandes cosas, aunque ninguna tan grande como la que le propongo, pero es preciso probar. Bien merece este esfuerzo una vida.

—Iré a ver —dijo Manette— al fiscal y al presidente y a otros, que mejor es no nombrar siquiera. Les escribiré también... pero no. Nada puede hacerse. Hoy es día de festejos y no podré ver a nadie hasta que anochezca.

—Es verdad. Se trata únicamente de una remota esperanza y poco se pierde con aguardar hasta la noche. Desde luego poco espero. ¿Cuándo podría ver a esos hombres poderosos, doctor Manette?

—En cuanto anochezca. Dentro de una hora o dos.

—Perfectamente. Iré a visitar al señor Lorry a las nueve y así sabré el resultado de sus gestiones. ¡Le deseo completo éxito!

El señor Lorry siguió a Sydney Carton a la habitación exterior y le dijo:

—No tengo ya ninguna esperanza.

—Ni yo. Pero no te dejes abatir. Di ánimos al doctor Manette solamente por saber que un día será un consuelo para Lucía saber que su padre lo intentó todo.

—Tienes razón —contestó el señor Lorry enjugándose las lágrimas—. Pero morirá, porque no hay esperanza alguna.

—Sí. Morirá. No hay esperanza —repitió Carton antes de marcharse.

CAPÍTULO XII: TINIEBLAS

Sydney Carton se detuvo en la calle, indeciso acerca de lo que debía hacer.

—A las nueve en el Banco Tellson —se dijo,— pero hasta entonces conviene dejarme ver, para que esa gente sepa que existe un hombre como yo. Es una buena precaución y una excelente preparación. Pero hay que andar con pies de plomo y pensarlo muy bien.

Reflexionó unos instantes y se decidió por seguir su primera idea. Y de acuerdo con ella tomó la dirección de San Antonio.

No le fue difícil encontrar la taberna de Defarge. Después de haberla visto, se fue a cenar y se quedó dormido. Por primera vez en muchos años, no bebió en abundancia. A cosa de las siete de la tarde se despertó con la cabeza clara y se dirigió de nuevo hacia San Antonio, no sin haberse arreglado ligeramente el cabello, la corbata y el cuello de su traje. Hecho, esto se encaminó directamente hacia la taberna de Defarge y entró.

Estaba casi desocupada. En un extremo Jaime Tres estaba bebiendo y hablando, al mismo tiempo, con el matrimonio, y La Venganza también tomaba parte en la conversación.

Cuando Carton, en mal francés, pidió que le sirvieran vino, la señora Defarge lo miró distraídamente al principio, pero luego con la mayor atención, hasta que acudió a su lado y le preguntó qué deseaba. Él repitió su petición y tan pronunciado era su acento, que la tabernera le preguntó:

—¿Eres inglés?

—Sí, señora, inglés —contestó en francés malísimo y después de escuchar con la mayor atención a su interlocutora como si le costase entender lo que decía.

La señora Defarge se alejó para servirle, en tanto que él se aplicaba a leer un periódico jacobino, como si tratara de descifrar lo que allí estaba impreso. Entonces oyó que ella decía:

—Se parece extraordinariamente a Evremonde.

Defarge le sirvió el vino y dio las buenas noches al parroquiano, el cual fingió que apenas entendía lo que le decían, aunque luego correspondió al saludo.

—Sí, se le parece algo —dijo Defarge junto al mostrador. —Te digo que mucho.

—¡Bah, es que lo recuerdas tanto!...— observó La Venganza.— Y esperas el día de mañana para verlo de nuevo.

Carton fingía leer con la mayor aplicación y dificultad, en tanto que el matrimonio, Jaime Tres y La Venganza lo miraban desde el mostrador con la mayor atención. Luego reanudaron la conversación en voz baja.

—Tiene razón tu mujer —decía Jaime Tres.— ¿Por qué detenernos?

—Está bien —replicó Defarge,— pero hemos de detenernos en alguna parte.

—Cuando hayamos logrado el exterminio.

—Nada tengo que decir en contra —observó el tabernero,— pero ese pobre doctor ha sufrido ya mucho.

—Estoy segura de que si de ti dependiera, serias capaz de salvar a ese hombre —dijo la tabernera a su marido.

—Nada de eso —le contestó Defarge,— pero me daría por satisfecho y consideraría acabada mi obra.

—¡Ya lo oyes! —exclamó airada la tabernera.— Esa raza maldita ya hace tiempo que figura en mis registros por crímenes que nada tienen que ver con la tiranía y la opresión.

—Es verdad —dijo Defarge.

—Cuando, después de la toma de la Bastilla, encontramos el documento del doctor, lo leímos aquí una noche y, terminada que fue la lectura, revelé un secreto a mi marido. Le dije que me había criado entre pescadores y que la familia tan ultrajada por los Evremonde era mi propia familia. Que la pobre muchacha y el desgraciado joven que cuidó el doctor Manette eran mis hermanos y el padre muerto de dolor era mi padre. Se puede ver, pues, que tengo motivos más qué sobrados para vengarme y para procurar el exterminio de todos ellos.

La entrada de algunos bebedores interrumpió aquella conversación. Sydney Carton pagó el vino y salió de la taberna.

A la hora convenida se presentó en casa del señor Lorry, que lo esperaba lleno de ansiedad. Le dijo que acababa de dejar a Lucía y que no había vuelto a ver al doctor, pero seguía desconfiando de que sus gestiones condujeran a un feliz resultado. Hacía ya más de cinco horas que estaba ausente. ¿Dónde se hallaría?

El señor Lorry se volvió al lado de Lucía, en tanto que Carton se quedaba esperando, al doctor junto al fuego. Dieron las doce, pero no compareció y cuando volvió el señor Lorry, los dos amigos estaban ya muy preocupados acerca de aquella ausencia inexplicable.

De pronto oyeron pasos en la escalera y poco después entró el doctor; no tuvo necesidad de decir una sola palabra, pues por su aspecto se comprendía que todo estaba perdido.

No se supo si había visitado a alguien o si anduvo errante por las calles. Se quedó mirando fijamente a sus amigos y con apurada expresión les dijo:

—No puedo encontrarla. ¿Dónde está? ¿Dónde está mi banqueta de zapatero? ¿Qué ha sido de mí trabajo? Me queda poco tiempo y he de terminar los zapatos.

En vista de que no recibía respuesta de los dos amigos, que se miraban apesadumbrados, volvió a insistir, suplicante, en que se le diera su banqueta, sus herramientas y su labor.

Era evidente que todo estaba perdido. El anciano y Carton se acercaron a él y hablándole suavemente le obligaron a que se sentara ante el fuego.

—Ha desaparecido nuestra última esperanza –dijo Sydney Carton. Lo mejor será llevar a ese pobre hombre con su hija, pero antes tr ruego que me prestes un momento de atención. No me preguntes las razones que me mueven a poneros ciertas condiciones, ni el porqué de la promesa que he de pediros. Te ruego que cumplas con exactitud mis instrucciones, pues para ello tengo algunas razones y de mucho peso.

—No lo dudo. Habla —dijo el banquero.

Carton hizo una pausa para recoger el abrigo del doctor que estaba a sus pies y, al hacerlo, cayó al suelo una cartera en que éste solía poner la lista de sus quehaceres diarios. Carton la abrió y vio que dentro había un papel doblado.

—Creo que podemos ver qué es eso —dijo. Y después de pasar la vista por el papel exclamó:

—¡Gracias, Dios mío!

—¿Qué es? —preguntó el señor Lorry.

—Un momento.. Ya te lo diré. Ante todo —dijo echando mano a su bolsillo y sacando, un papel— aquí tengo un certificado que me permite salir de la ciudad. Miradlo. Está extendido a nombre de Sydney Carton, inglés.

El señor Lorry lo miró y Carton añadió:

—Hazme el favor de guardarlo hasta mañana. Ya sabes que iré a ver a Carlos y prefiero no llevar conmigo este documento. Ahora toma también este papel del doctor Manette; es un certificado parecido, que le permite salir de la ciudad y de Francia en unión de su hija y de su nieta. ¿Lo ves?

—Sí.

—Probablemente se lo había proporcionado por precaución. Guarda esos dos papeles. Ahora es preciso tener en cuenta que pueden anular de un momento a otro este permiso para el doctor Manette y su familia. Tengo razones para creerlo.

—¿Corren peligro, acaso?

—Sí, y muy grande. La tabernera Defarge se propone denunciarlos. Lo he oído de sus propios labios. Cuenta con el testimonio de un aserrador que vio a Lucía haciendo señales a los presos. Eso puede ser la perdición de Lucía, de su hija y de su padre. Pero no me mires con esa cara, porque tú puedes salvarlos.

—¡Dios lo quiera, Carton! Pero, ¿cómo?

—Voy a decírtelo. De ti epende exclusivamente, y de nadie me fiaría con mayor tranquilidad. Esta nueva denuncia la harán probablemente pasado mañana o más tarde, tal vez. Ya sabes que es delito grave llorar a los condenados a muerte. Lucía y su padre serán culpables de ello y esa mujer esperará a que ocurra eso para que la acusación sea más grave. ¿Sigues mi razonamiento?

—Con tanta atención y confianza —dijo el señor Lorry— que casi había llegado a olvidar a este desgraciado.

—Tienes dinero y puedes comprar los medios de viajar con rapidez. Hace ya algunos días que tenías hechos los preparativos para la marcha. Ten los caballos preparados para mañana por la mañana, temprano, a fin de que puedan salir a las dos de la tarde.

—Así lo haré.

—Eres un noble corazón. No habría sido posible poner el asunto en mejores manos. Esta noche di a Lucía cuanto temes y el peligro que corren ella, la niña y su padre. Insiste en eso, pues ella con gusto dejaría caer su hermosa cabeza junto a la de su marido. Por la seguridad de su hija y de su padre hazle comprender la necesidad de salir de París contigo, a la hora indicada. Añade que estas fueron las últimas instrucciones de su marido y que del exacto cumplimiento de estas instrucciones depende mucho más de lo que se atreva a creer o a esperar. Creo que su padre, aun en el estado en que se halla, hará lo que su hija le indique.

—Estoy seguro.

—Ten, pues, hechos todos estos preparativos, en este patio, de manera que incluso todos ocupen ya su correspondiente asiento. En el momento en que yo llegue, me dejas subir y emprendemos la marcha.

—¿Debo entender que he de esperarte suceda lo que suceda?

—Tienes en tu poder mi certificado y me reservarás mi sitio. No esperes más sino a que yo llegue. Y luego a Inglaterra.

—Entonces —observó el señor Lorry estrechando la mano de Sydney— ya no dependerá todo de un hombre viejo como yo, pues a mi lado irá un hombre joven y decidido.

—Con la ayuda de Dios lo tendrás. Prométeme, tan sólo, que nada te hará cambiar en lo más mínimo lo que acabamos de convenir.

—Te lo prometo, Carton.

—Recuerda estas palabras mañana. El más ligero cambio o retraso, cualquiera que sea la razón, puede comprometer la salvación de nuestras vidas y ocasionar el sacrificio inevitable de otras.

—Me acordaré de todo. Espero cumplir fielmente mi misión.

—Y yo la mía. Ahora, ¡adiós!

Llevó a sus labios la mano del anciano, pero no se marchó aún. Ayudó a levantar al doctor, le puso una capa sobre los hombros, diciéndole que iban en busca de la banqueta y de las herramientas. Acompañó luego a los dos ancianos hasta el patio de la casa en que estaba el corazón lacerado de ella, corazón tan feliz cuando él le abriera el suyo propio, y se quedó mirando la casa y la ventana de su cuarto, por la que se escapaba un hilo de luz. Y antes de alejarse le dirigió su bendición y su despedida.

CAPÍTULO XIII: CINCUENTA Y DOS

Esperaban su terrible suerte en la obscura prisión de la Conserjería los condenados de aquel día. Eran cincuenta y dos. Antes de que sus calabozos quedasen libres, ya se habían nombrado a los que debían ocuparlos al día siguiente. Los había de toda condición, desde el rico propietario de setenta años, a quien no podían salvar sus riquezas, hasta la costurera de veinte, cuya pobreza y obscuridad no podían evitarle la terrible muerte.

Carlos Darnay, encerrado en su calabozo, no se hacía ilusiones acerca de su suerte, pues sabía que estaba condenado y que nada podría salvarlo. Sin embargo, con el reciente recuerdo del rostro de su esposa, no le resultaba fácil prepararse para morir. Su vitalidad era fuerte y los lazos que le unían a la vida duros de romper. Además, tanto en su cerebro como en su corazón, sus tumultuosas ideas parecían unirse para impedirle la resignación. Y si, en algunos momentos, lograba resignarse, su mujer y su hija, que habían de vivir más que él, parecían protestar y hacer egoísta su renunciamiento.

Pero luego se dijo que en la muerte que le aguardaba no había nada de deshonroso y que, cada día, personas tan dignas como él la sufrían de la misma manera y así, gradualmente, se calmaba y podía elevar sus pensamientos en busca de consuelo.

Corno se le había permitido comprar recado de escribir, tomó la pluma y no la dejó hasta la hora en que se vio obligado a apagar la luz.

Escribió una larga carta a Lucía, diciéndole que nada había sabido de la prisión de su padre hasta que lo oyó de sus propios labios y que de la misma manera estuvo ignorante de los crímenes de su padre y de su tío, hasta que se leyó el documento del doctor Manette. Le explicaba, también, que la ocultación de su verdadero nombre fue condición impuesta por el doctor, condición que ahora comprendía perfectamente. Le rogaba luego que no intentase averiguar nunca si su padre recordaba o no la existencia de aquel documento en el escondrijo de la Bastilla y le recomendaba que consolase al pobre viejo, dándole a entender que nada tenía que reprocharse. Le hacía, además, protestas de amor y le rogaba que venciera su dolor dedicándose a su hija.

Escribió luego al doctor acerca de lo mismo y le recomendaba que cuidase de su mujer y de su hija, pues esto, indudablemente, contribuiría a levantar su ánimo y alejaría de su mente otros pensamientos retrospectivos que sin duda tratarían de recobrar su imperio en él.

Al señor Lorry le recomendaba a su familia y le explicaba el estado de sus asuntos, y después de algunas palabras de sincera amistad y de cariño, terminó. No se acordó de Carton, pues su mente estaba ocupada por el recuerdo de su familia.

Se tendió en la cama y pasó la noche muy, agitado, entre pesadillas. Al despertar no recordaba el lugar en que se hallaba, pero muy pronto se presentó a su mente la idea de que aquél era el día de su muerte.

Así había llegado al día en que habían de caer cincuenta y dos cabezas. Y esperaba y deseaba poder ir al encuentro de su fin con tranquilo heroísmo. Entonces empezó a preguntarse cómo sería la Guillotina, que nunca había visto; cómo se acercaría a ella y cómo pondría la cabeza; si las manos que lo tocarían, estarían teñidas en sangre...

Pasaban las horas que ya no volvería a oír. Sabía que su última hora serían las tres de la tarde, y, por consiguiente, se figuró que lo llamarían a las dos, pues las carretas de la muerte recorrían lentamente el camino hasta la Guillotina. Así, mientras estaba esperando su hora postrera, oyó la una, y dio gracias a Dios por el tranquilo valor que lo sostenía.

De pronto oyó pasos en el exterior y se detuvo. Una llave entró en la cerradura y dio la vuelta. Mientras se abría la puerta un hombre dijo en inglés y en voz baja:

—Él no me ha visto nunca. Entra, Yo esperaré junto a la puerta. No pierdas tiempo.

Se abrió la puerta, se cerró rápidamente y apareció ante su asombrada mirada el rostro sonriente de Svdney Carton que se llevaba el dedo a los labios.

—Seguramente soy la última persona a quien esperabas ver —le dijo.

—Apenas creo que eres tú —contestó Carlos—. ¿Estás... preso? —añadió con cierta aprensión.

—No. Accidentalmente tengo cierto poder sobre uno de los carceleros y por eso he llegado hasta ti. Vengo de parte de ella... de tu mujer, Darnay.

El preso hizo un gesto de dolor.

—Y te traigo una petición de su parte. Atiéndela, pues me fue hecha con el más patético tono de la voz que tanto amas.

El preso inclinó la cabeza.

—No tienes tiempo de preguntarme nada ni yo lo tengo de explicarte nada tampoco. Limítate a obedecerme. Quítate las botas y ponte las mías.

Carton hizo sentar al preso en una silla y se descalzó.

—No es posible una evasión, Carton —dijo Carlos—. Solamente conseguirás morir conmigo. Es una locura lo que intentas.

—Sería un loco si te recomendara escapar, pero no te he dicho tal cosa. Cambiemos de corbata y de levita. Mientras tanto te quito esa cinta que llevas en el cabello y te lo desordenaré también.

Con maravillosa rapidez hizo lo que decía, en tanto que el preso, sin saber la razón de todo aquello, le dejaba hacer.

—¡Es una locura, querido Carton! —repetía.— Te ruego que no aumentes con tu muerte la amargura de la mía.

—¿Te he pedido, acaso, que salgas por la puerta? Cuando te lo diga, niégalo, si quieres. Aquí veo papel y pluma. Escribid.

El preso se dispuso a obedecer sin conciencia de lo que hacía.

—Escribe exactamente lo que voy a dictarte. ¡Aprisa!

—¿A quién he de dirigir lo que escriba?

—A nadie.

—¿No he de poner fecha?

—No. Ahora escribe: "Si recuerdas la conversación que tuvimos, hace ya mucho tiempo, comprenderás fácilmente lo ocurrido. Sé que entonces recordarás lo que te dije, pues tú no eres de las personas que olvidan pronto.

Al mismo tiempo, Carton retiró la mano de su pecho y, advirtiéndolo, Carlos preguntó:

—¿Tienes alguna arma?

—No.

—¿Qué tienes en la mano?

—Ya lo verás enseguida. Sigue escribiendo, pues ya falta poco: "Doy gracias a Dios de que se haya presentado la ocasión de probar la sinceridad de mis palabras. Lo que hago no ha de ser causa de dolor ni de pesadumbre".

Y cuando pronunciaba estas palabras, que el preso escribía, se acercaba cada vez más su mano al rostro de Carlos, de cuya mano se cayó la pluma.

—¿Qué vapor es éste? —preguntó.

—No sé a qué quieres referirte. Aquí no hay tal vapor. Toma la pluma y acaba. ¡Aprisa!

El preso se inclinó nuevamente sobre el papel.

—"De haber sido de otra suerte..." —dictó Carton.

Pero ya la pluma se había caído de manos de Carlos, ante cuya nariz estaba la mano de Carton. El preso le dirigió una mirada cargada de reproches y por espacio de algunos segundos luchó con Carton, hasta que se quedó sin sentido.

Sydney Carton se vistió apresuradamente la ropa que el preso dejara a un lado, se peinó el cabello y lo sujetó con una cinta. Luego se acercó a la puerta y, en voz baja, dijo:

—Entra.

Inmediatamente se presentó el espía y, al verlo, Carton le dijo:

— Ya ves cómo el peligro que has de correr es muy pequeño.

—Mi peligro, señor Carton —contestó el otro,— está en que a última hora no te arrepientas de lo hecho.

—Nada temas. Cumpliré lo prometido.

—Es preciso que así sea para que no se descomplete el número de cincuenta y dos. Y vestido como estás no tengo miedo alguno.

—Nada temas. Pronto no estaré ya en situación de perjudicarte. Ahora llévame al coche.

—¿A ti? —preguntó asustado el espía.

—A él, hombre. Sácalo por la misma puerta por la que entré.

—Naturalmente.

—Al entrar yo estaba débil y angustiado. Es natural que la entrevista con mi amigo, que va a morir, me haya afectado extraordinariamente. Eso ha ocurrido ya muchas veces, demasiadas. Ahora pide que te ayuden a sacarme.

—¿No me harás traición?

—¿No te he jurado ya que no? —exclamó impaciente Carton—. Vete y no me hagas perder estos momentos preciosos. Llévenlo al patio, métanlo en el coche y entréguenlo al señor Lorry, diciéndole que no le dé nada para hacerle recobrar el sentido, pues bastará el aire puro. Díganle que recuerde mis palabras de ayer noche y que no deje de hacer lo que le encargué.

Se retiró el espía y Carton se sentó a la mesa con la cabeza entre las manos. A poco regresó el espía con dos hombres.

—¡Caramba! —exclamó uno de ellos.— ¿Tanto le ha impresionado que su amigo haya sacado el premio gordo en la lotería de la santa Guillotina?

Levantaron el inanimado cuerpo, lo pusieron en una litera y salieron

—Poco falta ya, Evremonde —dijo el espía a Carton.

—Ya lo sé. Ten cuidado con mi amigo y déjame.

Se cerró la puerta y Carton se quedó solo, prestando atento oído a los ruidos que llegaban hasta él. Así permaneció sentado a la mesa hasta que fueron las dos.

Entonces oyó rumores que no le asustaron, porque ya conocía su significado. Oyó que se abrían sucesivamente varias puertas y finalmente la suya. Un carcelero, con una lista en la mano, la miró y dijo:

—Sígueme, Evremonde.

Él obedeció y pasó juntamente con otros, a una sala grande y obscura. Sus compañeros condenados estaban con las manos atadas a la espalda, algunos en pie, con las cabezas bajas, y otros paseando nerviosos. Pocos se quejaban, pues la mayoría guardaban silencio.

Pasó un hombre junto a él y lo abrazó. Carton temió un momento que pudiera reconocerlo, pero el otro se alejó. Poco después una muchacha, casi una niña, de dulce rostro pálido y grandes ojos pacientes, se acercó a él y le dijo:

—Ciudadano Evremonde. Soy la costurera que estaba contigo en la prisión de La Force.

—Es verdad —contestó él— aunque no recuerdo, de qué te acusaban.

—De conspiración. ¡Dios sabe cuán falso es eso!... ¿Qué conspirador iría a contar sus secretos a una pobre niña como yo?

La triste sonrisa de la pobrecilla afectó tanto a Carton, que por sus mejillas resbalaron algunas lágrimas.

—No tengo miedo a la muerte, pero no he hecho nada, ciudadano. No me sabe mal morir si ello ha de ser beneficioso a la República, aunque no comprendo cómo mi muerte puede ser útil para nadie. Soy una pobrecilla débil e impotente.

En las últimas horas de su vida, el corazón de Carton se enternecía.

—Me dijeron que te habían puesto en libertad, ciudadano Evremonde.

—Así fue, pero luego me prendieron otra vez y me condenaron.

—¿Querrás permitirme, ciudadano, que tenga tu mano entre la mía cuando salgamos? No me falta valor, pero eso me daría mucho ánimo.

Y mientras los ojos pacientes de la niña se fijaban en él, observó que en ellos se pintaba primero la duda y luego el asombro. Carton oprimió los flacos dedos, estropeados por el trabajo y por la miseria, y los llevó a sus labios.

—¿Vas a morir por él? —murmuró ella. —Y por su mujer y su hija.

—¿Me dejarás tener entre las mías tu mano, valeroso desconocido?

—¡Calla! Sí, pobre hermana mía. Hasta el último momento.

Las mismas sombras que empezaban a rodear la prisión caían a la misma hora de la tarde en la Barrera y sobre la multitud que allí había, cuando un carruaje procedente de París se detuvo para ser registrado.

—¿Quién va ahí dentro? ¡Los papeles!

—Alejandro Manette —dijo leyéndolos el funcionario—, médico. Francés. ¿Quién es?

Aparentemente la fiebre de la Revolución ha sido excesiva para él —comentó el oficial viéndolo postrado en su asiento. Lucía, su hija. Francesa. ¿Quién es?. Esta sin duda. ¿Es Lucía de Evremonde, no? Su hija, inglesa. ¿Es esa? Bien, dame un beso, hija de Evremonde. Ahora has besado a un buen republicano, cosa nueva en tu familia.

Sydney Carton. Abogado. Inglés. ¿Es ese? Estaba inanimado, en el fondo del carruaje.

—Parece que el abogado está desmayado.

—Creemos que se pondrá bueno con el aire libre. No tiene muy buena salud y acaba de separarse de un amigo que ha incurrido en el desagrado de la República.

—¡Bah! Por poco se impresiona. Jarvis Lorry, banquero. Inglés, ¿Quién es?

—Soy yo. Necesariamente puesto que no hay nadie más.

Jarvis Lorry había contestado a las preguntas que iba dirigiendo el funcionario. Este examinó exteriormente el coche y dio una ojeada al reducido equipaje que iba encima.

Luego tendió los papeles al señor Lorry, debidamente contraseñados, y les deseó buen viaje.

—¿Podemos marchar, ciudadano?

—Sí. ¡Adelante, postillones!

El primer peligro estaba ya evitado. En el interior del carruaje reinaba el miedo. Lucía sollozaba y el desvanecido suspiraba profundamente.

—¿No podríamos ir más aprisa? —preguntó Lucía al anciano banquero.

—No, despertaríamos sospechas.

—Mirad si nos persiguen —rogó la atemorizada Lucía.

—Nadie viene tras de nosotros, querida.

Prosiguieron el viaje sin accidente alguno. Al llegar a un pueblo los detuvieron algunos campesinos preguntando:

—¿Cuántos han sido hoy?

—No te entiendo —contestó el señor Lorry.

—¿Cuántos han guillotinado hoy?

—Cincuenta y dos.

—¡Buen número! Podéis seguir. Buen viaje.

Llegó la noche, y el hombre que estaba desvanecido en el fondo del carruaje empezaba a revivir y a hablar de un modo inteligible. Se figuraba estar aún en compañía de Carton y le preguntaba qué tenía en la mano.

Lucía se volvía, de vez en cuando, al señor Lorry y con angustiada voz le rogaba que viera si eran perseguidos. Pero tras ellos no iban más que las nubes de polvo que levantaba el carruaje.

CAPÍTULO XIV. FIN DE LA CALCETA

Mientras los cincuenta y dos desgraciados esperaban la muerte, la señora Defarge celebraba consejo con La Venganza y con Jaime Tres, acerca de la Revolución y el jurado. La conferencia tenía lugar, no en la taberna, sino en la tienda del aserrador que en un tiempo fue peón caminero. Este no participaba en la conferencia, sino que estaba un poco alejado en espera de que se le dirigiera la palabra.

—No hay duda de que Defarge es un buen republicano —decía Jaime Tres.

—Es verdad. Pero tiene debilidad por ese doctor. A mí, él me importa poco, pero, en cambio, no descansaré hasta el exterminio total de la familia de Evremonde. Hasta que mueran su mujer y su hija —dijo la señora Defarge.

Hubo una pausa y añadió:

—Acerca de este asunto, no me atrevo ya a confiar en mi marido, y como por otra parte no hay tiempo que perder, pues hay peligro de que alguien los ponga sobre aviso, tendré que obrar yo sola. Ven aquí, ciudadano —dijo al aserrador.

Este acudió respetuosamente y la tabernera le dijo:

—Con respecto a las señales que les viste hacer a los presos, espero que no tendrás inconveniente en prestar testimonio.

—Ninguno —contestó el aserrador.— Todos los días venía aquí, a veces sola y otras con la niña. Lo he visto con mis propios ojos.

—Claramente se trata de una conspiración —observó Jaime Tres.

—¿Respondes del Jurado? —le preguntó la señora Defarge.

—Completamente.

—Me gustaría salvar al doctor en obsequio de mi marido...

—Sería perder una cabeza —objetó Jaime Tres.

—También hacía señas —añadió la señora Defarge.— No puedo acusar a ella sin envolver a él en la misma acusación. No, no me es posible salvarlo. Ahora todos tenéis que hacer allí, a las tres de la tarde. Cuando haya terminado, pongamos a cosa de las siete, iremos a San Antonio a acusar a esa gente ante la Sección.

Dichas estas palabras, la señora Defarge llamó a La Venganza y a Jaime Tres para que se acercaran a la puerta y les dijo en voz baja:

—Ahora ella estará en su casa, llorando, en la hora de la muerte de su marido.

Sentirá odio hacia sus enemigos y maldecirá la justicia de la República. Yo iré a verla.

La Venganza, entusiasmada, la besó en la mejilla.

—Toma mi labor de calceta —le dijo la tabernera entregándosela— y guárdame mi sitio acostumbrado. Estoy segura de que hoy asistirá más público a la ejecución.

—¿No llegarás después de comenzado el espectáculo? —No. Estaré allí antes de que empiece.

La señora Defarge se alejó moviendo la mano en señal de despedida y no tardó en perderse de vista.

Entre las muchas mujeres de aquella época que dieron muestras de sus feroces sentimientos, ninguna, tal vez, fue tan terrible, inhumana y feroz como la señora Defarge. No conocía la piedad y nada le importaba dejar viuda a una desgraciada o huérfana a una pobre niña, y si la suerte le hubiese sido adversa y se viera a punto de ser guillotinada, no habría sentido miedo alguno, sino solamente el deseo rabioso de cambiar de lugar con el hombre que fuera causa de su muerte.

Oculta en el pecho y debajo de su grosero traje llevaba una pistola y en el cinto un afilado puñal. Así armada y con la soltura de quien ha pasado la niñez en el campo y está acostumbrada a ir descalza, la señora Defarge siguió su camino hacia la casa del doctor Manette.

Ahora bien; la noche anterior el señor Lorry, al tomar las últimas disposiciones para el viaje, creyó conveniente no cargarlo de más peso que el necesario, y por eso propuso a la señorita Pross y a Jeremías que salieran de París ellos dos solos, en otro carruaje, a las tres de la tarde, y como no tenían que llevar equipaje alguno, podrían alcanzar fácilmente al primer coche.

Ambos aceptaron con el mayor gusto, a fin de facilitar la salida de los demás.

Vieron partir el primer carruaje y pasaron diez minutos de ansiedad, temiendo alguna desgracia; luego reanudaron sus preparativos para la marcha, precisamente cuando la señora Defarge se dirigía hacia la casa con las intenciones que ya conocemos.

—Creo —dijo la señorita Pross— que la salida de dos carruajes de esta casa puede dar lugar a sospechas. ¿No le parece, señor Jeremías?

—Opino como usted, señorita.

—Me parece que sería acertado dar la orden de que el coche vaya a esperarnos a alguna distancia de la casa. ¿No sería mejor?

El señor Roedor lo creía.

—Pues en tal caso, hacedme el favor de ir a dar la orden. ¿Dónde me esperará?

Al señor Roedor no se le ocurrió en aquel momento más que la Prisión del Temple, pero dándose cuenta de que estaba muy lejos, se calló.

—Junto a la puerta de la catedral —dijo la señorita Pross después de breve reflexión.

—Perfectamente. Pero no me atrevo a dejarla sola, pues nadie sabe lo que puede ocurrir.

—Es verdad, pero no temas nada por mí. Espéreme junto a la catedral, a las tres en punto, y tenga la seguridad de que eso será mejor que salir los dos de aquí. Además, señor Roedor, no se preocupe por mí, sino por las vidas queridas de los que nos preceden y que pueden depender de lo que nosotros hagamos.

Estas palabras decidieron al señor Roedor, quien, después de hacer un ademán de despedida, salió para cambiar la orden que tenía el carruaje, dejando sola a la señorita Pross.

Esta, satisfecha de la precaución tomada, miró el reloj viendo que eran las dos y veinte minutos. No tenía tiempo que perder para estar dispuesta a la hora indicada.

Asustada al verse sola en la casa, tomó una jofaina llena de agua para lavarse los ojos, en los que había aún huellas de lágrimas, y al levantar el rostro para mirar a su alrededor, retrocedió y dio un grito viendo que una persona estaba en la habitación.

La señora Defarge la miró fríamente y preguntó:

—¿Dónde está la mujer de Evremonde?

La señorita Pross se dio inmediata cuenta de que las puertas de las vecinas habitaciones estaban abiertas y por ello se podría colegir la fuga de los habitantes de la casa, de manera que su primer pensamiento fue cerrarlas. Había cuatro en la estancia y fue cerrándolas todas, situándose luego ante la puerta de la habitación que había sido de Lucía.

Se quedó mirándola la señora Defarge, pero eso no asustó a la señorita Pross, que fijó sus ojos en aquélla valientemente.

—Por tu aspecto, cualquiera te tomaría por la mujer del diablo —dijo,— pero no por eso, te tengo miedo. Soy inglesa.

Se miraron mutuamente y la señora Defarge comprendió que se encontraba ante una mujer decidida y peligrosa. Sabía que era amiga incondicional de la familia, y la señorita Pross no ignoraba tampoco que aquella mujer era la enemiga de los que amaba.

—Antes de ir allá —dijo la señora Defarge señalando hacia el lugar en que se hallaba la Guillotina,— he querido saludarla. Deseo verla.

—Sé que tus intenciones son malas —replicó, en inglés la señorita Pross— y puedes estar segura de que me opondré a cuanto intentes.

Cada una hablaba en su propia lengua, sin entender a la otra, pero se observaban con la mayor atención para adivinarse mutuamente las intenciones

—¿No has oído que quiero verla? ¡Haces mal en ocultarla! ¡Imbécil! —añadió la tabernera—. ¿No me contestas? ¡Te digo que quiero verla!

—No sé lo que me dices —contestó la otra,— pero daría cuanto tengo por saber si sospechas la verdad. Y como sé que cuanto más tiempo te retenga aquí, mejor podrán salvarse los que amo, te aseguro que te voy a arrancar los pelos si te atreves a tocarme siquiera.

La señora Defarge, en vista de que la inglesa no la comprendía, llamó a gritos al doctor y a Lucía. Tal vez el silencio que siguió o la expresión del rostro de la inglesa le dio a entender que aquéllos se habían marchado, porque apresuradamente abrió las tres puertas que la inglesa no guardaba.

—No hay nadie —dijo— y todo está en desorden. ¿Tampoco hay nadie en esa habitación? —añadió señalando la que se hallaba a espaldas de la señorita Pross.

—Déjame ver.

—¡Nunca!

—Si se han marchado será fácil hacerles volver —dijo la señora Defarge para sí.

—Como ignoras si están en este cuarto, no sabes qué hacer y no te permitiré que lo veas. Además, no te marcharás mientras pueda impedirlo.

—No estoy acostumbrada a detenerme por obstáculos tan débiles como tú, y voy a destrozarte si no te apartas de esta puerta.

—Estamos en lo alto de una casa solitaria y nadie puede oírnos. Vas a quedarte aquí, porque cada minuto que pase tiene incalculable valor para mí, palomita.

La señora Defarge se dirigió hacia la puerta, pero la señorita Pross la cogió estrechamente por la cintura y en vano la tabernera luchó para soltarse. En vista de que no lo conseguía, empezó a arañar el rostro de su antagonista, pero la inglesa bajó la cabeza y siguió agarrada a ella con más tenacidad que una persona que se ahoga.

La tabernera quiso llevar la mano al cinto para coger el puñal, pero no le fue posible llegar allí, pues lo impedía uno de los brazos de la inglesa, y en vista de ello buscó en su pecho. Inmediatamente se dio cuenta la señorita Pross, y viendo lo que la tabernera sacaba, le dio un golpe, surgió un fogonazo, se oyó una detonación tremenda y, de pronto, se vio sola y rodeada de humo.

Todo eso ocurrió en un segundo. Se disipó el humo, llevado por una corriente de aire, como el alma de aquella terrible mujer, cuyo cuerpo yacía en el suelo sin vida.

De momento la señorita Pross, asustada, se disponía a salir a la escalera para pedir socorro, pero, pensándolo mejor, retrocedió e hizo un esfuerzo por tranquilizarse. Tomó su gorro y otras cosas que debía llevarse y luego cerró la puerta de la casa y se llevó la llave, Hecho esto se sentó en la escalera para recobrar el aliento y para llorar, y ya más calmada se apresuró a alejarse.

Por suerte llevaba un velo que le cubría el rostro y también por suerte para ella, era tan fea que no la desfiguraban los arañazos recibidos. Al pasar por el puente tiró la llave al río y pudo llegar a la catedral unos momentos antes de la hora señalada. Mientras esperaba empezó a temblar, temiendo que hubiesen pescado la llave con una red, que con ella hubiesen abierto la puerta del piso, descubriendo el cadáver que allí quedara.

Entonces la prenderían en la Barrera y la mandarían a la cárcel, acusada de asesinato. Cuando estaba más atemorizada por estas negras ideas, apareció el señor Roedor y la acompañó hasta el coche.

—¿Cómo es que no hay ruido alguno en la calle? —le preguntó.

—Hay el mismo ruido de siempre —replicó el señor Roedor mirándola sorprendido.

—No les oigo. ¿Qué decís? —exclamó la señorita Pross.

En vano Jeremías le repitió sus palabras, pues la señorita Pross no lo oyó y en vista de ello se resolvió a hablarle por señas.

—¿No hay ruido en las calles? —preguntó nuevamente la señorita Pross. Jeremías movió afirmativamente la cabeza.

—Pues no lo oigo...

—¿Se ha quedado sorda en una hora? —se preguntó el señor Roedor extrañado.— ¿Qué le habrá sucedido?

—Sentí —dijo ella— un estampido tremendo. Esto fue lo último que oí.

—Pues si no oye el ruido de esas horribles carretas —se dijo el señor Roedor— opino que no volverá a oír nada más en este mundo.

Y en efecto, la señorita Pross se quedó sorda para siempre.

CAPÍTULO XV. LOS PASOS SE APAGAN PARA SIEMPRE

A lo largo de las calles de París daban tumbos las carretas de la muerte. Seis de ellas llevaban la provisión de vino del día a la Guillotina. Las seis carretas parecían gigantescos arados que abrieran enormes surcos entre la gente que se apartaba a ambos lados para dejarles paso. Y tan acostumbrados estaban todos a semejante espectáculo, que era frecuente ver personas que no suspendían sus ocupaciones al paso de aquella triste comitiva.

Entre los que montan las carretas, en aquel último viaje, algunos observan las cosas que los rodean con mirada impasible, otros con el mayor interés. Algunos, sentados y con la cabeza entre las manos, parecen desesperados, y otros dirigen a la multitud miradas semejantes a las que han visto en teatros y en cuadros. Varios tienen los ojos cerrados y reflexionan o tratan de coordinar sus ideas. Solamente uno, de mísero aspecto, está tan trastornado por el terror, que va cantando y hasta trata de bailar. Pero nadie, con sus miradas o con sus gestos, apela a la compasión del pueblo.

Preceden a las carretas algunos guardias a caballo, y la gente les dirige preguntas que ellos contestan de la misma manera: señalando a la tercera carreta y a un hombre que, con la espalda apoyada en la parte posterior de la carreta y la cabeza inclinada, habla con una muchacha sentada en un lado que le coge la mano. Parece no importarle nada de lo que le rodea, pues sigue hablando con la jovencita. A veces se oyen algunos gritos contra él, pero en tales casos se limita a levantar la cabeza y a sonreír.

Ante una iglesia, esperando la llegada de las carretas, está el espía. Mira al primer vehículo y ve que no está. Mira al segundo y tampoco. Entonces se pregunta: "¿Me habrá engañado?", cuando al mirar a la tercera se tranquiliza.

—¿Quién es Evremonde? —le pregunta un hombre que está a su lado.

—Ese que va en la parte posterior de la tercera carreta.

—¿Ese a quien la muchacha le coge la mano?

—Sí.

—¡Muera Evremonde! —grita el hombre.— ¡A la Guillotina los aristócratas!

—¡Calla! —le dice tímidamente el espía.— Va a pagar sus culpas de una vez. Déjale morir en paz.

El hombre no le hace ningún caso y sigue gritando. Evremonde lo oye y al volverse vio al espía, lo mira atentamente y pasa de largo. A las tres en punto llegaban las carretas al lugar de la ejecución. La gente rodeaba el siniestro aparato, en torno del cual, y sentadas en primera fila, como si estuvieran en el teatro, había numerosas mujeres ocupadas en hacer calceta. Una de ellas era La Venganza, que miraba a todos lados en busca de su amiga.

—¡Teresa! —gritó con su voz más aguda.— ¿Quién ha visto a Teresa?

—Nunca había dejado de venir —dijo otra.

—¡Teresa! —repitió La Venganza.

—Grita más —le recomendó otra.

—¡Grita, Venganza, grita, porque por más que grites y aunque profieras alguna interjección malsonante Teresa no te oirá!

—¡Qué mala suerte! —exclama La Venganza pateando.— ¡Ya están aquí las carretas!

¡Evremonde será despachado sin que ella esté aquí! Mientras tanto las carretas empezaban a dejar su carga.

Los ministros de la Santa Guillotina estaban vestidos y dispuestos. Se oyó un chasquido y en el acto una mano empuñó una cabeza que mostró al público; las calceteras apenas levantaron los ojos y se limitaron a exclamar a coro: "¡Una!"

Se vació la segunda carreta y se acercó la tercera. Nuevamente se repitió el chasquido y las mujeres contaron: "¡Dos!". Descendió el supuesto Evremonde e inmediatamente la costurera, que seguía estrechando entre las suyas la mano de su compañero, el cual colocó a la joven de espalda al mortífero aparato que funcionaba sin descanso. Ella le dirigió una mirada de agradecimiento.

—A no ser por ti, mi querido desconocido, no estaría yo tan tranquila, porque soy naturalmente medrosa, ni habría sido capaz de elevar mis pensamientos hacia Aquél que murió para darnos esperanza y consuelo. Creo que el Cielo te ha enviado a mi lado.

—O tú al mío —contestó Sydney Carton.— No apartes tu mirada de mí, querida hija mía, y no te ocupes de nada más.

—Así lo haré mientras estreche tu mano, y trataré de no pensar en nada más cuando la deje, si el golpe es rápido.

—Será rápido. No tengas miedo.

Los dos estaban confundidos con los demás condenados, pero hablaban como si estuvieran solos. Con las manos cogidas y los ojos fijos uno en otro, aquellos dos hijos de la Madre Universal, tan distintos, iban a emprender juntos el viaje eterno.

—Quisiera preguntarte una cosa —dijo ella.

—Pregunta lo que quieras, dulce hermana mía.

¿Crees que tendré que aguardar mucho la llegada de las personas que me son queridas, en el mundo mejor en que muy pronto nos hallaremos tú y yo?

—No, querida mía. Allí no existe el tiempo, ni se conocen los dolores o las pesadumbres.

—¡Cuánto me consuelan tus palabras! ¿He de besarte ahora? ¿Ha llegado el momento?

—Sí.

Ella lo besa en los labios y él la besa también. Solemnemente se bendicen una a otro y la mano de ella no tiembla cuando ha de soltar la de su amigo. La niña es la primera en acercarse a la Guillotina... y ya ha emprendido el viaje eterno. Las calceteras cuentan: "¡Veintidós!"

"Yo soy la Resurrección y la Vida; aquel que cree en Mí, aunque haya muerto vivirá; y el que vive y cree en Mí no morirá jamás."

Cae nuevamente la cuchilla y las calceteras cuentan: "¡Veintitrés!" Aquella noche, en la ciudad, dijeron que el rostro de aquel hombre fue el más tranquilo de cuantos habían visto en el mismo lugar. Muchos añadieron que su aspecto era sublime y profético.

Una de las más notables víctimas de la Guillotina, una mujer, solicitó, al pie del catafalco, que le permitieran consignar por escrito las ideas que le inspiraba. Si Carton hubiese podido consignar las suyas y éstas hubieran sido proféticas, habría escrito:

"Veo a Barsad, a Cly, a Defarge, a La Venganza, a los jurados, al juez, a la larga fila de opresores de la humanidad, que se han alzado para destruir a los antiguos, caer bajo esta misma cuchilla, antes de que deje de emplearse en su actual función.

"Veo las vidas de aquellos por quienes doy la mía, llenas de paz, útiles a sus semejantes, prósperas y felices, en aquella Inglaterra que no veré ya más. La veo a ella con un niño en su regazo, que lleva mi nombre. Veo a su padre, anciano y encorvado, pero con la mente despierta y útil a todos los hombres. Veo al bondadoso anciano, su amigo desde hace tantos años, enriqueciéndoles, dentro de diez más, con cuanto posee e ir tranquilo a recibir su recompensa.

"Veo que en los corazones de todos ellos tengo un santuario, y también en los de sus descendientes, durante varias generaciones. La veo a ella, ya anciana, llorando por mí en el aniversario de este día. Veo a ella y a su marido, terminado ya su paso por el mundo, descansando uno al lado de otro en un lecho de tierra, y sé que cada uno de ellos no fue tan reverenciado como yo en el corazón del otro.

"Veo que el niño que ella tenía en su regazo y que llevaba mi nombre es ya un hombre que con su talento se abre paso en la carrera que fue mía. Le veo alcanzar tantos éxitos, que mi nombre, ya limpio de las manchas que sobre él arrojé, se hace ilustre gracias a él. Le veo convertido en el más justo de los jueces, honrado por los hombres y educando a un niño de cabellos rubios, que también llevará mi nombre, al que referirá mi historia con alterada voz.

"Esto que hago ahora, es mejor, mucho mejor que cuanto hice en la vida; y el descanso que voy a lograr es mucho más agradable que cuanto conocí anteriormente."

www.ingramcontent.com/pod-product-compliance
Lightning Source LLC
Chambersburg PA
CBHW021223310726
48971CB00006B/1656